# 声名狼藉的小时光

Disreputable and Romantic Time

乌小白
作品

WU XIAOBAI
WORKS

百花洲文艺出版社
BAIHUAZHOU LITERATURE AND ART PRESS

**图书在版编目（CIP）数据**

声名狼藉的小时光 / 乌小白著 . — 南昌：百花洲文艺出版社，2016.4

ISBN 978-7-5500-1671-2

Ⅰ . ①声… Ⅱ . ①乌… Ⅲ . ①长篇小说 – 中国 – 当代

Ⅳ . ① I247.5

中国版本图书馆 CIP 数据核字（2016）第 060013 号

# 声名狼藉的小时光

乌小白　著

| | | | |
|---|---|---|---|
| 出 版 人 | 姚雪雪 | 出 品 人 | 柯利明　林苑中 |
| 特约监制 | 丁元元 | 责任编辑 | 黎紫薇 |
| 特约策划 | 马晓婧 | 特约编辑 | 马晓婧 |
| 营销统筹 | 蕊　蕊 | 营销推广 | 陈　晨 |
| 装帧设计 | 粉粉猫 | 封面插画 | 单单工作室 |
| 责任印制 | 张军伟 | | |

出 版 者　百花洲文艺出版社

社　　址　南昌市红谷滩世贸路 898 号博能中心 20 楼　　邮编：330038

电　　话　0791-86895108（发行热线）　0791-86894790（编辑热线）

网　　址　http:www.bhzwy.com

经　　销　全国新华书店

印　　刷　三河市兴达印务有限公司

开　　本　1/16　　710mm × 980mm

印　　张　22.5　　字　　数　210 千字

版　　次　2016 年 6 月第 1 版　　印　　次　2016 年 6 月第 1 次印刷

定　　价　35.00 元

ISBN 978-7-5500-1671-2

赣版权登字：05-2016-75

# 目录 CONTENTS

第一章 01

# 虎落中文系

## 1

西方谚语说，上帝在为你关闭一扇门的同时，也为你打开了一扇窗。我想西方人一定不擅长逆向推论，放在具有中国特色的充满怀疑精神的背景里反推一下，这含义就赶上迎面一盆凉洗脚水了，子曰：上帝在为你打开一扇窗的同时，也为你关闭了一扇门。

板砖儿轻着点拍，好吧我认打，孔子没这么曰过，是我替他老人家曰的。

可也没曰错，我们宿舍四个女生，个个是祖国苗圃里的大红花，除了咱模样水灵得能惊动党中央，鲜红的色彩还充分体现在成绩单上。

我们班导师项北国是个致力于教育改革的好同志，坚决唾弃棍棒底下出高徒那一套，入学第一次班会，他迈着老生步雄赳赳走进来，左手攥着一叠学科能力测试成绩单，右手往空中一摆，五四青年一般振臂疾呼："同学们辛苦了，现在开表扬会！"

一圈下来，轮到我们姐儿四个，老项满脸假笑，内心挣扎良久，方说："伍小白、苏涟、尤悠、郑紫伊，你们这次的成绩……都有巨大的进步空间。"

哐当，我听见上帝毛手毛脚的关门声。

后来老项承受不住良心的责问，冒着拉皮条的危险说了句实话："有啥呀，虽然咱成绩不咋地，可好歹也是中文系的头牌姑娘！"

我心里一激动，把老项的脸当作党旗，庄严地表忠心："项班导，您放心，我们决不会一再给中文系清白的小脸上抹黑！要是下次再考砸了，您就说我们是体育系的！"

林彪说：毛主席挥手我前进。后来他坐飞机摔死了。

好在我穷得没坐过飞机，从家里到这所城市来上学，总共熬了 17 个小时的火车。我妈说她当年坐月子也得每隔几小时下地来转悠转悠，可我不行，车上人狂多，挪一挪窝就没座位了。等到了地儿，扛完行李下车，裙子皱得就跟李咏笑开颜似的，一脸幸福的小褶子。

来 A 大报到那天我孤身一人，这没什么，只怨咱命不好，爹妈正在家里就资产分配问题展开辩论，对每一寸草皮都在进行激烈的争夺，没那闲工夫送我。

拾掇好了，从宿舍打个电话回家报平安，没人接。幸好我的承受能力较强，见旁边六只凤眼直勾勾盯着，不好意思扫了室友的兴，便酝酿情绪，冲电话机唱了一段我的偶像洛桑的名曲："亲爱的爸爸妈妈，你们好吗？我在北京挺好的，爸爸妈妈不要太牵挂，说来表演是挺苦的，导演都说我进步挺大的，我要好好地听导演的话，导演他叫汪文华呀……"

三姝狂倒，拖鞋甩了一地。自此，室友皆尊称我为伍姐。

但是伍姐也并非浪得虚名。记得高二的时候，因为碰上"每个月总有几天"的那事儿，身体不舒服，下课后一姐妹扶我下楼去医务室拿止痛片。吃完药刚走到教导处门口，这姐妹不幸踩到一高三学姐的脚，引发一场争吵，继而是撕打、咒骂。据我那姐妹回教室后一脸崇拜地描述："你们都不知道，咱小白啊，前一秒还是弱不禁风的病秧子，后一秒简直是黑社会的大姐大，两个高三的学姐硬是没打过她！我看那止痛片里头肯定有兴奋剂的成分！"

当时教学楼里人山人海，教导处主任领着几个体育老师里三层外三层地扒拉，才算把我们揪出来。处罚的时候，因为拿出了当天医务室的病历，证明我方是弱势，才一点没被处分。

因此，全校学生一致认为，伍小白是极度危险人物。

成龙说：我用拳头打天下。

我虽然没有像他那样练过武术，但勉强也算个"武林高手"，这要感谢小时候母亲对我的辛勤栽培。我的硬气功是母亲用一双巴掌扇出来的，初中语文课本有一篇文章叫《鲁提辖拳打镇关西》，别的同学都无比崇拜鲁智深，只有我万分同情郑屠那厮，仿佛看到了自己一般；铁头功是母亲用筷子抽出来的，一双双抽断了就换一筒，让我充分领略了循序渐进的显著成效；轻功是母亲拿着鸡毛掸满院子撵出来的，严重的时候还上过房顶，惨叫声直达云霄。我思量，当年孙大圣出世也就这么大响动了。

那时候街道大妈一看见我就眼泪汪汪，然后用围裙抹一把鼻涕：“这孩子，遭罪呢！”

所以打从很小的时候起，我就具有了忧郁的气质，整天坐在院子里望着蓝天思考“谁是我亲生爹妈”之类的哲学问题，最后确定我是一个被拐卖来的苦难儿童。被我妈知道了，按住我又是一顿死打，边打还边说：“我叫你污蔑中共党员！我叫你陷害组织同志！”

于是我哭哭啼啼地想：我家的“五好家庭”奖状肯定是我妈生抢来的。

随着老教授的画外音逐渐清晰，我的回忆画面定格，慢慢消散。这是上午的最后一节课，我翻遍抽屉找不到一支笔，只好支棱着耳朵做出神聆听状。遥想中学时，因为课堂上转笔，被没收了数支。临毕业了，班主任深情款款地把一捆各式各样的笔还给我：“伢儿啊，你如果能考上大学，四年都不用买笔了。”

可是自从上了大学，连笔都不带了，敢情这人的档次高了，觉悟就是不一样。

“伍姐，下午有课吗？”苏涟没记性，所以跟我选一样的课程，张口就能问，很有领导气质。

“今儿礼拜三，放风。”

“陪我逛街！”她语气挺横。这招我清楚，中国队的名言：先在气势上压倒对手。

“不去！你逛街跟逛窑子似的，左三圈右三圈，脖子瞅瞅 PP 瞅瞅，东西看不上眼，男人倒挑中不少，可惜人家不卖。”

“那也比你这个流氓纯洁，昨天是谁一眼看出罗迦的三围的？”

罗迦？

哦，是体育系篮球队那孩子，21 岁，江苏人，一米八〇，小前锋，11 号。

老师经常教育我们，本领超过别人千万不能骄傲。于是我赶紧谦虚地说：“您太过奖了，这主要归功于人家罗迦的体形像小贝，小贝那三围，维多利亚不一定有我记得熟。”

“呸，臭贫。”苏涟吐出一口鄙视我的唾沫，转头找别人去了。

姑娘家通常心口不一，她嘴里说我臭贫，其实心里不知道多稀罕俺。军训的时候，我俩志同道合，眼球飞驰在校园中每一个可能出现帅哥的角落，不亚于“奔

4”的运转速度，可最终还是一无所获，不禁相拥而泣，怆然吟诗曰：“中文系里觅美男，此间无数负心汉。十有八九是穷酸，还剩一个太难看。”

这首诗光速流传，本系男生闻之大怒，回敬一首七言绝句，云：“中文系里觅美人，此间无数柴火棍。十有八九是搓板，还剩一个赛长城。”

终于传到系主任冯亦谋耳中，老冯哈哈大笑，批示：同类相残。

## 2

我们宿舍在七号楼，女生宿舍号称公寓式住宅，四人间宿舍配有厕所和洗漱间，十分豪华。江湖盛传204房间曾经闹过“午夜凶铃”，可是自从我们住进去以后，贞子就被折腾得没影了。对此，我们经常自豪地说：“这就是科学的力量呀！”

入住后第二个星期，我给电脑城捐了笔银子，连滚带爬弄回一台组装电脑。

我有个坏习惯，每晚不上网释放一下苦毒情绪，净做噩梦。

“伍姐，你QQ多少级了？”

紫伊从卧室出来，双手捧着一盆可疑的热水，轻移莲步，走到我身后问。她是北京的，自嘲在沙尘暴的笼罩下茁壮成长，但肤白貌美气质好，不像遭灾的，眼睛常年亮晶晶，像刚点完眼药水。套用王朔的话：看上去很美。

“36级。这狗东西已经赶超人类了，我还没为谁花过这么多时间呢。”

“那是，开学才两礼拜，等着咱伍姐抽空接见的男同胞玩叠罗汉都能叠到教学楼顶了。”苏涟一边往我上铺爬一边搭腔。

我想到目光饥渴有如灾区群众的大三大四学长们，胃里像钻进一个孙猴子，马上严肃地说：“教学楼虽然破点，可也是我国神圣不可侵犯的领土，败坏门风的货色就别往里塞了。”

紫伊抿嘴一笑，又问我：“哎，你网名叫什么？”

“天气预报。”

“啊，什么？”紫伊竭力腾出一只小手挖耳朵，眼神惶恐得很。

“郑紫伊你没听错，天气预报，胡说八道，伍小白在网上跟天气预报一个德行，基本上没啥可信度，要不她能把年龄填个35岁？谁不知道这是冒充美艳怨妇好勾引老年成功男士啊！”苏涟躺在床上还不瞑目，又开声了。她的人生乐趣之一就是揭穿我的真面目，我很后悔小时候没多吃点宝塔糖，蛔虫没打干净不是？

紫伊乐呵呵地把洗脚水倒了，心满意足地回去睡觉。

大抵是生活枯燥的缘故，总有人把我和苏涟当成说相声的。

我打小就喜欢听相声，梦中情人是马季冯巩赵本山之流，最崇拜的相声艺术大师就是李金斗，人家多么励志呀，脖子上长了颗那么难看的大肿瘤，他非但没有自暴自弃，还能强忍病痛给广大人民送去笑声，堪称后辈们学习效仿的榜样。后来就因为这个我被人取笑了两三年：伍小白你有没有常识啊？什么大肿瘤？人家那就是双下巴颏儿！

电脑装在客厅，主要原因是我打字速度太快，她们仨觉着在自卑中入睡有损心理健康。

我打字是种享受，听我打字是种折磨。

正豪情满怀地在某论坛回复帖子，手机在桌上呜咽一声，像只缺食的小猫。我以为又是孙姜冒充大内总管督促吾皇早点安歇，打开一看却是辛浩然的短信。

“亲爱的小白，你觉得我帅吗？”

这小子是我高中的同桌，一肥嘟嘟的小男孩，我挨着饿攒钱的那段时间，每天都把他幻想成烤全猪，他能活到今天没被我吃掉实属命大。记得高中第一节课做自我介绍，辛浩然同学走到讲台上，先弯一下身躯的中部（生物课的知识告诉我们，人体这一部分叫作腰肢，但我只看到一圈儿凸出的肥肉），然后挺亲切地说：同学们大家好，我叫辛浩然，你们叫我浩子就可以了。后来大家都管他叫耗子。

他人虽然胖，但很热心，学校春游时组织划船，我天生怕水不敢下去，耗子力邀我，说咱们这组有他在呢，叫我不要怕。我傻乎乎地脱口而出：“就是因为有你在我才害怕，你多胖啊，肯定能把船压沉了。”他怆然地望着我，泫然欲泣。

耗子跟孙姜家住在一栋楼，这是我后来才知道的，毕业后他走关系当上了人民警察，就在我们小区那块儿的派出所供职。我们知道这事儿时，顿觉五雷轰顶：“没治了，公安战线上又多了一个腰围超过二尺九的腐败孩子！”

想了想，短信得这么回复：

“你脸上要是减掉几斤肉，兴许能看见眼珠子。”

又说了一次大实话，我很高兴，激动的心情还没消散，有一个叫“彭彭”的丫头冒冒失失地把我加为好友，我也冒冒失失地将她通过验证了。

“大城市果然毒害了我家好伢儿，连大哥的马屁都不会拍了！”辛浩然悲愤的大饼脸仿佛跟着短信一块闪过来了，栩栩如生。我替他默哀半分钟，回条短信过去：“将在外，君令有所不受。”

刚发过去，手机忽然震动了两下，停止。

这是孙姜给我的友情提醒，每晚此时响两声，意思是：孩子，11点半了，洗洗睡吧。

七号楼12点钟准时拉闸熄灯，我怀疑宿舍管理员大婶是掐着运动秒表计时的。这位大婶的品格高尚而坚韧，对新社会充满了满足与感恩，口头禅是“姑娘们啊，知足吧，要在旧社会……”我曾跟她商量，以后拉闸可否提前知会一声，因为突然断电会影响电脑的寿命。大婶把右手提至腰间握成拳头，左手竖掌前挥，怒目而视：“休想跟我搞温情主义那一套，你这条资本主义的尾巴还是早点割掉的好！姑娘啊，知足吧，要在旧社会……”

摊上这样的管理员，人脑也容易出事儿。

此后我常做噩梦，梦见管理员大婶左手攥着一把正义的尖刀，右手握着一挺道德的AK47，高呼保卫祖国，凶狠地扑向我这个牛鬼蛇神。

我关了电脑，洗漱一番爬上床，跟天花板深情对视。

整整一晚，辛浩然一直没有回复，想是他知道挽救无望，不糟蹋短信费了。

第二天是礼拜六，整个宿舍到10点钟都万籁俱静悄无声息，乍一看像是半夜里突然死光了。我刚开始不太适应，还大惊小怪地去探她们鼻息，后来逐渐融入这个团体，成为修炼东方睡功中的一员。经大家举手表决一致通过，我们在宿舍门上挂了个大牌：“蛇鼠一窝，人类勿扰。”

我忍饿的功力还不深，慢慢爬起来洗脸漱口，动作轻柔，像准备偷人脸盆牙具。

换好衣服刚要走，说时迟，那时快，苏涟从被窝里飞起一条玉腿，挡住我的去路，然后她和紫伊同时伸出攥着人民币的玉手争先恐后地抢占我眼前三寸之内的风水宝地，豁着两张血盆大口嗷嗷待哺。

“给我带一份牛肉炒面！”

“我要一碗赤豆糊！”

我只好收钱：“娘的，你们拿我当保育员啊？”

尤悠从被窝里钻出她那颗毛发蓬乱的头颅，语重心长地说：“孩子啊，能力越大，责任就越大。”然后从枕头下摸出五块钱递给我：“我要一袋豆浆，四两锅贴。”

怀着骂街的心情，我流窜到校门外小吃摊前，练摊儿大叔被我的脸色吓着了，一声不吭给我往塑料袋儿里猛装油条。

我看在室友的份上儿，回来掏钱付账，大叔一脸呆滞：“这……钱已经给过了啊。”

“给过了？是谁给的？！”虽然我花容月貌是先天资源，可也不致沦落到为了几根油条就出卖色相吧。

大叔抬手一指，我看见了小贝。

是罗迦。

他瞪着我，欲语还休。

通过这些油条，我断定他是新手，泡妞的技术还停留在石器时代，原本应为我辈所不齿，但那种惊慌害羞的眼神着实令人邪念横生，得，冲这绿色无公害的眼神就饶了他这遭吧。

我拎着两手吃的急急忙忙往宿舍赶，希望没人把我当成勤工俭学喂猪的。

罗迦一路默默跟着，不紧不慢，不离不弃。

勾引，还是不勾引？这是个问题。我内心进行着激烈的思想斗争，随后发现有几个女生在旁边交头接耳，不时往我身后打量，伴随一阵媚笑，那副风骚样儿简直拿自己当花魁了，只差在前额盖一钢戳，上派出所领个荡妇证明。

我可以负责任地说，伍姐很生气，后果很严重！

“罗迦同学，书上说跟着党走就有幸福，可我还没入党呢，您是不是先换个人跟着？”我道貌岸然做烈女状，可这几个塑料袋严重影响了我的光辉形象。

罗迦扭捏片刻，终于红着脸说：“对不起，那个……油条是我的……”

你有狼牙棒，我有天灵盖。我用脸皮支撑住了这次灾难性的打击，悲壮地保持站姿。他见我面无表情，反倒更尴尬了，低眉顺眼的小模样儿，活活一逃荒的农村孩子，好像抢人家油条的不是我，而是他。

我把油条递给他，用慈爱的口吻说："孩子，拿去吧，谁不是苦出身啊。"

看着他惊慌失措的面孔，我索性狂笑两声转身走开，要有高粱酒我就现场灌两碗，让他见识一下什么叫豪迈。

回到宿舍我仰天长啸，《满江红》被我吟得像岳飞跟我有杀父之仇。

尤悠一边往嘴里猛填锅贴，一边毫无诚意地劝我："想开点儿，不过一个男人而已嘛，你别这么意志消沉，西方谚语说，上帝为你关闭一扇门的同时，也打开了一扇窗。"

这厮高中时在广播室念文章，念出毛病来了，没事就整出两句名言来熏陶我们，熏得我们一个个像腊肉似的。

我的表情还没调整过来，比较木讷，近似震撼，所以她很得意，没发现这句话里的漏洞。上帝这老家伙好像筋骨不错，恁大年纪还爱爬窗户。其实飞檐走壁确实可以强身健体，君不见小偷身手都不错，常有数百人围观盗贼愣没将之逮住的事件发生。作为二十多年来就没用过家门钥匙的高等爬行动物，我曾拼命地希望它成为一项群众性娱乐活动，以逃过老妈追打，只不过这种活动有个致命的缺陷，就是适用范围越来越小。农村的砖瓦房可以没事爬着玩，要应用到城市里来就是找死，看官您想啊，在金茂大厦顶层喝咖啡的人应该怎么利用窗户出入？上帝怎么不搭售点儿直升机？

综上所述，基督教还停留在农耕时代，所以我信佛教。至少佛还有点自知之明，不乱开药方，对付疑难杂症就曰三个字：不可说。

如果没有门，我宁愿不要窗户，妥协这个词不是为我准备的。

相比之下苏涟就很实在，她用刚抹完油嘴的手拍了拍我的肩膀，说："伍姐，咱不伤心啊，此处不留爷，自有留爷处！处处不留爷，爷再开条路！咱班那个王波对你垂涎已久，小脸儿也长得眉清目秀的，只消你招呼一声，还不跟关二哥似的嗅着主公的气味狂奔而来。"

呵呵，王波，一提到这孩子，我的心情好了许多。

王波是河南人，白白净净一有为青年，据说是他们县的高考文科状元，打破了女生包揽文科三甲的桎梏。分数公布的那天，高中班主任挑着鞭炮一路噼啪到王波家门前，一把攥住他衣领子，涕泪交流："四十年了，俺班的高考成绩终于有个及格分了。”

男同志年纪大了，生活方面比较憋屈，难免会做出一些扰民举动。

由于意气风发，王波时常在二号楼男生宿舍引吭高歌，声音还算动听，比天天晚上聚在女生宿舍楼下扯着嗓子作狼嚎的贼们强多了，所以至今未遭围殴，人送外号“小张也”，因为他跟张也有一个共同点：不唱歌的时候，樱桃小口十分诱人，一旦开唱，那嘴咧得能并排开过去两台东风大卡。

我跟他混熟是缘于一次自习，那天我正全神贯注地看杜拉斯的《物质生活》，后边有人小小地叫了一声：“伍小白。”我一回头，正看见王波向我竖起中指。

这帮孩子都他妈反了！我卷起书当头敲了他一记。

他捂着头瞠目结舌：“你……你干什么？”

“打流氓。”我答得利落干脆。

“谁是流氓啊？”他一脸委屈相，把中指凑到我眼前，“俺就想问你有没有带卫生纸，给俺擦一下血，你打俺干啥？”

我这才发现他的中指在流血，原来他是想给我看他手指上的伤口……脸发烫了。

“俺不是流氓，你为什么要骂俺是流氓啊？”他还在追问。

多么纯洁的孩子！我误以为这年头的纯洁孩子已经被政府出资圈养了。

心里一暖，我热心地给他提建议：“卫生纸不卫生的，你怎么不去医务室包扎一下？”

“那里的创可贴要两块钱……俺没有带钱……”他期期艾艾地解释。

“没带钱就不给你贴？校医也他妈想靠无良丧德来搞活经济？太不像话了！走，我陪你去医务室，我这儿有五块钱，剩下的当小费，咱臊死他们！”我领着他上了医务室，对那个值班的势利眼校医大妈使尽了脸色，临走还威胁她要在学校宣传栏贴她的大字报。反正老子小辫儿歪长着，人尽可揪，不在乎多她这一把。

大妈也是看王波愣才对他颐指气使，碰上鼻毛翘得比她还高的，立刻就软了。

“伍小白，你真厉害啊，平时看起来斯斯文文的，刚才凶得好像要吃人似的。”走出医务室后，王波对我感叹。

我谦虚地微笑：“没什么，这是我应该做的。”

第二天中午我们宿舍姐妹一起去食堂打饭，我一眼就瞧见王波排在前面，都快要到窗口了，赶紧奔过去把四个饭盒塞到他怀里，面对他惊恐万状的眼神，我依然谦虚地微笑："没什么，这是我应该做的。"

王波酷爱学习，对自习室的地形摸得比敌后武工队还清楚，余尝恳之代占一位，他将胸脯拍得腾腾响："妹子，甭说自习室占个位子，就是在俺心里占个位子都没问题。"说着说着他情绪激动了，扯开嗓门儿唱道，"总想对你表白，俺的心情是多么豪迈……"

想到这里，我不无感慨地说："对，人生若不能求有意义，还可以求有意思嘛。"

"得了，你别玩得太毒啊！爸爸说，出来混，迟早要还的。"苏涟冲我阴险一笑，顿时满宿舍妖气森森。这姑娘是东北人，长得浓眉大眼地像个大好青年，想不到还有魏忠贤的气质。

## 3

误上国庆文艺会演这条贼船，是在我意料之外的。

那天正上着自习，王波忽然弃笔叹道："这几天心里颇不宁静……"

我正烦着，一巴掌拍他后脑勺上："吟两句散文就冒充文青！这段儿课文我们小时候都背过，鲁迅先生的版你也敢盗？"

王波傲然："俺靠，这是朱自清的荷……"

"知道知道，不就是朱自清的《荷马史诗》嘛！那也跟你没关系，人家老朱那小分头梳得锃亮，谁像你，发型整得跟个拖把似的。"说到文化，我总还是有一点，虽然不多。但我具备女流氓的基本素质，对文学男青年的外貌记得还是比较熟的，给我两片圆眼镜的特写我就能分辨出这是徐志摩还是哈利·波特。

"小白，俺俩也有十几天同桌的交情了，你能说句实话吗？"王波忽略了我的打击，双目无神，一副心事重重的模样，"千万不要顾及我的面子，也别考虑我的承受能力。"

"你放心，心慈手软不是我辈作风。"

"如果我参加文艺会演的选拔，会不会被淘汰啊？"

原来他是为这事烦恼呢，国庆节快到了，宣传栏里贴满了文艺会演选拔赛的海报，听说报名者如牛毛、如花针、如细丝，多得快要挤破四号教学楼的玻璃门，连我面前这颗少男的芳心也开始蠢动。

“淘汰？开玩笑，当然不会！”我决定鼓励他，因为我们班目前还没一个人去报名，作为班集体的一员，我为这群胸无大志的败类而深感耻辱，“你是谁？你是小张也！忽略性别不计，你也是一国宝级歌手了，跟咱校这群孩子同台竞技是给他们面子。甭怕，往死里磕！大胆地去报名吧，王波同学，你成名的光辉岁月指日可待！”

“你这么兴奋干什么？每班就一个名额，你别跟俺抢。”王波看我的眼神有些警惕。

“谁兴奋了？区区一个文艺会演还不足以打动我雄伟的野心，你以为谁都跟你似的，目光这么短浅。”

“俺靠，不兴奋你脸红什么？”

“精神焕发呀。”

顺口说了，我忍不住摸摸脸，脸红了吗？好像是热乎乎的。

“那你陪俺去报名行吗？晚上请你吃肉夹馍。”

“行行，看在明日之星的面儿上我就陪你去吧，”我爽快地答应了，一边琢磨着校门口哪家肉夹馍的味道好，一边加大手劲拍他的脑门儿，“小伙儿要有信心，你不参赛都对不起你的发型。”

“是拖把。”王波羞涩一笑。

四号教学楼大门安的是蓝玻璃，白天外明里暗，晚间外暗内明，映照效果甚佳，招致无数过路美女频频顾盼。

听说以前是透明无色玻璃，后来有个大一的女生饿急了，刚下课就端着饭盒往外疾奔，结果直接破门而出。由于她头破血流还住了几星期医院，学校也没好意思要她赔玻璃钱。有了这个前女之撞，大门从此就装上了蓝玻璃。

接待报名的是学生会文化部副部长，男性，肥胖，摊手摊脚地叉在椅子上，像一挂儿猪大肠。

“姓名班级参赛曲目填好了交20块钱回去等通知。”

胖子果然肺活量大，说话都不屑带标点的。

看到王波乖乖地从钱包里抽出两张人民币，一阵剧痛袭上我的心头。娘的，这厮请客时掏钱动作无比艰辛，这会儿倒挺利索。20块钱，够我吃两天肉夹馍了。参加这劳什子比赛，就算得奖了也不过一本练习簿，哪儿有兑换口粮实惠啊！

当然，这话不能说出来，在孩子们面前得做出有鸿鹄之志的榜样。

王波填表的时候，我得空儿上下打量副部长，他耳朵眼里塞着一副耳机，尖而长的指甲轻敲桌面，头仰在椅背上昏昏欲睡，向门口露出两只黑洞洞的鼻孔，如同一管双筒猎枪。

江湖盛传这位副部长是个超级色狼，我看也就一般，狠角色能放过送上门的小甜点吗？

“郭部长，填好了。”王波马屁兮兮地把表格递到那两洞枪管底下。

副部长斜了斜眼珠子：“放那儿吧。”模样极欠修理。

王波看着旁边堆了一尺多高的报名表，脸都绿了，磨磨叽叽的还想再说点什么，我瞧不得这副没出息的样子，把他往屋外推：“得了，梁兄，英台妹明显没把你放眼里，别指望人家十八相送了，咱走。”

刚走到门口，忽听一声娇啼：“伍小白！”

我四处没找见声音的来源，一回头，副部长的大脸迎上来，笑得十分喜庆：“伍小白，咱俩又见面了，真是有缘千里来相会啊。”

“我们见过吗？”心想就凭他这副嗲嗓子，要是先前见过，他哪能保住这口烂牙。

“哎呀，难道你忘记了？我叫郭虑。”副部长把王波挤到一边，右手背在身后，大有掩门的趋势，“军训会演那天，你领奖时不小心踩到我的脚，我当时就原谅你了。”

哦，想起来了。

军训会演时勒令要穿白衬衫黑长裤，无数同学特意去买这套今后肯定不穿的衣服，我没那么无聊，就穿着白T恤惨嚎“一二三四”，也没影响集体水平发挥，照样拿了全系第三名。

那天项北国因病未出席颁奖仪式，而新生们都有强烈的谦虚谨慎意识，老冯在上面念了好几遍“27班”，无一学生代表敢排众而出，连班长都恨不得把脖子缩到地平线以下。

眼看仪式快进行不下去了，我走到主席台前，双手接过了奖状，面带微笑说谢谢冯主任，心里却在骂娘。丫老冯真够抠门的，折腾得我们一个个比狼狗还惨，就发一奖状，连本练习簿都没有，以后休想我再发扬爱护菜鸟的精神陪他打羽毛球。

主席台最西边的一个胖子问："同学，你怎么没穿白衬衫？"

我不耐烦地翻了他一眼，真想说花那冤枉钱你给报销啊？谁也没指望通过军训达到保卫祖国的伟大目标，想扛枪的早考军校去了，用得着天天在这儿陪一小教官活动身体？大家都是糊弄人，人哄人玩呢，心里有数就行，装得再正经也不能证明谁志向高洁如莲花。

胖子穿的衬衫倒是够白的，烘托着他那腐败的肚子。

这些话说出来要犯错误的，我只能打马虎眼："我家里穷啊。"

穷？穷你穿得起纪梵希 T 恤？台下至少有三分之一的同学向我投来愤愤的眼神。唉，想事情不要想得那么大声嘛，会被老冯听到的。

"别自卑，我看你很有前途，"胖子热心地激励我，"我叫郭虑，有困难可以来找我。"

最烦这些瞎献殷勤的，一点技术含量都没有。于是我下台前踩了他一脚。

过程就是这样了，介于当时环境，我们没有发展出过于暴力的交情。但细节必须澄清，我没有不小心，我分明是很小心地踩他脚的，可惜跑鞋底子太软，踩不出人饼的效果，以至于回宿舍后被苏涟大肆嘲笑。

"女人一定要武装到脚丫子！知道我为啥总穿高跟鞋吗？"苏涟把鞋脱下来举在半空中挥舞，表情十分雄壮，"这玩意儿就是隐藏的凶器，哪个不长眼的敢招惹俺老苏，大鞋底子抽他，非给他俩眼珠子中间再凿出一窟窿眼儿。"

我们都无限敬仰地看着她。

有次宿舍卧谈会，大家谈起女孩防狼的事，上海姑娘尤悠一时兴起，爬起来从挂在床头的小包包里掏出防狼设备供我们观瞻，据目测是个类似喷雾剂的东西，是向色狼的眼睛里喷的，大概可以催泪。

苏涟拿起来向自己的嘴里喷了一下，说：果然是辣的。

室友们纷纷倾倒，东北民风之彪悍可见一斑。

我暗暗庆幸自己虽然身为苏涟的下铺和同桌，可是仍然活得贼瓷实。

没想到这个郭虑居然还是一副部长！其实我早该发现了，脑袋大脖子粗，不是当官儿的就是伙夫。我惊喜地想，社会前进的小碎步还没有把咱抛下，敢情每一个堕落的学生会里，都有一个胖子干部啊。

“哦，这不是郭部长嘛，久仰久仰，还请多多关照我们同学。”我假装惊喜，帮王波套关系。

“好说好说，小白，你也来报名吗？”郭虑一把攥住我的手，我忍住踹人的冲动不动声色地往回夺，两人执着手儿你来我往，仿佛在演练陈家沟太极推手。

“不是，我……”

“你就别害羞了，我不是说过吗，千万不要自卑，有什么困难我来帮你摆平。”

我差点儿脱口而出：你大爷才害羞呢！想了想得给王波留条后路，不能砸了场子，于是继续给他解释：“我真不是……”

“行了，这名儿我替你报上，你留个电话，等通知啊。”郭虑把纸笔递到我跟前。

真是倒了八辈子的血霉了，自从见了这胖子，我每一秒钟都在杀人与忍住不杀之间苦苦挣扎，这不是要我的命吗！

我借口回去找手机号码，拖起王波落荒而逃。

结果大家都能猜到了，报名表出来了，上面有我的名字。大家猜不到的是，没有王波的名字。

这个消息是王波间接通知我的，在一个妖风阵阵的早晨，他冲进教室，指着我撕心裂肺地骂：“伍小白！你太让我失望了，竟然利用副部长的关系抢占了咱班的名额，枉我把你当作红颜知己，想不到你也这么贱！”

咦，他改过来了，以前无论我怎么纠正，他总是俺、俺的，今天终于说我了。

我目送王波气势汹汹地走开，然后以比刘翔还快 1.5 倍的速度冲进开水房，拧开水龙头洗了七八遍手，直到把两手烫成猪蹄子。

我是贱，竟然还让郭虑拉拉扯扯。我就应该直接用分筋错骨手将他施暴至死！

第二章 02

# 初见杨思冠

## 1

红颜知己、红颜知己。

我对王波用的这个词琢磨了好几天。全校多少根手指头在背后戳我脊梁，我都没这么留心过。看着王波进进出出都用一种鄙憎的眼神瞧我，我真想告诉他，制造舆论压力没有用，男厕所我都闯过，你有种就抽我，唾沫星子除了稍微恶心点儿，对我实在没什么杀伤力。

不要误会，我只闯过一次男厕所，而且并非蓄意，是有一次逛街途中忽然想补妆，看到一个公共厕所就冲了过去，没想到迎面走出来的都是些目光呆滞的男人，这些男人看到我均大惊失色，还有个伸手想拦住我，我会错了意，递给他五毛钱仍不顾一切地往里闯，结果最终发现那是个男厕所，于是飞也似的转身逃窜。这间厕所的设计者脑子有屎，“公共厕所”四个大字下面是个男厕所，女厕要转过楼体拐上二楼，还连个标记都没有，能怪我吗？

算了吧，红颜知己抵不上一个会演名额。我托着腮帮子，两眼死死盯着讲台上的老师，教现代文学写作知识与技巧的小伙子吓坏了，频频擦拭冷汗，不一会儿小脸就沾满了粉笔灰，白里透红。

他是老冯的朋友，据说还是一国家级知名作家，不过我没看过他写的东西，私下猜测是“春风送暖，万物复苏，我怀着无比激动的心情行走在市区刚刚建成的立交桥上……”之类。老冯一直想请他来咱们 A 大客串讲师，教教我们这帮中文系的小屁孩，可这厮就是不肯答应，千方百计婉言谢绝，连“我妈不让”这种可耻的借口都拿了出来，仿佛大学是个狼窝。后来该人娶了个市级顶尖大美女，为了给孩子预先存点奶粉钱，终于把心一横，纵身投入虎穴。

可见爱情的力量是颠覆性的，而婚姻则能令人丧失理想和信念。

这是他第一节课，老冯亲自带他进的教室，并意味深长地警告我们："杨老师年轻有为，大家要多向他请教，可不准撒野，不然我饶不了你们这帮兔崽子！"

老冯本是个知识分子，无奈落草在A大，这些年来多少沾了点匪气。

挺不容易熬到放学，杨小伙儿低着头匆匆闪人，我跟着他走到办公楼底下，四顾无人跟踪，才把他叫住。

"杨老师。"

"嗯，啊，什么事？"杨小伙儿一脸慌张，左右乱瞟，仿佛奸情败露。

我拿化妆镜往他脸上凑凑，像照妖精："老师，咱生一张俏脸也不容易，好歹拾掇拾掇，要不待会儿让老冯瞧见，还以为我们拿粉笔头丢你了。"

杨小伙儿噌噌噌从脸红到耳根子，又想伸手抹脸，我掏一包面纸给他："用这个。"

"唉，看来我是真不适合教书，"杨小伙儿擦干净脸，半是掩饰半是感慨地叹道，"老冯不该叫我来啊。"

"这关老冯啥事？点儿背不能怨社会，命苦不能赖政府。"

"……"

杨小伙儿想是工作经验不足，没见识过这种学生，盯着我猛发怔。如此看来倒也目光深邃。他最多不超过30岁，也就是一愣头青的年纪，胳膊底下还夹着几本书，愈发显得挺呆的，像我们家前年走失的京巴犬。其实我不喜欢京巴，脸塌得跟刚出了车祸似的。

"杨老师你不会辞职丢下我们吧？"我纯真地表达依恋之情。

要说一节课就令我喜欢上一位老师，傻子才相信。事实上是之前教现代文学写作的那位老爷子极具愤青潜质，很叫人倒胃口，在课堂上痛骂小日本不是他的错，七老八十了还在课堂上一边痛骂小日本一边大谈AV女优就是他的不对了。班里的男青年一上这老爷子的课就目露凶光，颇有吃窝边草的迹象，我正值青春年华，还不想成为同学们魔爪下的牺牲品。

"你觉得我教得还行吗？"

杨小伙儿正处于极端没自信的状态，遇个人就紧攥住当救命稻草。

“很好啊，我都听入迷了，你没见我眼皮子都不舍得眨？”

杨小伙儿联系实际，轻信了我的吹捧之词，笑得很开心：“听你这么一说，我总算有了点信心。对了，我还没感谢你刚才提醒我……”

“别啊，我这是见义勇为，您也甭叫我雷锋大姐，好好教书吧，这份工作是很有前途的。”我大度地冲他挥挥手，转身留给他一个朝气蓬勃的背影。

杨小伙儿性子这么糯，要是把他感动了，这科还愁不及格吗？项北国也就不用整天拿“头牌姑娘”哄骗自己饱受煎熬的心灵了。

刚跑到楼梯口，化妆镜从衣袋里滑出来，跌在地上。

我弯腰去捡，眼前突然出现一双粗腿。

我急速抬头，开口就骂：“臭流氓你想死啊？”

郭虑面带涎笑，充耳不闻，依依不舍地从我领口收回视线：“小白，走路要当心。”

我今天穿的 T 恤是 V 字领，刚才一俯身，正好把胸口送到这矮胖子面前。就是一纯淫贼，还有脸叫我当心，要是时光追溯到两年前，我就亲手骟了他。

我冷冷瞪着郭虑，识相的话他最好乖乖滚蛋。

“今晚九点半《七剑》首映，是徐克的新片子。”郭虑一点没注意到我的脸色，似乎不经意地抖了抖身上的行头，“想看吗？哥哥我请你。长江影都环境最好，爆米花味道也一流。”

浅棕色无袖 T 恤紧紧绑在小肚子上，像上吊勒错了地方，有梦特娇的标识，一看就是那种在大街上突然有人拦住你，然后从塑料袋里掏出几件 T 恤低声问“名牌 T 恤最低价八十，要不要？”，会砍价的话六十也卖。黑裤子松松垮垮，愈发显得两腿粗壮似油桶。刘海劈头盖脸如阿富汗猎犬，脖子上还挂了个 Panasonic MP3，整体模仿前些日子闹自杀的蔡小飞。

当时有多少网民为这姓蔡的流下惺惺相惜的英雄泪啊，最后才查清楚是一假新闻，事主活得挺瓷实。多伟大的死人再复活了也就一具臭皮囊，崇拜者们哄然作鸟兽散。

呵呵，这年头淫贼也上网。

淫贼可能还以为我这个贫寒书生从没去过电影院呢，他哪知道当年市里所有电影院、录像厅我全都熟得跟自己家似的。

“不去。我一般七点就睡觉，早睡早起身体好。”

郭虑噎住似的咽了口口水，讪讪地笑：“哦，哦，真是好习惯……咱这城市晚上蚊子多，你有没有蚊帐呀？”

小样儿的，多糟蹋人家几年粮食就敢叫咱城市，欺负人家文明城市不兴骂娘啊。

“用不着，蚊子都叫烈士的鲜血撑死了。”

“啊？谁是烈士？”

“我！”我忍无可忍，倘若郭虑再啰唆下去，他就会变成烈士的菜刀下被拍碎的黄瓜。

郭虑终于感受到了我眼里射出的小刀，迅速陷入沉默。不一会儿，他崩溃般在我背后嘶吼着大喊：“杨思冠不是好东西，他的私生活不检点在圈儿里都出名了，小白，你别被他骗了……”

被骗？我寒笑，头也不回。我还剩下什么能被人骗去？

我早已被骗得体无完肤。

前段时间在电视新闻里看到一个被人贩子拐卖的越南妇女，悲恸欲绝，怎么看怎么觉着咱姐俩同病相怜。

唯一的区别就是，她被骗了身子，而我被骗的是心。

是谁说正视过往才是有勇气的表现？事实上，正是因为正视才更有可能一步步远离勇气。

像我。

我酝酿了20年的勇气突然间瓦解，支离破碎地洒落一地。以后的岁月里，我要付出怎样艰辛的努力，才能够将它们一片片拼凑回来，还给我曾经是一个人的本来面目？

喂喂，随便伤感一下就行了啊，别这么没志气。我猛敲自己脑门儿，心想总有一天能敲出失忆症什么的。死乞白赖生存着吧，前天不还在网上装腔作势地安慰彭彭说：妹子啊，没什么可遗憾的前事，一切都只是经历。

回到宿舍，把自己往床上一抛，拿过枕边的小说随手乱翻。小说叫《爱左手，往右走》。这是我有生以来自己掏钱买的第二本课外书，第一本是《钢铁是怎样炼成的》，那时在语文老师的大力宣传下，全班同学人手一册，谁要是没有还怪惶恐的。当然现在想起来，那老师很可能是出版社的托儿。后来小侄女上了学，她的语文老师又在班上暗示购买，我就送给她了，并语重心长地嘱咐：仔细点儿，别弄坏了，这种红色书籍将来还要传代的。子子孙孙无穷尽也。生命不息，炼钢不止。

《爱左手，往右走》我看了大半，仍不知作者是谁，我素来没有吃了鸡蛋看母鸡的怪癖。

下意识地翻到封面。

突然有几个淡蓝色的小字映入眼帘，心脏抽筋般一颤。

杨思冠著。

## 2

选拔赛那天下午，项北国把我从自习室里揪出来，点着我鼻子大骂："你小样儿平时去唱 KTV 不都自称麦霸吗？这回咋就龟缩到长城以北了呢？我告诉你，咱班扬名立万的机会就这么一次，今儿你要敢不去，我一次又一次鄙视你！"

啊，还跟俺铆上了。一大男人放下身段来威胁女学生，也怪难为他的。

这般半推半就，我到底去了四号楼。

小礼堂本来在一楼阶梯教室旁边，自从搬上七楼，VCD 碟的失窃率降低不少，主要原因是咱楼里没装电梯，为几盘破碟跑出个腰肌劳损什么的，实在划不来。

我进门的时候，比赛已经进行到中途了，有位貌似年近而立的男同学正紧闭着双目深情歌咏："谁在用琵琶弹奏一曲东风破，岁月在墙上剥落看见小时候……"

歌要是能这么唱，夏天的蝉会失业的。纯噪音。

前排不知哪个杰伦的粉丝憋不住了，吼了一嗓子："滚下去！"

男同学一愣，歌也唱不下去了，突然血气方刚地对着麦克风回骂了句："我靠！"

进口音响的效果不错，骂声震耳欲聋，还有余音悠悠扬扬地飘出教学楼，环绕在地球上空。全场近百人齐齐一怔，然后都笑疯了，拼命拍巴掌拍桌子拍大腿拍地板拍哪儿的都有。

粉丝冲上台去就给他一大耳光，两人随即掐成一团，麦克风放大了“哎”“啊”的惨叫，仿佛正在上演三级片，令人十分难为情。

这就是A大的特色，任何地方都可能欣赏到火爆的动作场面。

评委席上的郭虑坐不住了，站起来挥舞双臂徒劳喊叫：“别打呀！别打呀！学校领导都在这里，你们这成何体统呀！”

台上两位早撕红了眼，这会儿就是周杰伦来了，也得等一方趴下了才有空招呼。

郭虑急得直跺脚，又不敢上前去拉，满头大汗的样子很可怜。

身为八卦手，我已经弄清楚他来自一个偏僻的山村，该山村名字之怪异让我一直记不住那叫什么村。郭虑的家境还不错，自尊心也极强，入校仅一年就当上了文化部的副部长，有句话：“春雷一声震天响，郭家男儿当上了副部长。”这本是件好事，但他的自尊心还表现在他总以自己认为最英俊潇洒的形象来打扮自己，但凡出席公众场合，即使三十几度高温他也西装革履，令人误以为他是某个西装品牌的代言人。

我身后的阳光忽然一暗，复一亮，从旁边走过去一个人，径自跳到台上，抓住粉丝的衣领一把扯过来，耳光扇得又响又脆，再一脚把男同学踹翻在地。

“想打架的都到我这来报名，其余的人继续比赛。”

此人如峨眉金顶一般巍然屹立在台上，板寸儿头如刺猬，脸孔生得很野蛮，块头都赶上我偶像人猿泰山了。

他走下台，越过我身边，坐回座位。全场没一个人敢再吭声。

“谢谢你，吕部长。”郭虑的表情感激涕零，恨不能扑上去抱住英雄啵一口再以身相许。

报幕的女生趁着安静赶紧走了上来，妄图即兴发挥两句俏皮话来圆个场：“同学们，现在整个舞台终于清静了……”

不知谁接了一句：“悟空，你又调皮了。”

无数人忍俊不禁，迫于那位吕部长的压力，只敢窃窃而笑。报幕女生闹了个大红脸，急忙照着手上的小纸条念：“下面有请第19位参赛选手，中文系27班的伍小白同学，她的参赛曲目是《挥着翅膀的女孩》。”

儿歌。他郭虑选的歌也就这水平了。

在老项充满期待犹如西藏农奴渴望翻身似的目光中，我走上台，先用纸巾把麦克风上的各色口水擦干净。

“对不起，这歌我一时忘记调儿了，换一首。”

不等人反应过来，我开始唱。

没有伴奏，没有掌声。

恨你的敷衍安慰
想走干脆一点
既然已经被我撞见
别道歉
我明白这个世界
承诺有谁在背
当热恋的热开始退
请准备
我的心像卖给了魔鬼
你爱的他认赔
如今你在别人的怀里
看我枯萎
一天死去一点
这爱情的坟我来掘
埋藏多余誓言
让真心阖了眼
一天死去一点
那未来的梦我来毁
撕了永远的约
我陪爱沉睡

不止一个人说过我的嗓音像马郁，我自己觉着比她稍微沧桑一点儿。

没法子，谁不想装嫩啊？只可叹青春不再，年华已逝。

“还有脸假深沉，你去死吧！”苏涟袜子脱了一半，抬脚甩到我脸上，“咱班沉甸甸的荣誉啊，就这么被你一首莲花落唱没了。老项碍于身份不好意思骂你，我可不怕跌份儿。伍小白你要生在抗日战争时期肯定就是一汉奸！卖国贼！”

“我是陈水扁，行了吧？”我还跟她嬉皮笑脸，“啧啧，袜子真香，下次甩一只绣花鞋，哥哥我就喜欢穆念慈。”

“滚！”苏涟好像吃了朝天椒，一肚子怒火。

我抬腿把她的洗脚盆踢飞到她床上，热水泼得满床都是，“你骂我什么我都能忍，要敢再说一声滚，老子叫你从这宿舍里爬出去！”

全宿舍人都傻了，苏涟怔怔地盯着我，像不认识。

我才反应过来自己说了什么，她们的眼神古怪而陌生，压得我透不过气。解释吗？如何解释？老罗说彪悍的人生不需要解释，可我只有一个蛆虫般的生命，脆弱到连那个字都听不得。

“204的，伍小白！”

管理员大婶在楼下叫我，从没觉得她的声音如此悦耳。

我抛下一屋子讶异的表情，扭头走出去。

“伍小白，杨老师找你说点学习上的事儿，你出去一下吧。记得早点儿回来，咱楼12点熄灯，11点半就锁门了，你要是回来晚了，我可不给你开门。”管理员大婶之啰唆不减平日。

我一抬眼，看见杨小伙儿站在路灯底下。

“杨思冠。”

他笑笑，丝毫没有介意我直呼其大号的鲁莽。

“伍小白。”

这样，我们就算认识了。

在校园里逛了几圈，俩人规规矩矩走在灯光范围以内。

“我今天去看选拔赛了，你的表现很精彩。”

“我朋友说那歌就一莲花落。”

“呵呵，马郁的歌很适合你的嗓音，干净，纯粹，还有略带沧桑的沙哑。”

“别逗了，我第一轮就被淘汰你又不是不知道。”

“那些评委没水平，你就是玛丽亚·凯莉也得铩羽在他们手里。”杨思冠毫不客气，看不出这一弱小伙儿也有锋芒毕露的时候，“知道那帮人最后挑中了哪几首歌吗？”

“哪几首？”我自知没戏，中途退场回去睡觉了，不清楚结果。

“《歌唱祖国》《走进新时代》《水手》《山路十八弯》……对了，唱《山路十八弯》那姑娘最后一句没顶上去，但是评委们一致认为曲目难度系数高，可以培养。”

“啊，体操啊？还难度系数！”

我一边没心没肺地仰天长笑，一边怒目回视四周的狐疑目光。

“伍小白，你总是故作潇洒，想要嘲笑世界，其实亏欠你的不是别人，是你自己啊。”杨思冠安静地看着我，那眼神里有种抚慰人心的力量。

“当作家不好吗？非要当蛔虫！”

我仰脸瞪着他，佯怒。杨思冠温和地笑着，忽然伸手在我额头轻轻一拍：“小家伙，真想再听听你唱歌。”

以前有人说过，小白，你太容易满足了，一个举动就可俘获你的心。

我望着杨思冠黑发掩盖下的温柔眸子，前尘旧事蜂拥汇集，一时间百感杂陈。北方的天气本来就冷，这会儿愈发觉得小心肝儿拔凉拔凉的，急需热量。

“你请我喝芝华士，我再唱歌给你听。”

“好。”

杨思冠答得干脆，没有了拘谨的教科书和粉笔灰，小模样儿果然顺眼多了。

我知道杨思冠是畅销书作家，但我不知道他原来这么有钱，大奔开得嗖嗖的。

车里有个河马抱枕，我一路捅着它的鼻孔舍不得撒手，就差撇下面子开口跟人哀求索要了。杨思冠专心开车，一点儿没注意到我留恋的神色，反射弧真长。

进了钱柜，迷你小包全满。杨思冠一点儿不含糊，那就中包。

奢华空旷的房间里就俩人，感觉不要太痛快。平时都是姐儿们凑钱一起来，冲进屋里必先哄抢沙发，然后是吧椅，再慢一点就得坐地板，最慢的……汗，没空地儿了，您老先回去吧。

人逢喜事精神爽，难免多喝了两罐，头昏沉沉的，看见什么都觉着可乐，一时间仿佛自己就是喜剧大师。反正杨思冠是有妻室的人，我也不怕他图谋不轨。要是发生啥事，他肯定清誉不保，而我一单身少女，最多也就是受奸人蒙骗，说不定还能赚两滴同情的眼泪。

趁我换歌的间隙，杨思冠慢条斯理地问："你这么晚出来，郭虑不担心吗？"

我一头雾水："他担哪门子心？"

"女朋友跟别的男人出去，当然得担心。"

"谁是他的女朋友？你有病，还病得不轻！"我放下啤酒罐，手背搁他脑门儿上，"来，给姐姐瞧瞧你烧多少度。"

杨思冠大惊："你不是他女朋友？那他为什么自称是你男朋友？"

"因为他怕你看上我。告诉你个秘密啊，"我凑到他耳朵边，神神叨叨地说，"圈儿里有传闻说你私生活不检点，老实招吧，你究竟有几个好妹妹？"

"胡说，这是诽谤！"杨思冠小脸又涨得通红，"谁告诉你的？"

"你管是谁……反正我相信。"

"哦？"杨思冠忽然狡诈地一笑，"那么郭虑说你是他女朋友，我也相信。"

"你没脑子啊？他要是我男朋友，猪都吃满汉全席了！"我晃晃悠悠站起来，双手叉腰，宛如鲁迅他杨二嫂，严厉逼问，"说，鬼子还说什么了？"

"悄悄地进村，放枪的不要。"

扑哧一声笑出来，我倒回沙发上，把头靠在他胸口，放声大笑。杨思冠摸摸我的脸，吓了一跳，急忙把我扶起来："小白，你怎么哭了？"

"老杨，你可真有意思，一点儿都不像讲台上那个念课文的，像我家疯子。"我挣脱他的手，贪婪地硬往他胸口赖过去，硬邦邦的两肋排骨枕着怪舒服，"真像，可是疯子没你这么瘦……唉，你怎么越来越瘦呢，等你出来以后我还给你做婴儿食品好吗……尹风，不要叫我滚……"

"你说什么？"

哼唧两声，我像死猪一样睡过去了。

## 3

要是杨思冠半夜把我给办了，这故事也忒恶俗了。事实是当我在手机铃声中醒来的时候，咱俩还窝在钱柜的沙发里，我身上盖着他的外套。小伙儿冻得不轻，鼻涕青翠欲滴。

“小白你死到哪儿去了？竟敢一整夜不回来！管理员大婶差点儿就发现了，幸亏紫伊有个猪头能冒充你脑袋！”

苏涟的声音依旧这么横，好像什么事都没发生过。

“嗯……我在外面……”

“废话，你不在学校里当然在外面，下节是老项的课，你自己看着办吧！”

我转脸问杨思冠：“你飙过车吗？”

其实问也白问，瞅他那副斯文朴实的小模样儿，就差拿红漆往脸蛋儿上刷上“遵守交通规则”几个红字标语。

“没有。”

“亏你还开一大奔，大爷我初中自行车比赛就得过一等奖，下次学会了 Drifting 再出来混。”

我跑到路边拦车，杨思冠跟出来：“我送你。”

“别介，这一夜未归，你那美女夫人该抄家伙了，离我远点，别伤及无辜。”

杨思冠默默地望着我拦车，上车，关门，突然问：“尹风是谁？”

尹风是谁？

车已经开了，我趴在窗户边冲他大叫：“是一疯子！纯疯子！”然后自个儿倒回座位里狂笑不止。司机大叔一脸惊恐，几次欲将车开到市精神病医院，被我阻止纠正。

到了学校，我按照苏涟的指示直奔教学楼，企图从后门窜进教室，无奈老项眼神犀利如秃鹫，我好似沙漠中的一具腐尸，浑身散发着食物的香气，被他逮了个正着：

“伍小白你往哪儿钻，教室没大门给你走吗？”

沉住气，答曰：“美特斯邦威，不走寻常路。”

全班同学的肩头都开始迅速抽动，老项同志处变不惊，从书本上方露出一双微笑的眼珠子：“反应很快啊，这么好的脑子不用浪费了，就写一份 5000 字的检讨好了，明天下午交给我。”

“5000字？不用这么残忍吧，寄给《知音》杂志社都能赚一学期伙食费了。”

然后老项说了一句令大伙儿集体喷血的话：

“我的地盘听我的，动感地带。”

下课后我把一盒金帝巧克力蛋递到苏涟眼前：“给，这是姐姐昨晚吃剩下的，没舍得扔，知道孩子们都馋了。”

苏涟饿虎扑食一把搂住，冲我翻白眼儿：“这算是赔罪还是感谢啊？”

“你想得美，算施舍。”

苏涟一边吃一边在我身上到处翻，鼻子乱嗅跟条警犬似的：“我看看有没有野男人的头发！”不多时，还真被她找出一根，不过看颜色质地明显不是人体毛发，应该是毛衣流苏上的装饰丝线，我争辩：“这不是人类的头发……”结果她更气愤了：“好哇，你竟然连动物都不放过！”

……

现在的孩子，都这么狂野。

我摇着头往教室外走。紫伊和尤悠这会儿应该正在二号楼上自习，估计她们昨天也被我吓得不轻，好歹得给点儿补偿，压惊倒是其次，封口是主要的，万万不能被这俩大喇叭破坏了我高大全的形象。

尤悠一眼就瞧见我了，捅了捅身边的紫伊，两个人看我的神情冷淡如陌生人。

我晃了晃手里的巧克力：“嗟，来食！”

“哇，是德芙吗？！”“是金帝是金帝！”俩不争气的丫头飞也似的奔出来，尤悠一招白鹤亮翅把巧克力夺过去，跟紫伊抢作一团。

就这么容易搞定她们，有时候我也觉得很没挑战性。

杨思冠迎面走过来，道貌岸然得跟×大校长似的，我偏跑上去跟他打招呼：“杨老师早。”杨思冠仓促绽开笑容，见附近没人注意，偷偷塞给我一小纸条。

靠，什么年代了，如今手机短信跟霰弹枪子儿似的满天飞，他还跟我玩鸿雁传情的老把戏。

不过，也正因如此，这张小纸条算是我迄今为止收到的第一份实体情书。我怀着激动的心情，抬头挺胸紧腰收腹绷脚尖深呼吸，这才郑重地展开、观看。

晚上别乱跑，我带你去吃夜宵。

可恶，竟然不是情书。

顺便稍微松了口气，你说万一这真是封表白情书，我该怎么抉择呢。老杨人不错，可他那位美女夫人据说也是貌拼西施的，两个美女要真为一个男的磕上了，那是女人的悲哀。爱情的确是种无上荣耀，爱情可以让亚当和夏娃在月黑风高的夜晚分享一个苹果，但你听说过谁能完全取代谁的肋骨吗？

嗯，说啥也不能让这种悲剧发生！

我用一节课时间解决了这个假设的选择题，成功打发了文言学大妈的唠叨。

当年我独具慧眼，一口咬定这位大妈是教文言学研究的，苏涟她们还不相信，后来证实我咬的是对的，大家都崇拜地向我取经，我感慨道：大妈古老的脸蛋多有说服力呀。

其实我给自己制造难题只为打发时间，杨思冠是个聪明人，他比我懂得计算后果。

后来我问他："你昨天整夜没回去，咱老婆就没啥表示？"

"当然有表示，"他目不斜视地谨慎开车，苦笑，"我今天一早上都没有看见她，估计三四天以后才会回来。"

"奔娘家去了？"

他摇头："她不会回娘家的。她只是出去鬼混。"

我立时噤声，不再打听细节。武侠小说里那些"包打听""百晓生"之类的前辈一般死因都是知道得太多，虽然现在是法制社会不兴随便杀人，但是招人嫌总不大好。况且这种事情知道多了有损我幼小而纯洁的心灵。

杨思冠把我带到"卡萨布兰卡"音乐主题酒吧，据说这儿的驻唱乐队成员全是他朋友。

我这才知道他昨天评价我的声音不是瞎胡吹，娘的，大水冲垮了龙王庙，敢情这满大街都浮游着同道中人。

乐队的主唱叫丢丢，是一挺帅气的小男孩，他的几个同伙都把头发染得鲜红银白仿佛车祸现场，只有他一头乌黑的垂顺长发堪比夏士莲黑芝麻洗发露那广告美女。杨思冠给我介绍他的时候，称其是个搞艺术的。丢丢谦虚地说：哪里有什么搞艺术的，我们都是被艺术搞的。然后发出"哈哈哈"的恐怖笑声。

得知我也会唱几句，丢丢明显没放在眼里，但看在杨思冠的面子上，还是大力怂恿我上台去唱一首。

“就当替我下场歇会儿，反正唱砸了也没人知道你是哪个学校哪个班的。”丢丢把我拉上台，然后跟他那帮哥儿们打了个手势，“妹子你随便挑歌啊，他们会得多。”

酒吧里人挨人，谁也没注意台上换了个歌手。

哦，是吗
哭完了心会比较好受
醒来就当作什么也没发生过
苦总要学会自己承受
也许吧
一切只因为痴心的错
一切的悸动只因你爱太惹火
只懂得付出不知闪躲
总是让我感觉没有我你不好过
总是偷偷收拾寂寞却不怨忧
总是放感情少不了温柔
什么自由
我没有想过
曾经爱是那么快乐
结果呢
到最后还不是只有痛
真心剩下千疮百孔的承诺
你要我用什么去缝合
曾经爱是那么温柔
结果呢
到最后还不是要泪流
几乎相信能到白头
结果呢
还不是要让我一个人独自地承受

全场静默。忽然有人叫："再来一首！"

丢丢不理他们，让乐队自己演奏，把我拉到一边继续喝酒，悻悻地对杨思冠说："我这不是自掘坟墓吗，待会儿老板该跟我磨叽了，伍家妹子以前在哪儿驻唱的？"

"眼力不准啊，人家是学中文的，一良家女子。"

"学中文的怎么了？我还是建筑工程系的呢，也没打算以后搭房子玩儿。"丢丢架着我肩膀，一脸结为生死兄弟的表情，"小白妹子，你声音不错，有特色也有潜力，以后要缺零用钱了，随时欢迎过来找咱们骗吃骗喝。"

杨思冠把他手打到一边去："别对我学生动那心眼儿啊，我还想当模范教师呢。"

"小白，你不会真打算以后一辈子研究方块字吧？"丢丢痛惜地看着我，想了想又说，"我给你说一故事啊。说，洪七公问郭靖：'你决定要做我的研究生吗？'郭靖回答：'是。'洪七公又说：'你要知道，这几年中文系的就业不大好。'郭靖老老实实地回答：'知道，人家都管中文系叫丐帮。'"

我正在仰头喝啤酒，一口呛住，满杯酒泼了自己一身。

"洗手间啊洗手间。"

祖国的大江南北到处都有文化人，这一点从厕所文化上就能看得出来。我总想着以后万一沦落到开公厕的话，一定得搭售点儿文房四宝。据说毛主席也喜欢在大解的时候思考问题，以至于现在翻开毛选总觉得依稀有股氨气。

洗干净脸一抬头，看见旁边隔板上写了一行粗黑大字：

"飞流直下三千屎，妈的没带卫生纸。"

一看便知留言的是位豪放妹，苦口婆心警示后人。我很为她操心，不知她后来怎么出去的。

旁边还有一段儿更绝，用的是绿色荧光笔，亮闪闪的十分夺目："自从我变成了一坨大便，就再也没有人敢站在我头顶上！"

我坚信数十年后会有一位成名的女性思想家回到这里，仰着一脸夹得死苍蝇的皱纹，抚摸着马桶间的隔板，怆然而涕下："几十年前，俺就是在这里写下了第一部作品，往事历历在目，气味依然如昔……"

每次在厕所里，我都会欣然发觉咱们国家的文学还没有没落，还有希望。

岂止是有希望，简直是才人辈出啊。

## 4

倘若有人询问我择偶的标准，我会含蓄地说：品德高尚的。倘若这个问题具体到有哪几项品德，我就会毫无廉耻心地说：要热爱家务劳动。

因此，我的白马王子可能是一台洗衣机，也可能是一台吸尘器。

自从住了宿舍，家务活儿就要自己干，扫地擦桌还可以涕泪齐下哀求那三位妹妹代劳，洗内衣这类的事情就须得自己动手了。一般来说，在无人围观的情况下，我洗衣服的程序是这样的：脏衣服→加水→加洗衣粉→搅拌→晒干→还是脏衣服。

有次洗衣服忘了掏口袋，收回来才发现50块人民币好端端地揣在兜里，连边儿都没卷。由于它过分完整，我还有点儿腼腆。

要是换成我妈洗，钞票早该成咸菜了。

我正在水房里泡衣服，突然大门被人撞开，尤悠仿佛被人追杀一般冲了进来：

“伍姐！伍姐！”

刚才她在宿舍里到处找我，依稀有开柜门的声音传来。我额头青筋乱蹦，她以为我被人锤杀了藏在衣柜里呢？

“我在水房，你猴急的样子好坏啊，别对我乱来。”我羞答答地举起肥皂盒抵抗。

尤悠拉起我就往外跑：“小鱼跟人打起来了。”

“哎哎，那也先让我把肥皂沫洗掉吧……”我绝望地看着从我手上飞起的无数肥皂泡，被她一路拖着往篮球场飞奔。

小鱼原名叫于一苇，女性，未成年，是尤悠的上海老乡，俩人选修汉语方言学时相识，从此无人敢接近她们周围三米以内，因为吴侬鸟语的杀伤力实在太大。我跟小鱼第一次碰面就擦出了火花，而且火花四溅，误伤无数现场群众。过程无非是她觉得猫王最帅而我认为迈克尔·杰克逊天下无敌，由争到吵，接着在宿舍楼里大打出手，最后一人拎一块儿板砖到操场去决斗……此番情景，不足为外人道也。

“俺们篮球队跟工大的打比赛，罗迦不小心撞翻一个，工大啦啦队有一母大虫上来就抽他一嘴巴，小鱼正跟丫他撕着。”尤悠充满东北激情地陈述完案情，还意犹未尽加了一句，“Horace 港，光火是一歇歇怂光格发疯……”

“什么？贺拉斯说谁发疯？”

“贺拉斯说，愤怒是短暂的疯狂。”尤悠瞥我一眼，“上海话。”

这厮是一语言天才，说话一时东北味儿一时上海味儿。对此，她生动地解释道：阿拉方言懂得太多，搁大脑里待烦了，难免互相串个门儿什么的。

等我们到篮球场的时候，武戏已经基本落幕，所以吊钢丝之类的镜头都没看见。小鱼像条鱼干似的蔫蔫然蹲在篮球架底下，衣衫齐整，不像刚掐过架的。中场聚集着三帮人，其中以学校为单位分成两帮，剩下那一帮属性跟我们相同，是看热闹的。上次见过那吕部长正身处三帮核心，黑面含霜，正对着罗迦传达中央精神：

“平时挺老实，在女生面前就逞英雄了？想打架先退出篮球队！”

吕部长一张锅底脸气死安南羞煞曼德拉，颇有威慑力。罗迦螓首低垂，秀气的小手揪着衣角，看得人心都要碎了。

小鱼见我们来了，也不啰唆，站起来指着一个女生说：“是她。”

好家伙，一头大闺女正冲我们仨儿龇牙咧嘴的，猛一看我以为是谁家狼狗忘拴了，再一看还不如猛一看的。

“走，咱不理那个二百五啊，”我拉着小鱼往回走，“回宿舍姐姐教你洗衣服玩儿。”

大闺女听见了，跑过来把我们拦住：“你骂谁二百五呢？”

见过找骂的，没见过跑着找骂的。我赶紧低声提醒她：“大妹子，别嚷嚷了，身为二百五也不能这样自暴自弃呀。”

“操你大爷！”大闺女还挺痞，说粗话脸儿都不带红的。

小鱼急眼了，抡起拳头就想上去揍她，尤悠慌忙一把拉住。我不生气，慢慢往那闺女下半身打量：“你没那工具吧？不过你要是真想，我还得替我大爷谢谢你。”

大闺女一愣，脸涨得通红。她顶多是个装痞的，还没有会过真痞子。

旁边有人起哄，吕部长的目光从我脸上飞快地瞥过去，面无表情，像看一块儿塑料布似的，然后环顾四周，凶悍地控制住局面：“别闹了，都回去！”

“是啊，”我同情地规劝大闺女，“快回火星去吧，地球是很危险的。”

“你给我等着。”大闺女被两个工大的男生拉走了，临走时撂下这句话。我看见她胸脯起伏不定，肯定正在酝酿着辱骂我祖宗十八代的词汇，以至于波涛暗涌，在那两个男生的手臂之间撞击回荡，蔚为壮观。

郭虑挺着肚子从人群中挤出来，大口喘息做匆忙赶到状：“小白，你没事吧？”我不理他，他讪讪地又说，“你看，工大的同学素质真是太差了……”

“你素质好。下次躲人后面看热闹时肚子收起点儿，当心误伤。”

他的脸霎时红了，呆站着说不出话。

其实我最怕见人出丑，可总会有人在我面前自作聪明，然后出丑。每天都得不断地在揭穿和装傻之间做选择，作为一个诚实的人，我感到很痛苦。

尤悠招呼小鱼：“武松，咱走了。”

打虎英雄跑到罗迦身前，往他肩膀一拍：“谢了，哥们儿，你打架的样子真帅。”

罗迦猛一抬头，眼里闪出光芒。

后来小鱼跟我们解释，当时她捡了半截砖头正准备跟那头大闺女械斗，有个工大男生很不讲江湖道义，从背后推了她一把。罗迦扶住她，突然爆发出惊人的英雄气概，一抬脚把那人踹出一米多远，随即跟人揪打，直至吕东过来阻止。

吕东，就是那个体育部的吕部长。

“罗迦冷静的外表下原来隐藏着一颗热情的心，人家好喜欢喔。”小鱼摆开琼瑶小说女主角的架势，羞涩地扑在我床上，顺便从枕头底下摸走两块巧克力。

一姑娘家，起了色心也不掩饰一下，鄙视之。

在食堂吃午饭的时候，尤悠绘声绘色地向其他两位姐妹描述了上午的惊险对峙。

“这么说小鱼也喜欢罗迦，伍姐，你的情敌出现了？”苏漣的注意力永远偏离中心，游荡在桃红色的地带。我们常说：伏羲创造了八卦，而苏漣将其发扬光大。

“八婆，你省点力气吃饭行不行？”

“不行。”苏漣意气风发地说，“年轻人，事业才是第一生命啊！”

我们纷纷找地方呕吐，然后拿饭菜丢她。

不能怪我们趁机报复粮食，这些不是给人吃的。米饭上终年漂着一层肉眼可见的糠皮和麸子，A大有个学生在省报上登过一篇文章，在文中他骄傲地写道：我们过着猪一样糜烂的生活。依我看这个特征主要体现在相同的口粮上。饭里的老鼠屎、菜里的青虫、汤里的苍蝇、酱菜里的小白蛆，这些异物早就不稀奇了，我曾经在萝卜烧牛肉里吃出一活蜘蛛。苏涟好几天没敢招惹我，生怕我激动之下变成蜘蛛侠。有很久我都不敢去食堂吃饭，到处发短信哭饿，辛浩然回复得最快，五个字加一个标点符号：“何不食肉糜？”刺激得我口角流涎，冲进食堂里闭起眼睛就吃，全拿自己不当人了。其实食堂的饭菜里除了昆虫多点儿，味道还不错。所以我们每去食堂，必呼朋引伴曰：“走了，去动物园。”

后来有个新生MM被饭里的蟑螂吓哭了，我急忙上前劝她：“别伤心了，肉虽然少点儿，可好歹也是荤啊！”

第三章 03

# 寻找郑紫伊

## 1

国庆节七天假，我在学校一个人过的。

宿舍其他仨孩子临走时眼泪汪汪地嘱咐我：你可别饿死了，这年头养个宠物不容易呀。

孙姜打来电话问，为什么不回家？我牛哄哄地说：这里有足球村，家里有足球村吗？孙姜一愣，然后哈哈大笑：家里没足球村儿，那不是有个寡妇村儿吗？

他跟我混久了，说话难免带上点东北腔。

我跟他一起笑，然后说我已经没有家了，处处无家处处家，你别管我。孙姜叹了口气说，这么好一孩子，命咋就那么苦呢。

这话他一年前说过。当时我境况忒惨，要不是承受能力够强，今年清明我就可以收到纸钱了。那以后再遇到妄图打击我的人，我就会诚挚地劝他：省省吧，多年的打磨与锤炼，早已将我塑造成一面肉盾。

假期食堂不卖饭，我在校外过着花天酒地的生活，钱花得贼溜快，很快沦为一个贫民。

杨思冠说过，他基本上每晚都在卡萨布兰卡，欢迎我随时蹭饭。可我还不乐意呢，作为一个憧憬爱情的美少女，见了这种和老婆过着各自逍遥的生活的男人，实在觉得寒心。杨思冠听了我的指责，长叹一声说："小白，我并不想这样，可她根本不了解我……"我猛点头表示深刻同意："对啊，她要是了解你每晚都在酒吧泡 MM，早把您老分尸八块搁壁橱里了。"

好容易撑过一礼拜，7 号下午，我两眼发蓝堵在学校门口，挨个儿搜查熟人包袱，人进去，吃的留下。

最先到的是王波，肩膀上压着两座大山，小脸累得荔枝壳般通红。这孩子自从上次骂过我以后，就没怎么敢跟我搭话。每每碰面，必惶惶然以谄媚的笑脸相迎，就差手拈一条手绢儿扭着身子招呼“伍爷，哪阵风把您给吹来了……”，估计是因为自觉羞愧。丫是该羞愧，当时骂得太恶毒了，还到处散播谣言，这幸好是我，要换了三贞九烈的女孩儿，被人跟郭虑扯上绯闻，难保不揣上二斤炸药跟丫同归于尽。

他瞅见我在门口，一怔，挥汗如雨还不忘友好地向我微笑：“哎，小白……”我简明扼要地点了个头，扑过去一把扯下他的两个大包包，蹲在地上翻开了：“这么多书，你们家开图书馆的啊？怎么没吃的？”

“你是饿死鬼投胎吗？”王波看着一地散乱的书本，凶形毕露。

“骂我吧，骂我吧，我是你的奴隶。”我扯住他的袖子，苦苦哀求，“只要你请我吃顿饱饭，你要什么我都可以给你。”

王波斜睨我一眼：“地主家也没有余粮呀……”

给他好颜色还蹬鼻子上脸了，敢情这小子七天在家里没吃别的，光吃熊胆呢。我往他后脑勺扇了一巴掌：“没大没小！姐姐赏脸陪吃，你还敢推三推四？”

“你别老打我头，”王波揉着颈窝，乖乖蹲下去收拾包袱，“我还得留着脑子考博士呢。”

“不打头打哪儿？打屁股还得预先准备作案工具，用手可不行，万一到时候你尖叫非礼，我这半生清誉不就毁了？”我乐颠乐颠地领着他往涮锅店跑，突然想起来又劝他，“再说了，博士也没啥好考的，你看咱校研二那个谢孟方，多帅一小伙儿啊，整天自言自语的，活活考傻了。”

王波有点怵，威胁道：“闭嘴，不然俺不请吃饭了。”

谢孟方在我们 A 大勉强算一风云人物，他生父姓孟，后爹姓谢，老妈姓方，排列组合就成了他的名字。小伙子脸孔、身板儿生得都不赖，偏偏是一读书狂，眼镜片厚可防弹，在阳光下闪动着菜刀一般的寒光。校园中最常见的镜头之一，就是他捧着本英文书籍边走边看，口中还念念有词，突然脖子一伸提出个问题，再猛地缩回脖子自己解答，令人极不恭敬地联想起老公鸭。

他英文水平极高，学校还安排他给大一的学生代过课。听说第一天开课时，他喊了个学生起来，用英文亲切地询问了一下人家的温饱问题，结果那同学立即涨红了脸：“这节是日语课啊？对不起我走错教室了……”

由此可见这厮的口语发音问题，可人家笔试成绩高啊！观众朋友，身为中国公民的你们还不清楚吗，考试就像撒尿一样，只要撒得出来就成，谁管你怎么撒的、尿哪儿来的？无论你事前喝的是白开水还是人头马路易十三，都不重要，总之到最后就两个用途：一、肥田；二、祸害环境。由于自幼在撒尿精神中成长，是以中国的留学生刚到西方一般都为教授所不齿，因为他们既不积极发问，也不参与讨论，可考试成绩一出来就牛了，我的偶像老罗说这就是“啊，神秘的东方”此类感叹的由来，我琢磨着有道理。

所以，每当看到考托考G考研考级的，我们就会由衷地赞叹：“真是‘沼气’蓬勃呀！”

好，咱不扯了。再扯下去容易影响食欲。这时候羊肉汤刚烧开，活色生香的肉片和蔬菜在汤里不断翻滚，这诱惑就好像输得半死的赌徒忽然看见自己抓了副天和牌。

我拿碗对着锅，疯狗一样吃。筷子质地不错，否则早被我嚼烂生吞了。王波去洗了个手回来，刚举起筷子，赫然发现锅里的东西已经被我捞吃光了。他不甘心地在水里划拉两下，筷子上愣没沾到一点食物，仿佛才用漏勺仔细舀过。

他呆傻地看着我，我很不好意思：“别这样，我的吃相是差了点……”

“你这能叫吃饭吗？这叫进食！”王波愤愤然把筷子一搁，“老板，再给俺拿四斤羊肉过来，俺就不相信撑不死丫的！”

事实证明我的胃像垃圾桶一样大，四斤羊肉涮完，我意犹未尽地叫了一份手工面。王波挣扎着付完账，一路背着包袱呼天抢地，犹如准备跳河的农妇。面对校友们诧异的目光，我只好掩面躲避：“我没有强暴他，真的……”

8号上午，室友们基本到齐，除了紫伊。发短信她不回，拨手机也总碰上关机，我们估摸着可能是她手机叫人偷了，正买手机换卡。现在这街上，贼多贼多的，有句话说：天上掉下块石头砸死十个人，有九个是小偷，剩下那个是被偷的。

“在无望的忧愁的折磨中，在喧闹的浮华生活的困扰中，我的耳边长久地响着你温柔的声音，我还在睡梦中见到你可爱的倩影……”

尤悠深情地吟诵着诗歌。她自从在宿舍里宣称娶紫伊为妻，便将中国好男人的爱妻守则发挥到了极致，才分开两秒就痛苦得要背诗，偏偏她又精通古今中外各位诗人的作品，一边喝水润嗓子，一边发泄忧伤的离绪，像个闹钟一样，吵得我跟苏涟根本睡不好午觉。

她因痛苦而背诗，我们因她背诗而痛苦。

“唉，怎么办呢？我该找谁代替她呢？”尤悠哭丧着脸，表情十分投入。

我觉得奇怪，探出头去问尤悠：“这是哪个负心汉写的诗？”

“谁说这是诗了？这是我的心声！”她白我一眼，“今天下午该我去广播室做节目，本来跟紫伊说好了请她去做嘉宾的，丫头居然放我鸽子。”

“那你就快出去找人吧，我们好睡觉。”

“上哪儿找？事情这么突然，谁都没有准备，难道去胡说八道啊？”

“呵呵，”苏涟忽然不怀好意地笑了两声，“胡说八道，这不是咱伍姐最擅长的事儿吗？小悠你身边就有一高人，还用得着出去找？”

我顺手从枕头边摸了个东西砸过去：“我知道你想睡觉，那也不能牺牲战友吧！”

苏涟笑嘻嘻地把那东西接住，撕开口吃得咯吱咯吱的，我定睛一看，气晕了，居然是包薯片。

“伍姐，救场如救火……”尤悠扑到我床前，媚眼直抛，眼珠子快飞出来似的，“事关小妹的身家性命，你就大发慈悲拉兄弟一把吧。”

她已经急得逻辑混乱了，一会儿小妹一会儿兄弟的。

尤悠这孩子不错，某晚我俩同时失眠，深更半夜坐在阳台上促膝长谈，她忧伤地回忆起初恋男友向她提出分手，我安慰她：“分就分，哪儿哪儿没有三条腿的男人啊？何必对那个两条半的耿耿于怀？”她很是鄙视我，我当然没有鄙视回去，伤心的人最大嘛。接着她又说起，前不久，那个男人不知怎么又找到了她，好像是害了点病，近期老给她打电话，说些“当年不懂事，竟放开了此生最爱的人，绕了好大一圈才发现还是你最好”之类的甜言蜜语，求她回到他身边，令她有了强烈的被需要感，因此每天苦苦挣扎，连觉都睡不好。我劝她立即打消念头：“他被人用了一年多，零件出问题才想到你，当你这儿提供三年保修啊？何况你俩现在离得这么远，修好了也不能用，还是谁想用谁去修好了。还什么‘绕了好大一圈才发现你最好’……我呸！他咋不以护体绝学九阳神功配合龟息大法抵抗低温和大气压影响，左脚踩右脚背、右脚踩左脚背，直接转圈抵达同温层呢？多大的一圈啊，还能顺便打破牛顿定律呢！——你的好一直没变过，他早干吗去了？最烦那些得了便宜还卖乖的畜生，做点坏事也就罢了，还变着法儿地恶心人。要是换了老子，一中指碾死他！”

她盯着我愣了半天，叹口气说：“越粗俗就越本质啊，你说得有道理。”

我从来不是劝合不劝分的人，对于一些欠抽的男人，你就要抽他脸，抽脸不顶用就踹他下体。

后来尤悠就跟那男的彻底断了，并且一直对男人没什么兴趣，还在宿舍里敲锣打鼓地将紫伊姑娘明媒正娶，我老觉得自己要对尤悠的异常取向负责任。

怀着救世度人的抱负，我整理整理仪容，跟着尤悠去了广播室。小姑娘一路喋喋不休地向我传达各种指示，生怕我一句话说错就砸了她的饭碗，好像该紧张的人不是我，而是她。

“妹子，别紧张啊，你就把校园里的同学都当成植物人，反正假期刚过，也没多少人会花心思听校园广播。”我劝她。

“对，我不紧张……”尤悠频频点头，突然脸色一僵，“娘的，你是主持人还是我是主持人？”

这次节目的主题是电影文化，尤悠顺手递给我一本《环球银幕》，自己打开电脑，抱起麦克风滔滔不绝地说开了：亲爱的同学们，下午好，我是尤悠，经过国庆一周的休整之后，欢迎大家如约再次走进“黄金年代”，今天为您请到的嘉宾是中文系的伍小白，在接下来的60分钟里，我们将为各位同学带来一期丰富的电影文化，如果你热爱电影，如果你迷恋明星，请暂时放下手中的书本，一首歌之后，我们将为你带来最精彩的内容。

我狂佩服她，不用备稿就说得这么顺溜，这孩子再稍加培养就是一崭新的骗子。

周杰伦的《七里香》开始在城市上空飘荡，像个嘴里正嚼着可疑物的幽灵。尤悠关了麦克风，问我：“准备好了吗？”

“准备什么？”

“你是新嘉宾，待会儿要先自我介绍一下。”

“自我介绍这种事还用准备？”我把麦克风拿过来，“开始吧开始吧，赶紧捯饬完了我好回去睡觉。”

好不容易等到周幽灵哼哼唧唧地咽下了最后一口气，我推开放音钮：“我是伍小白，向各位认识我的同学问好，不认识我的同学估计现在也认识我了，所以也向你们问好。”

尤悠在旁边扑哧一声笑了，又接上话头说：“小白，你先谈谈印象最深刻的电影好吗？同时也欢迎各位同学发送短信××××到××××，和我们一起讨论。”

“中国电影一文一武有两部好片子，文的是《我的父亲母亲》，武的是《双旗镇刀客》。”

尤悠适时插话：“这两部片子似乎都是大西北的故事。”

“不错，我欣赏西北人豪爽直露的表达方式。几年前我有个女朋友去内蒙古，遇见一个蒙古族小伙子，俩人一块儿吃了顿饭，当天下午小伙儿就向她求婚，我女朋友抽他一耳光，骂他流氓。回来以后我问她，他动手调戏你了？她说没有。我说那么他不是流氓，你才是，人家小伙子堂堂正正想娶媳妇儿，你却发挥想象力把人家当成色狼了。”说到狼，我猛然想起一书名，连忙推荐，“前段时间出了一部书叫《狼图腾》，我就很喜欢。”

说得渴了，咕咚咕咚猛灌几口凉白开，尤悠赶紧解释：“这是我们广播室的小狗……”

趁着放歌时间，尤悠上网查看短信，手里的鼠标咔嗒咔嗒响个不停，忽然腰杆儿一挺，扯了扯我的袖子，指着电脑。我看见短信平台上有一条新进短信：《狼图腾》贬低汉人，是对汉民族最大的诬蔑，伍小姐，麻烦你先去网上看看“怒批《狼图腾》谬论四十条”再回来放臭屁吧。

很好，挑上我了。我伸手拿过麦克风。尤悠警告：“不要冲动，这是广播室！”

“别紧张，我还没冲动。我要是冲动了这儿就是派出所也没用。我只想跟他讲讲道理。”

我把这条短信念了一遍，然后说：“我是伍小白，很高兴发现有人正在用鼻子收听我们的节目。我认为评价一部作品的优劣，其标准应该是作品本身，跟政治立场毫无关系。如果但凡歌颂我们的就是精华，反之则是糟粕，还有什么文学自由之说？作为读者，你可以观念先行，你喜欢背着包袱去看戏那是你的自由，但是你无权干涉他人的阅读与评论。至于那个‘怒批《狼图腾》谬论四十条’，我大致能猜出内容，对于如此花心思研究小说错误的人，我很诚恳地说，他是一个优秀的校对员，但真正伟大的人仍然是小说的作者。”

尤悠瘫在椅子上，张着著名的嘴，连串词儿都忘了说。

“是不是太严肃了？咱们继续回到电影这个主题上来，整点儿轻松的。”我说上瘾了，把尤悠的阻拦撕咬抛到一边，“昨天刚好在网上看到一个帖子，介绍中国影片的英文译名，很有意思。《霸王别姬》是‘再见了，我的小老婆’；《唐伯虎点秋香》是‘正在调情的学者’；《萧十一郎》是‘第十一个儿子’；还有《秦颂》，翻译成‘帝国的阴影’，猛一看还以为是讲希特勒的；《梁山伯与祝英台》是‘相爱的蝴蝶：Leon 和 Jo’。说到梁祝，故事的确很感人，其实老梁要是知道小祝乃一姑娘家，甭说是一碗凉水，就是一碗硫酸也不一定拦得住啊……”

如此这般瞎扯淡，满嘴里跑火车，终于熬过了60分钟。尤悠诅咒发誓下次如果再请我做嘉宾就先准备两张创可贴，打完招呼就把我嘴巴封上。

看门大爷正坐小板凳上仰脸聆听，见我俩出来，眯眼瞅了一会儿，问：“你们广播室的小狗呢？”

我无奈地望了尤悠一眼，然后说：“汪汪。”

## 2

直到11号晚上，紫伊仍然没有回来。事有蹊跷，我把尤悠拉到电话旁边：“乖，给你丈母娘家打个电话。”

紫伊妈妈接的电话，说你们别逗了，我女儿早就去了，这会儿该躲旁边偷笑呢吧。

挂了电话，宿舍里半天没人吱声，我们相互瞪视，好像紫伊就藏在对方眼珠子里。

不用说，我们都知道她去哪儿了。

紫伊是已知人类中唯一QQ等级超过我的。当然网上藏龙卧虎，这等牛人还有很多，全部列出来一本书的纸张估计都不一定够用，为了不被广大人民唾骂为骗稿费，我就不搜索去了。

天气预报：在哪？

九夜玲珑紫：家里啊。

天气预报：行骗要先找准对象，我没教过你吗？二悠下午打电话去你家了，内容你知道。这几天你手机就没开过，好在你现在上线了。我们正商量着报警怎么说，离家出走？被人贩子拐卖？弱智儿童走失？

五分钟后。

九夜玲珑紫：现在是国庆节，我出去旅游犯法啊？

天气预报：……

五分钟后。

九夜玲珑紫：我会回来的。

天气预报：先告诉我在哪里。

五分钟后。

天气预报：武汉？

九夜玲珑紫：嗯。

天气预报：别傻了，小孩。参赛之前要先搞清楚奖品是什么。

九夜玲珑紫：姐姐，我不相信公理，和规则抗争是我的梦想。

天气预报：那梦想太远，有没有近一点的？

九夜玲珑紫：我不想只是网恋，我要真的跟他恋爱。

天气预报：老实说，这比前一个还远。

九夜玲珑紫：我不知道你受过怎样的伤害，但我请求你不要随便批评别人的爱情。还有，我不是小孩子了，我会对自己负责的。

九夜玲珑紫下线。

我慢慢关掉电脑，抱着胳膊走上阳台，一阵久违的刺痛从大脑深处席卷过来，天色漆黑。

九夜玲珑这个名字，是我玩剑侠情缘 Online 时用的。剑侠 2 封测时，我已经玩得劳民伤财心哀若死，基本上一见着网游就有妊娠反应。恰好有人约郑紫伊一起玩，她贫瘠的大脑实在想不出啥好角色名，于是这位抄级女生将我的名字无情剽窃，后面缀个“紫”，表示经过艺术加工。

抄怎么了，抄得畅销就是本事！

紫伊的游戏智商约等于零，但胜在够纯洁够白痴，说得直白一点儿就是操作烂、人品好。我有幸旁观过，40多级的佛峨眉了，在城里走得好端端的，只要见人血条不满，杠杠的撵着人回血，纯粹吃饱撑的，为老不尊。

内测的时候，她在黑风洞救了一个棍丐，那小子挺厚道，追了两个地图送给她一把极品绿剑。游戏是讲实力的地方，为了多得点状态，素不相识的牛鼻子道士可以对着佛门女弟子又亲又抱，转脸就能因为少了状态摆开架势骂街。紫伊操作太差，姥姥不疼舅舅不爱的，虽然整天做坚强状说我相当牛啊，我从来不依附别人，可难免心里发堵、嘴里发苦、比守寡还不幸福。几天以后那棍子说阿紫做我老婆吧，公测我们玩同一个区。小妮子当场痛哭流涕，就差膝行到人脚下缴械投诚了。我无比清醒地抢过鼠标，点开那小子的信息一看，靠，要不怎么说傻人有傻福呢！鬼手£阿宝，丐帮十大富豪第一位！

为了姐妹的清誉着想，我找朋友要了个号，好生研究了阿宝两天。这娃PK一般，人缘一般，商业神经也没发育健全，一看就是人民币玩家，除了敢于砸钱没啥别的优点。

嗯，硬要说优点的话也有一个：不爱骂人。他最下流的骂词也就一句“靠”，其纯洁让我等女流之辈赧颜（苏涟插嘴说，女流后面少了个氓啊）。虽然在那帮小破孩眼里不够有气魄，但是如果所谓气魄就是骂上一通，那泼妇不都巨有气魄？怪不得黄易总喜欢写男主角有“王霸之气”，猛听跟骂人一样，多有气魄啊。

但是，请注意这个但是，游戏里，再乖的孩子咱也不能要。

想当年班里玩家众多，眼瞅着身边这伙焉了吧唧的小萝卜缨子、老白菜帮子们，到了游戏里迎风便长，都成了纵横天下的世界高手，擎着一人多高的大刀大剑大棒子呼啸来去，我这心里就堵得慌。谁知道那个整天跟你发嗲撒娇要抱抱香香的翠烟MM，是不是个半年没刮胡子的糙老爷儿们？谁知道游戏里那个一边深情款款说着“妹妹别怕我保护你”一边挥舞长枪见人秒人见鬼秒鬼的牛B天王，是不是跟咱班那个一礼拜不换衣服不整头发坐在街边打盹儿常被流浪狗误作同类嗷嗷求欢的某张三一个德行？

我有信心现场说死诸葛亮，可就是说服不了郑紫伊同志，要不怎么说她有钢铁般的意志呢。

当阿宝说他在沈阳上学，家在武汉时，紫伊已经开始为“听说武汉公婆对儿媳不好”这样的问题整宿整宿失眠了。

女性的前瞻眼光总是浪费在不正常的事情上。

有一天阿宝说“阿紫我想见你”，紫伊如遭雷击，顿觉阔别多年的爱情余晖终于播撒到了自己身上，满世界都是鸟语花香，神志不清达一天半之久。然后她开始节衣缩食，省机票钱。

京城的孩子腐败坏了，距离 100 米以上就要打车，出个城都要坐飞机。春节前大家纷纷埋怨订不到火车票，她不知羞耻地问：何不乘飞机？

我们都以为她开玩笑的，网恋不过是另一种网络游戏。

结果她现在正在武汉。

想起孙姜总是在用得着他的时候。

打电话过去，照例关机，他 12 点以后无视一切阻挠他睡眠的东西。

于是我打给辛浩然：“耗子，叫孙姜马上到武汉。”大概语气从来没这么严肃过，辛浩然好生紧张了一下，问清缘由，才慢条斯理地说：“有困难找警察嘛，您老要是不觉得我这体型挡视线，我过去给您当几天保镖怎么样？”

“算了吧，是谁见了条千足虫就往我背后躲的？”

“人家不是把它当成蜈蚣了吗……”

“你怎么不把它当成哥斯拉？赶紧穿好裤衩去楼上砸门，就跟他说我已经在车站了，爱来不来随他的便。”

“……”

该人瞬间没言语了，估计正在揣测他裸睡的习惯我是怎么知道的，否则他一定会笑嘻嘻地追问：随便？大便还是小便？

想了半天，他恨恨地憋出一句：“生姜这兔崽子，回头把他做姜汤……”

如他所料，这码子事儿确实是孙姜告诉我的。我情绪不好的那段时间，咱们周遭朋友全都被他没有义气地出卖了。谁磨牙、谁裸睡、谁洗脸和洗脚用同一条毛巾、谁喝醉了就搂着楼梯口柱子脉脉对视拖都拖不动……我都知道。

当时说到耗子，孙姜感慨地说：“其实裸睡不可怕，可怕的是裸睡还梦游。”

全世界这么多人，谁也比不上孙姜给我讲的笑话多。

尹风生日时我送了他一套皮卡丘靠枕和毯子，有一天在宿舍跟他吵架，那破人一生气把靠枕从窗户扔了出去。我只觉满心的委屈从脚底升华到天花板，劈手从他身边拽过毯子也扔了出去：“要丢都丢干净，早知道你看着烦了！”我俩正怒着对峙，孙姜一手抱毯子一手拿枕头跑上楼，做狂喜状，眼泪汪汪地对尹风喊：“大兄弟，行行好，把那小姑娘也扔过来吧！”

惹我生气的总是尹风，让我破涕为笑的总是孙姜。

所以尹风走的那天，才会语态含糊地打电话给孙姜，交代他好好照顾小白。顿了顿，又添了一句，要像我一样照顾她，我知道你做得到。

当年的伍小白只会疑心重重，却又照例克服了跟去的冲动，待在家里等他回来。这样的等待她原本经历过许多，只要尹风说“没事”，她就想“一定没事”。可是这傻姑娘那一天没有等到他回来。

以后，也再都等不到了。

我至今无法原谅那个怯懦自私的女孩，她人生中的无数条路都由他牵着走过，可是现在明知面前是一条车水马龙的危险道路，她却让他独自走了。尽管她对陌生的世界充满恐慌，但是她既然深深爱他，原本是应该跟着他去的，无论怎样，她都应该牢牢攥着他的手，紧紧跟着他，不管他最终要走向哪里，哪怕是地狱。

手机突然响起时，皮肤上迅速冒出来一层细密的疙瘩，我为自己的想法吃了一惊。

号码是孙姜的。

思绪还没调整过来，接电话时嗓子有点哑。

“怎么哭了？”孙姜反应敏锐，声音有点慌，“别哭别哭，你再哭我可不去了啊！”

“小样儿的，你敢！”我一着急就凶相毕露了，“你是我的监护人，保护我的人身安全是你责任，你敢不来我就检举你违宪！”

孙姜的上半生颇有些坎坷，所以性情坚韧，脑袋长年高昂如斗鸡。他爸爸的年纪比妈妈大了将近十岁，他们父子两个素来不和，偶尔，喝醉了的孙爸爸还会揪着孙妈妈的头发往墙上撞，所以孙姜懂事以后从没叫过他爸爸。有一次孙爸爸在家里请朋友喝酒，孙姜正好放学回家，孙爸爸借着酒劲把他拉过来，拿了瓶啤酒逼他敬酒叫爸爸。孙姜不厌其烦，说了一句，滚！孙爸爸本来就是个脾气粗暴的刺儿头，怎堪在朋友面前丢了脸，于是飞快地在桌沿敲碎了这瓶啤酒，把尖利的玻璃狠狠刺在独生儿子的胳膊上，拉出深深的三道血口子。

“你老了，所以我让着你。”孙姜没有还手，只冷冷地看着爸爸。

孙爸爸也是趁着醉意才敢对儿子行凶，一见到哗啦啦地流血，人也傻了。孙姜被送到医院的时候，连书包都没放下来。医生拿了个尖嘴钳子在模糊的血肉里翻找碎玻璃渣，然后才给上药扎绷带。从头到尾大概半个小时，孙姜没有喊一声痛。

这件事的结果就是：孙姜从三好学生沦为小痞子；而孙爸爸从此不再借酒撒疯。

但这些都不是孙姜告诉我的，他对自己的家庭绝口不提。不过我爸曾经也是劝酒的一把好手，熟练掌握了在酒桌上打听左邻右舍八卦的技巧，有天孙爸爸被灌高了，面泛红光，直拍胸脯，嗷嗷叫嚣：“这才是我儿子啊！”

孙姜脾气又硬又臭，因此我不用一般方式对付他，只是积极协助他完成了从朋友到我哥再到我监护人的转变（我打算叫他爸，但他和我妈都不同意），从此就拿上了法律武器，这比割腕给他写血书或者往他们家墙上拍血手印子有效多了。由此可见，身为中国公民，必要的法律知识还是要具备的。果然，他再一次低下了快要昂出颈椎炎的脖子，哀怨地对我说，天上九头鸟，地上湖北佬，都说武汉市民勇猛好斗，我要是不幸牺牲了你记得给我交党费啊。

我嘲笑他，哪个党要你？猪头党吧？

挂电话之前，他又叮嘱了我一句，国庆节刚过，你乘车小心点儿啊，别弄出小生命来。

什么什么？我没听明白。他于是解释说刚看了一段子：有个人跟哥们诉苦说节日期间汽车上拥挤不堪，他怀孕的老婆竟被挤流产了。然后他问火车是不是好些，结果这哥们说更糟，上个月他老婆乘了趟火车竟然被挤怀孕了。

孙姜就是有这种本事，不管我心情有多糟糕，他照样能把我逗乐。

不知道他现在过得好不好，是不是也一样没烦恼。

## 3

早在考验阿宝的时候，我就打听到了他的大致住址，还有常去的网吧。其实这简单，找朋友借个高等级女号，跟他混两天，再交换QQ视个频，他保不齐连保险箱密码都告诉你了。

小朋友年纪还轻，难免会被不良大姐姐欺骗。

在火车上一路除了睡觉就是黑侃，给旁边人把此行的起因、目的都交代清楚。这次武汉之行危机四伏，万一出个啥事，在座的各位都是人证。我这张脸一旦诚恳起来，亲和力只比汪文华差点儿。败给她我心服口服，真的，人家大妈多深情啊，主持综艺节目就跟市委书记慰问烈属似的。当我声泪俱下地陈述完郑紫伊同学的网络被骗案后，发现前面半车厢空了，人全挤到我身边来了。后来我去厕所，出来的时候有个人碰了碰我胳膊，问："听说前面车厢有个说书的，你见着没有？收不收费啊？"

热情的武汉老乡们也给了我不少建议，光是行走路线就有十几条。从工具上划分，有公交车、出租车、麻木（三轮车）、步行、裸奔等各种方式。感慨万千，咱武汉在路况方面已经赶上罗马了，交通多么发达啊！

另外，有数位大哥愿意亲自领我去，被婉拒。

车到汉口是下午4点，我在车站大妈那儿买了张交通地图，摊在地上左西右东地研究了半天，横竖看不明白。孙姜苦口婆心交代过我在哪儿接头，全忘得一干二净。车上某帅哥留的电话号码，倒还栩栩如生。

我正蹲在路中间苦闷，后边缓缓开过来一辆536路公交车，司机叔叔大声问：上不上车？上不上车？又不是打仗，看什么地图啊？

依稀记得姜哥说他是乘汽车来的，我壮着胆子问了句：到长途汽车站吗？叔叔说：上来，付家坡下。我赶紧上车落了座，耳朵眼死死抓着"付家坡"三个字，生恐坐过了站。

都说武汉的公交车司机牛，不牛的全都死光了，幸存者个个能开着公交车飞跃长江。我坐的车在某个拐弯处不幸被一辆715超了，司机大怒，猛踩油门追上去，隔着车门就吼了句："超什么超，找死啊！"715司机也火了："老子超你怎么了？"两位司机就这样铆上了，一路憋足劲你追我赶，一边飙车一边骂架，任凭车厢里的乘客大呼小叫，司机照样把方向盘抡得跟大风车一样。

据说飙车的时候司机都超常兴奋，跟嗑了药似的，癫狂的劲头不得了，甚至有踩完油门就离座跟乘客打架的。所以一般情况下，乘客除了呼叫救命，也不敢说什么难听话，免得司机受了刺激出个车毁人亡的事故。

眼看着要到车站了，乘客们一口气还没松完，536突然一个内切，715紧急刹车，很多想从后门下的乘客只能改从前门下了。车站里的旁观者都在惊声尖叫。我坐在靠窗的位置，715车头就停在我脸前几厘米处，隔着车玻璃，司机大叔的四根鼻毛清清楚楚地在风中抖动，面无表情，看起来很冷静的样子。后来细想，觉得他当时可能吓傻了。

536司机得意扬扬地转脸对我们说：“怕什么事？老子技术没得话讲。想跟我比速度，老子方向盘随便一扭就把他逼路边了。哎，可惜呀，要是在长江大桥上他就得下水了……”

车门一开，乘客一哄而散。大家都是没留遗嘱没买寿保的，为了一块二毛钱坐亡命之徒的车实在不明智。

我也不知道现在停的是啥地儿，稀里糊涂下了车，高秀敏语：“大兄弟，你这是傻啦？”

蹲在陌生的墙根，仰首45度角望天，无声地咒骂这个宇宙——

娘的，城里怎么连个坐标都没有啊！

尹风曾经点着我的脑瓜子说：“小白，世上有三难：吻一个不爱的人；推起一堵倒下的墙；还有就是教路痴方向。”

我手搭凉棚四下张望：“谁呀？你说这人谁呀？”

尹风跟孙姜四只眼睛坚定地看向我。事实再一次证明，弱者的抗争是徒劳的。

于是武汉人民有幸见到一丫头满大街问路，对指路人的“东西南北”做呆傻状，直到说成“前后左右”才算成功沟通。我打死不敢再坐公交车了，问清楚只有两站路，挣扎着步行前进。到车站后，找了个阴凉地蹲着，给孙姜打电话，报告了迷路的情况，然后安慰他说，我已经到付家坡车站了，你只要负责把我找到就行了。

孙姜震耳欲聋的美声：“谁让你到付家坡的？我在火车站对面那站！”

欲辩已忘言。欲语泪先流。

“你给我蹲在那儿别动了，等着我！”孙姜严正警告，“有人找你搭茬儿你就拨110给他看。”

半个多小时后，孙姜一脸黑线从出租车里下来。“姜哥！”我热泪盈眶地站起来朝他奔去。有位导车大叔正跟我聊得高兴，还扬着手直招呼："哎，小姑娘，留个电话呀。"

孙姜把我肩膀一搂："兄弟，你跟那孙子说什么呢？"

"没啥，变个性整个容人缘就是好啊。"我潇洒地掠了掠耳边碎发，冲大叔乱飞媚眼，"猛男，咱们保持联系呀，我的电话是139啤酒白酒葡萄酒……"

导车大叔眼白一阵泛青，突然豕突狼奔变得很忙碌。

"死丫头，"孙姜用力按我脑袋，"怎么又长高了？不是跟你说不许长了吗？"

"这事儿你得跟我的骺骨商量。"我一手捂头，一手往他肚子上捏，啧啧有声像在买肉，"您老个头没变化，肚皮可见涨啊。"

以前孙姜身上没这么多膘子，身强体壮的特像陈小春，我见过他打架，三两下把欺负我的高年级男同学放倒，还笑眯眯地帮人家掸掉头发上的干草叶儿。他最好的兄弟尹风经常恶狠狠地向别人介绍：孙姜就是打家劫舍的一把好手，你看那一身的肌肉！

孙姜十分配合地甩开外套，向人展示肱二头肌，还冲我飞眼儿。

小姑娘那时候还嫩，光天化日之下看见裸男就脸红，狠狠瞪了孙姜一眼："肌肉没看见，光看见鸡胸了。"

尹风哈哈大笑，赞赏地摸摸我脑袋："不错不错，没有被肉衣炮弹打倒。"

孙姜叹息："俺刚装了两年斯文，小姑娘都喜欢樱木花道了；俺刚养出一身好肉，小姑娘又爱上吃排骨了。"

这仿佛是很久以前的事了，早已在我记忆中消逝。

然而这时想起，却清晰得像一只猫爪子，在我心上狠狠地挠。

心痛是不会致死的。

只会让人生不如死。

孙姜冲着我直纳闷："为什么刚下车的时候你不跟我联系？我手机你又不是没有。"我赶紧争辩："乱讲！你手机我怎么会有？我要是拿你的手机你用什么啊？你不就给了我一个号码吗？"

孙姜一副"你脑子坏掉了"状觑着我："咋还这么傻啊？"

"有我这参照物才能衬托得出您的英明神武呀！"我集中马屁火力往他屁股上猛拍，"再说了，能傻一辈子是多大的福利啊，你以为谁都能享受这待遇？"

孙姜满意地点点头，上下打量我一遍，然后说：

“人长高了没用，主要该长胸。要注意科学喂养知道不？”

这丫的几年如一日地叫我搓衣板，意志坚定如斯。这我不郁闷。郁闷的是我就算再有料也没办法跟他证明，总不能脱给他看吧？

“少说废话，走着！大爷雇你来是当保镖的，不是保姆嘿。”

“你给多少钱啊，保不齐还得我给大爷买回程票……”他嘴里还在嘟囔，手已经主动从我背上取下双肩包，提在手里。

我心里一暖，那厮又开口了：

“我靠，这么沉，装的板儿砖吧？”

总有一种无耻让人不能沉默。

## 4

公交车上站了半天，人狂多，车子沉甸甸的飙不起来，很有安全感。

我平衡感狂差，平时站在车上就像个保龄球一样，车一晃就到处乱滚，撞进人堆里就撂倒一片，只好把手紧紧扶在窗口的横杆上，肩负着千万人的挤压，比体育课做俯卧撑辛苦多了。觑准一大妈有下车的趋势，赶紧往旁边卡位，可惜慢了一步，被个小青年抢了座位去。

都说武汉帅哥多，连抢座位的也长得这帅，我都不好意思跟他争。

孙姜伸手拍他肩膀：“大兄弟，你有脸跟女孩子抢座儿啊？”

“这是老弱病残座，”帅哥答曰，“我有病。”

我一阵震惊，胸中涌起澎湃的同情，脑子里瞬间幻化出一位白衣飘飘、由两个侍女扶着去看海棠、一边吟诗一边吐半口血的被虐小公子形象。这该是多少未成年少女的梦中情人啊。

孙姜一点不留情：“啥病啊？还有治吗？”

“牙周炎。”

帅哥气定神闲。

“兄台牙龈上生的痔疮吧？”太气愤了，他这个回答让我放弃了帅哥与狗不得辱骂的原则，“大街上电线杆子多得很，那上头贴的小广告就是专治您这病的。您瞅准了，一般人儿我不告诉他……”

帅哥暴怒，冲着孙姜说了一串话，挤眉弄眼之间都是威胁意味。虽然我一句没听懂，但也听出来是在骂人，武汉话就是有男人味啊！

“吼啥？声音大有理哈？俺东北那旮旯拳头大的才有理！”孙姜捏拳在他眼前一晃。

“可不咋地，”我跟着起哄，“沙包一样大的拳头见过没有你？”

姜哥那拳头肉实精壮的，沙包可能夸张了点儿，像个醋钵还是不成问题的。

“你吓老子，东北人了不起啊？没素质！”帅哥还挺横，声音却软得像断了半截的泥鳅，慌慌张张扭身往车后门挤，“老子记住你了，以后别给我再碰见你。”

老罗说，身为诚实的东北人，想不承认也必须承认，我国长江以北的大案要案杀人放火抢劫越货，大多是东北人干的。这个特产比活雷锋和猪肉炖粉条著名多了，关键时刻还可以用来抢回座位。

我施施然坐下。

车上的照顾专座应该留给真正的老弱病残，给这种男人坐了是耻辱。当然，没有老弱病残的时候，善良的市民也可以坐会儿。

刚好到站，那帅哥下了车，突然豪气大发，指着车窗破口大骂。

武汉话就骂人的部分特别复杂特别难懂，我竖起耳朵，勉强分辨出一句大抵是“老子日你死胖子的干娘……”

可怜孙姜奔三的人了，想认干娘也没人肯屈就啊。

孙姜盯着他怅惘良久，车开的时候，他忽然问我：“小白，你还记得《射雕英雄传》里头的一段吗？”

“哪段？”

“郭靖抢了武三通的船以后，蓉儿说：‘他还当你是好人呢，净是骂我……’”

“长相问题。”我哈哈大笑，“人丑不能怪父母，命苦不能怨政府。”

“打击人家唯一的弱点，卑鄙。”

“你个安徽的伢刚才还不是卑鄙地栽赃给东北老乡了？”

“哪儿人不是中国人啊？你的地域观念咋还这么强呢，当心我检举你反动。”

孙姜不遗余力跟我斗着嘴，手里仍然牢牢攥着我的包，没有一点儿因为我有了座位就让我抱着的意思。

这人的心眼儿就是这么死，这些年一直把尹风说过的话当圣旨供着，纵容我上天入地，人挡拍人，鬼挡抽鬼。就因为他照顾得太周到了，所以我无论到了哪里，胆子都贼大的，走江湖的口号是“春风吹，战鼓擂，谁敢跟我比胆儿肥”。在这个枪打出头鸟的社会里，我也因此吃过不少亏。虽然我做人很低调，但总有人把我往新闻言论里整，无奈啊。不过我不在乎，真的，只要不是我看入眼的人，谁管他们对我咋操闲心，我还怕他们脑细胞早衰啊？换个角度说，没事爱对别人乱动坏心眼儿的，咱也不稀罕看他入眼。

车到水果湖，孙姜领着我往里寻，边找“三木”网吧边教育我：“别跟你那同学学习啊，牢记四项基本原则：千万不要搞网恋，搞了记得不要见面；见了面记得不要上床；上了床记得不要承认；承认了记得不要负责。两条腿的蛤蟆少见，三条腿的男人哪儿哪儿都是，咱干吗非得在网上找啊？”

我亦步亦趋连连点头：“其实紫伊看着挺正常一孩子，就是脑袋被门夹过。”

孙姜虽然嘴坏，说话还是有一定道理的。这世上最没有技术含量的爱情就是网恋。两人把古今中外的甜言蜜语全说一干净，整天价对着一台显示器海誓山盟生死相许，搞得闻者落泪见者伤心的，结果上去一问，这二位连手都还没碰过。

没点儿触摸感，能叫恋爱吗？自己独个儿享受爱情，跟意淫有啥区别？

“姜哥，待会留点儿神，他俩要是老老实实坐着，就把男的揪出来审问；要是牵着手，就先扇男的一耳光再揪出来审问；要是在打啵儿，一脚把男的踹翻，不用审了，直接揍个生活不能自理。”

“要是捉奸在床呢？”

“你滚开！”我怒了，“那是网吧，你当宾馆啊？”

“老土，网吧也有情侣包。”孙姜不以为然，“在网上都已经爱得死去活来了，难道见了面唠唠嗑就算完？爱是说出来的吗？爱是做出来的！小丫头又不懂事，脑门一热就麻溜儿地为爱情献身了，其实全他妈献身给了男的……”

“啥也别说了，咱姜哥是纯爷们！”我拿出匕首给他看，开了刃，有血槽，“你就当阉驴，别心软。”

孙姜两眼发直：“大妹子，你怎么把这玩意儿带上火车的？”

“这你别管，爷有的是办法！”我咬牙切齿，“这次是匕首，下次就带血滴子！”说完觉得不甚解气，又加了句豪壮的，“明犯强汉者，虽远必诛！”

孙姜鼓掌，感叹说：“仇恨可以开启智商啊。”

气焰瞬时被拍熄，我挥着匕首满大街追杀他：“你才是弱智呢！你们全家都是弱智……”

## 5

“三木”网吧生意不错，黑压压一片不良青年。

网吧里转了一圈，没见着紫伊。瘦高的网管警惕性相当高，看我和孙姜两人道貌岸然四处巡视，赶紧悄悄地把几个未成年小屁孩往后门轰。

孙姜问我：“知道那小子模样吗？”我冲他摆摆手：“不用。你离我远点儿。”

他走到一边，我揉揉脸部肌肉使之松弛，扬起一脸灿烂的笑容，背着手，踮起脚，暗中一把掐住气管，嗲声叫：“阿宝！谁是鬼手阿宝？鬼手阿宝在不在？”

有时候我觉得我能给卡通片配音，听我声音能想起赤木晴子的脸。

满室举头瞪目，网管赶紧又把小屁孩们往回拉。

瞪向我的无数双黑眼圈中，有一双格外好看。

好看的黑眼圈问：“你是谁啊？”

我心里咯噔跳了一下，这小子果然长得不坏，比视频里见的还要眉清目秀。以紫伊的道行，不知道我能不能赶上帮她数卖身钱。

“阿宝吗？你过来。”我笑着冲他招手。

笑里藏刀在我这张清纯的脸上一定没有体现，阿宝取下耳麦，咧着嘴朝我走过来，边走边猜：“挺眼熟的，你是嫣然对不对？是小叶子告诉你我在这儿的吗？”

“不对。你再猜猜。”我掩住嘴笑。

（后来孙姜嘲笑我：别的小女孩捂嘴笑都挺好看，你一捂嘴，咋看咋滑稽，好像蛀虫全都生在门牙上。我急眼了：第一次见到陌生男人，还不兴我羞涩一下？孙姜接着嘲笑：你那羞涩的眼光跟狼似的，我跟你熟成这样了至今见你还脸红。我反唇相讥：那是你脑子里对本姑娘有啥龌龊想法吧！孙姜无语，往我脑门上结结实实扇了一巴掌。）

阿宝憋足了劲往死里猜我，我对他摇了几次头，笑靥生辉间，已把他领出门外。

“美女，我肯定见过你，给点提示撒……”阿宝笑嘻嘻的，眼细唇薄，无端的销魂。

孙姜凑过来：“是你大爷。”然后一拳打在他脸上。

眼看那张白嫩的小脸浮起青痕，我愣了一下，立刻警觉起来。孙姜天生一副后妈心肠，对谁都下得了毒手，以前在菜场街上，经常跟人打着打着扑克怒了就起身抡小板凳开战，事实证明一条街的牌民都不是他的对手。长期一块儿打牌也没培养出友情，大家只能哀悼自己不幸与禽兽做了邻居。当年整个东市区除了尹风就没人敢招惹孙姜，别说眼前这个水灵灵的小男孩了。我虽然猜测营救行动会遭遇磨难，但没料到这磨难是由孙姜率先挑起的。等我反应过来，孙姜又挥起了第二拳，我赶紧拼命拦住：“干啥呢？干啥呢？你是来帮我找人的还是来杀人灭口的？”

阿宝被打蒙了，半天才骂了一句：“你他妈找事啊？”

这，这这这，这个词汇量丰富的骂手真是鬼手£阿宝吗？阿宝同学在剑侠2里以温柔体贴著称，仗义得没边儿了，一边屠杀一边喊“欺负我老婆兄弟者，死”，人气极高，要不阿紫也不会对他死心塌地。

落差太大了，简直是天上人间，真值得歌颂啊。

“误会误会，我们不找事，找人。”我尽量缓和气氛，“紫伊在哪儿？”

“找毛，老子白给你们打啊？”阿宝惨遭横祸的小脸上神情无比暴躁，根本不听我在说什么，扭头就冲网吧里喊：“坏坏，浪子，有人来我们帮挑场子。”

孙姜冷笑：“用词挺专业啊，黑帮电影没少看吧。”

他这副小样儿真的很有威慑力，特像吃撑的陈小春，就是我瞧着有点碍眼，你说你现在都是个胖子了，还要什么酷啊？当年中学的时候，辛浩然只要一忧郁就被我们嘲笑：“你都胖成这样了，还有脸忧郁？”辛浩然于是更忧郁了，愤怒地反驳：“胖子怎么就不能忧郁了？谁他妈发明的‘心宽体胖’这词儿？心宽就心宽吧，关我们胖子什么事？他奶奶的！”

网吧里钻出两个小伙子，发型整得都挺前卫，是这两年比较流行的，学名我忘了，反正乍一看像网吧里钻出来两头雄狮。

比较英俊的雄狮怒吼："搞么事啊？"

脸上有痘的雄狮应和："么事啊？"

两人配合得很好，后面那句就像牙洞里的回声一样。

目前局势是三比二，敌方以众欺寡，我方必须克服草皮不适应、赛场内外因素、抽签抽得不好等客观困难，出其不意打个速度战。孙姜那个四肢发达的家伙撸袖子又想上场干架，被我一把拽着胳膊不松。这娃一点长进没有，到哪儿都表现得跟个藏獒一样，附近要有砖头我就先把他拍昏算了，免得紫伊还没找到，先身负三桩命案。

怪我，光考虑到人物能力，没考虑到人物性格。

这时候我开始后悔没带辛浩然那个唐僧过来，不然别说郑紫伊，本·拉登的下落说不定都打听出来了。

这俩雄狮的名字我在游戏里见过，于是打招呼："坏孩子。浪子衡。你们好。"

雄狮们一点不幽默，没回答"首长好"，而是一脸疑惑问阿宝："这谁啊？你网友？"

"不！不知道哪来的两个人，连我们在剑侠里的名字都知道，我还不知道她是谁。坏坏，我们帮这两天招惹什么人了？"

跟他解释过了是找人，他还以为是帮派纠纷，年纪不大思想倒挺固执。

"小白你跟他们客气啥？还指望人家留你吃晚饭啊？"孙姜右胳膊被我死死抱着，左手一伸就把阿宝衣领子攥住了，"少装蒜，说，你把人小姑娘整哪儿去了？"

"干什么你？"阿宝挣了两下没挣开，挥拳往孙姜脸上打。孙姜闪电般把他手腕捞住，眼珠子瞪得冰雹一般，一字一顿地说："小朋友，最好别跟我动手，你还手也是打不过我，不还手我还能让你完完整整地回家。"

浪子怒了："靠，当我们不存在啊？"孙姜一把推开我，逼视过去："你试试！"

这是赤裸裸的挑衅。

浪子一抬脚当胸就踹了过去，动作熟练，看样子是学过跆拳道之类。就凭这标准的姿势都能唬唬人，可惜他遇到的是孙姜。姜哥刚学会走路就开始打架，从我记事起，经常能见到一脸倒霉相的父母领着满脸是血的孩子上他家去告状，小孙姜从来不分辨，直接把扫帚递到他妈手里："打吧。"随着年龄增长，他暴躁易冲动的脾气愈来愈明显，我 5 岁时有次被他们家的椅子绊了一跤，趴在地上哇哇哭，他怎么哄我都不肯起来，然后就转身进了厨房，我以为他要给我拿好吃的，结果他拎了把菜刀出来把椅子砍得稀烂，我立马乖了。后来我上了小学，春季时学校组织一年级集体注射疫苗，我挨了一针，疼得嗷嗷乱叫，直接跑到楼上四年级教室去找孙姜，哭得满脸都是鼻涕，话也说不清楚："她打我……"孙姜二话不说噌地站起来，跟着我跑到了我们班里，然后发现我赫然指向举着注射器一脸惊诧的护士小姐……

我们背地里商量过，如果每个人都能留给历史一个形象的话，孙姜肯定是手持板砖的。

在市井里打架出身的流氓，架势可能不够正规，但带给对手的气势绝对是压倒性的。

用武侠小说里的词形容，就是有杀气。

孙姜把浪子的脚脖子一抱，屈肘就往下压，浪子嗷的一声惨叫，像是腿要断了。孙姜及时松开了手，浪子靠在门边咬牙切齿地抱着腿直喘气，眼光能开刃的话，孙姜早就被片了。

所谓"一招制敌"，不过如此。

孙姜冷冷环顾："小孩子犯点错误不算什么，但是不要犯傻，别以为人多就有资格嚣张，你们三个的斤两加起来不够我一只手。"

仨孩子当场被震住。

坏坏孬好是个帮主，冷静地问："你们到底是谁？来干什么？至少要说清楚吧。"

"是啊是啊，先说清楚。"我埋怨孙姜，"姜哥，你收敛点，看看你现在像什么样子，跟流氓地痞一样！我们是来找人，又不是……"

孙姜脖子又梗起来了："流氓地痞丢你人了？"

他的眼神冷得零下十几度，这种态度和表情简直跟尹风当初一模一样，同样是一副又硬又烈的臭脾气，好的时候外表一如常人，一旦犟劲儿上来，比药瘾儿上来还不可理喻。但凡他们决定了的事情，根本不会为任何人改变。尹风早说过"你是我老婆，不是老妈，不必事事都管着"。这厮自以为已经进入一种境界了，好像我是个寂寞少妇就等着操那份闲心似的。当年怎么说也是全区模考成绩第一的，若不是遇见你这孽障，老子说不定这会儿就在未名湖边的草地上撒欢了，至于苦哈哈地流落到那蛮荒之地？

那天尹风坐在屋里抽了半盒烟，然后接了个电话要出去，我看他满脸煞气不像好事，不放他走。他说，只是一点小事情，你乖，在家里等我回来。我誓死不从。他每次出去打架前都说只有一点小事，然后每次回来都是一身青紫，不帮他上药我心疼，帮他上药我又不会，笨手笨脚地处理大小伤口，好在他忍痛的本领直拼邱少云，随便我怎么下黑手都不吭声，好几次我嘘口气说“行了”直起腰，发现他已经热泪盈眶了。后来问他，上药疼不疼。他愤怒地回答，你那是上药吗，明明是上刑！害得我差点儿想抛弃中文系的理想去读个医生护理之类的技校。所以不管他如何甜言蜜语地安抚，我就是死命拽着他的袖子不松，他终于不耐烦了，张口就喝：滚！

他居然要我滚。我一时气糊涂了，想不出什么创新的反驳词，只能结结巴巴地重复先辈之语：我，我不会滚，你先，先滚给我看看！

尹风打电话给孙姜，一边说“好好照顾小白”，一边摔门就走。

当时恨得牙痒痒，巴不得他受点伤回来，我再冷眼以对，让他自己躲墙角反省去。

结果……他没有再回来。

尹风，尹风，逞强的后果你现在该知道了！

我胸口一阵抽痛，瞬间通达全身，从喉管深处涌起一股酸涩的暖流，直冲眼眶：“好！姜哥带种！姜哥是纯爷们！我管不了你还管不了自己吗？我走还不行？你现在就把他们三个全打死在这里完了，反正进了监狱也好给疯子做个伴！”我从他肩上夺过包，转身就走。

孙姜一把拉住我，不吭声了。

第四章 04

# 往事并不如烟

## 1

2004年4月，尹风失手打死一个技校的男生，因为未满18周岁，被判入狱15年。那年我高三，6月高考，曾经全区成绩第一的我总分未达建档线。在爹妈的强迫下复读，2005年，终于把自己考到了遥远的异乡。

总算没生个砸在自己手里的祸害，爹妈松了口气，于是协议离婚。

突然有了两个家。突然无家可归。

而我给尹风写的厚厚一本日记，也没有机会再念给他听。

2005年5月7日　周六　阴

生日快乐！尹风。

今天我和孙姜在这里为你庆祝生日，有你最喜欢的绿茶蛋糕哦。

以后，等你出来以后，也让我陪你吃生日蛋糕，给你做婴儿食品，好吗？

我常常对人说，我曾近距离地观察过幸福的脚印。可惜的是，我也仅仅只是看到过它的脚印，不可触及。小时候我转了六次学，你知道的，我觉得自己像个包裹，而人生就像无数次邮递，不由自主。大多数时候能够寄对地址，但也有时寄错。如果当初我被寄到另一个男人的手里，或许就不必这样悲伤，毕竟不是谁都擅长欺骗我。又或许，你并非存心骗我，是为了保护我才拼命打发开我，是不是？

可你知不知道，我现在已经不怕打架了，也不怕迷路了。

今天放学的时候我突发奇想，上了一辆从来没有坐过也不知道将开往哪里的公交车。

车子很空，司机也不知道在瞎想什么，开心得摇头晃脑，我趴在窗台上浏览那些烂熟于心的风景。马路中央有一只狗，狼狈地在车辆中间穿行、避让。它似乎并不懂得从这条路上走开就能远离危险，只是浑浑噩噩地在一阵阵刹车声中张皇顾盼，眼中强烈的无助如果变成气体飘出来，几乎要铺满这整条大街。

这个小城，依旧不是包容它的地方。

还记得我说过自己像一条缺食的小狗吗？现在这条小狗也要离开了。我已经发泄了整整一年，以后，我不会再写日记了。我要走到很远的地方去，孤单而开心地活着，等你。

现在是晚上了，我已经为你许过愿了，吃光了最后一块绿茶蛋糕。无论你在哪里，月亮都会照着你的。

你瞧，它是颗快乐的糖果，无论你在不在。

## 2

孙姜一言不发，把我往前推推，意思是由我全权代表他发言。原来悲伤的故事除了可以换稿费，还可以用来驯兽。

我把紫伊的事一说，阿宝赶紧澄清："阿紫现在不在我这儿。"

"你意思她以前住在你那儿？"我瞪着他，自觉有种睚眦俱裂的气概。

"不是，我住在家里，父母都在家……"

"那你把她安排在哪儿？"

"我们街道上的丰泰宾馆，你们放心，那里条件还不错……"

"谁付的钱？"

一说到关键问题，阿宝的脸噌一下积极地红了，吭哧半天："她付的……"

孙姜忍不住感慨了："早知道这样也能泡到妞，我还存老婆本干什么。"

"眼皮子咋恁浅呢？身为社会闲杂部的精英难道不该有更高的追求？"我恨铁不成钢，"好好存钱，等存够两万咱买个越南老婆！"

"我想买个流氓老婆……"

孙姜声音很小地哼唧。这位20世纪70年代老兄的欣赏水平一直维持在地平线以下，还对杨钰莹之流花痴过一阵子，他能看上流氓，貌似这几年思想境界有所提高。

去丰泰宾馆之前，我特威严地逼问了一句：“臭小子，你对我妹子做了什么坏事没有？”

“没有没有，绝对没有，你们误会了，我跟阿紫是特别纯洁的男女关系……”阿宝尴尬得直捋头发，都快捋成卡卡西了。人家有一只写轮眼，他被打乌一只眼，也算有相通之处。

“靠，都男女关系了，还纯洁个屁。”孙姜一脸不屑。

他的嚣张还是有一定可取性的，现在阿宝说话极其文明礼貌，发问的明明是我一个人，他回答必称“你们”，生怕忽略了姜哥会再挨一拳。回想刚才那个开口闭口“老子”的暴躁孩子，好像给某只路过的鬼上了身似的，完全是两个人。

现在的孩子都成精了，判断形势的眼光比政客还毒辣，见风使舵的能耐比汉奸还强大。

当年我们还是孩子的时候，多淳朴呐！长辈们都是权威，学校领导们骂句娘都是口谕。我至今崇拜初中校长，他有本事让我们认为夏天吹风扇是一种腐败，还在全校师生大会上谆谆教诲：我务必提醒大家，尽量不要开灯，因为灯光会导致皮肤癌……后来我们学校用电量是全市所有学校最低的。我觉得那时学校不设晚自习是因为我们不肯自带手电筒。

初一时我们教室在厕所旁边，一入夏就臭气熏天，全班同学一齐到校长那里哭诉，提议厕所用清水冲，校长语重心长地说：“吃得苦中苦，方为人上人。忍得臭中臭，才能做大事。大家说，对不对？”我们当时年幼无知，思考不了这句加了排比修饰的混账话，都为自己耐力不够而无地自容，所以我们比校长更坚定地回答：“对！”后来再也没人抱怨过厕所的味道。

多年后，我成了一个近视眼，嗅觉（尤其是政治嗅觉）也比较迟钝，但偶尔碰见初中校长还是会打招呼，表现了我思想的深刻堕落，有些贱人是不能被原谅的。

有次宿舍卧谈会我叙述了这段历史，苏漣愤然：“水至清则无鱼，人至贱则无敌！”

知音！

要不怎么全宿舍其他三个孩子我就对苏漣情有独钟呢？

我警告阿宝："别再乱勾引小姑娘，不然把你中腿打瘸了！"坏坏大笑，拖着阿宝和脸上仍带有怒意的浪子进网吧去了。

告别政客汉奸，我恨恨地唾弃孙姜："再也不带你出来了，你只会拖我后腿。"

"谁说的？你的前腿如果有需要我也可以拖，要不要试试？"孙姜神态坚定，然后反过来唾弃我，"不遇上事儿你蹿得跟个虾样，一遇事你可一团和气了！"

我脱口而出："去你妈的。"

说完就开始后悔，不等我肠子青，孙姜拖着哭腔诉说："小时候我妈抱着你看月亮你叫人家小姨娘，现在翅膀硬了，骂你小姨娘都不带眨眼的。"

"乖，不哭啊，姐姐疼。"

"疼吃止痛片去！"

翻书跟人姜哥翻脸的速度根本没得比。

从小我就跟孙姜在一个大院里玩，6 岁时进了他读的小学念一年级，10 岁时我被爷爷奶奶接走去老家读书，初中时又转了回来，再跟孙姜读同一所中学。这时候孙姜已经成了学校里的刺儿头，他仗着年纪比我大，年级比我高，经常一本正经地教育我"小孩子要懂文明讲礼貌"，然后转脸又跟我说些"啊，人生自古谁无屎，留点零钱买手纸"之类的鬼话。

在大家看完以上章节之后，我现在要是说我从前特纯洁，不知道触不触法。

初中时，体形标准的孙姜还是校足球队的门将，比赛多，我经常去给他们加油，捧丫的臭脚。倒不是我想捧，主要是球队里臭脚太多了，我不可能把众多香港脚挨个儿闻一遍挑出个味道好的，只能闭着鼻孔捧熟人。有一次跟别的学校踢球，只见咱们的队员把球往人身上踢、往门柱上踢、往场外踢、往观众席上踢，往哪儿招呼的都有，就是不朝球门里踢。又一次打门偏了之后，我激动坏了，站起来挥着小拳头高喊："我靠！射得那么高，打飞机啊？"

全场当时就静止了。

我还直纳闷，咋回事啊这些人，没见过大嗓门美女咋地。

各位都比我有见识，我在这儿就不多做解释了，反正思想淫秽的人会认为那是句下流的话。好在孙姜不是善茬，大伙儿看他的面子，虽然当时静止了一下，但事后也没再拿这句话讥笑我。

不久后的一节自习课，我认真准备次日的英语模考，一脸旧社会地背单词、抄小纸条，脑门上直冒白汽。真是不忙到想死的份儿上你都不明白“忙”字旁边为什么会有个“亡”啊。

我都这样了，后桌还一个劲地给我添乱子。他外号叫龟仙人，我激愤难当，一巴掌拍在他桌子上：“再惹你姑奶奶我，龟头给你踢爆了！”

龟仙人面目呆傻，望着我半天，喃喃地说了一句：“流氓，纯流氓……”

这个段子当天下午就传遍了校园，而身为当事人的我还懵懵懂懂。放学路上碰见孙姜和几个朋友一起，他直勾勾地瞪着我发呆：“世道变了，多纯洁一小姑娘啊，说要流氓就要起流氓来了，连个酝酿过程都没有……”我忍一天终于爆发了，质问他：“喂，姑奶奶顶多算彪悍，怎么就成耍流氓了啊？你说！你说你说！”他只是同情地看了看我，跟旁边人哈哈大笑着走了。

后来孙姜把我的这些糗事告诉了尹风，尹风心疼坏了：“造孽啊，小白的童真就叫你们这帮混蛋糟蹋了。”

冲这话，我就铁了心地跟他。

尹风虽然脾气不好，但他能说踏踏实实让我感动的话。在我学会做婴儿食品之前，总是他趁家里人不在偷偷摸摸钻厨房给我做好吃的，拿小保温桶拎到我们院里，一边用勺子帮我刮着下巴上的米粒子一边心疼得皱起眉头：“小白，你脸上好像写了个‘猪’字，反正我一看到你就忍不住给那张小嘴里塞东西，喂死你！”

瞬间就陶醉糊涂了。

我这人没什么上进心，只想逮个瞎了眼看上我的男人赖一辈子，哪怕他真给我喂猪食呢？

不像孙姜，那孙子有次骑车带我去野外放风筝，我技术不行，别人放风筝，咱一般是遛风筝。遛累了，正坐着喘气，他突然俯下身子凝视着我，深情款款地说：“我爱你。”惊得我一口大气闷在肺里没敢喘出来，正憋得满脸通红，他接了一句，“塞北的雪！”

人生这么漫长，难免被凉水塞几回牙。

甜言蜜语的确不是什么好东西，但与冷嘲热讽相比，更多的人选择死于前者。

这就是孙姜比尹风先认识我十几年却没有泡到我的原因。

孙姜一听这话就做孕妇状干呕不止，斜睨着我说：“得了，三分钟不寒碜你，你就自我膨胀得没边了。哥身边的营养茶成箱子提，谁有工夫泡你这棵大白菜啊？”一怒之下，我把 QQ 签名改成了“大好白菜，谁人泡之”。

不过他身边的女孩子确实没断过，不乏品相佳的，很令我纳闷儿。这位男同志据目测四肢绝对健全五官基本端正，扔教室里都要横扫五眼以上才能找出来，要色没色，要财没财，性格又暴躁如烈犬，怎么就能抢手了呢？敢情现在的女孩子觉悟高了，都不贪图财富与美貌了。但是，谈恋爱又不是公益事业，总得相互图点儿什么吧。我私下跟一姑娘打听，妹子，你到底看上他哪一点了啊？女孩子激情澎湃地说，姜哥好酷喔！

看不出那油腔滑调的小子哪点酷，你不如解释是自己死面包子吃多了的原因。

## 3

如果这宗人口失踪案的女主角换成其他人，我绝不着急。

比方说苏涟跟男人跑了，我肯定得大烧高香，在电脑桌上给她供个牌位，晨昏三叩首，早晚一炉香，家祭无忘告吾妹：“放心去吧，抓紧机会糜烂，这边万事有我……”

紫伊是个干净得像刚搁在洗衣粉里泡过一样的孩子，纯洁得几近苍白，上了这么久的学，危害青少年身心健康的“两室三厅”居然全都没去过。认识不久，我带她去电玩世界打僵尸，刚拿起枪时她还跃跃欲试表现得挺兴奋，屏幕上刚出现一个一脸淋漓的行走物，只听紫伊同学“哇啊啊啊”一声直拼花脸地尖叫，然后把枪一扔，一头拱到我怀里瑟瑟发抖。

我一手拿枪打僵尸，还得腾出另一只手拍她肩膀：“不怕啊，都是假的……”

这种孩子在恐怖小说里头，特容易被催眠。

紫伊的涉世浅得能见底，数年来按照父母师长的意愿生活，纯洁如一张白纸。确切地说，还是一张挺郁闷的白纸，多年求泼一墨而不得。据说接到录取通知书后，她父母做好了举家搬迁的准备，差点连户口都整过来了，是项北国亲自出马做通了长辈的工作，紫伊才得以进入深受人民爱戴的 204 女生宿舍。

饱受精神禁锢的孩子单飞后都会失常，比方说超凡的热心，一有空就帮大家带午饭、买包子。校园内没有计程车，她只能拎着粮食徒步奔走。大家都受宠若惊坏了，纷纷赞叹：“阿紫，你有豹的速度、鹰的眼睛、熊的力量……”

我刚好接完电话回来，插了句嘴：“还有狼的耳朵！”被众人暴打。挣扎着解释，“你们不是在说布雷斯塔警长吗……”继续被暴打。

当初，我向紫伊传授了所有游戏心得，唯独忘了提醒她一句——

游戏玩家都是 NPC。

玩家关系本身就没有太多道义可言，只是图个刺激，你不能要求毛没长齐的小朋友们有崇高的道德观念，就算有幸毛长齐了，人家也没打算在游戏里做十佳青年是不是？

小孩，我不是倚老卖老好为人母。我曾多么诚挚地欣赏和保护着感情，甚至，允许它不那么真实。可现实却是多么荒诞，只为了一场意气风发的斗殴，我就不再拥有自己所爱的男人。而你们相爱时就已经隔了网络这层窗户纸，草率地戳破之后，他还会视你为首位吗？一切爱情都可以被处死，可如果眼睁睁看着你死于雷同，我于心何忍。

去宾馆的路上，我给紫伊打了个电话，依旧关机。这孩子存心让人着急，居心太叵测了。

孙姜义愤地说：“你还找她干啥，这种丫头就该叫她吃点小亏！”

“她吃亏倒不要紧，论年纪搁在解放前也能生一窝小兔崽子了，但咱不能便宜了阿宝那孙子是不？”我看他对我室友成见挺深，急忙打圆场，“看她嫩得跟块内酯豆腐样，毛还没长齐呢，万一给小姑娘落下初夜阴影，会影响今后生活和谐的。”

“看不出来，伍大婶还想得挺周到。”

“那当然。”我得意地挺了挺胸膛，“俺的胸里装的都是智慧。”

孙姜大笑：“知道你为啥胸小了，智慧不压秤啊。”

如果让我选择做个美女还是才女，我会选“C: 以上都是”。如果出题人很较真，我就选前者。智大包天的丑貌女子折腾一辈子名利双收，总结起来还是一丑女；长相喜人的傻姑娘随便唱个小曲儿都是才貌双全，谁管那调儿是不是离家出走了。所以我立马跟他翻脸：“少他妈再拿老娘的局部说事儿！那半斤肉压住你家祖坟了咋的？”

孙姜啧啧有声："火焰高了，不怕鬼啦？"

"怕啥？我已经想明白了，要是鬼把我整死了，我就直接变成一厉鬼跟它对掐！"

我一脸阴森跳来跳去地装僵尸，孙姜忽然抓住我往怀里一拉。

耳边响起尖利的刹车声，一回头，马路边停了辆黑色桑塔纳，副驾驶座位探出一颗脑袋，冲着我臭骂："你个小婊子，不要命啦！"

我惊魂未定，孙姜一手拍着我背，另一手指那男的："你下来。"

那傻男人当真开了车门就想下，旁边驾驶座上那人伸手把他扯住了，顺便把车门一关，启动，扬长而去。

都说宝马、大奔之流的司机朋友胆大不要命，当然主要是不要别人的命。依我看这种硬朗的作风在驾驶圈内有蔓延趋势，桑塔纳师傅都能当街辱骂花季少女了，指不定哪天自行车司机就敢在市中心的十字路口玩托马斯全旋。

"丫头，没吓傻吧？"孙姜拍了拍我的脸，声音低缓，语气出奇的温和，"你干吗舍生忘死地朝马路上跳啊？人家还以为我在胁迫少女卖身呢。"

我一个深呼吸，把他推开："哥们，演技真好，眼珠子再瞪大点儿活活就是一马景涛。"

可能我的动作太粗鲁太生硬，孙姜怔了怔，眼神瞬间就爆燃了，紧紧捏着拳头，面目狰狞得像要打人一样。我畏缩（也可以替换成猥琐）地双手护胸："不要动手啊！你还记得吗？我还请你吃过饭呢……"

"啰唆，走了！"

孙姜不再管我，自顾走远。我刚推开他的那一刹那，隐约能从黝黑的肤色中看出他脸上的红。

心里突然烦躁无莫名。

我素来不惮以最大的善意来推测自己的，小白这闺女要不是心肠好，早已成就非凡。

用尹风的话来说，就是过分优柔寡断。

比如说，高中上楼时不慎踩了个学姐的脚，被她鄙夷地骂"贱人！踩老娘脚！"，我还要考虑如果回骂一句"还不够贱，下次保证踩你臭嘴"之类是否会让她承受不了。内心里正在天人交战，学姐趾高气扬地走了。

心理学家们，知道斯德哥尔摩综合征怎么来的了吧。

所以,我决定了,等见到紫伊,我上去就揪着她衣领子在她耳边大声号叫:“咱闺女有志气！我以你为荣！千万里我追寻着你！”反正不能让她觉得自己幼稚，更不能让她觉得自己犯了错。

我这么寻思着，孙姜对宾馆的前台接待小姐说：“请查一下郑紫伊小姐住在哪间房，帮忙拨个电话给她，说有朋友来找。”

接待小姐一脸微笑：“请出示您的身份证。”

孙姜摸了摸裤兜，皱起眉头：“忘带了。”然后把脸转向我，我冲他摊摊手表示也没带。多年来靠着一本铁路职工家属医疗证横行江湖，早把身份证压了箱底了。

接待小姐彬彬有礼：“对不起，没有身份证，我不能向您透露房客资料。”

孙姜眼一瞪，面部阴阳不定有变身迹象，我赶紧把他换下场，严肃地对接待小姐说：“小姑娘，我看你还不知道这件事情的严重性，那位郑紫伊小姐是从北京来的（说‘北京’二字时，我冲她飞了一个意味深长的眼），因为旅途中发生了一点问题，我们才亲自过来找她，这次行动时间紧任务急，没有来得及回去取身份证。你身为宾馆的工作人员，按规章制度办事是值得表彰的，但是，如果因此对宾馆的声誉造成了损失，你负得起这个责任吗？”

接待小姐被我的种种暗示搞得非常紧张，脸都僵了，拿起电话按下几个键，小声说了几句，挂了电话就开始在电脑上检索，然后告诉我们：“郑紫伊小姐住在406，请稍等，我打个电话上去。”

半天没人接，接待小姐一脸歉意：“对不起，她可能出去了……”

“不要紧,咱们上去等她。”孙姜把我一拉就走,我竭力把步子迈得正气凛然。

接待小姐不敢拦着，拼命给保安使眼色，那个小保安也很灵泛，远远盯着我们俩的梢。

到了406，孙姜按门铃，我嘲笑他：“人不在，你怎么不进去开啊？”我小时候经常被他欺负，上他家玩，一敲门就听见他在里面喊：“进来开！”——妈的，老子要会穿墙术还敲你家门干什么，早上银行库房搬钱玩去了。

我话刚说完，居然听到一声清脆的拧锁响，门开了。

惊喜地听到郑紫伊同学幽怨的声音："你不用留我，我已经订了明天的机票。"然后她才探出身子，视线扫向门口，眼神是忧郁的，睡衣是紫色的。

"姐……"见是我，紫伊愣住了。

那件紫色睡衣没有领子，我无处下手，正琢磨着掐脖子还是揪头发，她眼圈突然一红，泪珠子沿着小脸蛋滚下来，呜呜就哭："姐姐，我要回家……"

我不由得悲从中来，一把抱住她："好，好，姐姐领你回去啊。"

那盯梢的小保安眼见场面煽情，悄悄溜走了。

半扶半抱地把紫伊弄回房间，姐俩在床边坐好，我轻轻拍着她的肩："要是你想说，就把心里话都告诉姐，说完了可能舒服点；要是不想说，就什么都别说了，只当你是回学校的时候半路转车不小心迷了路，我来接的你。"

紫伊哭得抽抽噎噎，说不出话。

孙姜最见不得女孩子掉眼泪，粗声大气地问："那小子怎么你了？跟哥说。要他左胳膊还是右腿你吱个声。"

我瞪他一眼："你给我闭嘴！"

孙姜果然闭嘴了，但我发现他并没有看我，沿着他的视线望过去，落点刚好是紫伊领口上方露出来的一片白生生的皮肤。

男人果然都是畜生，连悲伤期的小姑娘都不放过。

旁边的椅子上搭了件短外套，我一把扯过来给紫伊披上，重点拢了拢衣领，顺势扫一眼她的脖子，嗯，没有斑痕。

孙姜注意到我夸张的动作，眼神又怒了，盯着我欲言又止，然后重重地哼了一声，扭过头去装清白。看，老色狼恼羞成怒了。我心里暗想，反正阿紫已经找到了，谁管你怎么生气怄火，我还怕你早生华发啊！

紫伊发现屋里有外人，收敛了一点悲态，趴在我肩上断断续续说出了这些天的经历。

故事是这样的：阿宝放假后回了武汉，约紫伊来玩，紫伊琢磨着自己初恋的晚节终归是难保了，还不如毁在一帅哥手里，于是骗父母说提前回学校，偷偷订好飞往武汉的机票，揣着最后一笔党费踏上了阿宝的贼船。阿宝去接的她，两人携手同游天河机场，一齐前往水果湖某西餐厅品尝黑椒牛排，用餐结束后，阿宝领紫伊去宾馆开了间房，一边听着电视，一边就游戏中的多方面问题进行了亲切愉快的双边会谈。然后阿宝说，天色不早了，咱们洗洗睡吧。紫伊纯真地回答说，好呀，那我送你下楼。阿宝当时脸色就不正常了，期期艾艾半天，鼓足勇气问她，我能留下来吗？紫伊的小脑瓜子还没转过圈来，阿宝温柔地抱住她说，阿紫，我真的很喜欢你，让我们一起愉快地度过这几天时间好吗？

“那你怎么说？”我一阵紧张。

真后悔刚才只说了要打瘸阿宝的中腿，对这种人就应该先抽烂他的嘴。

“我当然严词拒绝他了呀，这些天我电话一直关机，他打来房间我也不接。”紫伊苦涩一笑，脸上泪痕犹湿，说不出的楚楚动人，“虽然我的恋爱经验不丰富，但是谁想跟我厮守终生，谁只想占我便宜，我还是能分得清的。”

我一把揪住她衣领子，在她耳边大声号叫：“咱闺女有志气！我以你为荣！”

第五章 05

# 活泼 = 活生生的泼妇

1

从那以后，如果再有人提起网络游戏，紫伊就会报以矜持的一笑：“那是个罪恶的地方，男人都需要补肾。”

我也问过她，既然对他失望了，为什么不立即回来？她笑了笑，说毕竟是曾经山盟海誓过一番的，她不相信爱情直通向床，她还希望这男孩子能亲自来向她道歉，做出让她感动的深情告白。可惜，没有。

当晚，我跟紫伊住在一起，用她的身份证又开了间单标，也在四楼。

紫伊的情绪不好，看样子晚饭也没有吃。我跑到孙姜屋里商量领她出去散散心，顺便吃个夜宵，孙姜自告奋勇陪同：“万一碰上阿宝那狗日的，先揍他个全身不遂再让郑家妹子亲自出手教训；万一碰不上，我也可以给妹子当个拳击陪练，哥这一身皮肉厚实着呢！”

我冲他翻白眼：“我呸，你是人家什么哥啊？”

“姐夫哥呗。”孙姜摸摸头，笑了笑，样子憨厚得跟长工似的，还是个观音土吃多了的长工，腹胀如蛙。

我继续对他强呸：“紫伊是独生子女，可不带你这样诋毁郑伯母的！”

孙姜悻悻然：“观音姐姐也是姐呀。”

“对对，还有芙蓉姐姐。”我好心提醒，“跟那玩意儿结婚多好呀，全国人民都拿你当活烈士看，八宝山就算破坏绿化也得给你掘一坑。”

叫她“玩意儿”没错，我拒绝承认跟她是同一物种。

真崩溃，见过找抽的，没见过扭成 S 状找抽的，就是蛇扭成那麻花样也该脊柱变形了。

孙姜曾经在 QQ 上埋汰我说：“你就是把小肚子肉挤上来也不如人家半拉胸高。”我愤慨地按了电脑的肚脐，仰天长啸：“娘的，胸大了不起啊，再大也不过是俩哺乳工具嘛！”

“就是！”苏涟在一旁同仇敌忾地说，“A 罩没有关系，挤一挤还是有沟的。”

两个人狂笑，顿觉重挫了敌人的气焰。

不过，胸大倒也不是一无是处。记得 20 世纪 80 年代有个很火的杂志上有篇小说，褒扬巨峰女同志奶孩子方便，娃在背上饿了，直接解开衣服把胸脯往肩膀上一甩就成了，都不用费劲把孩子抱怀里，同时还不妨碍进行家务劳动。

孙姜气极反笑，指着我的鼻子：“你信不信我把你丢这儿？”

“不信！”

我毫不犹豫。

“你……”孙姜气结于胸，表情变幻不定，最终定格为无可奈何，“算了，我跟你个小姑娘计较什么。”

我双手叉着腰仰头大笑三声，转身出去叫紫伊，心里却偷偷乐开了花。孙姜，我知道，就算哪一天我疯了，往死里踹你，撵你滚蛋，你也只会在我脚上多裹几层棉布，然后咬着剩下的布头等我体力耗尽。

走到门口，孙姜突然叫住我：“小白，你不是最恨阻止爱情的人吗？”

我慢慢回过头：“我不想阻止什么，真正的爱情我也阻止不了。我只想让她感觉得到自己还在被更多的人关心着，想让她明白，爱情或许是生命中的唯一，但绝对不是生命的全部。”

走了半个小时，紫伊一声不吭，像是舌头休克了。

我跟孙姜使出浑身解数没命地讲笑话，武汉要是有烽火台我都恨不得给她戏个诸侯。

就这么尴尬地走到一条街上，各式美食餐厅琳琅满目。

孙姜：妹子想吃点啥？

紫伊不吱声。

小白：天气热，吃点清淡的好。是吧，妹子？

紫伊点了点头。

孙姜：行，肉类里就数鱼肉最清淡，咱吃鱼。

小白：还吃肉？你看你那小肚子上，没别的，全是肉。

孙姜：废话，不是肉还能是啥啊？土豆？大葱？要不胸口再长俩倭瓜？

紫伊扑哧一声笑了出来。

我们赶快陪她一起笑，我边笑边谄媚地问："阿紫，想吃点什么不？"

紫伊舒了口气，想了想说："想吃碗猫耳朵。"

"啥？猫耳朵？"我吓了一跳，"都这么晚了，我上哪儿给你弄猫去？再说献鹹这活计我也不擅长啊。咱不吃这么血腥的东西成不？"

紫伊白净的小脸蛋一红，小拳头轻轻捶在我肩上："不是那个猫耳朵啦！"

孙姜嘲笑我："白在祖国大西北上学了，猫耳朵跟猫耳能是一回事吗？"

我纳闷："那到底是什么东西？"

"猫耳朵，是运用撮、挤、揉、扯、揪等工艺对面团进行残酷虐待后制造出的一种食物，属面条科目，因状似猫耳而得名。"孙姜滔滔不绝跟个生物系讲师似的，"此物不易消化，非有强大胃动力难以将其摆平，能连进两大碗者，其胃动力之强大可与进口水泥搅拌机相媲美。"

咦，撮挤揉扯揪……无限遐想……不由得我芳心大动。

"对，猫耳朵是一种面食。不过，哪有那么可怕？"紫伊忍不住掩嘴囫囵笑。

孙姜跟着笑，神态温柔坏了。

这个没出息的，见了美女就把面部笑得跟热烘烘的大便一样，要不是图他埋个单，老子就现场揍死他。

武汉的面食品种不丰富，我们最终没有吃上传说中的猫耳朵，凑合吃了顿馆子。

吃饭的时候顺便讨论回去的事，紫伊说已经订了明天晚上的机票，晚上10点半能到，我决定让她先回去，我自己坐明天下午的火车，后天抵校。孙姜却坚持让我跟紫伊乘同一航班回去。我说没那闲钱，人机场又不收肉债。孙姜拍着胸脯说放心，有我呢，我给你买好机票。

靠，美女面前摆阔啊！我故意警惕地问："这钱的来路还算正吧？"

孙姜一愣，巴掌又挥到我脑门上："放心花吧，我就是坐了电椅也不会把你供出去！"

就这样，我人生第一次坐上了腐败的飞机。

孙姜送我们去机场，紫伊在网上看过“武汉 521”的彪悍事迹，吵着要试试坐公交。车子刚刚滑出站台，有个大爷追在后面喊：“师傅，等一下！师傅，等一下！”司机于是停了车等他。大爷奔过来，一脚踏上台阶另一脚踩地，双手死死揪住车门上的扶手，扭头对着车身的站牌仔细地看了几分钟，最后摇摇头缩脚走开了。司机郁闷至粗口：“老子信了你的邪噢！”

候机时，我给宿舍打了个电话，苏涟接的，她说老项知道我没请假就离校了，非常愤怒，回校后最好悠着点。她还异想天开地给我出了个主意，带点武汉鸭脖回来孝敬他，证明我在武汉一直思念着老项——“脖子”。我极力赞美了这个创意，然后问她，小苏，你是在暗示我给你带点小酥糖回去对吧？苏涟害羞地说：哎呀，咱俩真是心心相印呀。我说你放心吧，咱俩不光心往一处想，劲也往一处使，我把小酥糖都给你费力吃光了。苏涟在那边郁闷了半天，恨恨地说了五个字：你这个吃货！

## 2

学校 11 点半关校门，机场离学校还远得很，即使打车一个小时内也不一定能到。有心想爬个墙头，一来紫伊这闺女连桌子都没上过，别说叫她亲自爬墙了，恐怕让她目睹我飞檐走壁都会吓得咬住小手绢；二来，万一不幸叫人告发到老项那儿去，只怕我小命不保。紫伊估计没事，她是大家心目中的乖孩子，铁定不会犯错误；一旦犯了错误，铁定是受坏人蒙骗。所以坏人铁定罪加一等。虽然文明校园不兴扒皮抽筋这一套，但万一弄个警告处分我也吃不消。

出租车司机问了两遍：“去哪儿啊？”紫伊眼巴巴地看着我。车窗外的夜色中闪烁着霓虹，我脑袋上方突然有个灯泡亮了一下。

“去东街，卡萨布兰卡。”

杨思冠没有手机，起初让我很是吃惊，这年代手机比普通话还普及到位，已经跟内衣一样成为人的基本装备，落实到男性就是内裤，因此我悲愤地指责他：“你为市容考虑了没有？不穿内裤就敢出门，万一裤链忘了拉咋办呢？嗯？你说！你说你说！”

要说这货买不起手机，人神共愤！我亲眼看见他买片绿箭都用粉红色的毛爷爷。

他羞涩地跟我解释：从前心里还有惦记的人，所以 24 小时开机，什么时候思念涨满了心房开始往外溢出就给她打电话，哪怕收到一个短信回复都欣喜若狂，可是慢慢地到了后来，一切都趋于平静，也没有像当初那样刻骨铭心挂念着的人了，一些莫名其妙的同事朋友按几个键就找得到我，简直约等于唤狗器，我宁可独自在卡萨布兰卡待一下午，也不想去理会他们那些破事。

我郑重地提醒他："老杨，我觉得你有点自闭。"

他拍了拍我的头，没有否认。

第一次进酒吧，紫伊相当警惕，死死攥着我的手，表情从容镇定得跟江姐赴刑似的。

酒吧里零落地坐着一些人，并没有寻见那熟悉的身影。丢丢坐在高高的椅子上，弹着吉他在唱那首最近很火的《寂寞沙洲冷》，嗓子有一点哑，鼻音有一点重，像是感冒了。

自你走后心憔悴
白色油桐风中纷飞
落花似人有情这个季节
河畔的风放肆拼命地吹
不断拨弄离人的眼泪
那样浓烈的爱再也无法给
伤感一夜一夜
当记忆的线缠绕过往支离破碎
是慌乱占据了心扉
有花儿伴着蝴蝶
孤燕可以双飞
夜深人静独徘徊
当幸福恋人寄来红色分享喜悦
闭上双眼难过头也不敢回
仍然捡尽寒枝不肯安歇微带着后悔

寂寞沙洲我该思念谁

……

几天没见，他剪短了头发，冷峻许多。

我站在吧台前，向他招招手。丢丢看见了我，把吉他丢给乐队里一人，走了下来。

“嘿，你不是老杨那个小女朋友吗！”丢丢对我微笑，乌黑清澈的眼珠甚是勾魂摄魄，然后表情严肃地想我的名字，“你叫……那个什么小白？”

“伍小白。”

悲哀啊，怎么总成别人的女朋友，要是搁在旧社会，这身份就可以浸猪笼了。

“对对对，伍家妹子，这次我保证记住了。小白，老杨今天不在。”丢丢很精明，知道我来这儿不是为了听他深情歌咏。

呵呵，他不在。淡淡的失落感油然而生。

丢丢拉我们到旁边坐下，拿了几听啤酒推到我们面前，紫伊一脸惊恐，我给她换了饮料。

“怎么了你俩？做了啥错事叫老师放狗撵出来了？”

“我脸上又没写违法乱纪四个字，怎么老认为我干了坏事啊？就是学校关门稍微早了点，我们回校的车次稍微晚了点，正好没赶上回宿舍，也正好有机会来捧你的场。”

丢丢立刻问：“你们不会想在这儿待一夜吧？明天有没有课？”

“有。”

丢丢想了想说：“这样，小白，我今天刚好嗓子不舒服，你上去替我唱几首，你们的事我来想办法。”

“我们没事……”

我还想狡辩几句，被他严厉地一眼瞪回去。

“少废话，女孩子怎么能在这种地方过夜？去，唱几首活泼点的，我含片亮嗓，一会儿就替你。”

靠，不就活泼点吗，老子活泼给你看看！保证是一活生生的泼妇。

我把外套一脱，还好里面穿的是T恤而不是老头衫，整整仪容跑上台去，抓过麦克风说：“萱萱的《我爱洗澡》，谢谢乐队哥哥们。”乐队一阵骚乱，但歌曲前奏居然还有板有眼，丢丢说他的这帮哥们儿会得多，果然直拼点唱机，下次我就点《蜗牛和黄鹂鸟》。

丢丢在下面以手扶额做崩溃状，手掌顺便遮住了脸，像个螃蟹横着向旁边撤退。

我边唱边跳地折腾完，居然有不少人鼓掌。刚才丢丢把情歌演绎得那么凄美迷离都没人扭头多看他一眼，我在这不要脸地捏腔装嫩大家反倒一起陪着摇头晃脑，这年头人都不知是咋地了，特别爱看姑娘家出丑。

离我不远有个小年轻起身问：“小妹妹，《我要我们在一起》会唱不？”

满脸猥琐相！不就是想听本姑娘在台上“哎哟哎哟哎哟哎哟哎哟”吗？让你得了这个逞我还能叫伍小白？我冲他微笑：“大哥哥，这歌很不适合你，社会主义社会是按劳分配的，你想跟谁在一起得用正当手段，万一你单方面地要了人家，你妈回头非上酒吧来抽我。”

一阵哄堂大笑，小年轻悻悻地说：“操，这卖唱的有点意思……”边说边坐了回去。

“朋友们见谅啊，妹子我年纪小，还有点人来疯，你们一鼓掌我就无法无天了，下首周杰伦的《双截棍》，谢谢乐队哥哥们。”我话刚说完，那个扎马尾的键盘手直接坐地上了。我早看出整个乐队就属他神态最不镇定，对突发状况失去掌控感的都是新手。我走过去，在琴键上给了一个调，用脸颊和肩膀把麦克风一夹，顺手把前奏弹了出来。鼓手和贝斯手配合得非常好，这种歌最忌重音，一不留神就会搞成农村摇滚乐。

以前在网上遇见过一个杰伦的 fans，他骄傲地宣称“我没听过其他人能完整地唱出《忍者》的前半部分”，我邀请他语聊，然后现场唱给他听，他拼命挣扎说：“我不信！我不信！全都是幻觉！吓不倒我的……”

我也喜欢杰伦，K 歌时经常一手插兜一手拿麦沉声说：“大鸭好，我四邹杰 run（第二声）！”

见到墙壁上背着壳的蠕动昆虫必喊：“好大只 gua 牛！”

深厚的感情奠定了坚实的基础，Jay 那些拗口的歌词我记得比“床前明月光”还熟。语文课本上那些古诗词要是能编成歌曲，背起来应该简单得多。

到钢琴独奏那一小段，忽然瞥见丢丢在身边，不知他是几时上来的，正提着吉他冲我竖拇指，军心大振。

我用手刀防御，横！漂亮的回旋踢。

这一次没有人鼓掌，全吹口哨了。瞬间仿佛置身在当年的钢琴比赛现场，我庄严娴静地将一首《致爱丽丝》弹完，风度翩翩地起身致谢，评委们正互视点头，尹风忽然带头吹了声口哨，他领来捧场的那一帮哥们立刻都拼命拍别人大腿吹口哨，像看脱衣舞似的。要不是我力气小，当时就扛起钢琴砸向那一片儿，灭他满门。

丢丢轻轻“嗨”了一声，我惊醒过来，回头问他：“你唱吗？”

他摇头：“今晚这里是你的地盘。”他的语气如此熟悉，尽是杨思冠的温和。

这时很多人在嚷嚷着点歌，我用一只手弹了个调子，然后把位置让给键盘手，走到台边，盘着腿坐下，低了头，心里慢慢浮现出曾经跟那个不爱听歌的男人在一起的一点一滴。

有个熟悉旋律的年轻声音叫起来：“是《白桦林》，朴树的《白桦林》！”

她默默来到那片白桦林
望眼欲穿地每天守在那里
她说他只是迷失在远方
他一定会来这片白桦林
天空依然阴霾依然有鸽子在飞翔
谁来证明那些没有墓碑的爱情和生命
……

偶尔抬眼，我竟看见杨思冠坐在紫伊身边，远远向我微笑，恍惚中好似幻觉。再定睛去看，他已经偏首去跟紫伊说话。

那清俊的侧面轮廓分明，搭在眼前微带不羁的头发……

终于一首歌唱完，余音袅袅未散，我把麦克风塞给丢丢，朝台下那个人奔过去，没留神足下踏空，“哎哟”一声结结实实摔在地上。

这一跤把我摔清醒了：傻妞，那是杨思冠啊。

“不好意思啊，小脑没发育完善，走路稍微有点疙瘩。”我站起来向纷纷拥过来表示关心的人群挥手致意。

人群中伸出一只手，握住我的胳膊：“小白，碰着哪里没有？”

是杨思冠的声音。

“碰着天花板了。”我愉快地回答。

## 3

杨思冠车里的河马还在，我捅着它鼻子问：“喂，你不是没电话吗？丢丢是怎么找到你的？嗯？杨母鸡。”

“杨……母鸡？”紫伊一脸被口水噎到的表情。

杨思冠无奈地笑笑：“只是没手机，家里还是有电话的。”他开车时不爱说话，神态谨慎，好像“基地”的下个目标就是他这辆破车似的。他的《爱左手，往右走》里有很多精彩的句子，其中一句巨经典：这世间的男女哪有爱情，压根儿是生殖冲动。当时我对这姓杨的小子多崇拜啊，后来他跟我说这句话是抄钱钟书的。我也抄了钱钟书的话骂他：啊呸，老母鸡！

虽说“但吃鸡蛋，莫问母鸡”，但假如幸好这只鸡卖相佳，用以佐餐也是好的。

杨思冠颠覆了我对当代文学男青年的理解，从前我印象中的男文青约等于“流氓＋文化”，现在这两样可以调转过来了，文化占首位。多年前曾有人问我喜不喜欢韩寒，我回答不喜欢，一般而言，会写文章又长得还耐看的男性，我都不喜欢。那种人脾气大，由于腹有诗书，发起火来尽得中华上下五千年恶毒之真传，怄死的人群呈辐射状倒地，腿还不甘心地抽搐两下。可杨思冠温和得像看着你长大的小舅，全无文人之小心眼，得空了还夸夸小朋友作文写得好，请伍小白吃个饭唱个歌什么的。

话说回来，如果韩寒愿意经常请我吃饭，我肯定也喜欢他。

“喂，又勾搭哪个妹妹气得咱老婆离家出走了？老实招啊，诱供不成我可就要逼供了！”我把手里的河马冲他晃晃，“我把这小靠枕给你贪污了，怕了吧？”

刚才在酒吧，杨思冠说他们家客房还空着，可以收留我们一宿，好歹洗个热水澡休息休息，免得一脸风尘让人怀疑咱学校的女大学生也在搞创收。我谨慎地问他有没有经过老婆同意，他说老婆不在家。嗯？难道又出去鬼混了？我只好安慰自己，这家两口子跟我们不是同一个级别的地球户口。

大概因为紫伊在场，杨思冠师德不保，有点无奈：“小白，你什么时候能正经点？”

我叹了口气：“大家都在假装正经，那就只有我来假装不正经了。”

杨思冠侧目莞尔，不再跟我恼火。

不知为什么，我居然很怕他真的生我气，就好像怕他讨厌我一样，就好像怕他不理我一样，就好像怕因为他不理我而那个侧面轮廓与他同样清晰的人也不理我一样。

心里发冷的那种害怕。

一年半的时间真的太久了，我开始生出白发，一根根不羁地夹杂在辫子里，很刺眼。许多同学问我为什么不染了它们，我总回答“以此向白发魔女练霓裳前辈致敬”，其实是因为你说过，最喜欢纯天然的小白。还有，左手中指的那枚纯银戒指褪了些色，蝴蝶的翅膀黯淡了，我才知道那个店主骗了我们，而你无法陪我一起去找他算账。戒指的颜色已经不再鲜亮，我仍不舍得将它取下，常常自己紧紧握住它，握得掌心生疼，疼得泪如雨下。你曾告诉我戒指的含义，“左手是盟誓，右手是婚约”，我一直戴着你的誓言，等着你的婚约。

从前不喜欢《神雕侠侣》，因为心爱的蓉儿成了鸡婆，而现在再读这个故事只觉刻骨铭心。

“16 年后，在此相会。夫妻情深，勿失信约。”

夫妻情深。勿失信约。

尹风，14 年后，我们还能相爱吗？

杨思冠的家很漂亮，如果是他老婆布置的，我现在愿意承认跟她是同一地球户口了。

客房的主色调是嫩生生的青草色，一不留神就令人心旷神怡。淡绿色窗帘开满了野花，如果是白天，阳光照在地板上时，就会映出各种花的光晕。我喜欢得简直兽性大发，当时连占有男主人的心都有。

紫伊则对墙壁上的油画很感兴趣，小姑娘语态斯文，但眼里都放出绿光了。

杨思冠敲了敲门，探进半个身子说：“想吃点什么自己来挑，冰箱里还有不少熟食。”

其实我跟紫伊关系很纯洁，门也压根没关，别说老杨敲个门，就是闯进一屋子娱记猛按快门我眼都不带眨的。心里暗笑他假绅士真虚伪，抬眼看去，他换了上衣，条纹衬衣换成了宽松的白色大汗衫，光脚趿一双咖啡色大拖鞋，自然还老老实实长裤傍身。这个男人的任何样子都让人看着从眼里一直温暖到心里。

“随便给我整点粮食就行，我好养。”我抱着窗帘不撒手。

紫伊笑着跟他去了。隐约听见屋里有音乐在流动，是马郁的《一天死去一点》。我走到门边，看着他们在冰箱前认真讨论，然后端出几个盘子，一起走进厨房，取锅开灶折腾伙食。谁不以为这是小两口的幸福生活谁就是嫉妒。

我都不好意思打扰他们，回去继续抱着窗帘子发呆。

手机响了，我看了看号码，是孙姜打来的，估计是快 12 点了催我睡觉的，所以不接。可手机没完没了地响，我只好接听：“什么事啊？”

“你回宿舍了没？”

不想让他担心，于是答：“回了啊，都上床准备睡了。”

“回屁！我刚打过你宿舍电话，你根本就没回去。野哪儿去了？”

“……”这娃咋了，瞬间成了发现老公彻夜不归的怨妇，还骂我。忍无可忍骂回去：“我回不回宿舍关你屁事！我隔三岔五才打一顿野食你管得着吗？”

孙姜呼哧呼哧直喘气，突然问：“郑紫伊呢？这大半夜的，你把小姑娘带着乱跑合适吗？”

原来是这个缘故，他是全心全意地怕我把纯洁的小妹妹带坏了啊。

我一字一顿告诉他：“放心，遇见军阀我就先让他铡，保证你紫伊妹妹完璧无瑕。”

“我不是这个意思……”孙姜分辩。

“那你什么意思？”

孙姜却又沉默着不说话了，半晌才说：“你现在在哪里？”

古人没说错。解释即掩饰，掩饰即事实。

“在老师家里。”还是不想让他担心。

孙姜这才松了一口气，我在这边都能听到他长长的出气声。

“那你照顾好自己，有事就给我打电话。”停了一下，他又添了句，“当然，没事也可以给我打个电话汇报工作……”

“行了行了，你怎么跟个事儿妈似的。”

刚挂了电话，紫伊在外面叫我：“小白，来吃饭。”我一露头，她得意扬扬地把筷子递给我：“有你最喜欢吃的凉拌黑木耳。”

我看了看她，衣冠整齐，又看了看杨思冠腰上系的围裙，意味深长地“哦”了一声。

“尝尝，是我的手艺。”杨思冠笑笑，“吃自己做的饭习惯了，不知道别人觉得味道怎么样。”

紫伊抢着说：“我会洗碗，我洗碗。”

“看来我只有吃饭这项任务了。”我认命地接过筷子。

味道不错，真的，我的胃很喜欢杨思冠做的菜。小时候，有个学姐拿糖诱惑我让我叫她阿姨，我不假思索地叫了声“阿姨好”，然后捧着糖屁颠屁颠跑了，心里还在想这姐姐真傻，有糖不要，光要我说两个字。我妈常跟我说：你以后最好能嫁个厨子，我就不用担心你们吵嘴了，只要能把肚子填饱你什么亏都肯吃。孙姜也说：要拐卖你可容易了，堵在你放学路上，拿点好吃的冲你勾勾手指头，你立马把小书包一丢飞奔过去。

而我自己，练了半年只练出“香蕉蛋黄泥”的本事，被尹风嘲笑为婴儿食品。

我一巴掌拍在自己脸上，好了，及时行乐，别再想那疯子了。

两双眼瞪着我。“有蚊子……”我讪笑。

收拾停当，洗剥干净，我跟紫伊头贴头睡在一起。杨思冠把灯都关了，回了房间，他动作很轻捷，就像突然停了电似的。房中一片宁静，能隐约听见他在隔壁噼里啪啦地敲键盘，有时会突然停下，像陷入了思考，不一会儿，便又噼里啪啦起来。

“姐……”紫伊轻声叫我。

“嗯？怎么了？”我转过身面对着她。

紫伊的眸子在黑暗中明亮如星光，是两颗水汪汪的星：“我，我还是很想他……”

我良久无语，伸手环住她：“我明白。”

真的，撕心裂肺地想念一个人的心情，我都明白。

第六章 06

# 彭彭与痞子

# 1

回校后，紫伊删了游戏号，却没表现出伤感，该笑笑，该吃吃，这让我多少对她有些刮目相看。

原以为只有像我这样没心没肺的孩子才能一边心哀若死、一边好吃懒做，两不耽误，两项情绪都很见诚意。原来其他小动物也有这种本领。只是，一直一直像爬山虎一样顽强成长，到后来自己都会糊涂，到底是在假装思念，还是假装快乐？

那天早上回校，紫伊的妈妈和老项正在办公室候着，我按着桌面起誓赌咒，毫不亚于天打五雷轰，像跟第一人称有杀父之仇似的，他们终于相信紫伊和我是去武汉参加《超级女声》选拔赛，到了才知道报名截止了。

老项到底是青少年女性朋友的贴心人，装腔作势骂了我们几句，边骂边检讨“这句说重了，别放心上”，一番话谈下来好像没几句能放心上的。他帮着我们千方百计把紫伊妈妈哄回去，转回来警告我们：“以后有事外出要先请假，至少跟我打好招呼，我这羊倌儿调教不出好羊还罢，总不能把羊羔弄丢了吧？郑紫伊，尤其是你这类家庭负担重的孩子，更不能由着性子乱来。知道不？你妈昨天差点把我们家屋顶给掀了！”

我不寒而栗，心想要是叫她妈知道被我骗了，我们家屋……还好我没有家。

被丢弃的垃圾袋儿体现出优势了不是？

老子就拿自己当伍氏孤儿了，看你还怎么问候我全家！

紫伊深表歉意，决定请老项吃饭，拉我作陪。老项矜持地推辞了几句，建议去校门口的学苑餐厅，那儿的东西价廉物美，老婆孩子就不用叫上了，多点儿个菜打包回去热热就成。我们赶紧一脸太监相拍马说项班导英明神武，不仅考虑自身利益，还懂得照顾群众云云。

下楼时碰见副校长倒垃圾，大家肃立目送，就差脚跟一碰敬个军礼了。副校长亲切而含蓄地冲我们点头微笑。等他背影远了，老项感慨地说：昨天是校长倒垃圾，倒完特意提着垃圾篓站在楼下跟路过的老师聊了会儿天，当时就轰动全校，还被人偷拍照片发到校园 BBS 上了，搞得人人自危——招子放亮点儿，校长都亲自倒垃圾了，还不干活去！

果然，今天副校长就当众倒垃圾了。

我们都懵懂地问：“老项，你咋不去倒垃圾啊？”

老项语重心长：“表现的机会人人都有，但不是人人都能把握好时机。校长刚倒完垃圾，轮得到我们这些小卒子吗？大家都抢着表现，副校长咋办？主任处长们咋办？”

叹为观止，敢情倒个垃圾还得分职务啊。

于是我们继续懵懂地问：“那老项你什么时候才能倒上垃圾呢？”

老项说：“这一个月没希望了……”

倒个垃圾还成吾皇临幸了，真是越大的单位越滑稽。不久前耗子还跟我说过一个扫厕所的故事，说他老爸的单位里，人人争着扫厕所，好像那堂堂事业单位是做家政的。其实只因为扫厕所是重点培养方式，领导看好了哪个积极分子，预备提拔上岗前，都得分配他去打扫厕所，以观工作态度，仿佛能吃苦耐臭的全是好同志。

换我我也干，扫三年厕所，回来就是一方诸侯，多划算啊！

回宿舍后，苏涟屁颠屁颠地捧给我一封信，指着邮戳暧昧地笑：“看看，就咱这片的。”

尤悠发表一针见血的评语：“告诉他，情书没用。要钱，要钱！”

我纳闷地拆了信，先看落款，签名太潦草，不知是啥字，看内容是大二的学长。

我一边看信，一边琢磨着这位学长是不是故意臊我的，要不他怎么在信里“年轻美丽，沉静含蓄，斯文尔雅，谦恭庄重”地寒碜我？对于一个有自知之明的人来说，除了前面四个字之外，后面什么“沉静”“谦恭”都跟骂人一样。不是说咱不接受拍马屁，而是他没有拍对位置，并且分量远远不够。

跟室友们商量了一下，她们普遍提议把情书发网上，征集回复，然后打印出来给小伙子寄回去……

我犹豫着问："这样是不是狠了点？"

苏涟"切"了一声回答："你还心软啥呀，人家对自己更狠，都敢给你写情书了。"

三秒钟后，204 传出可怕的鬼哭狼嚎。

学长在信里约我周五下课后在情人湖边碰头，我想了想到那天可能会忘记这茬，于是打听一下，直接找上他们宿舍楼，喊了两嗓子，下来一位戴着眼镜的斯文男生。这位眼镜兄一看就是不关心学院新闻的，还没听说过我们系里流传开的一句名言，从前是"别拿村主任不当干部"，现在是"别拿小白不当女生"。基于村主任只是个品外小官，伍小白的女人成分有多稀薄也就可想而知了。

眼镜兄紧张得直抱胳膊，偏还故作镇定："小白……我先自我介绍一下，我姓邵……"

"邵学长,你的意思我知道啦。"我害羞地打断他,"你等会儿,我打个电话。"

眼镜兄把头点得像刚安了马达，鼻梁上俩镜片没甩出去算他造化大，他大概以为我要打电话征求父母同意。

我一个电话打给苏涟："喂，老公，有个小屁孩想泡我，给点意见？"

苏涟估计刚被吵醒，语气像听课那么不耐烦："你谁啊？有毛病啊？"

不理她，继续发嗲："老公我知道了，亲爱的，我们在地愿为狗男女，在天愿做连体鹰。"

眼镜兄面色发青，往我身后迂回数十米，拔腿就跑。

晚上我把这故事一说，苏涟大笑："小白，你失之球衣收之眼镜，也算弥补一损失啊。"

我怔了半天才想起罗迦的 10 号球衣，他现在跟于一苇出双入对，男才女貌，叫我等情感赤贫阶级好生艳羡。可艳羡归艳羡，苟遭辱毋相忘，我从枕边抄起一包上好佳丢过去："何止弥补损失，简直十全大补补得你流鼻血啊！"

苏涟稳准狠接住，撕开袋子吃得咯吱咯吱响。

仿佛就这样，生活慢慢回归了正途。

可这正途，真是我寻觅终生的行走轨迹吗？旁观者都不知道，伍小白其实多么依恋安详的生活。我只想默默无闻地过一辈子，只要右手无名指戴粒小钻石，夜半梦醒时身边有其他人肉可以咬一口。

如果这个理想太远，那我只想默默地红遍全国。

大概是QQ资料年龄填了“35”的缘故，总有人把我当成知心大妈，心安理得地朝我这垃圾箱里丢垃圾。

这个总在网上跟我抱怨生活抱怨爱情抱怨工作的家伙，叫彭彭。就是前文第二章那天晚上冒冒失失把我加为好友的丫头。我问过她，彭彭作何解释？她告诉我，她的名字其实不叫彭彭，而是绰号叫彭彭。彭彭，就是《彭彭与丁满》里面的彭彭，一头壮年男性疣猪。

我拒绝承担主动陪聊的义务，因此不大搭理陌生人。

彭彭却不折不挠地给我发消息，先是几个表情，然后甩过来一句话：“喂，加我又不理我，你知不知道在网上也要对网友负责啊？”

就这句话，对她产生了一点兴趣，随口答了句：“补妆刚回，妹妹好。”

彭彭：“姐姐是哪里人？”

我如实说了，彭彭做惊喜状：“哇，我在杭州，跟你在地图上只有一个心跳的距离耶。”

这话听着耳熟，如果她的性别是男，我会怀疑她想泡我。不过可惜，事实上她是想通过我泡上另一个人，男的，我QQ好友，网名“痞子余禾”，目前居住在杭州，在我飙文如藤原拓海飙丰田AE86的那段时间，这孩子曾经说过崇拜我，我当即识趣地回应：果酱果酱，如果说你对我的崇拜是潺潺小溪流，那么我对你的崇拜就是滚滚长江东逝水。

这话纯属哄骗小朋友，我压根儿连他代表作也没仔细看过。我跟他其实是在网络游戏里认识的，那时候我还在刻苦读书，级别不高，天天在街面摆摊子挣钱，摊名叫“新抠门客栈”，他看了觉得有趣，天天买我东西，时间一久我就思想麻痹了，向他上交了QQ号。

刚开聊我们就直截了当地互问对方：

你长得帅不帅？

你长得漂亮吗？

我这人是典型的宽于待己严于律人，对他的以貌取人很不欣赏，于是回答他：很不漂亮，我的脸长得像一只泡了水的排球。

谁知道他仍然深情款款地回复消息过来说：“没有关系，亲爱的，只要你肚子不像排球就行了。没胸没屁股不要紧，有小蛮腰我也喜欢的，因为我是一个柳腰控。知道我在游戏里为啥叫‘爱因斯坦’不？斯是个指示代词，整句翻译过来就是：‘爱她是因为她小腹平坦。’这就是古汉语的魅力呀！”

我立刻为他强大的翻译能力倾倒。

痞子见我半天没回复，又发条消息过来向我撇清：“喜欢小蛮腰尚未构成流氓罪吧？”

“但是你构成了文青罪啊！”我为他悲痛。

而他说崇拜我，是因为我在离开游戏时，曾在游戏论坛发表过一小段儿删号感触。

我想还是不要再怀念了吧，当我决定离开。

很久以前，看到有人把摊子摆在泉州海边的妈祖像旁边。这是个乏人问津的地方，如果不是被偶然发现，他可能就这般淡然寂静地湮灭在我们的游戏世界里了，像每一个不动声色的人物一样。

摊名亦很落寞：

给你的爱一直很安静。

据说这个摊子在那里摆了整整一周也没有下线，听说而已，我没有亲见。

第二个周一，摊子的主人删号了。

难以揣测这是个怎样的人，怀着怎样的伤，删号的那一刻是否同样泪流满面。

眼泪确是怪东西，极大的悲伤反而不如小小的刺痛，来得汹涌。重感冒搬家，抱着家当在泥泞里一点一点地挪，只觉无尽可笑。而那日与朋友们聚会，手机被偷了，又被人潮撞散，从繁华喧嚣中陡然沦为踽踽独行，一个在街上茫然地走，走着走着，就忍不住大哭。

曾用过一张签名图片，天都黑了，街上的人都散了，只剩下我一个。

天都黑了。只剩下我一个。

真没想到，随便写写也能纳一房粉丝，我真幸运。

据说痞子君也在网上发表过不少小说，只是无缘传统媒体。据说有篇叫《我不仅只欠你一次高潮》的文章挺不错，被300多家论坛争相转贴。我心痒痒地把全文要来拜读，刚看开头一万字就忍不住面红耳赤，然后忠告他，他这部长篇小说如果把情色内容全部删掉的话也许可以当作微型小说来投稿，刊发的希望没准会更大一些。

“我的粉丝们都央求我写得再无码一点呢，如今是情色蔓延的文学时代。”他说。

不是吹牛，他的崇拜者巨多，光粉丝群就建了好几个，拿着一张痞子君宝相庄严貌似忠良的玉照当传家宝。彭彭这小妞当初就是他粉丝团的团长，自从把痞子的QQ号团到手就退居二线了，只跟他私聊。

天气预报：当时感觉是不是特蒸腾？

痞子余禾：是啊，发第一篇小说后，有近100个MM加偶QQ，都说痞子余禾是痞子蔡第二（偶心里想，他算哪根葱啊），都眼巴巴地等着偶第二篇力作，偶十月怀胎似的诞下第二篇后，他们都把偶拉进黑名单了……

天气预报：不能吧，杀伤力这么强？

痞子余禾：唉，想当年，每次开QQ都有近30个头像齐闪，那个壮观啊！一点开，都说：禾，不要让偶等到花儿也谢了，你大发慈悲继续写小说吧。后来，每次上网也有那么多人说：痞子余禾，你要是再写小说，偶就把你拉黑名单！偶不信那个邪……最后，整个QQ终于安静了。

天气预报：我QQ也经常闪动，不是名气问题，是人品问题，都是要我还钱的。

痞子余禾：现在，我时常恨不得裸奔狂呼：“我有才！我有才！”

天气预报：拍拍头，别气馁啊，痞子君，其实你写的东西真的还行，就是太絮叨，描述外貌都跟给人说媒似的，不等你故事讲完，看官早就跑走喝茶去了。

痞子余禾：你也这么觉得？

天气预报：嗯，语言删改一下，挺有前途的小伙儿。

痞子余禾：可是，我看了半天，没什么能删的。硬要删就只能删括号……

老子无语拜服。多强悍的文学青年！

## 2

我劝彭彭说，彭彭妹子啊，赶紧断了这念头，痞子那厮打初二起就傍款妞，初恋献给人民币，晚节失于美元，目前要求女方有房有车有款有型，身价高了去了，非我等收入正常之辈可以觊觎。

彭彭若有所思："怪不得他走哪儿都有女人……"

我纠正："确切地说，是哪儿有女人他走哪儿。"

接下来小姑娘开始清算自己的财产和容貌，因为厌学，大专没毕业就自己个儿背着包回家挣工分了，收入是每月600的试用期工资，加上父母补贴的400块零花钱，共1000大元。还得表现得勤劳勇敢爱岗敬业，万一让爹妈知道恋爱了而且是包养大白脸，那份补贴多半就"太监"了。我替她算了算，能保证痞子君一个月烟钱。那丫给我发过照片，通过半透明的白衬衣口袋，我看见了一包软中华。当事人声称只抽此种烟，因为其燃后烟灰偏白，干净舒适，适合日常生活，当然这是一种令人眦裂的日常生活。外形方面，排除小丫头自己的意见，也就五官端正、身材偏瘦。看到她的照片我就想起金老对程灵素的肖像描写：脸有菜色，双肩如削，唯独一双眼睛明亮至极，眼珠黑得像漆，很有灵气。可惜现如今灵气卖不上价。

彭彭被打击了，半天没吱声。

我恶毒地披露了痞子的几次恋情收入，忽然想起QQ自动保存聊天记录，叫事主知道了难免落下骂名，脊背一阵发凉，连忙又打几句哈哈："当然，也不独他一人卖身如玉，现在的男人哪，都是属小狗的，谁喂得好就跟着谁汪汪。兼之皮相生得好点儿，越发拿自己当宝玉哥哥，你不在临死前吐着血喊他的名字他是不会记你多久的。"

彭彭还是不吭气。

我看看时间快到11点半了，一会儿该熄灯了，这闺女春心未泯恐怕夜长梦多，于是狠下心问她："你知道痞子最初的QQ签名是什么吗？"

彭彭对这个颇感兴趣，马上说不知道。

"最令人感动的表白不是'我爱你'，而是刷卡的时候说'使劲刷'。"

彭彭发了个吐血的表情过来，紧接着又打了"余禾"两个字，笑嘻嘻地对我说：“姐姐你看，我也吐血喊他的名字了。”

“……”我两眼一黑，知道这丫头完了。

“你知道我最初的QQ签名是什么吗？”彭彭问。

“是什么？”我当然不知道。

“HAKUNA MATATA！”

“哈酷那莫塔塔……呃，这是哪国的语言？”

“好像是非洲土语吧，彭彭最爱说这句话，意思是‘坦然面对、永不言伤’。”

永不言伤？是谁整天跟我哀叹说自己毕业未遂出走未遂失业未遂除了失恋成功以外其他的都未遂？

“这可不是怨言公主的风格啊。”

“嘿嘿，我知道我跟你发过好多牢骚，我也知道他大概不可能爱上我。但是，纵然他千般不好，可我偏偏喜欢，怎么办呢？”

我于是住口，不知道该再说些什么。青山处处埋忠骨，何必马革裹尸还啊。

也许什么都不用说，她什么理论都懂，但注定要在爱情里一条道走到黑，像极了那个眼睛明亮黄瘦聪慧的女孩子。

因为这份奋不顾身的爱情，由衷地喜欢上了她，带点眼红。人生的宁静本就是由短暂的疯狂衔接而成，不疯魔，不成活，我若不曾奋不顾身地爱过，又何必苦苦规劝她。

这样可爱的孩子，痞子如果错过，倒是他的不幸了。

可惜人家跟咱的价值观念不同，他的幸福是建立在锦衣玉食的基础上的。为了证明自己不光为钱财献身，档次较窑姐为高，痞子经常转述前任女友的一句睿智名言：“感情再坚挺，能有人民币坚挺吗？”据说这位传奇女子出身北大，誓要成为中国的莎士比亚，毕业后仗着家底自费出书，屡写屡赔，愤而转战商界，喜获丰收，遂资助大量文学男青年，誓要淘出中国的莎士比亚尔后嫁之，男同志们的生活水平直线上升，作文水平直线下滑，顺利突破小学三年级，因此中国莎士比亚之妻的MSN头像始终是东郭先生的图片。

真真印证了一句话：古人去妓院是去谈恋爱的。而现在时兴复古。小白脸们也要提高自身的艺术修养呀。

有文化的狗男女就不再是狗男女了，而是奸夫淫妇。

彭彭争先恐后地说："我是淫妇！我是淫妇！"

可惜，你若是淫妇，西门庆就会变成武松。世道永远不公，不够英俊的男人走实力路线一样受欢迎，如孙姜那动物。而女人却只有偶像派一条路可走。妹妹，勾引痞子君光有美丽的心灵是不够的，还要有美丽的钞票。

天气预报：彭彭这孩子不错。

痞子余禾：确实不错。

天气预报：我要是你，就不要脸地追她。

痞子余禾：虽然我没有追她，但是我有不要脸啊。

天气预报：比方说？

痞子余禾：比方说我QQ上百人齐闪，但我会告诉她，我只陪她一个人聊天。

天气预报：果然很不要脸！人家每天8小时上班、8小时休息，其余8小时都开着QQ等你，你呢？鬼混多少天才有空上一次线？

痞子余禾：这个我也有安排，我让她想我时给我留言，我有空就会回的。

天气预报：你让她留她就留？

痞子余禾：我的说法当然比较委婉——"你可以假装我一直在线，只是不理你。"

天气预报：畜生！

痞子余禾：注意素质……

"男的下流，女的下作！"我絮絮叨叨地跟杨思冠讲完这个故事，愤怒地总结，"有能耐装情圣就得有得能耐忍委屈，别老跟我抱怨！自作孽不可活，爱情难道就是犯贱吗？"

杨思冠歪着头微笑："可是，现在你也在向我抱怨啊。"

我赧然："对不起，我是一个怠工的垃圾箱。"

"不要紧的，其实我也是个垃圾箱，不过……"杨思冠狡黠地眨眨眼，指了指自己的额头，"这里印着'小白专用'四个字。"

心里一暖，突又激灵灵地一颤，瞪着他质问："你不会不要脸地欺骗小女孩感情，对吧？"

杨思冠郑重地回答我："不会。"

我被他起誓般的庄严表情吓了一跳，忙摆手："开玩笑的，老杨，我还不知道你？小姑娘脱光了站到你面前，你只会问人家作业写完了没有。"

"小白，我已经不年轻了，没那个精力去假装喜欢谁。我对所有人说的每一句话都发自内心，包括你伍小白。"杨思冠没理会我的调侃，神态有点激动，"假如你不是值得我用心对待的女子，我不会花心思讨好你，逗你高兴，领你出来喝酒唱歌泡吧，我不是有钱有闲的花花公子，以前也没有对女人这样主动过。你不知道自己在国庆会演选拔赛上唱歌的表情有多落寞，那天我发现全世界的人都误会了你，活泼开朗的小白只是活泼，却不曾开朗过。你就像尘世间一片锋利的草叶，用最庸俗的欢乐来刺杀寂寞。那些喜欢伍小白的小男孩小女孩，谁懂得你需要什么？假如你不是值得我用心的女子，我何必每天匿名给你的博客留言，何必为你的情绪紧张，何必为你的眼泪心痛，也不必随叫随到等着听你抱怨别人的牢骚了。可事实是，小白，我已经被你牵制住了，我的确喜欢你！"

我死死抱着啤酒罐，张口结舌。

没错，是有个叫"路人甲"的匿名访客坚持每天给我的博客留言，我以为他是"午饭"（伍小白的fans，简称午饭，口号是"午饭午饭，最爱扯淡，人人当官，光喊不干"）中不知名的一员，照例没有留心过。

杨思冠拿手在我眼前晃晃："怎么？吓傻了？"他笑笑，"爸爸不能喜欢女儿吗？"

紧绷的神经一松懈，我屏着的大气这才敢呼出来："你吓死我了，我以为又毒害一踌躇满志的中年大叔呢。"

"哈哈哈。"杨思冠眯着眼，看不清什么神色，"我还以为你暗恋杨母鸡很久了。"

"啊呸！我只暗恋新奥尔良烤鸡翅。"

"那么……17号你贴在博客上的那首诗，是什么意思？嗯？"

"什么诗啊？"

这都快27号了，我哪里还记得那么久以前的事。

杨思冠胸有成竹地微笑着，居然一字不漏地把那首诗背了出来：

"我将试着不再张望远方／我将看见自己孤单的爱情／以一种从容之姿／

走向死亡／别解释／让我相信／我曾在春天里成长过一次／不要问我如今怎样／如果我在你心里曾有过一种样子／记住她愿姓杨。”

我只有苦笑：“那个姓杨不是指你。”

杨思冠既惊讶又好奇：“还有其他姓杨的吗？那你到底是写给谁的？”

“杨宗保。”

第七章 07

# 美女啦啦队

## 1

除了我晚上聊天写博客上几个 BBS 灌水，白天电脑是公用的，它忠实地留下了苏涟流窜在各大聊天室四处玩弄男青年；尤悠为了次日的广播内容疯狂糟蹋搜索引擎；剑侠 2 中九夜玲珑紫与鬼手£阿宝暧昧得异香四溢……的痕迹。

说到紫伊，最近我意外地发现她仍在玩这个游戏，虽然删了号，但又重新练了一个。我凑过去想看一下角色名，她立刻慌慌张张地关闭了游戏界面。

可疑，很可疑。

疑归疑，我不会傻到去盘问她，大多数人只想要个姐姐，不想再多个老妈。

而且经此一役，紫伊应该明白爱情战争中决定胜负的因素了。谁深刻地理解了爱的真谛，谁就会输得越惨。因为无法找到平等的对手。即使不把爱情当作生命的唯一，这个“其一”还是会招来伤感。谁叫你透彻呢？高手总是寂寞的嘛。

“伍姐，小苏，备好胖大海含片，今天下午咱校对工大。仇人见面，分外眼红，让我们吼熄他们吧！”尤悠对着小镜子涂唇彩，她的唇型本来就美，这一折腾愈发娇艳欲滴，我不知道她究竟是去喊加油还是色诱对方男队员。

11 月份，省大学生篮球联赛开始了，原本分不清篮球足球的于一苇因为男友罗迦是队柱，当仁不让地成立了一个 A 大美女啦啦队，自封队长，还考虑过组织篮球宝贝，由于姑娘们都不肯光天化日跳大腿舞而作罢。

所谓美女啦啦队，无非是队员的绯闻女友以及她们的手帕交，据说女友在场可以激发队员斗志。具体是打球的斗志还是群殴的斗志我们不得而知。这种情况在周杰伦的《斗牛》一歌中，有深刻诠释：“为什么我女朋友场外加油你却还让我出丑？说！是不是你不想活？”

尤悠身为啦啦队长的老乡，被勒令至少发展两名下线，我和苏漧不幸与老鼠会员做了室友，紫伊则表示没兴趣。

苏漧拍胸脯：“放心，只要吕东上场我都能飙出海豚音。”

我们补充：“还是发情的母海豚。”

这妮子不知哪根线路故障了，学校里挺多唇红齿白的小青年，她偏偏看上了吕东，还爱得很含蓄很深沉，写了厚厚一本情书不敢递。考虑到拖累了宿舍整体审美水平，我们纷纷质问她：“就那个面部神经失敏的，他哪点招你喜欢啊？”

苏漧回答：“以前吧我也喜欢秀气的帅小伙，结果有一天生病去医院，让他背我去一楼急诊室都四肢着地连滚带爬的，丢尽了老娘的脸。吕东身板那么扎实，背着我跑一千五达标都没问题吧。”

我们群倒。多么朴实的东北姑娘！

那天我感慨地把 QQ 签名改成“爱是体力活”，被无数好友提醒前面漏了一个字。世道无伦啊，纯洁同志都移民去火星了。

今天的这场比赛是在工大客场，我们三朵 204 之花雄赳赳地走到校门口集合，门外停着一辆校车，队员都在车上，郭虑热情洋溢的大脸凑在窗口冲美女们招呼：“大家快上车呀，都有座儿，都有座儿！”活活一个公交车售票员，服务态度直追三八红旗手。

千思万虑，没想到他成了领队。

跟着排队上了车，郭虑拿开身边座位上的扩音器，冲我招手：“小白，来这里坐。”我假装没听见，赶紧跟后排唯一面熟的人打招呼：“吕部长，好久不见啊！”边说边走了过去。吕东旁边的座位没人，充分反映受人敬畏。我转身把苏漧拽过来往空座位上按，这位豪放妹居然忸怩不已，红着脸挣脱我的手坐在了一个女生身边。

我双手保持拉人的姿势尴尬地看着吕东，他也凉飕飕地盯着我。

“这座位有人吗？”我小心翼翼地问。

“没有。”

他语气不好，估计人缘问题也令他很郁闷。

“那我就坐这了啊。我可真坐了。”礼貌地提醒过后，我坐在这块巨岩旁边，发现自己的膝盖还不到他小腿肚，只好猛挺胸——身高落后咱就不信胸肌也落后！打从中学女子篮球队退出后，我就没这么自卑过。你说这人没事光长个头干吗啊，省点儿能耐长脑子多好，刷点绿漆就是ET。

我上中学时，尹风是附近学院的校篮球队队员，也因为他我才加入学校女篮队。为了虚心请教篮球技术，我殷勤地请尹风吃饭，问他："女生打篮球有什么诀窍吗？"

"当然有！"他严肃地说，"一不要脸，二不要命。"

我直接上去抢他手里筷子。

……

"喂！"吕东突然用肘子捅了捅我，顿时我觉得肩胛骨受了重伤。疼还是次要的，我最烦对女生粗手粗脚的男人，龇牙咧嘴一白眼翻过去："你干吗啊你？想废我武功啊？"

他满脸不耐烦："喊你半天没反应，坐我衣服上了你！"

我站起身让他把衣角扯回去，小声嘀咕："谁稀罕碰臭男人的衣服——你是不是人啊，衣服大得跟被罩似的。"

揉着剧痛的肩膀，满胸腔都是骂人的话，但看在苏涟的面子上还得忍着，憋死我了。

吕东看着窗外，不时瞥我几眼，表情坚忍，好像也在憋着什么脏话。我心想你要是敢骂出口，老子就现场把你这个刚果友人洗白，打肯定打不过你，骂人我服过谁啊？何况我口袋里还备着胖大海含片呢。警惕了半天，他期期艾艾地冒出一句："是不是撞疼你了啊？"

"还好。"我没好气地给他留个后脑勺，"你要是卡尔·马龙，我就得断臂再植了。"

半天没声音，我忍不住扭头一看，靠，他又专心致志地看起窗外了，那是我们去珠宝店才用到的深情专注的眼神。连跟人的基本沟通都成问题，我看苏涟的一番深情算是喂牲口了。

前面，郭虑在跟旁边的小姑娘说话，还挺矜持地保持距离，嘴皮子翻动如大风吹书。

苏涟时不时回头害羞地扫我一眼，当然是为了趁机扫我旁边的人，眼光如果是一只小手，吕东早被她剥干净了。

全车人都能看出她眼神的淫荡，她还自以为不动声色，满脸的贞洁优雅。

女生一旦坠入爱河，都跟智障似的。

停车时，我迫不及待地站起来想离开这怪物，可车没停稳，晃了晃，吕东立即起身搀了我一把，这次下手挺温柔的。我只当没感觉，仰首看着车顶转身就走，忽然听见他在我背后低声说了句："不好意思。"

我愣住了，他笔直地从我面前过去，头也不回。

肯定是我耳花了。肯定是。

工大的体育设施很健全，篮球场一面还有五层看台。于一苇高举两枚空可乐瓶冲上五排，占领制高点，手掩嘴边做喇叭状大喊："同志们，都挤到这边来！挤不过来的杀也要杀过来！"我们纷纷用手挡住脸，装作跟她不熟。

好在她是个美女，美女的一切言行都能被宽宥。

赛前热身，工大的男同学普遍不穿上衣，都光着黑膀子，汗津津的像泥鳅一样，一抓一个滑，只留下满手的汗腺分泌物，根本防不住的。

我们学校队员有点恼火，一言不合就要上去挥拳开战，吕东拦住了，一脸黑线："拳头能解决问题吗？身为球员，任何时候都要相信裁判的公正。"

果然，正式比赛时，裁判让工大男生们穿好球衣才准上场。于一苇不失时机，领着我们狂喊："A大的帅哥加油！把他们那帮脱衣舞男打回舞厅去！"喊着喊着也不知是哪个妹子热血沸腾了，自己发挥了一句清亮的"干他娘的"，全场哗然，郭虑赶紧举起扩音器对我们进行心理辅导："请大家保持平常心，不要说脏话啊，友谊第一，比赛第二嘛。"

我坐在石凳最旁边，正卖力喊加油，肩膀被拍了一下，转头看见一女生，挺面熟的，想不起在哪儿见过。

女生冲我笑呵呵的："你还敢来我们学校？"

我莫名其妙："咦，我又没掘你们校长家祖坟，咋不敢来？"

"伍姐，伍姐，她就是以前工大来我们学校打架那女的！"于一苇拼命挤过来，气壮河山地挡在我面前，小宇宙熊熊燃烧，"喂，是我跟你有旧账，你不要赖在别人身上！敢来你学校我就有准备，别搁比赛场地这儿耽误观众看球，有种咱去旁边开掐，怎么掐随你，反正老娘第一次文斗，第二次武斗，第三次直接上核武器！”

我为她鼓掌。罗迦的眼力见儿还是很毒的，只有这么彪悍的女生才能为他披荆棘、定关中。

那女生轻蔑地笑了笑：“我看你没搞清楚状况吧，在我们学校由不得你选。要单挑，你一人挑我们一群；要群殴，我们一群殴你一个。”

说着，又瞪我一眼：“你也跑不掉！”

她身后站着好几个工大的男生，虽然没有满脸横肉，也算得上目露凶光了。我知道有些男人打架是不避讳的，不管男女，皆照死搞，宝拳出兜，见血方归。打从记事起，跟壮汉对殴我就没赢过，从前有姜哥罩着可以胡作非为，而现在等他抵达现场，不知道还能不能赶上听我高呼一句“I love my motherland”然后脖子猛一歪。她刚才说的话，方圆十米的同学都听见了，气氛开始凝固，我们学校球队的几个替补队员也走了上来，站在我们身边，双方摩拳擦掌干柴烈火，以眼神互搏。郭虑在旁边目瞪口呆，一张胖脸都愁苦成农奴了，这孩子肯定料不到篮球比赛会演变成武术散打。

场上的罗迦注意到这边的状况，心思一乱，连着被断了几球，领先的比分被追平。

吕东边跑边呵斥：“精神集中点！一切事比赛结束再说！”

我起身拉住了于一苇，客气地对那个工大女生说：“这好歹是个省级比赛，现在我们两方都代表各自学校，想算账的话赛后都好说，你也不想给你们学校篮球队脸上抹黑吧？”

工大女生征求了一下身后男生的意见，一齐到旁边坐下，算是默许了。

于一苇还愤愤不平：“打架谁怕谁啊，比人数，老娘拨个电话就能叫来一个营。”

“行了，老娘同学，别主次不分了。”我拽着她老实坐好，“我们今天是来打架的吗？我们是来打球的好不好？万一战局波及到场上，队员打架会被禁赛的，你是无所谓，你男人可就这么点露脸的机会。挺大的人了做事还这么冲动，冲动是魔鬼！”

“那傻子才是魔鬼。”于一苇咕哝着。多可爱一小姑娘，就是嘴毒，甭管吃什么都能酝酿成粗口。

军心大定。我方形势乐观。

## 2

那工大女生明显是球盲，两眼迷惘地看着场上，比赛进行到一半，实在憋不住，叫上几个男生一边玩儿去了。

球场上回响着 A 大啦啦队震耳欲聋的喊杀声，对方啦啦队嗓门拼不过咱，眼里直冒小闪电。

工大的同学一点儿不节约嘛，咱这片属于郊区，农用电电费高呀。

最终，72 ：56，我们赢了比赛。

球队脸上有光，吕东的煤球脸也露出罕见的笑意，通过罗迦再通过于一苇向全体啦啦队队员们致谢。离场时我的电话响了，正埋头在背包里找手机，小苇撒丫子奔我跟前，激动地说：姐，咱晚饭有着落了，吕部长请客！

明白，将士凯旋都要赏黄金万两、美女若干，咱虽然没金子，姿色还挺富裕。

我深沉地点个头，继续把脑袋伸进包里猛翻。我不爱把号码乱给人，也不爱讲电话，所以给我打电话的都是有急事联系的铁哥们儿。

包是我初三那年买的，孩子傻，为了装书本作业及各种复习资料，买了个巨大的书包，孙姜冲着我直叹气：这是书包？这不是蛇皮袋吗？塞两床棉被就能直接上广州打工去了。这书包装满课本后总重达 15 公斤，一般同学两手拎起来都有点趔趄，我单肩背着行走如飞，因此大家都认为我双手各拿一挺 AK47 冲锋陷阵是没有问题的。多年后我得知 LV 的最新款包袋跟蛇皮袋是同样货色，于是骄傲地说：你不认可我的审美，是因为你眼光不够超前。进了大学，室友们经常取笑我：靠，这么大的包，丢个人进去都找不见，实为杀人毁尸的最佳地点啊。前不久的一次班级聚餐，河南帅哥王波凭借歌唱实力勇折“北地歌王”的桂冠；东北猛女苏涟则以一首歌一杯酒的豪迈气概，荣登“北地酒王”宝座；北京靓妞紫伊用数码相机将场面尽数拍下，得到“北地偷拍王”的雅号。而安徽十大杰出女青年伍某人，由于随身携带的这个包里总有一大堆的零碎玩意儿，所以人称“北地破烂王”。

终于在破烂里找出了我的诺基亚 N-Gage QD，( 题外话，QD 这款机子可爱、皮实，经得起折腾以及瞎折腾，危急时刻还可以作为砖头防身，一机子拍下去保证对方脑壳开花。看到这里准备换手机的同志们，对不住，据说QD已经停产了。当然，愿意买水货的话还是有的。）来电显示是彭彭。

“喂，彭彭，有事吗？”

彭彭第一次给我打电话，声音很含蓄：“姐姐，我有没有打搅你啊？”

“档期刚刚好。”

“那就好，我挺害怕冒昧打扰别人的。姐，余禾又走了。”

“哦，走哪儿去？”我没反应过来。

“我不知道……”彭彭说着说着就拖起哭腔，“我今天打开QQ，看到他给我留了条消息，说他就要离开杭州了，去很远的其他地方，让我想他的时候就给他留言……可是，他曾经说过，在离开这个城市之前会见我一面……”

我安慰人的最大本事就是说笑话，但此刻没什么幽默感，听她冷静下来才问：“别哭，乖，你没打电话问问？”

“打了，他的号码已经停了……”

肯定是糟蹋哪个杭州妹子事发了，否则他不至于跑得像逃狱一样仓皇。虽然我对他午夜牛郎的行为相当痛恨，可他就是能泡得着妞，让我既气愤又嫉妒。真不知道彭彭这小妞喜欢他哪一点，就文学造诣而言，我觉得痞子还不如她，尤其是文字理解能力。有一次我写了篇博客，讲一个小胖子同学被迫带了个假媳妇回家见父母的，写完后屁颠屁颠地叫大家来看，痞子看到一半就给我发QQ消息：小白啊，“他妈逼他带个媳妇回去”这句有语病呀。我一看就喷血了。看在他是物理系毕业的份上，我原谅了他，苦口婆心地教他应该怎样正确断句。痞子羞愧地说：难怪了，我也在想，小白啥时候这么粗犷了？我刚看到那一句的时候以为是“他妈逼，他带个媳妇回去，谁知道媳妇跟他村里的二狗好上了……”

我到粉丝团里把这典故当笑话一说，大家全都笑趴了。

“彭彭啊，嗯……”我沉吟着，想劝她趁此机会把痞子这个糟粕摒弃掉。

她却恳求我：“姐姐，你现在能上网吗？开QQ看一下好不好？他什么话都肯跟你说，一定也会告诉你他去了哪里。”

“知道了又能怎样？”

“我要跟他在一个城市，永远都这样。”

“你脑子秀逗了？他可从来没说过愿意跟你在同一个城市。”

“我不需要他愿意，你也别告诉他，只要我知道他在我的附近就好，我必须知道他的近况，我必须知道他每一天过得好不好，我必须是离他最近的最关怀他的陌生人。何况，他答应过会见我一面的……”为了证明自己精神正常，彭彭居然笑了两声，声极悲烈，然后她一字一句地对我说，“姐姐，一见无期，百身何赎？”

一见无期，百身何赎？

这孩子总能击中我心里最酸楚的地方，心脏承受不住如此强大的冲击，我不得不暂时把电话从耳边移开，深呼吸，在心里默喊：痞子，痞子，你此生竟没白活。

片刻，我把电话放回耳边：“好，一会儿网上见。”

我跟尤悠打了个招呼，没跟其他人说，背上书包悄悄走了。

吕东这顿酒饭不怀好意，旨在解决球队中存在的单身汉问题，多少棒小伙儿眼巴巴地等着这项速配活动深入开展啊，我也不好意思把反感情绪表现得太惹眼，万一人家除了会打篮球还会打拳击呢？

一边走，一边仰天长叹：世道变了，连苍天都不眷顾老实人了。

痞子知道我因为彭彭对他十分不满，曾经问我：假如我们见了面，你会不会用九阴白骨爪袭击我的天灵盖？我回答说：你错了，我会用撩阴腿招呼你的下盘。

路过一个水果摊，我买了根甘蔗，削干净边嚼边走，渣渣吐进黑塑料袋里。11月的北方甘蔗甜蜜多汁，就是较考验牙口，一般咬不开啤酒瓶盖的不要轻易尝试。

我们家祖传牙口好，我爷爷直到去世之前心爱的烟袋锅的铜制烟嘴上还都是牙印，因此我奶奶常年给他单独准备一套金属餐具；我爸年轻时更是血气方刚，有一次要用一截铁丝，到处没找到老虎钳，我爸怒了，啊呜一口咬断了5号铁丝。以前我们家里是没有开瓶器这种东西的，我爸能一口气咬开一捆啤酒瓶盖。后来我爸老了，50多岁的时候，有一次去姑姑家做客，一口酒喝到嘴里觉得不对劲，怎么这酒里还有骨头啊？吐出来一看，赫然一颗伤痕累累的牙……自那时始，爸爸满口的牙都开始松动、脱落，每每忏悔：年轻时不该那么逞能，把牙的体力都给透支了。我总安慰他：没啥，您老的牙才算活过啊，别人的牙只是存在。

落实到我这儿，我牙齿的硬度一般，但够尖，擅长咬人，有一天中午我正睡得香甜，苏涟想看看我表上时间，刚揪起我手腕子，我咆哮一声叼住了她的猪蹄子，几粒血疤至今历历在目。

苏涟郁闷得要命："明明见她流了一枕头口水，咋梦里还会咬人呢？"

所以，想趁我熟睡时图谋不轨的广大人民群众失算了。

一边撕咬着甘蔗一边想，彭彭这妮儿真是命犯天煞花痴，白白长了一双水灵灵的乌眼珠子了，我记得她的文笔很不错，还写过这样的话："直到有一天我看见了你的新女友，心中却出奇淡漠，早已释然。"原来只是故作高姿态，一碰上现实中的小痞子立马就歇菜了……刚想到这儿，眼前忽然一黑，本来傍晚的光线就暗，不知哪个膀大腰圆的兄台还偏偏站在我面前。

这条小巷拐出去就是我们学校，但很窄，而且旁边很多垃圾堆，我也不乐意退后让他。

我刚开口："你……"本想说"你体型这么魁梧就别跟小姑娘挤巷子啦"，那兄台一把推在我肩膀上，没防他这手，我噔噔噔倒退几步，坐在地上，左手高举着保护甘蔗。

操！见过农村为争地皮打架的，没见过为了让几步路打架的。

我坐着不起来，顺手把甘蔗渣扔垃圾堆里，仰起脸破口大骂："喂，你脑子生疮了咋的？挡你两步路又不是挡你财路，犯得着杀人灭口吗？国家粮食把你喂养这么大块头是用来欺负人的啊？"

兄台满脸的戾气，摩拳擦掌："嘿嘿，对不起了啊。"弯腰就要来揪我头发。

能被你揪住我头发往海了揍，我白跟尹风和姜哥混这么些年了！

我头一偏让过他的手，右手一把抓住他垂下来的宽大衣襟，借力起身撞进他怀里，左手里高举的甘蔗棒抡圆了往下狠狠一击——正中丫两腿之间。小白真强！

他双手捂住下身嗷嗷叫着跳开，怕我乘胜追击把他打成 ET 和 ED。其实他误会我了，我只想默默地从这儿开步走离开，径直回到学校宿舍，打开电脑上网，对这位男同胞今后是不是性功能丧失丝毫不感兴趣。

绕过他，没走两步，那个工大女生的脸从阴暗的光线里闪现。

我轻轻拍着甘蔗，这闺女敢跟我单挑，倒也还算一条好妞。

她笑吟吟地迎了上来，问："你是叫伍小白吧？还敢一个人走夜路，真不怕死。身手挺不错的，女版成龙大哥啊！不知道以一敌三怎么样呢？"

以一敌三？

我回头一看，后面矗立着两个工大的男生。

怎么样？还能怎么样？如果我是李寻欢，我就一飞刀削去她半撇胡子，让她手摸上唇脸色铁青恨恨地丢下一句"我们走"——前提是她得先设法长点儿胡子出来；如果我是七公他老人家，我就一记"棒打狗头"直击她顶门打得她去吃粑粑；如果我是王小石，我就摧动三寸不烂之舌教育她四页多纸说得她自惭形秽羞愧地扭身便走；如果我是项少龙，就把她弄上床……如果我是伍小白，我拔腿就跑。

转身把半米多长的甘蔗横着往两男生脸上砸去，两人同时侧身一躲，我迅速转回身，带着旋转的力量把拳头摔在工大那女生的脸上。

工大女生的一声尖叫还没脱口，我已经越过她开始没命飞奔。

你以为我为什么这时候忽然想吃甘蔗？虽然北方的甘蔗糖分多，但 11 月的甘蔗实在不够甜。"上学靠混，打架靠棍。"这是姜哥教我的。孤身少女刚跟仇人见完面难道真的不带点防身器具就敢出门？这妞儿还真把别人想得跟自己一样纯朴而傻了。

孙姜还教过我打架三部曲："挖眼！插鼻！封喉！"可惜我没他那一身腱子肉，也没他那数十年的斗殴经验，刚才是趁其不备才偷袭得手，这会儿要是被他们追上，我肯定死得比狼狗还惨。

姜哥，您老人家在地之灵一定要保佑我逃过此劫，以后每逢初一十五我都给您上香。

第八章 08

# 突发事件

## 1

我最不满意自己的部位就是小腿，由于打小爱疯跑，腿肚子贼结实，一攒劲就能鼓起几条肌肉疙瘩，不够纤细，但跑起来杠杠快。高中期末体育达标时，50 米打破校记录；100 米第一；200 米前三；400 米挣扎着达标；800 米装死在半路上；1000 米，老师，我请例假……还是古龙懂咱的心哪，他形容美女的腿都是“笔直结实”，就跟见过我腿似的。胳膊看着挺细嫩，但臂不能貌相，小时候玩“小马过河”这游戏时，我曾用这对胳膊把同桌妹子抡了个半圆丢出去几米远，人称“怪力少女”，从此再玩小马过河，女生们都争着抢着要跟我一边，没有悍不畏死的。

因此，孙姜他们组织安徽地区马加爵搜索小分队时，我也跃跃欲试，公安部悬赏 15 万，那得是多少钱啊，让我摸一把也心满意足了。可是孙姜不让我参加，只答应领了赏钱让我摸一把。我苦苦哀求：多摸几把行吗？孙姜把眼一翻：你往掌心里涂胶水，多摸一把就多一张毛爷爷，以为我不知道啊？

我顿时阴险毒辣地想：这小气鬼，赶明儿我就谋着财把他命害了。

钱可以改变任何人，如果改变不了，证明钱还不够多。

……

好吧以前都算我错了，姜哥，只要你这次能保佑我平安回校，我发誓以后再也不背后说你坏话了。我当你面说。

出了巷子是一条宁静的马路，巷口离学校南门有 200 米左右，两边是待拆的门面楼，用白漆写了大大的“拆”字再画个圆形圈起来，充满艺术气息。从路西开始已经拆了一半，东端还有几片胆大的店在营业，有书店、服装店、超市等，每到周末大喇叭响个没完：“跳楼价、放血价，给钱就卖……”结果某天有个死心眼的学长（好像就是研二的谢孟方）拿着十块钱硬要买人家崭新的微波炉，被人打了出来，半寸多厚的眼镜片都跌碎了。

因为拆建的缘故，路上行人很少，夜幕下只见一个女的在前头猛跑，后面跟着几个喊打喊杀的男女。我真希望前方就是一条横拉的细线，当我冲线时，围上来几个手持“整蛊新干线”节目组话筒的记者，七嘴八舌地感谢我十分配合地协助他们完成了节目录制。

刚跑到超市门外，跟一个人撞了个满怀，他当场摔成嘴啃泥，手里拎的东西也坠地身亡。

我跄了几步，看见那人摔得很重的样子，犹豫了一下，余光瞥见那两个男的已经追近了，决定不管，拔腿又要跑，那人趴在地上艰难地扭过头，骂了声：“伍小白，你赶着去投胎啊？”

脑子里轰然一响，听清楚了，这倒霉蛋是咱班的王波。

就这么迟疑了片刻，一个男的伸手抓住了我背后的大包，我把肩一缩向前冲出去，忍痛丢下了我的包，继续朝前跑。还差 100 米就能进校区，虽然我对学校警卫不信任，但他腰里揣的警棍和手铐在这种时候还是有一定威慑力的。

忽然听见背后的王波喊了一嗓子：“喂，你们干啥？”

我心里一紧，赶快回头，看见王波已经站了起来，正伸手去拦那个拿了我包的、高出他半个头的工大男生，那个男生把他推开，另外一个工大男生揪着他的衣领子，举起手想往脸上扇，王波眼疾手快，架住了他的胳膊，这时那个工大女生气咻咻地提着半截砖头撵了上来，指着他鼻子骂了句：“贱货，少他妈管闲事！”然后把砖头狠狠往他脑门上一拍。

她不是想拍他的。她本来想拍我。

可现在，我们眼睁睁地看着王波的脸色瞬间变得苍白，软绵绵地瘫倒下去，满脸是血，鲜血疯狂地从太阳穴的部位涌出，瞬间汇流成一汪积血。有少许血水溅在他们三个工大孩子身上，他们全部吓傻，面面相觑，呆如木鸡，眼中的凶恶已经统统转化为恐惧和惊惶。

几秒之间，他们成了杀人凶手。

超市里有人注意到了这边的异状，问着“怎么回事”走了过来。

我的视线从王波身上移开，看向傻子似的他们三个，预支了未来十年的勇气，才轻声催促：“还不快跑！”

像被点醒的石人，他们扔开我的包，刹那间逃之夭夭。

超市里出来的那人走近了，是超市老板，他一眼看见王波浑身是血躺在地上，吓得瞪大双眼连声喊：“快拨 110！不，快拨 120！这里出人命了……”

看热闹和帮忙的人挤成了一团，我本该是第一受害人，现在反而被大家忽视。很快，王波被人拦下车子送往医院了，只剩下一批围观群众对着地上的血污指指点点。我默默走到他们的包围圈外，捡回了自己的包，紧紧抱住，包的底部有一坨殷红的血迹，看得我一阵头晕，忽然在一片嘈杂声中听见手机在里面欢乐而坚定地唱着歌，我拉开包的拉链，找到手机，来电显示仍然是彭彭。

“彭彭……”我嗓子干涩得厉害。

“姐，怎么还没上线啊？”

“你不用等我了，”我机械地告诉她，“就在刚才，我有个朋友被人打死了。”

“什么……”

没心思再听她的话，我径自关了机。

放回手机时，我顺便把地上那块染血的砖头也塞了进去。

王波没有死，那一砖只拍在太阳穴附近，并未击中穴位，所以虽然大量失血，却并不致命。但因为头部遭到钝器重击，抢救之后他就一直昏迷不醒。医生惋惜地说，这孩子很可能会成为植物人。

这件事在学校内外传得沸沸扬扬，都说 A 大附近出现了一个抢劫团伙，专门抢劫单身女学生的财物，A 大中文系 27 班的王波就是为了救同班女同学，被劫匪打成了植物人，现在还躺在医院里。后来校方出面辟谣，阻止了丑闻的扩散，并在暗中调查凶手，可惜由于现场没有找到凶器，唯一的证人伍小白又没看清劫匪的相貌，这个事件最终变成了悬案。

王波的家人闻讯后赶来学校哭闹了几天，最终接受了赔款，没有报案。

没过多久，系主任冯亦谋找到了王波家长，短暂的关心和慰问之后，老冯向他们说明，学校已经付清了王波的治疗费，另外已经交了半个月的住院费，劝说他们在这段时间内替王波办休学手续，带他回家，因为长期住院的费用太高，而校方是不可能供养他一辈子的。

王波的家人几乎再次崩溃。

出事那天，王波去超市买降价商品——之前我一直不知道，他的家庭条件其实很困难，父母几乎借遍了所有亲戚朋友，才凑齐他的学费——他去超市买了五袋方便面、一盒过期牙膏、一个简易的脚底按摩器、一只空的许愿瓶，还有一把红柄小剪刀。

他室友说，五袋方便面是他一个月零食；牙膏他一直用我们的，后来我们集体商量决定不让他用了；按摩器是他早就说过要给母亲买的；许愿瓶是准备寄给他妹妹的生日礼物；而剪刀，他一直抱怨脚趾甲太长了，剜得趾甲缝两边的肉生疼。

我问：他为什么不找你们借剪刀？

他室友一脸不屑：大男人谁有那玩意儿啊？我们想用的时候都是满楼借。王波平时那么抠门，人缘不好，当然借不着了……

我一巴掌甩在他脸上：你再说王波半句是非，老子阉了你。

他室友惊愕地捂住脸颊，神情很暴怒的样子，有个瞬间像是想还手，可是忽然又软弱下来，讪讪地劝我：好，好，我说错了，你不要太难过啊……

走出学校，倚在公交站台的广告牌上，等着开往医院的公车。

初秋的阳光这么好，暖洋洋的熏人欲醉，校门外的这条大路上车水马龙，路中央的花坛里还开着未凋的黄花，街上这么热闹，而病房里那么苍白阴森。

有微风迎面吹来，脸上冰凉，一摸，竟是满手的眼泪。

我，许久许久，没好好哭过了。

## 2

于一苇问过我，是不是工大那帮人干的，我摇头否认。

然后那一大帮八婆都追问我劫匪长什么样，身高有没有一米八，国字脸还是瓜子脸，发型是偏分还是平头，恨不得我凭着记忆画张素描出来满足她们这伙女柯南的侦探欲望。要说我初中时也曾经跟班上的一个妹妹学过素描，当我在三年后的毕业典礼上依然坚定地把她的脸画成土豆之后她就彻底放弃了培养我这个有志青年的宏伟蓝图。

我出奇不耐烦地推开她们："肯定是张大众脸，长刘德华那样逛街都戴墨镜，还敢抢劫？"

过了一会儿，苏涟耐不住寂寞，又开了口："伍姐，你这两天情绪不对啊，天天往医院跑，没怎么在宿舍里待。虽然王波是为救你才出的事，但你也犯不着把凶手的错全揽在自己身上，可别叫我听说A大女生休学三年用深情唤醒植物人的新闻啊，以身报恩那是傻姑娘干的事，你咋知道恩人稀罕你献身呢，人指不定把你当扫把星防着呢。"

"你意思咱就把见义勇为好青年扔那儿不管了？有没有良心啊你？"

"良心是块肉，用处是喂狗……"

我不说话，冷着脸瞪她。

"行行行，我有罪，我狼心狗肺！"苏涟把头和双手伸出窗外做呼啸状，"神仙都休假了吗？雷公大爷，您在哪里？赶快打个雷下来劈了我吧！"

靠。我紧盯她不松："我瞪死你算了！"

"我不怕死，我只怕我死了之后，再没有人把你扇醒了。"苏涟手肘撑在我上铺，俯视着我气势汹汹地问，"昨天我看见你跑了好几家银行，你干吗去了？"

"取钱。"

"然后你就去了医院……"

"你猜得没错，我是给他交住院费去了。"我原本就没打算瞒她们，瞒也瞒不过去，尤其是苏涟这个热忱的八卦少女，"学校不管他了，我不能不管。"

苏涟问："你把钱都取光了吧？够管他多久的？"

"能管一天是一天。"

"别傻了，人能把儿子给你做实验玩？反正你好人也做不到底，还不如趁早歇了，回头他病情刚见点儿起色你就没钱停手了算怎么回事啊？"

我低下头，这小丫头虽然话狠，但说得在理。

于一苇也跟着劝说："伍姐，你也晓得，但凡是个大医院都跟犯罪团伙似的，抢你钱还不给你好脸色看，就差揣上手术刀直接去抢银行了，你有多少层皮够给他们剥的？还是让他家人把他带回去的好，他们那个小地方住院费用肯定低得多。要不然，我们去劝他的家人报警，这些钱应该由凶手赔偿……”

尤悠突然机灵地插了一句嘴：“你们觉得校园募捐有搞头没有？”

三双眼同时横过去，她吐了吐舌头：“对了，学校正在压制事态扩大，老冯非把我剁了。”

“你要有那闲钱，不如请咱去吃阳澄湖大闸蟹。”苏涟激动地捧住我的脸，嘴角挂着晶莹的口涎，恨不得拿草绳把我一捆丢笼屉里蒸了，“那天晚上吕东请的，我没好意思多吃，只吃了四个。”

于一苇满脸的阶级仇恨：“不要脸，总共就六个。”

“讨厌，人家总得留两个给东哥吧。”苏涟脸红红的，忽然在害羞的间隙中想起了自己的使命，“对了，小白丫头，我劝你还是把钱……”

“我请酒饭，我请酒饭。”我抓紧时间打断她，“这刚好到饭点了，咱马上就去吃，一顿撑不死你算你排泄得快。真是的，孩子不就是想吃几斤阳澄湖大闸蟹吗，又不是想吃尼斯湖水怪，姐请了。都来啊！今儿谁替我省钱谁是我孙子。”

仨女的争先恐后扑过来，苏涟率先抱住我大腿，嗷嗷求食：“我还要吃小鸡炖蘑菇、红烧肉炖粉条、海带炖猪蹄儿……”

于一苇唾弃之：“炖炖炖，你怎么不吃水泥墩子呢？”

我深沉地问：“各位同学，你们知道茅盾老先生是怎么死的吗？”

“被小苏生吃了！”尤悠快活地回答。

走到客厅，紫伊一脸恬静地托着腮坐在电脑前，桌面干干净净，任务栏被隐藏了，小手动作麻溜儿的。面对我热情的邀请，她处变不惊地说了句：“我不去。”

“刚才我可说了，谁替我省钱谁是我孙子。”

紫伊镇定自若：“孙子？不可能！”

“那就走吧。”我上去拉她。

紫伊气定神闲，继续说：“不可能的！我是女的，应该是你孙女。”

满屋人石化。

要不怎么说首都人民素质高呢，都高出花样了，祖母空降于前而面不改色。反倒是我，面对着比我还年长五个多月的孙女大姐，竟无语凝噎。

这店离工大比较近，我挺怵。走进酒店的那几分钟，我一直变态地在脑海里放映一个画面：我在走，我在走，我还在走（此处慢镜头）……突然，以迅雷不及掩耳盗铃之势扑过来几道黑影，领头的工大女生拧了把鼻涕，往我身上一糊，拖着京剧的唱腔念白道："啊呀，见恩人我泪眼涟涟，得小姐相助我才幸免于难，千山万水不得相见，怎不教我肝肠呀寸断……"然后我直接操起一根板凳腿灭了她的口。

我替他们隐瞒了械斗过程，可那傻妞知道我又凉又苦的用心吗？万一哪天心血来潮，他们跑去玩个投案自首，我可就成包庇犯了。

……

趁我走神，苏涟一把抢过菜单，激动地高呼："各位炖字辈的东北老乡，俺来咧！"

呼声的袅袅余音还在绕梁，从二楼掉下来一只通红的烟头，正好栽在菜单上，苏涟嗷呜一声惊号跳起来，把菜单甩出去几米远。旁边的传菜员哥们眼疾手快，一个海底捞月把菜单抄在手里，转身对苏涟说："大姐，你从四川唐门来的吧？"

"我还叫唐老鸭呢！"苏涟怒了，指着二楼喊，"谁他妈扔个火把下来？没住过楼房啊？"

楼梯护栏边出现个人，又是敬礼又是赔笑："对不起，对不起，烫着没有？"我仔细一看，哎哟哟，世界真小，这是我们学校大四的邵学长，就是给我写过信的那位眼镜兄。他背后有个人探出脑袋，推了推眼镜，霎时有一道华丽丽的光线从左边镜面掠过，右边没闪，因为镜片是碎的，并且沾满了透明胶布，只听那人慢条斯理地说："表弟你看，吸烟不但有害健康，还会吓坏花花草草……"锵锵锵，登场的正是校园传奇极品——谢孟方。

四人环顾，互相在对方的眼里发现了惊喜的神色。

我们不要人品，人品却不肯放过我们。

邵学长跑下楼来，冲着我一个劲地鞠躬道歉："对不起啊小白，把你烫伤了吗？我陪你去医院检查一下吧？"我啼笑皆非，苏涟忍无可忍，敲了敲桌子："喂喂喂，受伤的人在这儿！"

邵学长转身对她点头哈腰："我和小白陪你去医院检查一下吧……"

于一苇打了个呵欠，扇着手含糊地说："禽兽！"

谢孟方气定神闲地走过来，可能认出了我们是校友，和善地打了个招呼："学妹们，相请不如偶遇……”于一苇低声骂：“私塾先生！”然后洋溢起一脸愉快的笑容挥着手说，“好歹毒！”谢孟方一愣，疑疑惑惑地回了句：“How do you do！”

我们抱头笑成一团，他们两个脸上讪讪的。尤悠第一个恢复过来，说：“相请不如偶遇，二位学长，请移尊步到我们这桌来聚聚如何？”

谢孟方大喜：“甚好，甚好！就是多有打搅了。”然后拉着邵学长坐下，喜滋滋地说：“表弟，幸好你是碰见了我们学校的小姑娘，善解人意，要是换成那桌大娘你就完了——”他伸手一指旁边那桌妇女团体，抚摸着眼镜心有余悸，“前些天我就是被两个中年妇女推出超市的，眼镜都摔碎了，拒卖已经是她们的过错了，竟然还敢驱逐顾客，壮年女人真是可怕的动物啊！”

我雄心勃勃地想：放心，小苏她们很快会让你明白青年女人的可怕。

大家坐定，寒暄了几句，女生心有灵犀地一齐沉默，谢孟方和邵学长面面相觑不知所措，苏漣镇定地捧起茶杯喝了两口，突然重重往桌上一顿，抬起左腿，把脚往椅子上一支，做豹头环眼状喝问：“邵学长，亲兄弟还明算账呢，何况我跟你又不熟，你的烟头把我吓得神经衰弱了，你看怎么办吧。”

邵学长吓了一跳，嗫嚅着说：“你，你想怎么办？咱，咱们去医院……”

这娃没治，动不动就要去医院，好像医院是他们家筒子楼似的。苏漣一头扎我怀里嗷嗷哭：“伍姐，你要替我做主。”

我心里暗暗骂她没演技，哭都哭得这么铿锵有力掷地有声，说你神经衰弱谁信哪？倒是邵学长他俩，差点直接被你吓得神经衰弱了。我向邵学长递了个眼色，然后想到他眼镜片的厚度约等于周长，估计这眼色接收不到，只好伸手指了指菜单，循循善诱：“哪，刚才你的烟头就掉在这上面，火光四溅，万家灯火，小苏算是胆大的了，要是换了你们肯定吓出心肝梗死加前列腺炎。我们小苏很淳朴的，这么大的心理创伤她也不愿意开口要你负责，但是逍遥法外你也不好意思是不？依我看，脑白金富硒康之类的垃圾补品就算了，不如这顿你请，多点几个菜，比方说鲍翅燕肚参什么的，表达你诚挚的歉意，同时也给丫头补补脑子。”

苏漣偷偷掐了我一把，心里肯定在骂：“你才需要补脑子呢，你全家都要补脑子！”

邵学长连连点头：“应该的，应该的。”然后含情脉脉地把菜单递到我手里，

“想吃什么尽管点，小白，其实我很高兴能跟你在一起吃饭……”

于一苇和尤悠同时冷斥：“你当我们不存在啊？”

苏涟从我怀里抬起头，落后一步仍然不依不饶：“你当伤病员不存在啊？”

谢孟方推了推眼镜，轻声说：“表弟，我也存在。”

邵学长一脸尴尬，JAY 他爹的一句怒吼“你走开”及时救场，我翻出手机查看短信，然后开始收拾包包：“很好，你们都存在，该我不存在了。”

苏涟错愕：“咋回事儿啊？有情况？”

“嗯。我去一下医院。”我看邵学长一脸惆怅，拍了拍他的肩膀，“我这帮妹子托付给你了，照顾得好有奖！”

女诗人 Emily Dickinson 说：“如果我有一种天灵盖被人拿掉的感觉，我知道，那一定就是诗。”换了我，那一定就是吃。唯一可以令我化玉帛为干戈的事情，就是跟人撕破脸皮抢吃的，凡是身材不如我魁梧的人都会惨遭毒手。如果说，现在还有一个人可以让我连吃都顾不上，那就是王波。看着他用鼻管进食，我他妈心酸。

## 3

给我发短信的是王波的母亲，自打我留下电话，他们就把这串数字当成了救命稻草，简称稻草。

我说过，我欠他们的。

到了医院，八楼的值班小护士跟我混熟了，跑过来向我发牢骚：“这次跟领导又没有谈成。”我取笑她：“就你这样跟我一唠一上午的还好意思要求提前结束试用期？”她振振有词：“去，我这是安抚病人家属的情绪呢，说陪你唠嗑谁信哪，老娘又不是拉拉。”小护士很狡猾，据说有一次她穿了件露背装进病房，被领导严厉批评，她分辩说：“这样就算我背对病人，他们也不会觉得无聊。”领导没看过莫文蔚的演唱会，把幽默当轻浮，勒令她写检讨到病房去念，小姑娘念得眼泪汪汪的，把大伙儿心疼坏了，因为她除了活泼风趣点儿没别的缺点，拔针头时该用棉球按三分钟她就蹲那给按着，决不让病人自己动手。我想，医务人员除了职业和道德底线外，还应该增设个态度底线吧，白褂儿医生不见得比白褂儿厨子高尚，按工作性质划分都是服务员，用不着把脸板得像殡仪馆主持人一样，未必谁的脸长谁技术就好。给人治病的脸色铁青，自个儿生病的反而得热情洋溢，都什么熊样啊。

话说回来，我自己看病时也这熊样，不赔上点笑总觉得会影响医生水平似的。

王波妈殷勤地拉着我到医院花园里坐，一脸欲语还休的犹豫神色，半天才问我："妮儿，喝汤了没有？"我赶紧说："喝了喝了，早上喝了碗胡辣汤。"王波妈笑笑，连比带画努力用普通话跟我解释："不是喝汤，是晚饭吃了没有？"我赶紧说："去过饭店了。"这就是普通无产阶级之间的关怀，哪像苏涟她们那几个流氓无产阶级，老关怀我的钱包和绯闻对象的成色。

刚来学校那几天，王波妈对我态度刻薄，好像我就是那个害人的钝器，后来我把几千块钱硬塞到她手里，大妈本来就是厚道人，对我的憎恨全线坍塌，就差亲手给我做双虎头鞋了。

"大妈，有什么事您说，能帮上忙我一定帮。"我看出她的踌躇，安慰她，"王波跟我是好姐妹，咱就像一家人一样。"

王波妈踌躇归踌躇，听觉还是很敏锐："好姐妹？"

我赶紧纠正："是好兄妹、好兄妹。"也没错啊，我是兄，他是妹。

王波妈说："妮儿，那俺就跟恁说了啊，怪不好意思哩，俺家小波出了这事儿，把农忙都耽误了，这几天家里庄稼活多哩很哩啊，俺夜儿黑上跟他爹商量，医院护士给小波照顾得恁好，俺俩就别在这再待着了，先回家摆置几天。妮儿恁时间怪多哩，想请恁经常来看看，别让俺家小波一个人孤零零哩，不知道中不中？"

我眼望着天上浮云，武林秘籍《新华字典》中种种奥秘有如一道澄澈的小溪，缓缓在心中流过，把这段话过滤得更无半点渣滓——译文：姑娘，那我就跟你说了啊，挺不好意思的，我们家小波出了这事情，把农忙都耽误了，这几天家里庄稼活多得很啊，我昨天晚上跟他爹商量，医院护士把小波照顾得很好，我们就别在这里再待着了，先回家拾掇几天，姑娘你时间挺多的，想请你经常来看看，别让我家小波一个人孤零零的，不知道行不行？

我连忙答应："中！中！"

心中稍微有点悻悻：谁时间怪多哩？要不是欠了你家小子的，我早忘记他被砸的是脑袋瓜还是脚丫子了。

“怪麻烦哩，俺谢谢恁。”王波妈眼泪都快出来了，“还是妮儿心好，学校不住贵哩！”

然后她告诉我，行李已经收拾好了，明天就离开学校招待所回家。我坚强地崩溃了，心想行李都备好了还商量什么，不就是给我下个通知吗？只是经常看看？是不是还要冒充家长按时出勤、被院方随传随到、顺带给王同学擦个身子什么的……心里有个小人猛叫“不行不行，我还没准备好长针眼呢”，脸上却犯贱地面带微笑：“好的，没问题。”

人哪，不管你犯不犯贱，都是逼出来的。

我只是受够了自己的苦等，不想看到另外几个15年分离的故事，才鬼使神差地鼓励凶手逃窜。一秒钟时间只能思考得这么片面这么弱智。早知道后果这么复杂，我就直接把王波杀了，再把工大那几个孬货杀光给他陪葬。杀杀杀，一把剁菜刀，校园头一号！先诛少林，再灭武当，唯我伍姐，武林称王！

可惜杀人不能解决问题，我只能在菜市场看小贩杀鸡，拎回去炖汤，再跟二孙子似的端到医院去孝敬王波大爷，顺带告诉他“亲友团解散了，以后就咱姐俩儿相依为命了”。我这拙手笨脚的，光给他喂顿食就得花一个多钟头，其中至少有半小时用于双手互搏。

拎着保温盒回校的路上，越想越郁闷。走，找母鸡去。思冠君安慰人敬业到了慰安的地步，不哄老娘高兴，立马把他炖鸡汤。

丢丢在唱歌，发型又变了，使我深感酒吧歌手的不易。当你的声音没有新鲜感时，就只能以造型来吸引眼球了。我十分期待他的裸奔。

那些断翅的蜻蜓散落在这森林
而我的眼睛没有丝毫同情
失去你泪水混浊不清
失去你我连笑容都有阴影
风在长满青苔的屋顶
嘲笑我的伤心
像一口没有水的枯井

我用凄美的字形
描绘后悔莫及的那爱情
为你弹奏肖邦的夜曲
纪念我死去的爱情
跟夜风一样的声音
心碎的很好听
……

周杰伦这首《夜曲》唱我心眼儿里去了，我一直希望死后有人写支歌叫《小白》什么的。

趁杨思冠还没来，我抓紧时间感慨地说，我真是喜欢周杰伦啊。杨思冠对歌曲的领悟停留在《一天死去一点》《白桦林》那个级别，像他写的书一样，抒情抒坏了，每一句都能剽窃过来当QQ签名。丢丢附议，是啊是啊我也好喜欢他。我说，要是我能嫁给周杰伦该多好啊。丢丢手托香腮一脸的憧憬，嗯，我不介意当小的。

我盯着他，半晌无语，啤酒罐举在嘴边愣是喝不下去，只好丢回桌上："我不认识你……"

丢丢不以为耻反以为荣，笑嘻嘻地看着我憋血的表情："那咱说别的，伍家妹子，除了杰伦你还喜欢哪个圈里的名人，我要是认识，还能给牵牵红线，也算日行一善了。"

翻他一白眼："我十分想见赵忠祥。"

丢丢搔了搔头发："我只认识赵丽蓉。"

"去，老娘又不是拉拉！"我照背小护士语录，即兴发挥了一句，"就算是，也得拉个没有代沟的吧？"

刚好有个中年男人走过来，对我笑笑，把丢丢叫到旁边谈心。没一会儿，丢丢回来了，向我解释："那是老板，他弟也在附近开了间酒吧，问我有没有兴趣过去撑几天场。"我笑："会唱歌的流氓还挺抢手啊。"他说："我懒，没兴趣两边跑。"然后认真地告诉我，"老板还让我问你有没有兴趣，我直接帮你推了，真是浪费了你的好声音。"

“哎，你别推啊！”我埋怨他，“只要开的价高，别说卖艺，卖肾我也干啊！”

“真的？”丢丢看着我，眼里闪烁着奇异的光芒。

我心里咯噔一下，觉得好像是上了什么套，但是老杨的朋友怎么会对我安坏心呢？于是我肯定地点了点头：“真的。”

我不爱钱，但需要钱。

回到宿舍的时候已经很晚了，三个姑娘兴奋地趿着鞋围上来，我不等她们拷问，主动从包里翻出了一张叠好的纸递给她们。

苏涟疑惑地接过去，跟其他两个女孩子凑在一起展开来看，看着看着，她突然发出一句振聋发聩的“我靠”，然后把纸夺回来揉成一团，扔在我脸上：“伍小白你有出息啊，骂你傻你还傻出花样了！不光会献身，还会卖身哪！你大脑里长的是肌肉啊还是海绵体？”

我争辩：“没那么夸张，我去卖唱又不是坐台。再说，你把它撕了也没用，工作合同一式两份，老板那儿也有。”

苏涟气呼呼地对我干瞪眼，紫伊喃喃自语：“她疯了，还疯得很 high……”

我料到了她们的反应，只好默不作声。尤悠捡起纸团，铺平，仔细地看了看，发挥起她精明的经济头脑：“啊哈，每周只需要固定工作 4 天，还可以自己挑日子，工作时间是晚上 9 点到 12 点，一天 300，小费无须上交。哪有这么好的事？哄别个唷？现在娱乐行业不景气，多少大牌歌星的唱片都卖不出去，哪个老板还肯给你开这个价？伍姐，你可别上当了！再说，等到你 12 点下班，学校的大门早就关了啊。”

“朋友介绍的，我相信他。”我理了理头发，“正因为下班后学校已经关门了，所以，有件事我要跟你们说。”

她们睿智地望向我，眼神里充满绝望，全都猜到了我要说什么。

“我要离开 204，搬到外面住了。”

第九章 09

# 卖艺大学生

## 1

杨思冠知道我要搬出宿舍正在四处找房子时，非常生气，召集我和丢丢，一字排开，每人一顿臭骂。

老罗说，没风度。

最后他指尖敲着桌面，若有所思："要不……暂时住我家里？"

"不要！"我拒绝，"我怕看见妖精打架。"

丢丢的反应很快，在鼻子里哼哼哼地闷笑，可见卖唱的除了舌头，脑子也很机灵。"谁先笑，谁淫荡！"——这句名言是胖子辛浩然说的。那是高中的一次级部联谊，在公园郊游。小姑娘们头一次出来，充满了新鲜感，都做娇滴滴活泼可爱状，看见附近有秋千，争先恐后地飞奔过去玩，有位憨厚的男同学兴奋地挥臂高呼："大家排好队，我送你们上天！"他高亢的喊声惊呆了我们几个闲晃的，继而一阵心照不宣的奸笑，只有辛浩然面无表情，板着脸对我们说："谁先笑，谁淫荡！"

做出这表现的才是流氓中之极品，简称留级。

杨思冠一脸的党支书神情瞬间殆失，极度暴走，没有形象地喷着啤酒沫子对我低声吼："伍小白，这不是邀请，是收容！明白吗？你别拿自己的安全不当回事儿行不行？"

"我注重的是名誉安全，老杨，你要真想帮我，就赶紧替我留意合适的房子。"

杨思冠扬起眉毛，想说什么，又忍了回去，表情沧桑得跟憋大便一样。

丢丢想了想，对我说："这两天就得上班了，要不你先住我那儿去，离东街挺近的，四室两厅，房子可大，有间放杂物的小屋子可以腾出来。就是咱那人多，吵点儿。不嫌弃的话，你先将就住几天，等找到房子再搬走。"

“少东家不嫌我家喜儿年纪太小还没出生，我哪还敢嫌弃您呀？”我抓紧拍马屁，“人多咱不怕，人多力量大嘛，游个行示个威叠个罗汉啥的，杠杠儿的。”

杨思冠一脸唾弃：“就他那个脏乱差的屋，跟猪窝似的，你去出义务工吧！”

我翻他白眼：“我乐意，养猪致富不行啊？”

“行，只要你乐意就行。”杨思冠温和地拍拍我的头，“明天先去勘察一下地形，如果觉得不合适，随时来找我。”

我感动坏了：“原来雷锋同志的后代随母姓杨啊。”

老杨适时地将拍的力度加大，咣的一声，我眼前金子丰收：“干啥干啥？头皮也是脸皮的一部分，你不怕手疼啊？”

老杨笑：“知道你脸皮基础扎实，一个人住我也放心些。”

不放心又能怎样。我心里想。我们谁都没有把对方拴在裤腰带上的资格，只能不痛不痒地关心着。

趁周末，苏涟她们帮我收拾了东西，打车运到丢丢屋楼下。我的东西总共装满了四个大包，第一包：衣服；第二包：衣服；第三包：衣服；第四包：鞋。这就是一个女人的全部家当。紫伊听说我要搬家，已经计划去购买电脑了，但我还是坚持把电脑暂时留在宿舍里，免得她青黄不接，同时也免得寄人篱下的电脑兄被人当衣帽架使。

丢丢领了二男一女下来接我，东西搬进了屋，丢丢向室友们介绍我，又向我介绍他们，都是他的乐队成员，相互看着比较眼熟。那女的热情地向我伸出手：“你好啊！”我跟她握了握手，脱口而出：“首长好。”她嘻嘻哈哈地笑了几声，又对我说：“搬家很辛苦啊，看你都晒黑了……”我脑子里一懵，连忙攥紧她的手接了一句：“首长，您更黑！”

这句话后来成为马屁界的笑柄。

苏涟她们走后，我坐在新屋的小床上发了半天呆，终于无聊透顶，在桌子上铺开一张纸，开始写字。

对不起了丢丢，作为目前离我最近的异性，你沦为我笔下的又一个男主人公。

搬进新家大概有十天了，我猜。屋子里是空荡荡的，家徒四壁，连本日历都没有。我大多数时候在这间屋子里吃喝拉撒，过着猪狗一样的生活。

很多人认为我是追赶着一个男人的脚步而来。从前，我在学校的食堂生吃幼年蜘蛛，他在三楼的晨光中喝麦片粥、读报纸；现在我与他近在咫尺，每天早晨却要饿着肚子匆匆忙忙赶车上学，他依旧在另一间屋子喝麦片粥、读报纸。间或聊聊天，他问：住在这边还习惯吗？我真诚地告诉他：你家的碗太小了，我时常吃不饱。他大笑：何不食肉糜？幸好，每个周末，他会请我吃顿饱饭，尔后聊聊天，嘲笑一下我这个衣食堪忧的苦孩子，结账之后一前一后各自回家。

很多人不相信异性之间纯洁的友谊，其实他们不明白，孤男寡女的诱惑远远不如潇洒的生活，爱情附加的责任太多，谁都不想承担。

大笼子里的人忙碌而热闹，而我们都想独占一只小笼子。

傍晚是最好的时光，我假装自己是个充满了幻想的人，陷进阳台的大椅子里，慢慢思考。我的脑子像一块海绵或者抹布，拧不干往事注入的液体，仍可以继续吸收更多新的水渍。这样的人生会愈来愈沉重，不适合流浪。但是面对一些人崩溃了的生活秩序，我觉得我不是那样的，坚决要从规格中走出去。

结果我还不如那样。

天气很热，我的目光很浑浊，不远处野草般的荷叶在水面上晃动，证明这儿还有一点风。40℃的高温整不垮我，别处的优雅生活却能羡慕死我。我知道，真正的流浪者会对我不屑一顾，但这已是我勇气的底线。我向往远方，同时也惧怕它所附加的寂寞。慢慢踏过故乡的界线，街上流泻着陌生的方言。我孤单的青春不说话，缓慢生长。

到这里之后我只打了一个电话回家，妈妈比我还敏感，如果我过多地与家人联系，她便会以为我生活得不够开心。尽管事实上确实如此，但我害怕被她怜悯，小孩子只有长大了才能获得尊重。我像个疯子整夜整夜把电话打给长江以南的那个人，直到有一天手机突然自动关机了。我光着脚跳下床去按灯的开关，屋子在瞬间恢复明亮，突然感觉没那么坏，去厨房冲了一杯牛奶，喝掉之后安然睡着。早上开机，看到一条淡然的短信：手机没电了么，晚安。

这个人会在我哀哀的一番倾诉后，淡淡道：哦，就是这样吗。他是我需要的那个路过的人，了解一切，仍能漠视我的言行。我们彼此孤立，无须相互取暖。我在自己的领土内严阵以待，绝不妥协，大多数人都是从我的国境上空飘过的一支羽毛、一片树叶，还没有落地的分量。自从我的翅膀长硬了，眼前就只剩下不断追逐的辽阔的自由。即使怀念着从前的岁月，我仍倔强地要在异乡的粗石上历练自己。我要在这世上活过，而不只是生存。

学校宿舍的室友们批评我嘴硬，认为我是在勉强坚持，希望我坦率地表达出伤感和失落，甚至，她们拖我的后腿命令我回去。没错，我的屋子是很简陋，我的生活是很潦倒，我也真的是在坚持，但并不勉强。我从不会冷酷地对待自己，那应该是别人对待我的方式。我承认我也脆弱，但你将永远看不见我的眼泪。这种液体会一点点浇灭你的斗志，叫你屈从于别人的设定，忘记你想要征服自己的心愿。

我想我不再流浪，只是从远方走过，并在努力走得更优雅一些。

晚上杨思冠来看我的时候，我刚把这篇文章写完，看见文化人来了，赶紧叠成手纸状揣进裤兜里藏拙。

偶尔小宇宙爆发，我也能写文章挣点稿费。100 块钱一篇的散文能兑换半个月口粮呢！凭着咱热脸贴冷屁股的本事还跟一报社的哥哥混熟了，他心情好时就会给我留个言临幸一下——“小白，我是萧雨楼，这两天又缺豆腐块了，你有没有新作发来我看看。”有段时间我对他献媚到一定程度，QQ 个人说明是这样的：

誓当楼爷的一条狗，
堵住稿荒的大缺口，
让我写啥就写啥，
叫我爬走就爬走。

我的笔名叫独孤小舞，有一次在网上跟一个男性读者聊天，他恭维说：你一定长得很漂亮。我扬扬得意，问他凭什么这么肯定，他说：“通常名字取得很美的女孩子，长得都不行。你名字这么土，一定是个美女！”

QQ 这一端，我以头抢地。

此处登个寻人启事，有位仰慕者写过首小诗送我，我很喜欢——“有蝶小舞，穿花从容，其姿翩跹，若月下之仙。”有知其出处者，请与 A 大伍小白联系，当面酬谢。

可惜我写的东西形散神更散，卖不上价儿，不然我还真想就靠卖字讨生活了。中学时代语文老师曾大肆赞扬过我，说我自创了一套“天南地北双飞客文体”，简单地说就是东一榔头西一棒槌，看的时候特带劲儿，看完以后再回忆内容，就跟糨糊一样模糊大概：这丫到底想说什么啊？这方面我非常佩服王小波，他有本事把特严肃的东西拿来散扯，还扯得令人频频点头。自从看了他的文章后，我就决定师从他了，差点找块石头刻上“小波门下走狗”的大印悬挂于腰间以炫世人。之所以没有刻成，是因为尹风不允许。丫的领土意识素来强烈，听我叙述了想为其他野男人刻印的这个设想后，顿感自己的私有财产被侵犯了，于是暴怒，壮怀激烈义愤填膺地嗷嗷直叫，就差把我生撕了。

最后结果是，我非但没刻成小波门下走狗的印，反而把尹风跟我拍的亲密大头贴弄成了手机壁纸。

可惜人家楼哥哥图省事不收手写稿，我只有等回宿舍打成 Word 文档以后再投稿了。录入个千字文章对我来说是分分钟的事情，聊天健将一般都是五笔高手，孙姜除外，丫能用三根手指头打出 50 字 / 分钟的速度。其实有时候无知也是幸福的，像我们这种人就无法忍受电视剧里帅哥美女上网聊天用 Microsoft Word，而且打字从来不敲空格键。

看《情深深雨蒙蒙》的时候，赤贫的赵薇母女俩独住一个小院，客厅卧室厨卫家具连水井都一应俱全，红木沙发上好像还铺着一张珍贵的华南虎皮。我痛彻心扉：要是我能那样赤贫就好了！

杨思冠没有空手来，给我拎了两大袋零食，不知他怎么晓得我爱吃陈皮，袋子里塞了好几包九制陈皮，我一边吃一边夸奖他善解人意，小伙儿笑呵呵地望着我，慈眉善目的，亲和力直拼民政局靠抢劫新婚夫妇为生的收费大妈。

丢丢倚在门框上，暧昧地笑：“陈皮好吃吧？”我瞧不得他那副宦官相，尖头滑脑跟个泥鳅似的，拿起一袋话梅兜头扔过去：“有福同享，你也来点！”丢丢眼疾手快，一把将话梅按在自己脸上，巴掌和脸皮的配合默契无间。然后他深深地看着手里的话梅，长叹一声说：“我不爱吃酸的，恐怕没这个福气享用啊……”我急了：“我看你确实是一脸倒霉相！谁他妈爱吃酸的啊？”丢丢笑嘻嘻地往嘴里丢了一颗话梅，冲我挤眉弄眼把五官撮到一块儿：“酸，真酸，咱喜儿她爹是不是姓杨的？”

“呸！全怨少东家请饭不舍得下血本！”我用眼角瞥着他，“这人要是饿极了啊，别说陈皮，砒霜都吃得下！”

杨思冠一愣：“你晚饭吃的什么？走，我请你们吃夜宵。”

“在路口吃的鳝鱼火锅，丫头一人干掉了两份海带、两份冬瓜、两份蘑菇、两份土豆片、两份东北大白菜、一大盒桑果汁、半斤香蕉甩饼……整个一果蔬终结者！”丢丢悻悻地扳着手指头数数，“也就你会上她的当！有这样声若洪钟的饥民吗？”

我很不好意思：“其实我一直希望再下二斤手工面，不过后来想想，晚饭七分饱也就行了。”

丢丢眼珠子都快瞪出来了：“这才七分饱？你真是牛啊！”

“何止是牛？我还是猪！”抹下脸要饭的时候我一向是破罐子破摔，只当中国的局部地区还没解放，“农村女娃娃，啃着萝卜缨子长大的，没吃过好东西，见点儿油荤恨不得拿脑瓜当胃使。”

杨思冠精辟地概括：“不能这么说！小白，你与猪各有所长——猪比你聪明，你比猪能吃！”

丢丢鼓掌。

真没看出来，老杨这厮慈眉善目的，还是打闷棍的一把好手。

我跟丢丢分完第一袋零食，同时去抢第二袋，着手处却软绵绵的充满弹性，不像食物。我眼前一黑喉头一甜，一口血含蓄地停滞在扁桃腺以下：靠啊！莫非小伙儿给我买了卫生巾？

幸好丢丢适时揪出一只淡灰色的棉布坨坨，左看右看：“啥呀这是？”

只见这只公仔有四条圆柱形的腿，肥硕的身躯，长长的鼻子前端有两个窟窿眼儿，正是哀家觊觎已久的河马抱枕！我眼前一亮，赶紧轻舒猿臂抢将过来搂在怀中，捅着久违的鼻孔感激涕零：“老杨，你终于悟到了！寡人看上这匹小河马已经两个多月了！”

杨思冠一脸臭烘烘的：“这是小象……”

“原谅她吧，她只是个孩子，《动物世界》风靡全国的时候她还不记事。”丢丢笑嘻嘻地伸手过来拽了拽小象的长鼻子，满脸都是“河马，为什么你的鼻子这么长”的困惑表情。

我恼羞成怒，一把夺回鼻子。杨思冠笑着看我：“行，那我先回了，明天还有点儿事。”

真诚地搂着小象，我虚伪地站起来问：“不喝杯水了？我送你下楼吧？”

“别介，万一你迷路了我还得送你上来。乖乖在家里待着，早点儿休息，这边治安不行，白天晚上都不要瞎跑。”

“你放心吧，我会睁着眼睛跑的。”

老杨拍了拍丢丢的肩膀：“闺女交给你了，好好照顾啊。”

“好了好了，别搞得跟交代遗嘱似的，多不吉利！”我把他推出门外，随手关紧。

下楼的脚步声渐渐远了，我捏着小象柔软的小脑袋瓜，心里暖流涌动。有多久不曾这样感动过了？从前尹风给我买块橡皮我都要心跳半天，现在谁敢送我橡皮我就把他扁得一脸橡皮膏。两个人最初走在一起，对方为自己做一件鸡毛蒜皮的小事情，我们都会很感动。后来，他要做很多很多，我们才会感动。再后来，他要付出更多更多，我们才肯感动。人，就是这么贪婪的动物。

“老杨确实不错。”丢丢意味深长地望着我，“娃是个好娃，可惜有主了。”

我一脚把他踹出去：“省省吧，老子随身扛着贞节牌坊哪！”

## 2

星期天的早晨，阳光明媚，我为了洗内衣还是洗袜子进行艰苦的思想斗争，最后决定洗个苹果。

吃完苹果看了看表，九点半钟，医院的例行查房快结束了，开始对病人家属和观光客放行，我背起包准备走，转眼看见小河马孤零零地躺在床上，顺手提起来抱在怀里：“走，跟姐姐一块逛街去。”

走到门口，丢丢一脸晦气地从卫生间迎出来：“去哪儿？”我吃了一惊，定定神才发现丫糊了一脸墨绿色的面膜，烂兮兮的呈呕吐物状，也不知抹的哪条沟里的泥。我拍拍胸口：“老子没在女生宿舍被面膜吓死，倒在这儿被吓死了。”他探身进卫生间扯过一条毛巾，几下把脸呼噜干净，跟剥松花蛋似的，然后抚摸着自己欺霜赛雪吹弹可破的肌肤陷入陶醉："男人的美由内而外，健康的肤色，就该像爷这样细腻红润有光泽……"

"好了，今天的养猪知识讲座就到这里。"我鄙视地斜睨着他，"我最恨化妆的男人，半阉不阉，该把他们都刨坑埋了发酵成肥料种胡萝卜。"

丢丢马上面容狰狞："想死是吧？"

"放心，我死不了，党费还没交呢。"我冲他摆摆手溜出门。丢丢气急败坏地撵出来喊："死丫头，去哪儿？要不要等你回来吃午饭？牙齿刷了没有啊？"我还不习惯组织的关怀，一边往楼下奔一边大声回应："老子连鼻孔都抠干净了！"奔出楼道，还隐约有几声"呸！粗鲁！野丫头"的评价自高空盘旋而下。

白面精妆的男人真是有当奶妈的潜质。

迎着灿烂的阳光行走，街道笔直延伸，两旁种着大叶的法国梧桐，路面碎金斑斑。红灯停，绿灯行，再过两个十字路口才到医院。我望着脚上的帆布鞋轻快地起落，自以为也是个无忧无虑的青春美少女了。这时手机在包包里猛响，是孙姜，这孙子估摸着我睡醒了，又开始行使监护人权利，逼着我当街关机。

我不知道他如何明了我的近况，但我实在不想接受卫星追踪般的调查。

无论现实中，还是在我心里，他都和尹风建立了最坚实的链接。自从和尹风恋爱起，孙姜就将我看得死紧，多少西门大官人含恨夭折在门帘下。尤其是这一年，尹风不在，孙姜的警觉性狂飙到橙色警戒位，好像全世界男人都骑在墙头等着我这颗大红杏露面。他只知道虚弱的情感容易遭到入侵，却不明白我早已觉得无趣。这世上，有很多事实与我们懂得的道理相反，也许越是厚重的积土越是拒绝花开，最激烈的情绪反而不需要向更多人宣泄。

我孤身来到异乡，并不是为了将自己培养成一位家政工作人员。如果旧时的悲伤是锈在心脏里的铁钎，那么回忆就像锤子，每敲一记都会震出新鲜的血。

孙姜，正是这位不自觉的刽子手。

有伤口在疼，我怎能再乱哄哄地保持活着？爱情如病痛一般：来时如山倒，去时如抽丝。智慧之光总在错误的时间熄灭。偶尔想起彭彭，我曾发短信过去问：还相信爱情吗？

她回：以前相信。

现在呢？

相信政府。

我想，无果的恋情已经将一个纯真少女变成了狂躁的愤青。

有个女孩子坐在王波病床旁，穿着烟灰色露肩牛仔连身裙，斜背着布满褶皱的拼布皮包，身段颇为诱人。我刚一走近，她嗖地跳起来跟我打招呼："伍小白，我等你半天了呢。"动作之敏捷轻盈，足可以开口前连做两个侧手翻。

我认出她是常在八楼值班的实习小护士徐丹丹，禁不住紧张："怎么了？是不是王波的病情……"

"不是不是，别瞎琢磨。"她亲热地把我胳膊一挽，顺便揉了揉河马的鼻子，"我辞职了，有几个同学在北京混得还不错，要我也一起过去，我瞒着爹娘把火车票都订好了，就后天晚上。这一去指不定哪天回来，要是不小心被贩卖到泰国跳艳舞大概就回不来了。这不是以前经常分享你的零食吗，所以我想着临走前怎么也得请你吃个饭补偿一下。有人惦记是好事，一边惦记一边唾弃就不好了。"

"要是我今天没来呢？你就一直等着？"我挺感动。

徐丹丹笑嘻嘻的："想得美，到饭点你还没来我就报效自己去了，反正老娘在这城市里二十多年收获了一脊梁唾沫星子，不多你那几口。"

一起走到医院大门，对街突然闪过一张熟悉的脸孔。

是那个工大女生。她居然穿过马路，向我走过来。

我脑海中幻化出一只狂吠的疯狗，几乎要扑过去咬凶手一口，再想想又觉得可笑至极，分明是我自己怂恿人家逃案，又有什么资格戴上假发找人问罪。徐丹丹好奇地问："见熟人了？谁啊？要不要请她一起去吃饭？"

工大女生意外地看了看我身边的徐丹丹，迅速转身走开了。

"喂！"我一嗓子没喊完，她已经消失在车流人潮中。"靠，演电影啊，还设置悬念呢！拍残一个刚够本是吧？还想把老子灭了口赚一个啊？要不是看你长俩大波不容易早就把你检举了！"我忿忿然。

徐丹丹一脸迷茫："你念啥经呢？"

"背台词。"我转脸向她露出灿烂笑容，"走吧，咱去哪儿吃阳春面啊？"

一说吃的徐丹丹立马就来劲了，头高高一昂："我早想好了，就去中心大厦顶层的旋转餐厅，让洋鬼子给咱做饭吃。"

我不寒而栗。

中心大厦顶层那个旋转餐厅以体验“心痛的感觉”闻名，听说请了不少国外名厨，里头一杯凉白开都要几十块（苏涟鄙视我，说人家那里的凉白开叫“冰水”），要真是小贝那姿色的洋鬼子给我倒的水我也认了，可谁能担保外国不出歪瓜裂枣呢？住在宿舍时，收到第一笔稿费，同屋姐妹闹着要我请她们到旋转餐厅庆祝一下，我当时就鬼哭狼嚎：“你们还是吃我的肉吧！”

班里有去过的兄弟说，那里就数意大利面最便宜。接着，他又感慨了一句：不过，在国外，把豆瓣酱拌凉面叫作意大利面是犯法的。

鉴于我在A大的食堂用餐数月，吃了多少苍蝇都记不得了，能上旋转餐厅笑纳一碗炸酱面还是受宠若惊。

餐厅的布置相当精致，典雅中透露出逼人的华丽，我穿了件老头衫和花格子大裤衩，抱着公仔，背个蛇皮袋，站在硕大的七彩水晶吊灯下，不免想起《家有喜事》里吴君如演的大嫂，下意识地伸手到后脑勺去摸发卷，还好我一向留直发。

徐丹丹雄赳赳地问：“想什么呢？”

我猝不及防，脱口而出：“我在想这里能不能要一个蛋炒饭加蛋……”

给我们引座位的服务员听见了，马上回答：“对不起，小姐，我们餐厅没有这种东西。大厦楼下左转有条小巷子，那里炒饭多得很。”小姑娘一点也不掩饰鄙视的笑容，露出了鲜红的牙龈，肯定把心脏都笑崴了。一看就是一匹新手，老油条绝对不会把嫌贫爱富的情绪流露出来，都深埋在心底。服务行业嘛，就像朝廷鹰犬一样，越是欺软怕硬，越是要表现得大公无私。

徐丹丹有点恼火，有掀桌子的趋势，我不动声色，接着问：“那你们这里都有些什么东西？”

服务员递给我们一人一本点餐单：“二位看菜单吧。”

我不接：“我不识字，请你给我念念。”

服务员还没反应过来，齿冷之色愈发浓重，高傲地笑了两声，对徐丹丹说：“小姐，我们这里是高档餐厅，不如你来替你的朋友点餐吧。”

“不用了，她不知道我爱吃什么。”我表情严肃，“要是你也不识字，就叫你们餐厅经理过来念。”

服务员一愣，态度温和了些：“好，我念就是了……”

“等一下，”我冷冷地打断她，“除了菜名，我还要知道每一道菜的原料和配料。如果你不清楚，可以去向厨师了解。我想，顾客有权利知道自己吃的是什么。对了，我有点耳背，你念的时候尽量大声一点。”

徐丹丹接着说：“也不要太大声了，我心脏不好，平时就怕狗叫什么的。”

这句话有点狠，服务员小姑娘的优越感瞬间落到谷底，眼眶都有点红了：“你们……你们怎么侮辱人……”

“你不先冲人呲牙咧嘴，别人也不会把你当狼狗。”我一直挺冷静的。徐丹丹却不愿意冷静，这丫头的嘴毒得跟苏涟小鱼之辈有一拼，翘起兰花指点着服务员的鼻子反驳：“侮辱你怎么了？老娘没侮辱你全家是念在你年纪小听不懂。你知道自己什么职业吗？服务员！明白服务员的工作内容吗？就是全心全意为顾客服务！餐厅的档次再高也跟你个人档次没有关系！不对你吆三喝四算是我们讲文明懂礼貌，你反倒拽得跟个二五八万似的，丢尽了服务行业人员的脸！这么犯贱，不侮辱你侮辱谁？今天撞老娘手里是你造化高，换了脾气坏的你都得挨抽！”

骂人不牛，牛的是骂人时还温声细语，尽占舆论优势，我对徐丹丹肃然起敬。

服务员气得泪花直转：“没……没素质……”

我看得不忍心，挥手撵她：“行了，妆别哭花了，你快走吧，换其他服务员过来，你留在这里会降低我们整体素质。”

小姑娘抽抽搭搭地走了，怪可怜的。本来她可以和和气气地捧着菜单去厨房，何苦瞥出一个鄙视的眼神。地球充满危险，谁也不能自视过高，想做人就得把尾巴夹紧点，全世界到处都是帮助你返祖的热心人。

不要怪我们刻毒，实在是世上贱人太多。

徐丹丹去趟洗手间，我托着腮帮子四处瞄望，想找几个小贝养眼，忽然手肘一软，下巴颏差点儿砸在桌面上。

门口走进来两个人，一男一女。

## 3

服务员小姐那脸笑得热气腾腾跟刚出笼的包子似的，在她身后，郑紫伊同学矜持地款款而行，没看见坐在角落的我。紫伊今天刻意打扮过，一袭浅紫色长裙飘然出尘，细高跟凉鞋能在泥鳅身上扎出窟窿眼儿，长发披肩，两鬓的散发挑起来扎在脑后，显得优雅而不失活泼。这才是来旋转餐厅吃饭的样子。哪像我，一身的菜市场高级套装，手里河马一扔就能跟大老娘们扎堆扒抢大白菜。

而身旁殷勤为紫伊拉开椅子的男士，赫然就是我们的市级文豪——杨思冠。

男的俊朗，女的清秀，好一对偷情的羡世佳偶。

不能怨我把他俩的正当用餐往不正当里推测，一般师生的饭桌交流都在学校食堂，捧着不锈钢饭缸共同噬害小生物，不为泡妞谁舍得下这么大血本啊？杨思冠素来就会讨女孩子欢心，据郭虑说“他私生活不检点在圈儿里都出名了”；紫伊外表三贞九烈，其实最经不起挑逗，保不齐携手下厨那天俩人就看对眼儿了。倒不是指责他俩轻浮，更多的勾引是出自下意识，而不是性格缺陷。永远不要低估人的本能，尤其是男人的本能，男人向你深情奉献 999 朵玫瑰跟他对隔壁胖妞抛的媚眼含义基本相同，大家同为猎物，不同的是有些值得花一辈子去追捕，有些只值一记弹指神功。并且这身价永远是浮动的。子曰：男人靠得住，母猪会爬树。假如姑娘们明白自己在爱情中沦为一头指不定什么种类的畜生，不知道谁还有怀春的勇气。

原来，昨晚老杨说的“明天还有事”就是这码子事儿。大意了！我真不知道他们几时勾搭上的。

我拿菜单遮住自己半张脸，火眼金睛紧盯不松，脑子里无数小人排着队高喊：“大王，杀不杀？”说实话，对于所有在我姐妹身边卖弄风情的男性，我都有一种冲动，即怒叱“牛鬼蛇神”，给他剃阴阳头挂个牌子游街，但眼前这二位都不是我能轻易下得去手的主儿，冲动是魔鬼，我必须考虑到捉奸的后果。

内心正在天人交战，徐丹丹从洗手间回来了，老远就瞧出我神情不对：“哎，小白，看什么呐这么出神？谁钱包掉了？”

我冲她勾勾手指头：“悟空快来，此处有妖孽！”

把故事给她一说，徐丹丹眼睛贼亮贼亮的，远远打量着杨思冠不断点头：“这货还行，白衬衫里头没穿红背心，端杯子也没翘兰花指，嗯，品相不错。”

“行了，你就差把人家剥光了看内裤型号了。”

“有何不可？那也是男人实力的一部分！”

“不要脸……”

有个年纪稍长的服务员一脸堆笑过来给我们道歉，客气得像招呼亲大爷一样。我犹豫了半天，问徐丹丹：“要不咱还是换地儿吧，我怕万一没忍住打扰了他们愉快的午餐。”

“别啊，人不八卦天诛地灭，你就不想看看他俩怎么借酒发浪？”

还是真的，杨思冠这小子居然叫了一瓶红酒，紫伊摆摆手好像在说不会喝，老杨微笑着安慰了她几句，不用读口型我也知道丫是在说“相信我，少喝点儿不要紧的”之类。多少无知少女失身于轻信啊。这可是高档餐厅的红酒，不是学校超市一块九一听的可乐，说白请你喝不图点儿啥谁信哪？酒过三巡他就会暴露出“你的一生我只借一晚”的本性，打着凄美的幌子来满足自己的兽欲。即使有个别品行高尚的老色狼没谋着夺你贞操，也必然要为国家豆腐事业做出贡献。

要不怎么说酒量也是女生自卫的利器呢。换了我直接就拿瓶跟他拼，不拼得他倾家荡产也拼得他现场直播。

通常我在喝第一瓶的时候会害羞地推辞“不喝，我不会喝酒”；第二瓶时惊慌失措“我真不会喝，几杯就会醉的”；第三瓶时眼光迷离“不行了，头好晕”；等到第四瓶时就跳上桌子把对方衣领一揪：“别他妈想走！早干吗去了？给老子爬回来接着喝！不死不散！”

孙姜常说我：长了张充满欺骗性的脸，看着特傻特好欺负，其实死精死精的。

也好，既来之，则安之。老杨既然敢勾搭紫伊，就要敢于正视淋漓的鲜血。只要他识相，我可以暂时替他保全颜面，私下里再揍他个片面生活不能自理。

我馋布丁很久了，于是点了个儿童套餐，被徐丹丹好一番耻笑。忽然她目光一呆，拿筷子的手顿在半空，从嘴角掉下几片冬菇，喃喃喊：“哇！快看美女！”

“哇什么哇，你是乌鸦投胎啊？”真没眼色，在美女面前对别的女人犯花痴。

不过，她指的那个女子确实姿色不俗，人高腿长，眉目如画，马尾束几乎齐腰，简单一套米色T恤长裤加平跟便鞋，步伐矫健，腰肢摇摆间四块腹肌若隐若现。我能感觉到餐厅内男同胞们的目光全被点燃了，尤其是杨思冠，两眼直勾勾盯着美女，眨都不眨，就跟偷情汉撞见自己老婆似的。

至于不？人家不就露点小肚子吗，要是露半斤胸脯肉他还不得口吐白沫啊！

说一点不嫉妒那是我撒谎，每次见到美女，我都会痛心疾首指天为誓：这个月势必要收敛一下饮食！可转眼就像疯狗一样扑到粮食上去了。就我这模子想吃肥虽然不容易，但哪个女人会嫌自己瘦呢？

以前跟尹风浓情蜜意之下讨论生娃，他问我选择剖宫还是顺产，我思考了半天，郑重地说：顺产吧，不能留刀疤，回头肉凸出来了会增加体重的。

美女对服务员的热情招待视若无睹，居然照直不打弯儿地奔杨思冠走过去了。

杨思冠一脸尴尬地站起来，把自己身边的椅子拉开，美女施施然坐下，前倾着身子打量了紫伊半天，含笑靠回椅背，轻启朱唇说了几句话。离得远，我只隐约听见一句“……我当什么国色天香呢，也就是一雏儿啊”。

靠！大房？老杨人品不会这么爆发吧？我一把攥住徐丹丹的手。

徐丹丹吃痛，歪眉斜眼地直叫唤：“哎哟喂，你怎么那么大劲儿啊？我手上的肌腱炎都快被你捏好了。”

我竖起食指搁在嘴边“嘘”一声，示意她留心那边动静。

杨小伙儿脸又红得没边了，紫伊满脸惊恐，起身欲走，被美女抢先一步按住了肩膀，笑盈盈地说着寒暄话，神态温柔。紫伊坐立不安有一搭没一搭地回答着，只谈了半分多钟，她忽然身子一震，两行眼泪夺眶而出。

我忍不住了。徐丹丹忽然开口：“叫声好姐姐，我去救你的心上人。”

“靠，当谁没看过《倚天屠龙记》啊？敏妹，咱俩都是异性恋，你就别逼我当拉拉了成不？”

“异性恋？是谁一见小姑娘被欺负就抄把叉子在手里？”

我这才发现自己手里紧握着不锈钢叉柄，大有小流氓比画弹簧刀的气势。二十多年疾恶如仇，这烈犬般的脾气怕是改不了了。

我赶紧放下叉子，羞赧地解释：“不是……那个……我看他们桌上好像缺餐具……”

“拉倒吧，你就别搁我这儿装忠厚了，咱俩是一瓢货，在正常人眼里都不是什么好鸟，你现在特想奔过去把那美女的两坨硅胶扎出来吧？”

我眯眼盯住杨思冠：“错，我想切人鞭。”

徐丹丹一愣：“别介，那玩意儿不大好吃，真的……”

容我先去吐口血……

只这么一小会儿工夫，紫伊的脸色已经从惨白转为酡红。那位美女拉家常似的不住跟她说说笑笑，还伸手取过杨思冠面前那杯红酒，屡屡跟紫伊碰杯，豪气干云肚量忒大。紫伊胆小，只会乖乖陪喝，上半身都开始晃了。看着挺感人的一幅妻妾和谐图，就是酒精含量有点高。老杨在一旁想劝住老婆又理亏词穷的憋屈小样儿，我看了就想扇。

正室果然够狠，紫伊平时从不喝酒，再这么下去肯定醉死当场。

我站起来："丹丹，多谢你请饭，这一年我吃得最丰盛就今天中午了，有机会我们以后再联系。"

"嗯？"她一愣，"你什么意思？"

"难道我去埋单？我现在连小费都付不起。"我把大裤衩的空口袋翻给她看。

徐丹丹总算明白过来了，不满地攥住筷子戳了戳瓷碟："靠，又不是去砍人，你跟我拎这么清干什么？还怕我抢着替你杀人顶罪啊？咱俩感情又没深到那份上，你这不臊我吗？"

"我去调解只算人民内部矛盾，你掺一腿子就升华成阶级斗争了。"我安慰她，"姐就臊你这一回啊，乖，回火星去吧。"

徐丹丹扑哧一声笑出来，甩手给了我肩膀一巴掌："回见。"

临走还不忘嘱咐我："搞不定了给我电话，我在武力解决方面有特长。老娘一脚踹不出他屁算他屁眼儿夹得结实！"

无语。

小时候欺负弱小同学总带点儿羞愧：为啥阿姨们形容别的小女孩都是"活泼可爱"，轮到我就是"孔武有力"呢？结果现在更羞愧了：我在青春期发育中明显落后了，如今的女孩子个个堪当暴力的度量单位，高举杀威棒，不是你死就是我亡。当然一般情况下是你死。谁像我这么天真耿直，被人拍两天以后就忘一干净，拍了人两年多还刻骨铭心记在心上，就差膝行到人家脚下苦苦哀求他来找我报仇，不然内脏憋得瘀青了怎么办哪？

我总是心太软，心太软，把所有板砖都自己扛。

## 4

杨思冠看到我时有种五雷轰顶的表情，不是被茶叶蛋噎过的孩子演技没这么逼真。当然也难说，一旦人品爆发出了核弹头的威力，直接把自己轰成面瘫也是有可能的。

“郑紫伊，这么巧。”我拍了拍紫伊肩膀，她背朝着我，吓得浑身一哆嗦。瞧孩子惊恐成什么样儿了，小泪珠儿青翠欲滴，甚是楚楚可怜。看来在吓唬小孩这方面，一个善妒的悍妇也可以达到张辽将军的高度。杨思冠还能保持镇定那是他丢脸经验丰富，换了我为这姑娘舍身休妻也万死不辞啊。我装作不认识老杨，俯下身子问她：“阿紫，你怎么在这儿喝得满脸通红？对面那俩灌你酒的是什么东西啊？据目测跟人类似的。”

美女对我皱起眉头：“你这小鬼怎么说话的？”

老杨噤若寒蝉，眼神闪烁不敢吱声。

“是不是这男的欺负你了？别怕，告诉姐姐。你可还没成年呢，万一出点儿什么事他全责！”我淡淡瞥他一眼，“我以前怎么教你的？宁可相信世上有鬼，也别相信男人那张嘴！”

紫伊直勾勾瞪了我半天，忽然认出来了：“伍……伍姐！”眼泪瞬间又夺眶而出，吸溜一下鼻子，抓着我的手委委屈屈地分辩，“我……我就是跟杨老师吃饭，真没有……没别的想法……他也没……没有其他意思……”

“杨老师？”我假装才发现，大吃一惊，“这不是教我们写作的杨老师吗？”

紫伊猛点头。

杨思冠咳嗽一声，低声向夫人介绍：“这个也是我们班上的学生，跟郑紫伊同学是好朋友，你看……本来就是这么简单的一件事情，你非要想得复杂不可。”

美女仔细打量着我，终于笑了笑：“看来是我搞错了。”

我轻轻拍着紫伊的肩膀，冷静地接口：“我看没有搞错。老师又怎么样？这年头只缺辛勤的园丁，禽兽教师可不缺！仗着自己为人师长，骗取花季女孩的信任，这种破事报纸上还登少了？人家向你裸露心灵，你却希望她向你裸露身体！要不然，我们全班40多位同学你怎么单请她一个人？现在她又醉成这副模样，你作何解释？当然，你也犯不着跟我浪费口舌，你就等着回学校跟冯主任解释吧！”

杨思冠没有作声，只是抬眼望我，眼神里有蹿动的蓝火苗子。

老杨，对不住，要保住紫伊就只能把大粪往你身上泼。

但奇怪的是，美女居然一直饶有兴趣地听我说话，既不怒也不恼，这时候才拍了拍手，颔首赞扬：“说得精彩，气势十足。”接着她倏地偏过头去，靠近杨思冠的脸，牢牢盯住他双眼，笑吟吟地说，“看来我真的搞错了。我猜，你感兴趣的其实不是这位郑小姐，而是这位大嗓门的女同学。对不对？”

我一怔。老杨沉不住气了：“别胡说，人家是清清白白的姑娘……”

“杨思冠，我确实懒得关心你的事，可你也别当我是傻子！”她突然怒不可遏，劈手从我身后拽出一只小河马，用力摔在桌上，“这个东西怎么在她那儿？你该不会告诉我国内也有‘April’专卖店了吧？”

顿时傻眼，一阵心虚油然而生。

敢情这貌似憨厚的公仔还是外国友人？我走过来之前顺手把它塞在包里了，谁知道它死不瞑目地伸了个长鼻子出来，叫人抓住摔了个屁墩吧，该！

杨思冠急得脖子上筋都鼓出来了，拼命挣扎着说：“这能代表什么呢？这不是……这是……因为丢丢很喜欢这女孩子，我才作为祝福的礼物送给她……你不是一直都希望丢丢能真正爱上一个女人吗？所以我特意把她的好朋友约出来，想打听一下他们是否真的恋爱了。”然后拼命给我使眼色，眼球像霰弹子儿似的乱蹦，梅兰芳的眼珠子要有这么灵活就不用养金鱼了。

粪瓢莫名其妙砸我头上了，真是报应来得快。我只能凄笑半声，把吐到嘴边的血吞回去。包大人都逝世几百周年了，我找谁喊冤去啊？

美女半信半疑：“你是说，丢丢爱上她了？”

老杨忠厚的脸蛋憋得红扑扑的，咬了咬牙：“她昨天已经搬去丢丢那儿住了。”

美女眉尖一挑，似笑非笑地瞥了我一眼：“哦，又一个大学新生找到了人生伴侣，你说现在的大学生怎么都跟皮条客似的？”

“请你自重！上天赐你脸皮不是让你遮蔽自尊的。”我觉得自己差不多被搞神经了。

美女满脸慈爱的笑容，一副对小儿女情事了然于胸的过来人模样。

紫伊忽然伏身呕了两口，捂住胃部，样子很难受。怀着秋后算账的刻骨仇恨以及先走的人不用付账的念头，我拉起她匆匆离场。

美女在我身后哈哈而笑，笑声中充满了解与宽容，甚至开始安慰我："小妹妹，别害羞，做丢丢的女朋友免不了跟小痞子打交道，不过你牙尖嘴利的倒也不怕吃亏……哎，老杨，你还傻坐着干什么？赶快去送送她俩啊……"

一路上紫伊把头伸出车窗狂呕不止，我在包里摸了半天没摸出纸巾，恶向胆边生，命令前面驾驶座的老杨："喂，把衬衫脱了！"

他大吃一惊，车呈S型滑行了一段，才缓过气来："我脱？"

这个出气筒笨得连方向盘都把不稳，我估计他在全城的交警叔叔那儿都混出脸儿熟了。从后视镜里恶狠狠地瞪他："废话！难道我脱？老子腋毛都比你胸前两点金贵！"

杨思冠叹了口气："小白，你不用故意这样……"

"少啰唆！脱不脱？"

"这个……我正在开车……一时腾不开手……"他垂死挣扎。

"我腾得开啊！"

说着我就做长臂猿状去摸他胸前衣纽，老杨顿时臊得脸红到耳根，赶紧在路边停了车，僵尸一样任由我上下其手。衣襟一解开，感觉到他吸了口气，我用力拍了拍他胸大肌，不屑坏了："别吸气了，罩杯小光挺胸能顶用吗？再鼓劲儿留神胀出肺气肿。来，放松，让姐试试手感……操，这档次，两肋排骨安上轱辘就能当滑板使，从埃塞俄比亚发配过来的吧！没胸没屁股光会捯饬汉字有什么用？能捯饬出人家王小波的动静吗？人家在文坛混不下去了还可以开间肉铺卖狗腿子，货源广博。你呢，除了写字还能卖点别的啥？搞文字搞成文字工作者就是被文字搞了，你说你都沦为一个受害者了，还有啥好嚣张的？"

老杨掩面："你还是骂我的外貌吧，骂我的专业我难受啊。"

看，搞创作的都是这么虚伪，像个满口"那""没有没有"的偶像演员。媒体经常抨击伊丽莎白·泰勒水性杨花，因为她一生结了七次婚。但我觉得，这不能证明她天性善变，任谁自幼在不同的角色中成长，也同样会失去寻常成年人维持品行稳定的能力。你看那些明星，唱歌演戏背词儿一点都不磕巴，接受采访时就说不出一句囫囵话，全靠表情和手势来表达思想，每次看这种节目我都很替主持人揪心，跟大猩猩交流似的。

当然，由此断言文学青年都比较低能也不合适，万一有的练过武术呢。

老杨虽然没练过武术，脱衣服的动作挺麻溜儿的，我接过来给紫伊擦干净嘴。考虑她这样子不能回学校，老杨提议去他家，我一激动差点没把紫伊嘴撕了。

“发发善心吧大老爷，我们还年轻啊不想惨死在壁橱里！”

“没事的，她这会儿不会回家。”

“刚刚我才说过——宁可相信世上有鬼，也不相信男人那张嘴——你不是说贤伉俪素来各自鬼混吗，怎么她又巴巴地跑去捉你的奸？”

杨思冠沉思了一下：“我不知道。”

然后很腼腆地问我：“可以把衣服还我吗，虽然脏了但好歹是件衣裳啊，我六岁以后就没有当街裸奔过了……”

我不能丢下紫伊一个人，只好听天由命。

俗话说：不入虎穴，焉得虎子？可万一虎穴里头那个是壮年异性怎么办？

有个校园笑话说，老师提问：“如果黄鼠狼钻进鸡窝会发生什么事？”学生回答：“鸡怀孕了。”

更多的人原本只想生捉虎子，不是想生育虎子……

## 5

杨思冠从洗手间绞了条湿毛巾，在床边备了水盆和墩布。又从橱柜里给我取了只南瓜形的卡通瓷杯，拆了包速溶咖啡，拿到客厅才发现饮水机已经干涸，又连忙钻进厨房烧开水，可见家里断炊颇久了。

我看着他进进出出地忙碌，心里没来由地一暖：

“老杨，我假设你是个男人，你敢不敢跟我说实话？”

老杨手里一停。

“你不用激我，想问什么就问吧。”

“像你们这些中青年文人是不是都特喜欢东杏西柳一园栽？家里红旗不倒，外头彩旗飘飘跟开奥运会似的？”

“爱情都是闹剧，不爱都是哑剧。这与群体个性无关。”老杨很狡猾。

什么狗屁群体个性？纯属大耳刮子挨少了！我火冒三丈，立刻对他竖起中指。

老杨讪讪地笑。打击文学青年只能用这种贱而有效的方法。这种人的心理素质已经厚实到了龟派气功的地步，一队岳家军都难撼动分毫，讲道理他也不怕，就跟你讲，讲死你！何况男女关系本身就没有太多道义可讲，只要牢守“三不”原则：不主动，不拒绝，不负责。国家宪法都拿你没办法。

这一点谁都不如孙姜。

那位男性虽然滥交，但做人极有原则。

有一年冬天，有个兄弟的女朋友跟男人吵嘴了，跑到孙姜家里告状，哭着哭着图穷匕见，脱下大衣蹭到他怀里，里面穿的竟然是豹纹比基尼，一边乱摸一边暧昧地告白：“我早就觉得你比他强……”孙姜揪起头发把她扔到外面，冷冷地抛了一句：“看见腰粗的女人我阳痿！”然后砰地关上了门。

小姑娘披头散发站在雪地里歇斯底里地喊：“孙姜，你是畜生！”

我听说以后很同情她，埋怨孙姜：“你好歹把大衣也给人扔出去啊。”

“先冻冻再说，不教训教训她还以为全天下男人都馋她那点儿肉！”孙姜叼着根烟，烟头闪着狼眼一样的绿光，斜睨着我，“你是运气好，长了一身排骨，硌手，不然就凭你那爱管闲事的啰唆劲儿，我早把你屁股打烂了。你以为从哪儿蹦出个女人，都能在我面前指手画脚人五人六的？”

这厮就是这么狠。

他的确是不惮打女人的，我小时候就被他打过一顿，至今有心理阴影。

初中时放学都是他骑车捎我回家，一天有个瘦子跟我抢这位置，臀部左右一撅，把我挤旁边去了。我顺口骂了句：“妈的，屁股不大，挺有劲啊！”说完才想起孙姜平时严禁我说脏话，心里发虚，偷偷看了他一眼，当时他黑着脸没言语，横了瘦子一眼示意他下去，我得意扬扬地坐上去。回到家门口，他把自行车停好，还没等我从后座上跳下来，按住我就是一顿死打。我吓得哭天抹泪嗷嗷直叫，后来才发现屁股其实不大疼。严格地说，当时他把我那件厚外套打得特惨。

孙姜一声不吭奋力打我，末了才咬牙切齿地说了句话：

“你可以不聪明，但你要乖！”

列位看官，你们现在知道了吧？混账男人总是会有些混账逻辑。

经过拷问，杨思冠道出了紫伊找他的真相。原来是紫伊昨天有事找我，无奈我手机总是关机，晚上正巧在 QQ 上遇见了敬爱的杨老师，便向他求助。老杨刚好也有事情想问她，便约在旋转餐厅一同进食。

“武汉那个小伙子，又重新对她发动了攻势，她招架不住，想找人商量商量。”

“哪个小伙子？游戏里认识的那个？”

“嗯，好像是。”

“我靠，那娃连早饭钱都得问老妈要，还有脸把妹……那你怎么说？”

“我告诉她，上次武汉之行她已经给足了他机会，女人在某个时刻需要某个男人，就像坠机时需要降落伞——如果此刻他不出现，以后他永远也不必再出现了。”

“说得好！”不得不承认，老杨在组织词句方面确有过人之处。

忽然想起来，又问他：“那你找她有什么事？”

“的确跟你有关。”他端着热气腾腾的咖啡坐到我面前，“我发觉，最近你对你们班那个王波关心得过分了，帮助同学虽然值得提倡，但也不必要为此做出太大牺牲。”

我没说话。这种事情无法解释。

杨思冠把咖啡推到我面前，试探着问：“紫伊说，王波一直很喜欢你，所以才舍身相救。那么你因此而有负疚感吗？”

“不。他喜不喜欢我是他自己的事，与我无关。”

“那到底是为什么呢？伍女侠古道热肠义薄云天？”他夸张地上下打量我，“小白，我不信你生来就如此特别。你越是绝口不提，越令人对你的过去感到好奇。”

我神秘地向他勾勾手指头，等他凑近才低声说：“其实我是星际战士，来地球是为了维护宇宙和平。”

老杨无奈地摇摇头，笑了。

啜一口咖啡，很香。

我不是写小说的，不习惯往陈年旧疤上挤点番茄酱到处展览。

我知道，有很多文学女青年好这口儿，没事就攒些哀怨而坚强的酸段子哺育世人，一回忆起自己的情感经历，都是痴心妹子负心汉的故事，好像社会主义初级阶段特产陈世美。糊涂人看着挺感动还嘬上点泪花花，明白人就明白这是小妞儿思春了，名为悲切，实为勾引。在脸上写上“专业受害者”几个字，好像怪辛酸的，其实潜台词就是“此妞较傻，速来伤害”。比往辫子上插草标管用多了。

一旦有男人上钩，她又是悲观又是失望：男人果然都这样轻浮，我该怎么办啊……

自己长个包子样还老怨狗跟着，不靠不足以平民愤！

当然还有更棒槌的，仅仅自残不够，还总想残害他人。鉴于现实生活不是武侠小说，不是谁都能草菅人命，而正常人受到伤害肯定会报警，所以她只能残害爱她的人，非要折腾得俩人都生不如死，曰：没有痛感不叫爱。这不典型的小受吗？遇到这种人啥话都不用说，上去攻丫的！攻了就走，千万别留姓名，免得沦为酸段子的素材。

我一哥们就遇到了这么个棒槌，两个人互诉衷肠后，女朋友一连三天没接电话，第四天半夜终于接通了，是个陌生年轻男子的声音。更叫人恶心的是，事发后这闺女还颇感委屈：“我等你的电话足足等了三天，三天之后才……”

三天．她的保质期约等于露天猪肉。

鉴于她是个文学女青年，我们天天狂翻酸段子，等着看这倒霉哥们如何沦为一个陈世美，一时间她的博客点击量猛涨，可惜一直没等到他的姓名出现。女青年始终在哀怨而坚强。凡提“前任”，必是初恋情人。我们默默相顾颔首：姑娘不蠢啊，知道博客不是日记本而是招蜂引蝶的资本，不正视历史肯定对自身有好处，甭管上过多少男人的床，但凡新东家询问，永远只谈过一次恋爱，不信你看我博客。当然，完全背弃恋爱史也不合适，就算膜能补上，罗圈儿腿也不好解释。

哥们仰天长笑：“人生至憋屈之事：我的前任，前任不是我。”

有时候想，如果这种神经病也能叫作女人，我就去医院安个 JJ，跟女人划清界限。

等紫伊酒醒，老杨送她回了宿舍，返回的路上顺便把我捎到丢丢家楼下。

“你不上去跟丢丢备个案？万一你老婆找他对口供呢？”

“不用，没事儿。”杨思冠语气淡淡的，抬头看了楼上的窗口一眼，“你回去好好休息……哦，对了，今晚是你第一天上班吗？那我不去卡萨布兰卡了，晚上给你捧场去。喜欢什么花？可别说你喜欢水果篮儿，跟探病似的面子上不好看，想吃什么等下了班我再给你买。”

真是善解人意，知道我这人实诚，不要脸皮，单喜欢能吃能喝的。

我可劲地想了半天：“这花吧，我也没什么特别喜欢的，你捡便宜的扎一捧就行了，最好撕心裂肺喊着我的名字冲上台来献花，然后再被保安拳打脚踢地撵下去，这样大家就会误以为我小有名气了。”

杨思冠哈哈大笑：“好吧好吧。”

我也跟着笑。笑归笑，我不会傻到相信他真敢冲上台。

像他这样的身份和性格，往顶浪漫里揣测，也只会鬼鬼祟祟地倒提着一束玫瑰花，像拎捆大葱似的给我搁到后台化妆间，碰上个把好奇心重的人发问，可能还会胡说八道“我是她表叔”以逃脱著名作家姘上酒吧歌手的嫌疑。

其实我真不稀罕花这东西，姐们以前逢年过节就给楼下花店提供货源，人家只按40%的价格回收就够我在KFC逍遥俩星期的。最特殊是刚认识尹风不久，碰上圣诞节，他送了我6朵玫瑰。当时我羞怯得小脸通红不敢吱声，晚上悄悄跑去问孙姜，送6朵花是什么含义。他说这在音阶里念“拉”，就是人家想跟你拉倒的意思。

我的心都碎了。

后来才知道当时尹风所有零用钱只够买6朵玫瑰，孙姜那解释纯属妒忌。

这就是不团结邻居的代价。

那以后尹风就把我这货给订了，不许我再跟花店老板狼狈为奸，于是放风出去说我有花粉过敏症，谁给我送花得搭两根虎鞭解毒，小伙子们作鸟兽散。

……

对了，后来徐丹丹还特意打来电话询问我战况如何，我安慰她：“放心吧，他是打不过我的。因为我有爱和友谊，他什么都没有！”

徐丹丹唾弃我：“才放了三部《哈利·波特》，全中国的孩子都当自己会骑笤帚飞。”

第十章 10

# 酸甜段子手

## 1

我变成深灰色
光线不会再爱我
这世界总会有人欣赏我
在落叶的背面
我在等我的春天
天黑前我希望被人发现
我在白天像一只蝴蝶
为了做梦才飞到黑夜
我在晚上像一只蝴蝶
找白天没有的一切

很喜欢陈琳的这首《十二种颜色》，歌词十分精致，像吴虹飞那首《蝴蝶》：“有谁知道蝴蝶在用黑色的唇歌唱，有谁知道蝴蝶夜里她们在哪里游荡，有谁曾经真心真意爱上一只蝴蝶，有谁知道蝴蝶从来不能自由地飞翔。”

不过吴虹飞的声音实在太聒噪了，跟刚投入装修的新房一样。

我不知道杂志上那些赞扬她歌声美妙的家伙都是用身体哪部分听声儿的，多半夸的是伴奏部分。老实说听她的歌很折磨人，调儿一起就气喘吁吁的，我都恨不得钻进 MP3 里替她顶那些高音。老人家一大把年纪了还教导我们要实事求是，咱就实事求是地夸她身材脸蛋儿不行吗？

苏涟一听我批评吴虹飞就不高兴了，说我们家虹飞哪儿招你了？觉得她声音不好听那是你审美有问题，你老说吕燕长了张迎面撞上轧路机的脸可不照样有人觉得她是美女吗？

我赶紧撇清关系：我没说你家虹飞的歌声跟吕燕的美艳一个档次。

苏涟自知口误，咬着小辫梢儿一扭身跑了。

所以说，一个粉丝素质不佳，可能毁了偶像辛苦一辈子塑造起的形象。

第一天上班比我想象中顺利，既没有哭着喊着上来抱我大腿的也没有忍无可忍轰我下去的，证明我的声音还不至于令人犯罪，仅在悦耳的范畴之内。

这个事实多少让我有点沮丧，同时明白迈克尔·杰克逊为什么花钱雇人冒充歌迷往舞台上冲杀。

——歌手的成就感与歌迷的理智成反比。

杨思冠居然很守信，在我唱歌的时候捧了束花上来送我，文质彬彬的，保安也没好意思打他。

花不是玫瑰，我不认得，反正消夜的时候丢丢长叹了口气："折现都够你一天工资了。"

我听了一阵肉痛："你还不如扎一卷人民币送我呢！要这么贵的花有什么用？我屋里只有半包一次性纸杯，你看我捡个酒瓶子回去能将就插插花不？"

老杨依旧气定神闲："那改天我送你个花瓶。"

丢丢掐了他胳膊肘儿一把："死鬼，对大姑娘倒挺殷勤，给我送的签名书呢？"

"在签……正在签……"老杨唯唯诺诺。

我看着两人眉眼传递间饱含深意，倍儿别扭，扬手把老杨肩膀一拍："签个名儿还要费老鼻子劲儿？你当是刻碑哪？就是没书送也犯不着自惭成这样吧，瞅你这羞答答的小模样儿，甭提多惹人怜爱了，看不出你一大把年纪还有老玻璃的潜质。"

老杨皱起眉头不理我。

丢丢立刻轻斥："你说什么呢？"

"我说我想吃芝麻馅儿汤圆。"知趣改口。本姑娘天不怕地不怕，就怕杨小伙儿不说话。

三碗汤圆端上桌，我瞟见杨小伙儿仍然神情阴鸷，沉默不语地吃着汤圆，心里既尴尬又难过，于是编了个故事试图逗他开心："跟你们说，小时候我们家特穷，有一年我斥巨资跟表妹团购了一碗汤圆，我担心她嘴大吃得比我凶，就骗她说汤圆心儿里是烫的，我先尝几口，等凉了再叫她一起吃。我才吃了几个，她忽然指着碗惊呼'姐，你看那坨芝麻好像是苍蝇'，我心想小嫩狐狸还想跟老猎人比心眼儿，睬也不睬她继续大口抢食儿，结果吃到最后发现果然有一只苍蝇，我恶心坏了，表妹却笑嘻嘻地说，谁让你只顾吃汤圆不理我，活该你吃苍蝇……"

杨思冠终于破臭脸为笑，随即又板起脸："来段儿《卖汤圆》，唱得好才理你。"

我只好拿碗挡住脸，满腹委屈地当街献丑。

杨思冠摇头晃脑打着拍子，不时给我提词儿，还指出我的声音太小了。

我恨恨地想，你拽什么拽，你唱歌还不是跟蚊子大喘气似的。出名人不打诳语，杨思冠唱歌我真的听过，啤酒上头的日子里他没经得住我军刑逼，给我哼了几首歌，尽是些百度搜不到的，什么达明一派的《上路》、李国祥的《摘星的晚上》……全他妈是20世纪七八十年代的粤语歌曲，欺负我年纪小听不懂。老杨摇摇头为我惋惜，说粤语歌里精华多了去了，我搜肠刮肚地想起一首歌，庄严地对着他唱："害鸡，贼系你地旮……"

我问他最喜欢哪个歌手，他不说话，在我手心里写"文二三人禾"。我脱口而出："齐秦！"

"嗯。你也喜欢齐秦？"他一脸惊喜。

"我喜欢周杰伦。能猜出齐秦来有什么稀奇？20世纪七十年代的文化人儿不都是在他的歌里泡大的吗？"

老杨一脸惆怅。

这娃就是爱故弄玄虚，按李琦老爷们儿的说法就是"不好好说话"，你直接说喜欢齐秦我又不会怀疑你性取向，非要人猜字谜。我心想他说不定叫床都用文言文的。杨夫人得多么博学才能配合他啊。邻居们得多么憨厚才能不报警啊。

想到这里，我叽叽嘎嘎地傻笑起来。

丢丢同情地看着我，嘴里衔着块儿汤圆含糊不清的："这孩子严重丢脸导致精神分裂了……你这不光是卖唱，还卖笑呢？"

"怎么样，笑得好看吧？"我搔首弄姿。

"好看，真好看。"丢丢点头，紧接着补充一句，"多好看啊，两颗雪白的大板牙锃明瓦亮的，拿鞋油刷过吧？”

我舔了舔了利齿，沾沾自喜：“这是我吃饭的家伙，当然要保养好。”

“你那么能吃，有余粮吗？”

“没余粮不是有地主嘛，”我朝杨思冠努努嘴，“我不会赚钱难道还不会打劫啊？”

丢丢一口噎住：“不要脸！”

“跟你要脸我多吃亏啊……”

杨思冠一边欣赏我俩表演相声艺术，一边悠然自得地吃汤圆，每消灭一个就揉揉我头发表示心情不错。

还是当闷蛋幸福，不必像个交际花似的对现场气氛负责。

送我们回到楼下时，杨思冠像是无意提起：“小白，元旦文艺演出你记得报个名。”

我毛了：“你嫌我脸盘儿大丢不尽是吧？”

“胡说，小白脸不大，是个不施妆天然样的漂亮汉家姑娘。”他的眼神略带责备，温柔无限，“我跟你们冯主任谈过了，上次学校的国庆演出并不成功，所以这次评委会有品位些。嗯，反正你乖乖地去报名，听我的没错，保证对你只有好处没坏处。”

我翻他一白眼：“上次你还怂恿我写作文呢，结果看完了送我一瓶儿恒顺陈醋。”

他哈哈大笑：“谁知道你会写得那么酸。”

我语塞了，扭扭捏捏的脸发烧。

当时我预备跟从时下大流写个玄幻的本子，女的貌美如花善良如我，男的则是个邪恶的背叛者。由于大淫无疆，在文中，我还恬不知耻地把第一人称塑成了一位痴情的未成年小天使。

第一章

我迷路了。

这是我两天以来走过的第 27 条马路。

阳光生疏地照在街上，我蜷缩着疲惫的身体，瑟瑟发抖。

有许多双漂亮的鞋子匆匆迈过我眼前，熟练地忽略着我这毫不起眼的意外。这个世界太美妙了，每个人都在赞叹中眼花缭乱，渐渐忘记自己远比世界重要。只有我匍匐在路边，灰旧得像一段阴影的蛇足。因为异于同类，所以不可理喻。他们只看得到我的狼狈，却看不到我的翅膀，所以连施舍都羞于启齿。

人间比我想象中要大得多，也许太阳的温度正在被空间稀释，来到这里的第二天，我已经快要彻底冻僵。

这就是冬天了吧，他说会很寒冷。我奄奄一息地想。

冷风缠吻着我裸露的手指，死神狰狞的脸在路人纷乱的脚步中若隐若现。

他在你那里吗？在吗？

死神只向我冷笑，将长长的镰刀挥到我身前。

我闭起眼，以为自己会这样一边怀念一边死去，在某个陌生的街角继续踩着他的脚印走路，仰起头时看见他疼惜的眼神。但是三秒钟之后，我被人轻轻抱了起来。

这个人的怀抱好温暖，让我迅速想起他，想起他只有面对我才绽放的笑容。

他常常坐在天湖畔的圣石旁，忧郁，安静。他的眸子是银白色的，冰凌花一样冷酷，没有人能看得见他冻结在眼底的温情，依然在默默流动；他的唇角微微下拗，那是孤独的弧度，只有我知道他微笑起来会有一缕清晨的花香；他的头发刚硬而凌乱，拂过我脸庞时却柔逸得像情人的爱抚；他是我在天堂里见过最美丽最善良的天使；他喜欢把我的头发揉乱，叫我傻孩子……

你怎么了？有个声音温和地问我，满是关切。

我收拢起散乱的视线，眼前的这张脸缓缓清晰起来，同样棱角分明的轮廓，而深邃的黑色瞳子里却没有灵气，原来只是人间一个平凡而和善的男人。细碎的阳光在他脸上调皮地打转，清清楚楚地照亮了我的失望。

你还好吗？温和的声音又问。

我呆呆地看着这个男人，然后面颊被迟疑的潮湿一寸寸爬满。

真的，我找不到他了。

写完这一段我就急功近利地发给杨思冠，然后向全宿舍姐妹殷勤推介，尤悠看得挺带劲儿的，通常小姑娘都喜欢这些个一边翻着《现代汉语词典》一边可劲儿堆砌辞藻的东西，还打算把文稿打印出来带到广播室去向全校宣传，于是天天追着我要文："下面呢？下面呢？"

我刚收到老杨的陈醋，如遭雷击，奄奄一息地回答："下面没有了。"

"下面没有了……"苏涟捏着下巴咂摸，不怀好意，"这是太监的风格呀……"

其实连我自己看起来都觉得好像是挺酸的，写的时候满腔热情，看的时候上吐下泻，我他妈此生唯一能跟天使沾上点儿关系的就是在网络游戏里讨过一个老公叫什么"天使之吻"，后来这对儿野鸳鸯还被尹风生生拆散了……

我越想越不好意思，迅速化悲愤为控诉："杨思冠！你还敢说！我都恨死你了！老子当时还不是为了投你所好！下次我就写情色小说，看你送我一打杰士邦不！"

丢丢终于插得上嘴了："我觉得杜蕾斯比较好。"

"一边去！是我用又不是你用！"

丢丢淫笑："那可说不定。"

杨思冠马上往他脑后拍了一巴掌，隐晦而警惕地看着我。我琢磨了半天才想明白，掰下一只高跟皮鞋追杀丢丢："你个瘪犊子竟敢占老娘便宜！有种别跑，看老子不把你皮撕了做成套套！站住！小淫贼……"

丢丢没命地往楼上窜，比腿劲儿我就没服过谁，一鼓作气追上去把他脑袋敲成榴梿状，累得满头大汗，一瘸一拐走回房间把窗户打开通风，顺手开了手机，给辛浩然发条短信："热死了。"

耗子："简单啊，脱！"

伍小白："你以为我现在穿着衣服？"

耗子："你够无耻……"

那一夜我睡得特别香，做了好几个梦，最后那个梦是去看尹风的篮球比赛，球员都穿着斑马似的病号服，中场休息时有个面目模糊的女孩子跑上前去给他擦汗，我怒火中烧想下场去抽她，不知怎么却飞了起来，越飞越高，飘过了一堵高墙，正惊慌失措间忽然看见那个女孩子的脸，居然是安吉丽娜·朱莉，接着我被人拉了下去，尹风一边抱着我跑一边向我解释，说这次比赛其实是为了制造逃狱机会。我问那个大波妹呢？他说那是国际营救组织派来的劫狱人员，不能得罪。我火冒三丈，指着他鼻子吼："你简直就是个古代兵器——剑！说，你下贱！"尹风立马老老实实地说："你下贱。"

我扑哧一声笑醒了，睁开眼睛，窗外已透微亮，清晨的寒风吹拂着薄薄的窗帘，起伏不定，一室凄凉。

## 2

我不会骑自行车，只能步行到华联广场赶校车。

小时候我妈经常领我在院里头学骑车，俩月过去了，我练就了用一条右腿骑车的好本事。由于这么骑老有人怀疑我的左腿是个次品，我妈身为制造商深感羞愧，硬逼着我用两条腿蹬，可是不行，左脚只要沾上踏板，就听"我靠"一声车倒人未亡。我妈冲着我直犯纳闷儿：这孩子，杂技都学会了，咋就学不会骑自行车呢？

把整个身体托付给两片薄薄的车轮，我这心里乱慌乱慌的。

拎着一杯豆浆四个水煎包上校车，环顾周围只有一人我认识，还认识得不很透彻——吕东。光阴似箭啊，连吕东的板寸儿头都有偏分的趋势了。

满当当的车厢里，他身旁的空位置尤为刺眼。

我赶紧冲他咧嘴笑笑，走过去坐定。他礼貌地往里让了让，坐得愈加憋屈，两条长腿已经尽力屈起，膝盖仍紧紧顶着前面的椅背。今天他穿的是套深蓝色比赛服，很显精神，不枉我们苏涟对他产生健壮的恋情。回想起来，我见过他这几次着装不是校服就是球衣，像是在搞制服诱惑。

这样一条彪形大汉搞制服诱惑，怪不得一米之内没人敢接近。

我狼吞虎咽地把早饭吃光，周围暧昧的男性目光立即变成一片惊诧，我这才想起车里全是校友，以后谁他妈还敢向我献媚啊？强自镇定，呵呵笑着跟吕东套近乎："吕部长，您亲自来上学啊？"

吕东转头看了看我，眼里突然涌起笑意，"嗯"了一声。

我也发觉自己问得傻，索性不说话了，靠在椅背上猛瞪司机大叔的后脑勺。吕东还是老样子盯着窗外，不时含笑瞥我一眼，好像有话要说又不好意思。我眼观鼻鼻观心，不理会他。眼看要进校区了，吕东终于没忍住，咳嗽一声侧过身来：“喂，”他用手在自己脸上比画，“你这里……那个……有脏的……”半天表达不清，索性伸出右手往我腮上一捏。

“操！”我跳起来，一招“黑虎掏心”停滞在半空。

他手掌里有一粒面渣子。

我顾不得骂他，赶紧掏出小镜子和面纸，把嘴角收拾干净。镜子里的我依旧容光焕发，只是有一点脸红。

像我这样的厚脸皮的女人也会害羞，是件很严重的事情！

过道那边有个女同学看见了吕东的举动，一声轻轻的尖叫，立即开始跟前后左右交头接耳窃窃私语。吕东一怔，方才意识到自己的鲁莽，烫手似的赶快把面渣子丢掉。

经历过数年与男同学的武装搏斗，我对粗鲁的男人很没有好感，胸中翻江倒海至少预备了 20 多句话能够让吕东羞愧得一头撞死在车窗上，可是他局促的样子像极了尹风第一次领我回家的神情，心里一软，把糙话都吞了回去，扭过头准备下车。

我还记得，那是中秋节，本来是个嗨皮的日子，可尹风妈妈并不喜欢我，嫌我腰长臀瘦不能生养，我当时就急了：“谁说我不能生？没试过怎么知道？别看我瘦，其实我的生育能力仅次于母猪……”尹风听不下去了，一把将我拖出门外。

那天晚上我们执手相看泪眼，第二天他给我抱来一堆儿奶粉巧克力花生酱什么的，就差给我上化肥了。

从那以后我就变得很能吃，可怎么也长不胖。当时吃化肥的心都有过。真的。

尹风常常给我做好吃的，边给我喂饭边说：“等把你养到 100 斤，就让你生崽！”言语中充满了破釜沉舟的魄力，听得我乱感动的，仔细一想才察觉不对：要沉舟也该是我沉啊，你除了贡献小蝌蚪还能干啥？

没有过多久，他在参与一场群殴时，用砖头砸破了一个男生的头，对方因失血过多，送到医院也没能抢救过来。

那时候，我已经有 98 斤了。

呵呵，你说，全国城市都在抓创卫工作，怎么一到关键时刻到处是砖头呢？

那些照片早已烧成了灰烬
可那些回忆怎么点也点不着
你的眼睛让我终于知道
你的怀抱让我在劫难逃
……

彭彭曾经在酸段子里写道：时间就像个疾速旋转的钻头，多坚定的誓言都会被打穿。

周一全天有课，趁着老教授在上头自我陶醉，苏涟悄悄对我说：“昨晚你哥打我们宿舍电话了，让我转告你，你要是再不跟他联系，他就来学校打你屁股。”

“靠，他是姓孙的还是姓辛的？”

“不知道，反正口气横得跟村干部似的，我没敢问。”

“哦，那我晓得了……哎，咱阿紫这两天有没有不正常的举动？还有，你跟吕东有啥发展没有？”

苏涟马上扭捏起来：“阿紫还好啦……咱学校的篮球队不是打入四分之一决赛了吗，我一直跟着啦啦队给东哥加油，还给他递过几瓶矿泉水，也不知道人家注意到我没有……”

就猜到小苏没有留意紫伊的异常，两腿陷进泥潭的人哪有工夫替别人喊救命。要说吕东，他的脑皮层就像硬塑料做的一样，估计除了打球接收不到别的信息。递矿泉水管什么用？你直接往他手里递根 1 万伏的高压电线保证他一辈子都记住你！

“唉，那娃是个好娃，就是反应慢了点。你继续努力啊，祖国人民准备好凉白开等着你胜利归来！”

“您老觉得我有希望吗？”

“还凑合吧，感情这码子事儿我也说不清，反正死灰还能复燃哪。哦，对了，小苏，中午吃了饭陪我去文化部报个名。”怕她不答应，我顺便加一句，“礼拜一下午学生会开例会，说不定吕东也在呢。”

苏涟慨然应允：“那你先陪我回宿舍换件衣服，补个唇彩。”

不知打几时起，这个跟我一样用自来水泼下脸就敢去上课的女人，变得如此注重外形，真真应了那句“女为悦己者容”。不管多么铁石心肠的人也有软肋，那就是你所爱的人。软肋运不上内功，它是人最致命的弱点。

老教授还在台上口沫横飞：“……我们一定要把握最关键的一点……”

我和苏涟对视一眼，同声唾弃：“流氓！”

中午我在食堂吃五块钱一份的盒饭，苏涟她们照例边吃边抱怨：“食堂明显不尊老啊，你看哪样菜不是上了年纪的！”

我安慰她：“能咬动就不错了，早餐供应的胡辣汤里尽是海带头，跟狗咬胶似的。”

“也不尽然，”尤悠端着七块钱一份的两荤三素，充满优越感，“我这肉丝儿嫩着呢。”

“哪有什么肉丝？是大师傅手上的狗夹儿吧！狗夹粘在人皮肤上时间久了，肯定能沾点儿肉味嘛……知道我为啥不吃咸烧饼吗？有次我路过烧饼摊，看见那个老板正在和面，那时候天还热，只见他累得满头大汗，伸手往额头上抹了一把汗珠子往面盆里一甩……还是人家经营有方啊，既省盐又省水……”

苏涟之彪悍在于敢在饭桌上勇谈异物，说得满桌人都胃痉挛了她还面不改色。上次食堂做了顿咸肉烧大白菜，我们正在抢食，她忽然福至心灵跟我们说小时候奶奶告诉过她一件事，说老家那边有个人半夜饿得不行，偷偷上人家地里刨了一棵大白菜，回家随便洗洗就整个儿下盐水锅里煮，吃到中间，忽然口感变得软绵绵臭烘烘的，仔细一看，原来是坨农家肥，看来农民伯伯施肥没多久就叫大白菜卷进菜心里了，然后我们一齐把饭盒往她脸上扣。

我以为尤悠要吐了，结果她镇定地看着筷子上的肉丝，感叹道：“想不到咱大师傅做的也是皮肉营生啊！”

在这食堂里讨口粮，幽默感是我们仅剩的东西了。

不像我们以前高中的食堂，除了成天举着锅铲追杀蟑螂的胖师傅外，还有个专门负责打面条水饺的小美女，人称“馄饨西施”，艳名远播。那段时间，隔一条街的六中的尹风也老往我们学校食堂跑，有天把我碗撞翻了，可爱的橘黄色皮卡丘瓷碗摔成了省略号，我抹着泪花儿去找姜哥替我报仇，结果他俩一见面就乐了，拍着肩膀称兄道弟的，于是我的小皮白白牺牲。

就这样我跟尹风混熟，有次放学发现他在巷子里被人打，好几个人围住他拳打脚踢，边打还边骂些什么“勾引谢小禾”之类。

尹风双手护着头脸，一言不发蜷在墙角，看不见脸色。

我迅速跑回学校去找孙姜，可他已经不在班里，等我再跑回去，那些人还在继续打他。我忍无可忍，说你们住手。我听出自己的声音很镇定，因为我根本不知道自己会说出这句话来。有个男的拳头攥得咯咯响，斜觑着我。我木讷地把台词说完，我说我已经报警了，你们最好赶快离开。所有人都怔怔而不屑地盯着我这个背着硕大书包穿着校服裙子的文弱少女。几秒钟后，攥拳的男人对我冷笑一声，突然抬手、挥拳，又是一拳向尹风砸下。我勇猛地扑过去把他推开，他踉跄了几步摔倒在地，那股大力把我也带跌下去，我一个屁墩摔得浑身疼，还没搞清楚状况，他已经一翻身跪起来掐住了我的脖子。

我被掐得眼冒金星、耳鸣目眩的，隐约听见尹风的怒吼声，心里又怕又急，两只手像鸭子划水一样乱扑腾，终于摸到一个汽水瓶，于是战况立刻发生了改变。

定睛瞅准掐我脖子的男人，我一汽水瓶狠狠地磕在他脑门上，瓶子砰地裂碎开来，他大叫一声放开我，双手捂住额头，血流从指缝中渗出来。我大脑里一片空白，扔掉半截汽水瓶号啕大哭。尹风红了眼，护着我跟他们几个拼命，势如猛虎，不可抵挡，这时巷子的另一端有人匆匆赶过来，为首的像是孙姜，这几个人于是一哄而散。

孙姜他们怕我遭到报复，所以打那天起就开始教我防身术，教着教着，我就跟尹风看对了眼儿。

那位“馄饨西施”不到一个学期就跳槽了，我还没来得及感谢她替我解决单身问题。

204宿舍的洗手间又挂上了“工事中”的牌子，这是我跟苏涟的创意，女生往脸上抹粉就跟往墙上刷涂料是同一原理。我坐在客厅里等苏涟，百无聊赖下顺手打开了电脑，正输入QQ号时，紫伊偷偷溜到我身边:“伍姐，这周末你有空不？”

“有吧，啥事儿？”

“那……你能陪我出去见……见一个朋友吗？”她有点吞吞吐吐。

“是男的吧？”

她笑了笑，低下头。

“行，三人行必有电灯泡，这种事儿姐姐我最在行了，还能给你掌掌眼儿。”我只想知道那厮是谁，要真还是游戏里那个叫阿宝的小畜生，我就现场把丫打死！救活！然后再打死！再救活！最后打死！

QQ 上乱闪，居然还有两星期前痞子的留言。

“我已经离开杭州了，有点事找你，看到了记得给我电话。”

他留了个号码。

是座机。

区号竟是这所城市。

### 3

坐镇文化部的还是郭虑，看见我和苏漣，他一脸惊喜，得知我是来报名的，立即殷勤地取出一张表格，亲自坐镇指导。

说实话，这辈子除了高考填志愿我就没沾过这种麻烦。

这张表格密密麻麻的，而且还分性别，男同学填蓝色部分，女同学填粉色部分。我觉得自己有点傻，但郭虑保证表格的内容都简单易填，我只好硬着头皮开始写。看到“性格”这项时我觉得自己非常傻，但郭虑说这些都是必填项目，是评委们进行首次选拔筛选的重要依据之一，所以请如实完整填写，于是我冥思半天填了个“憨厚”。结果接下来就看到“三围”，郭虑赔着笑脸还想劝我，我把笔一扔，对着自己说：我就是个傻子！

苏漣捡起笔：“卖身都卖了，还在乎这点儿隐私？”迅速填了个“33，23，34”。

我用力挺了挺胸，心里依旧觉得忐忑，小声提醒她：“哎，我的坐臀肉好像没有这么厚实吧？”平时坐椅子时间长了都觉得臀部两块骨头硌得慌，不免有些羞愧。

“就这！反正没人敢量。”苏漣精悍地总结，“树不要皮必死无疑，人不要脸所向披靡！”

她看了看表格接着问："你选什么歌？"

什么歌？

我想了想，今晚酒吧安排了"天黑请闭眼"的杀人游戏，为了配合一大帮屋里憋屈型的都市男女，我专门挑了首词曲诡谲的《鬼娃娃》。就这了。

苏涟帮我填完，门外走进来几个女生，看样子也是报名的。几人挤在门口推推搡搡选举出一个胆大的代表，上前两步怯生生地问我们："请问……参加元旦歌咏比赛是不是在这里报名？"

郭虑傲慢地冲她们点了点头，再度跷起二郎腿，一脸优越感拿起我的报名表审视着，眉头慢慢拧起来："什么《鬼娃娃》啊？这歌我听都没听过。小白，这次比赛可不能再瞎搞……"

"我瞎搞？那你倒是睁着眼搞一回给我看看！"我急了。

郭虑张口结舌。我瞥见门旁边那几个女生神情有异，自知失言。可是总有些人腰里别个大萝卜硬充铜锣湾鸭王，多恨人哪，你不打击他就只能委屈自己的胃贲门。你说，选歌是参赛选手的事情，你一个五音不全的大老爷们儿跟着掺和啥啊？我现在算是能理解老杨的感受了——求你了，你还是侮辱我的清白吧，侮辱我的专业我难受啊！

苏涟机灵，赶紧打圆场："是不是要交报名费呀，郭部长？"

郭虑干笑两声，拍了拍我的肩膀："小白跟我还用这么见外吗，20块报名费我先给垫上，要是得奖金了你还得请我吃饭呢，是吧？"拍完两下，爪子还挺留恋地搁在我肩上。几个小女生互视几眼，神色立马变得古怪而了然。

"是，我肯定请，请你吃哈根达斯！"我侧开身子，"请把您的前爪拿开！"

郭虑神情暧昧地看了看旁边的几个人，慢慢放下了手，故作豪放道："学妹们都不是外人，没什么好遮遮掩掩的，大学期间谈恋爱也不算早恋了，虽然我是学生会干部，也不是没有感情的冷血动物嘛。"

"谁他……谁跟你谈恋爱？别诽谤单身女同学了，你还是人畜无害地去YY吧！"

硬把那个"他妈的"咽了回去，噎得我胸膈膜一阵儿刺痛。

郭虑分辩："我从来不YY……"

"嗯，我明白，你都赤裸裸地勾搭了。小苏，听说这胖子勾搭过多少

MM？”

苏涟这颗八卦之星立刻冷冷嗤笑，掰着手指头算给他听：“物理系三年级的周卉卉、艺术系有一对姓王的姐妹花、我们系上一届的系花谢晓冉、篮球啦啦队的一个短发小妹子，都是你的绯闻女友。另外，这星期还有人看见你跟一个长发的大姑娘在学苑餐厅一块儿吃夜宵，俩人脑袋贴着脑袋，那个黏糊劲儿跟两泡鸡屎似的。”

“那……那都是以前的事了，算我没能经得住你的考验……”郭虑扭捏地说，“但是……现在我们俩的感情和好了啊，她们怎么能跟你比呢……”

这次轮到我张口结舌了。

真是无限感慨啊！其实吧，人能活得像他那么主观也不容易是不？

刚回到丢丢那儿，萧雨楼急急忙忙打电话给我，说他们报纸下期要做一个诗歌专版，但约好的写手临时掉链子，问我能不能胡诌点有水平的段子填充上，最好是煽情的爱情诗，要一个整版。

“你先说给多少钱。”我心赤裸。

“放心吧，哥亏待不了你，这次是一个全版，肯定有个小千把！”

“我靠，那我还跟你啰唆什么，整段子去了！”

摊好纸笔，运运气准备开写，想想又搬了本《新华字典》过来搁在旁边。用电脑时间久了，除了签名其他字都不大会写。想我堂堂一个200度近视的学者，居然沦落到不会写字的地步，堕落啊！迟早我得把电脑弄过来。

听说有片小小的落叶从枝头飘入遥远的世界

我朦胧的想象中

一缕粉红的花香渐渐清晰起来

我不知道

春风稚嫩地吹过时

你是否也正如这片落叶

游子一般地飘荡

抑或仍然如我
深深埋起对温暖的渴望
用一生痴守那个寂静空白的瞬间

忽然想到那海
那岸
萨克斯管吹奏的《圣诞快乐》和《铃儿响叮当》
轻而淡的余韵
净化嘈杂混浊的空间
走过街道
与你并肩的是两排梧桐树
它落光了叶子
苍劲张扬的枝桠却是寂寞的

我们是两件道具
搭得很美
却脆弱地看不到幕启
于是，就像守在剧院里的观众
默默等待着
灯灭
再亮起来

阳光开始辛辣
每次面对着炽热入骨的温度
感到的只有
煎熬

开始不相信爱情
却相信岸那边的某一处会有这个人

一直等在那里
等我，或另一个人
所以
便快乐而孤独地期待着你出现
也许这样
就可以过快乐而孤独的一生
而那个城市
和我的爱情
好像都是空的
被错位的怅惘狠狠隔离

开始不愿意回家
因为不知道应该怎么离开迷途的惊惶
走失的苍茫
我是单身背包的人
装着笔
钥匙
半包烟
还有你的相片
……
不知道自己应该走向哪里
于是又回到现实
回到你面前

我想我们是同样无助的
对无法得到的蓝天
无力改变的生活
该如何继续
我不知道

站在最高的楼
看见蓝的天空白的云朵
有鸟飞过
我想
自己其实应该生为一只候鸟或者一棵植物
在季节转换的时候转换自己的爱情
和眼眶里飞起的气体
一起消失

有时候
有些人像我一样飞快地行走
兜了一个大圈子以后
却依然伤痕累累地回到最初的平静

有时候
有些生命让人感觉空洞
我只是为了一个又一个美好的瞬间而活
往事中你的告别和漂泊
渐渐都模糊了

曾想过回到正常的生活
可我已淡忘了应该如何去定义正常的标准
承诺，责任
我怕我无法负担
其实，我只想像窗外的女孩们一样
恋一场爱，撒一下娇

宝贝
如果我现在仍是一条深海里的美人鱼

我就不必绝望
听说美人鱼是为了王子而上岸
那么
我是为了谁?

从寒冷和黑暗
走向喧嚣和空洞
如果这个世界真的有所谓的平淡的幸福
怎么我得不到?

火化了往昔
是否要学习去遗忘深爱的人
也许表面的平静底下沉淀的疼痛会愈加激烈
就像曾经历尽沧桑的人
也会傲然地举头观望水天一色
却始终无言
似乎
一切都在宿命的那个手心里得到安息

独自写诗的时候
总会远远想着你的样子和气息
我深信自己是孤独的
所以
我把所有细节都重重地看在眼里
熟悉的你
陌生的街道
不再被你记起的过往

不禁想起

看你黯淡的笑容
美丽的文字
心里远漠一样荒凉
也许我们都是双手空空的人
所以即使随时离开
却不恐惧

就这样
我和一个陌生的你
隔着咫尺天涯安慰彼此柔软的寂寞
像空旷的大海中
那些在冷暖激流中撤离的鱼

想起你唱过的歌
轻淡的声音是自由深沉的海蓝色
我想
在时光的轮回中
你或会失去了完美的容颜
只留下气息
在行走的时候应该会听到温暖的风的沙哑声音
像一片小小的落叶
飘落在遥远的国度

我会随你漂泊到很远的地方
如此无奈
又是如此甜美
像树上离阳光最近的那只苹果
很早地成熟了
所以很早地坠落了

就像生命
常常因为太多莫名的绮丽而空洞

侵蚀着灵魂的东西越来越多
像爱情一样
在狭小的空间中不断地挣扎和堕落
直到感觉窒息
沉入海底

我知道心上有一个洞
只有你的目光才能穿越
可是
穿过那些光亮
可以看见在陌生的天空下
爱你的我是另一个我
一起逝去
又一起重生

如此我长久地诉说
把心事写给你看
希望
你看到它
会明白我洒脱的孤寂正泛着苦涩
以及
脆弱的生命如何沉沦于那些苍白的爱情
……
你在左
我在右
于是我们的爱情只能抛在远远的身后

今夜有风
我又梦见了那个在黑暗中沉思的孩子
任性地
把深思熟虑的悲恸洒得一路都是
晶莹剔透……

胸有万金油，何愁做文章，前后只用一个小时。我飞奔到网吧把完成的诗作发过去给萧雨楼审阅，楼哥哥对我码字的速度叹为观止：“小白，别人写文章像便秘，你则像腹泻啊！”

小意思了，我曾经是一个多么有前途的文学女青年啊，也怀过才，不过怀的就是葡萄胎。

我于是喜洋洋地等着稿费汇入账号。

从三楼的网吧下来，眼看时间不早了，于是回家收拾收拾奔酒吧去了。

我只能这样挂在单杠上
不停地晃呀晃
我寂寞的忧伤
永远永远都不会有人分享
我已习惯了这样的凄凉
为什么要这样
为什么要这样
难道就不能够陪着我直到天亮
我真的好想好想
离开这孤独的走廊
鬼娃娃　泪两行
我只能够晃呀晃　晃呀晃　晃呀晃
……

如果给我一个支点，我就把右边桌子那男人撬出大气层去，省得他见我就一脸淫笑。身为一个大胖墩还没点儿自觉，穿着一套白西服，昏暗的酒吧彩灯打在他身上，点点斑驳，跟个迷彩肉包子似的。

今天我化了妆，看起来鲜亮许多。当然这全是丢丢的功劳，本人只会熟练运用蛤蜊油。

随着守门员的一首《鬼娃娃》唱完，全场杀人游戏结束。那白西服让吧台小弟过来传话，他想请我喝一杯。

我低声告诉小弟，送一杯最贵的酒过来。

架好麦克风，我走到白西服那桌，他站起身热情地替我拉开椅子，递了一张名片给我："伍小姐你好，我叫 Jackie，是中华新星文化传播公司的演艺经纪人，伍小姐你的嗓音非常不错，不知道有没有兴趣加入我们公司做签约歌手？"

我凑着亮看了看名片，这位 Jackie 先生的中文名叫刘大柱。

"我们公司成功包装了许多歌手。"刘大柱察言观色，"伍小姐，你平时喜欢看电视吗？"

"我一般在百货大楼家电部看看电视。"

刘大柱呵呵笑了两声："我们承办的大型文艺节目常在娱乐频道播出，面向全球推出本公司培养的年轻歌手。像你这样实力与外形兼备的女艺人，非常贴合目前娱乐市场的需求，一定可以在短时间内得到大众认可。"

说着，他神神秘秘地靠近我耳边："你知道最近很火的张靓颖吧？"

"知道啊！难道她就是被你相中的？不能够吧？"我颇吃了一惊，失敬失敬，本以为这位 Jackie · 刘只是个艳舞班子的台柱。

他继续神秘絮叨："最初我们公司也有发掘她的意向，只是没来得及……可见我们的市场嗅觉是很敏锐的……"

我笑笑，脑子里的中指向他迅速崛起：靠！你不如说你们公司也有发掘楼兰遗址的意向，只是没有找见。敢情 21 世纪的牛皮厂家已经改行生产白西服了。想当年老子用两尺红绸带跟同学换银项圈的时候，你还热血沸腾地握着团徽宣誓报效祖国呢！我衷心地鄙视这个蹩脚的骗子，同时也为自己的外表看起来仍然天真淳朴而感到欣慰。

他自信满满地追问："伍小姐，你意下如何？"

"我考虑考虑吧。"我没忍心一口回绝，主要是手里这杯酒还没喝完。其实人家也不易，不但被人看穿了把戏，还要被某个厚脸皮的敲竹杠。

刘大柱伸出手："希望我们能合作。"

我跟他握了握手，望着空酒杯还有点依依不舍。虽然洋酒味道不咋地，但一想到咕咚咕咚咽下去好几百，胃都在幸福地痉挛。有个灵异网站测试说我的死亡原因是饮酒过量昏睡在街头冻死的，我觉得很有可能。

又寒暄几句，胃痉挛越来越厉害，有点不对劲，可能是饿了，于是眼巴巴地望着大门口。望了半天，丢丢才不紧不慢地走进来。

自从我开始上班，每晚下班总有两名壮年男子贴身保护，一般情况下死不掉。今天老杨有事没来，丢丢毅然肩负起喂猪的重任，他一直很羡慕我的食量："天赋异禀啊，把你塞进猪肚子里都吃不胖。"

丢丢帅了吧唧地走过来："美女，陪哥哥去吃夜宵！"

我赶紧向假洋鬼子告辞，一溜烟跑到丢丢面前，隐约听见旁边有人在小声惊叹："我靠！这样也能泡到妞啊……"

我跟丢丢抱怨："同志，你怎么才来！乡亲们被鬼子祸害惨啦！"

"哪个鬼子？"

"穿白西装那个，他说要把我捧成大明星，风靡全世界。"

丢丢很干脆地表示唾弃："那丫不怀好意，想利用你的身材来暗示我国还没有脱离贫困。"

找削！削他！

## 4

楼下的餐厅都打烊了，丢丢一套组合拳擂开了面馆大门，老板挂着眼屎给我们煮面，嘴里骂骂咧咧："MLGB，老尤，你是属马戏团狗熊的吧，玩拳击这么来劲儿，老子的店门经得住你老熊掌夯几回？你当是钢门啊？他娘的，为什么这年月土匪都长得人模狗样，老子这么厚道却要掉头发呢，靠……"

丢丢打断他："注意点儿！唾沫跟喷壶似的，节省水费也不带这样儿的。"

"咦，原来你姓尤。"从来没听他说过，我很好奇。

"这姓风流吧？"

“行了，尤三哥我觉得冷……那你为什么叫丢丢？你妈想把你丢了？”

“呸！你心眼儿怎么这么毒辣啊？我妈给我起的名字叫尤琪安，反过来就是安琪，天使的意思，懂不？”丢丢翻我一白眼，帅哥就是帅哥，白眼翻得跟抛媚眼似的，“我初恋女友喜欢捏着我的脸说‘diú diú’，那副噘着嘴的小模样超可爱，我是为了怀念她才改名叫丢丢的。”

“怀念？难道你女朋友……咋啦？”事关人命，我不敢瞎猜。

“把我甩了。”丢丢轻描淡写。

“为什么？”

“前年她去青岛度假，回来以后对我说，她看到了暴风雨过后的大海，突然产生了对自由的渴望。所以，她就坚决跟我分手了。”

我肃然起敬：“乖乖，负心都负得这么有诗意！绝对是20世纪最牛的分手辞。”

“她的闺蜜以前都嫌我是个小白脸，像吃软饭的，于是后来我把自己晒黑，她们又嫌我丑，唉，男人真命苦……我一直都觉得女人根本不可理喻，所以只有老杨才把你当成宝贝，我一直都……”

听他语气不善，我狞笑着晃了晃手上雪亮的钢叉，丢丢吓一哆嗦，赶紧改口：“我一直都是把你当成心肝的嘛！”

“这还差不多。”我满意地吞了口面条。

“切，差多了！”丢丢满脸哀怨，“我心肝能有这么黑吗？”

我想撞墙，又怕撞坏了面馆的墙壁要赔钱。

话说当初我年纪小，没有护肤概念，整天跟着尹风到处赶场子打球赛，夏天阳光猛烈，难免晒得面目全非。有一天尹风捏着我腮帮子说有点婴儿肥，像个小笼包子。我还憨厚地反问：“这包子皮儿是荞麦面的吧……”

躺下半天没睡着，最近一直有点失眠，这间屋里没镜子也瞧不见自己是不是芳容惨淡了。我不像痞子那个自恋狂，在自己卧室里立了块半面墙高的大镜子，有次半夜11点跟痞子聊天，他向我诉苦，说刚被房里的镜子吓了一跳：“偌大的房间立着一块镜子，午夜梦回，起身披衣，猛地被镜中的人吓一跳，看着镜中的自己，不知所云，无限感慨，原来我痞子离衰老也就一首诗的距离，顿时惶惶难安，不胜唏嘘，泪如雨下……”

“感觉特悲情、特幽怨、特哀愁是吧？”

“突然发觉我的前半生都在折腾自个儿，我要过健康的生活，我不要这样……”

“打住！痞子大哥，我求求你别小资了成不？换谁冷不丁装面特大号镜子在屋里，起夜的时候都会被吓一跳。这只能证明您基本上是个正常人，一点也不特殊，别没事就装得那么忧郁跟个怨妇一样好不好？还顾影自怜呢！忘问你了，你刚才被吓得尿裤子没有？没尿赶紧尿去吧！我们宿舍就要熄灯了。”

痞子的头像迅速灰了，假装下线不再理我。

他很讨厌女孩子说粗口，可我偏偏就是一个粗人，只会说粗俗的真理，他能忍这么久都没问候我祖上，还算讲点义气。

我一边胡思乱想一边翻来覆去，最后还是爬起来给孙姜拨了个电话。

没办法，安全第一。这姓孙的心狠，什么缺德事儿都干得出来，别说来学校揍我屁股了，我怀疑给他条槐木扁担他都敢大闹天宫。

等了半天电话才接通。

“姜哥，我是小白……”我抢先赔笑。都说伸手不打笑脸人，我估计也不打屁股。

那头声音冷冰冰的：“别叫哥，跟你不熟。”

“别生气嘛，姜哥，你在我心目中永远是最雄伟的存在。这几天手机一直关着呢，我没有注意……”

“关手机多亏心啊，你不如把我关了。”

“言重了，我哪儿敢……”

“你哪儿不敢？搬出宿舍的时候问过我吗？手机关了俩礼拜，现在才承认错误？晚了！等打吧！”

孙姜态度生硬噎得我说不出话来，看不出来他体积那么大心眼却这么小。我有点来气了，心想本姑娘从小也是一飞扬跋扈的主儿，谁不喊着心肝肉肉的疼着宠着，就是到你那儿不招待见，做一丁点错事你就撵着我打，跟上山打兔子似的，就算你特想演猎人这个角色，也得问问我是否愿意经年累月扮演兔子这个受害者吧？

兔子握着手机生闷气，半天没吱声。

“怎么了？怕打啊？怕打就要听话知道不？何况我又没真打过你，不然你现在保证乖得跟二孙子似的，还敢这么任性？”孙姜循循善诱，启发我回忆他慈祥的一面，“我只往你肉厚的地方揍，还是不轻不重地揍。没办法，重了我舍不得，轻了那是耍流氓。这分寸拿捏得有多痛苦你知道不？一边得注意手感免得把你打疼了，一边还得忽略手感免得教育过程变成生育过程，我容易吗……”

“你说什么呢？”

这话犯了我的忌讳。这两年我苦心塑造猥琐形象，任谁拿我调侃都能带荤，但是唯独尹风的好兄弟不行。

他就是我的软肋，永远运不上内功的软肋，这里冻结着一个依然纯真可爱的女孩子，在等待着熟悉的体温。所有与他相关的人都带着他的印记，印记越深刻，越不能玷辱这种感情。我的意志力并不强，所以只能武断防守。但凡是个人都有七情六欲，俗话说不怕一万，就怕万一，晚节不保这种事大多是发生在“万一”情况下的。

如果孙姜知道自己沦为“是个人”之列，我的屁股一定比名声先红。

“姜哥，你别让我对全国人民都失去信心。”

孙姜沉默了片刻，跟我道歉：“不好意思，我这几年不怎么会说人话了。”

“那你自己掂量着，我不多管闲事了。”他语调冷涩，这么多年来他是第一次说不管我，“在外面住要留个心眼，别傻乎乎的，有事找我。再见。”

我还想说几句圆场话，电话却断了。这么多年来他第一次挂电话比我快。

眼泪夺眶而出，突然很想杀人。

我抹了一把眼泪指着天花板破口大骂，叉着外套领子摔摔打打，正觉得不过瘾，衣袋里忽忽悠悠掉出一张小纸条，那是我用来记痞子电话号码的。我捏着纸条，眼睛又湿润了，恩人哪！

电话接通了，还没等我开骂，痞子惊喜地问：“是小白吧？”然后就滔滔不绝地向我抱怨起在杭州被一美眉坑了的经过，原来他交友不慎，脚踩两条船被拆穿了，还被前任女友撵出了屋。他的声音还算悦耳，加上比我还倒霉，我逐渐觉得神清气爽没那么憋闷了。

哭诉半天，最后他凶相毕露，要我请他吃饭。我心想，这些天我他妈自己吃的都是一块钱一碗的湖南米粉，还请他？请他吃猪蹄我还得先洗个脚。“辣子油拌饭怎么样？我一周至少吃十碗。”

“饶了我吧，我怕犯痔疮。”

“那算了。你怎么跑北方来了？把江南女子玩腻了啊？”

“我这次过来可是正经事！”

“你能干什么正经事？好像谁不知道你淫荡似的。前段时间你刚说要离开杭州的时候，我还以为你偷情事发被打残了，从此要练习用脚来打理生活，还担心新华书店不卖有脚臭味的书呢。”

面对无情的揭发，痞子却不生气，还慢条斯理地说：“世人对我的误解总是太深……没关系，我不怨你，大多数的真理总是掌握在少数人的手中。”

“老子就是真理本人！”

“别介，钱钟书可说过，真理都是赤裸裸的。”

“咳，那个……”我赶紧注释，“冬天到了……真理也穿上棉衣了……”

痞子干笑两声，宽容地放过了我：“好吧，真理同志，周末你有没有空？我千里迢迢来这么一趟，你真不打算接见我吗？”

“你找我就这事？”

我考虑了一下，周末两天我都有夜班，周六白天要陪紫伊去见朋友，周日要去医院……嗯？陪紫伊见朋友？网友？……大脑里有根弦忽然一紧，立即喝问痞子：“你有没有搞我们学校的妞？”

“这城市我就认识你一人，大哥，你比我还粗野，不能算妞吧？”痞子喊冤。

倒也是，哪可能这么巧，又不是写书。

“那周末见吧，晚上你自己来东街酒吧找我。”

“等一下……如果彭彭再向你问起我的事，绝对不能说我在杭州有别的妞。”痞子语气很较真。

“靠，你还打算骗人姑娘到哪天？”

“能骗多久算多久，反正她好骗，呵呵。我早看清楚了，美女和狗屎都是过眼烟云，长这么大只有彭彭那丫头待我最好，人活一辈子总得有个真心待自己的人吧……有时候想想，还觉得有点对不起她……不过话说回来，谁不喜欢被人牵挂的那种淡淡的优越感？痞子就不兴被人惦记啊？小白，你也知道她擅长把真心付诸禽兽，既然现在已经上我的钩了，你干吗还要让她再被别的男人骗呢？我不让她梦想破灭难道还有错？你傻呀你？”

痞子滔滔不绝说了一大堆谬论，气死我了。

“你就是自私！”

“我乐意自私，反正你别告诉她，不然跟你绝交！”痞子撒泼耍赖，“听见没有？”

我咬牙切齿：“求你了，沉默地饿死吧！”

这是我跟痞子都挺喜欢的一句诗，还是他先发现的。原文是“如果让一个人闭上嘴，他就会沉默地饿死”。看看，多么朴素的真理啊。所以我们后来想让对方闭嘴时，就会委婉地说“请你沉默地饿死吧”。

彭彭名字起得不祥，要不怎么遇上这衰人呢？

我信邪。我要是有个孩子肯定要演断五行推算八字……起个吉利名字。尹风喜欢女孩儿，他曾跟我说过，咱们将来如果生了个女儿，大名就叫子衿，小名叫青青。

青青子衿。尹子衿。好美的名字。

我在心里陶醉了半天，又问他，如果生个男孩子叫什么呢？

狗剩。他信手拈来。

……

当时我是什么反应？我已经忘了。这一年来我的记忆力衰退得很厉害。迅速想起一件事，迅速就忘了。

是谁说过？等待是最初的衰老。

第十一章 11

# 痞子来了

## 1

这城市的公交车情况可以用八个字概括：挤挤挤挤挤挤死了。远远看见车要进站了，人人的肱二头肌都在勃起，还有大爷大娘摆开拼命的架势，只差勇呼“十八年后又是一条好汉”。在强大的群众面前，我这等悍妇马上变得弱柳扶风。车门一开，人们奋力发挥雷锋同志的钉子精神：一钻，二挤。驾驶员最熟练的问候语不是“您好，请投币”而是“别堵着门！都往里走”乘客们挪几个足窝儿，又能钉上来十几位。人肉的弹性就是大啊！从车窗基本上是看不见脸的，都是各种型色的胳膊大腿，猛看像是公交公司改行贩人肉了。偶尔还会挤出一个硕大的屁股，萧瑟地撅在寒风中，变形的鳄鱼西裤必然是地摊货。

有一天等车的人特别多，都疯狗一样咆哮冲杀，有位大妈腿脚不利索，刚伸个脖子进去车门就关上了，被夹得一脑门子红筋。这次血腥事件给我留下了深深的心理阴影，上车都是做僵尸状全身一块儿耸上去的。

对此我以前经常抱怨，现在麻木了，遇上别人抱怨还会好心建议：不爱挤公汽你可以打车嘛，可以骑自行车嘛，你还可以爬行嘛。

紫伊仪态万方地站在新华书店门口等我，旁边几个青涩小姑娘跟她一比都像赵本山，直冒土酸气。

公交车到站，后门刚打开，我一眼就看见了醒目无比的她，赶紧一边抢救被夹在人缝中的衣角一边喊：“紫伊，我看见你啦，你站那别动我马上过来……哎，老太太您别拽我胳膊肘儿我要下车……帅哥麻烦让让，我重心不稳乱划拉一会儿摸到你身上算谁耍流氓啊？”

下个车搞得蓬头垢面衣冠不整，紫伊惊诧地看着我：“今天这么冷你没穿件外套？”

“穿了，上车时挤掉了。下车还好，就挤断一根橡皮筋。”

我用断皮筋把头发扎起来，问紫伊：“那小伙儿还没来？没见过约会让女孩等的，想被《新华字典》拍死吧他？”

“不是的，”紫伊红着脸解释，“他在对面的左岸咖啡，我没敢过去，在这儿等你。”

我视力不济，过了马路才隔着玻璃看清那位男士，他正好转头看向窗外，我俩不幸互视一眼，同时跳起来。我指着他喊：“我靠！”看他口型一阖一张，应该也喊了这句。

果真是阿宝。被我料中，又惊又怒。

我弯着腰满大街抠砖头，城市地砖就是瓷实，抠不动。顺手操起餐厅台阶上的一个空花盆，掂了掂家伙还算趁手，噔噔跑上去推门。花盆底的干土簌簌而落，袖子里落进不少，但我管不了那么多了。

“走开，没你事。”我搡开阻拦的迎宾小姐，指着阿宝，“龟儿子，有种待那儿别跑。”

阿宝一脸惊恐，满桌子找护具，最后抓了个可丽卷护在胸前。

“伍姐，你干什么呀……”紫伊追上来死死拖住我，神情焦灼，就差一口咬在我腿肚子上了，“阿宝他向我道过歉了，事情不像你想的那样……今天他特意从沈阳赶来当面向我赔不是，你别这么冲动……”

“怎么回事？”我疑惑地看看她，又看看阿宝，脑袋像个刮雨器摇来摇去。

经过他俩的解释，我总算明白了事情的原委：紫伊删号后并没有删掉游戏，而是在原区服重新建了个角色“3.丈白绫”，是个专攻PK的琴MM，心狠手辣，号称泉北单挑王。“3.丈白绫在野外见到鬼手£阿宝就屠杀，但鬼手£阿宝被别人围殴时3.丈白绫又会出手相救，奇异的心理落差迅速俘获了阿宝的芳心，一番追求后才知道3.丈白绫就是九夜玲珑紫。3.丈白绫接受了鬼手£阿宝的忏悔，两人终于旧情重叙。”不过，就像游戏中角色转换一样，这次恋情变成了阿宝处处主动。

怪不得紫伊整天趴在电脑跟前，原来把恒心毅力都用到升级和PK上了。凡事只怕有心人，紫伊虽然PK技巧不行，但是她腐败呀！全身超豪华装备武装到牙龈，打架时拿九转回魂丹当大碗茶喝，对手气都气死了，还用打？

阿宝叙述恋爱过程时，紫伊一直脸红红地甜笑。

这妮子让我陪着她来约会，恐怕就是为了让我目睹他们的甜蜜，上回武汉之行在我面前丢尽了脸，这次全挣回来了。

我正感慨，阿宝挤到紫伊身边幽怨地告状：“阿紫，你姐骂我就跟怒叱侵略者似的。”

“骂你白骂，不打算轻的！”紫伊横了他一眼，抿嘴冲我乐。

“阿紫我告诉你啊，你老公还是有点实力的，那次在武汉可不是打不过那个黑大汉，是天色也挺黑的，我没戴眼镜看不清楚他站在哪儿……不信的话，你白天再把他叫来试试……”小伙儿拳头捏得咯吱咯吱响，跃跃欲试。

紫伊不安地看了我一眼，轻啐他：“寝不言食不语！”

阿宝立刻变身一只羞答答的小狗，乖乖地埋头吃可丽卷。政客！汉奸！

“不好意思，我替姜哥跟你道个歉。”我尴尬地干笑几声，“大兄弟，姐姐今天没准备什么见面礼，这个花盆请你收下……”

如果失去是苦，你还怕不怕付出？
如果堕落是苦，你还要不要幸福？
如果迷乱是苦，该开始还是结束？
如果追求是苦，这是坚强还是执迷不悟？
如果分离是苦，你要把苦向谁诉？
如果承诺是苦，真情要不要流露？
如果痴心是苦，难道爱本是错误？
如果相爱是苦，这世上的真情它在何处？
好多事情总是后来才看清楚
然而我已经找不到来时的路
好多事情当时一点也不觉得苦
就算是苦我想我也不会在乎
……

# 痞子来了 第十一章 11

梁朝伟版《流星蝴蝶剑》让我们领略到了足球先生林志颖的风采，也让我头次知道杨紫琼还会唱歌，还唱得这么专业。真是歌唱家会武术，甄子丹也挡不住啊。

我提前来了酒吧，连晚饭都没好意思蹭。对于紫伊的变化，我只能说：近朱者赤，近墨者黑。进了204，迟早变土匪。

这首歌很少人知道，所以对那位点歌的男顾客，我颇生出一种知音之感。

他生得很面善，当然对色女伍小白而言面善就是英俊。斯斯文文的，穿了件黑亚麻仿西装外套，两肘支在桌上，双手交叠，左手拇指轻点着下巴，样子沉稳内敛，看起来不太爱说话，但是艳光四射。他是我喜欢那型儿。

如果以后连续三天看见这人，我一定找他要电话号码。

我比较信邪，一向认为只有上天安排的才够我臭屁，可惜上天的眼睛老花了，总让小姑娘先春情荡漾。有次苏涟让我们出主意向吕东搭讪，紫伊不以为然，小鱼抢着说："又不是正经谈恋爱，搭讪什么？上去一拳打昏了拖回窝里。"尤悠仰着头想了半天说："你妈贵姓？"我们纷纷责难："你也不怕把人吓死！"她一脸嘚瑟："那就人工呼吸呀！"轮到我时，我让她们做好鼓掌准备，然后说了一句话：表白的最高境界是勾引。所以，要想办法让他主动搭讪你。

没想到这一招苏涟还没学会，紫伊已经出师了。

等到下班，痞子仍然没有出现，我换完衣服走出后台，正在想他可能明天过来，忽然一抬头看见那位黑衣男站在门前对我微笑，笑容灿烂。

"小白，我是痞子。"

"靠！怎么可能？"我差点晕厥在地，双手扶住门框挣扎着质疑，"你易容啦？我见过你照片，嫩得跟小香椿头一样……现在起码成熟了十岁！"

他笑笑："我这人不上相。"

随着我的心脏抽搐，酝酿了半天的媚眼全抛进地砖缝里去了。何止不上相？跟真人相比，那张白衬衣照片简直就是蓄意毁容，人脸还不如衣兜里烟盒子显眼呢！

也有一点不服气，不该让丢丢先回家，只有伊的花容月貌能把痞子搞熄。

"走吧，我们去发呆。"

他笑呵呵地建议，我回过神来。他曾经向我吹嘘过所谓的优雅生活，得是一间拥有真正法籍主厨的高级餐厅，穿燕尾服的侍者一手背在身后一手托着雪亮的银盘淡定穿行，天蓝长裙的高雅少女坐在远远的弧形台上舞动纤纤十指弹钢琴，宽敞的空间里回荡着斯汀钢弦般的歌声，“shape of my heart…”，那部著名法国电影的片尾曲，壁灯是铁艺烛台，细麻桌布上摆放着银制餐具，还有香槟、鹅肝酱、黑松果浓汤，主角坐在缀着流苏的布沙发里，孤独地凝视着落地窗外的淋漓细雨，不是吃饭，而是发呆。

当时我极郁闷：我只会蹲在马路牙子旁发呆，就着汽车尾气吃个小奶糕都觉得幸福至死。

妈的！原来老子穷得连个奢侈的呆都发不起。

“我一向兜比脸干净，咱俩指望啥发呆啊？”我苦着脸，预备把他往拉面馆哄，“别说法国菜，连你来这儿的路费我都报销不起。”

“别怕，我刚才骑自行车来的，特意省下路费请你发呆。”

“没问题，我给你个跟偶像共进晚餐的机会。”听他此言我立即斗志昂扬，“不过，你不环保啊，人科学结论都出来了，城市环境污染不是汽车造成的，是自行车造成的。”

“不要歧视老人家，这个论点搁在60年前还是成立的。”

“为什么？”

“因为那个时候自行车是汉奸专用车嘛，人人见了都吐口唾沫，所以……”

法国餐厅一般不通宵营业，痞子将就着领我进了家美式餐厅——肯德基。没听见英文歌，餐厅里循环播放着许巍的《完美生活》。

听说许巍的歌是80后文科班男生最爱，我看老许丫的也就是个艺术青年，尽胡扯，生活中几曾有过一点完美？凑合着活过了二十多个年头，完美这词现在只能让我联想起圆满，总跟雪碧瓶子装汽油拉不开关系，让人怵得慌。

偏偏痞子还兴奋地问我：“你喜不喜欢许巍？”

“不喜欢。”

“为什么不喜欢，嫉妒啊？人家那嗓音多有磁性呀！”

“嫉妒个毛！我听着像痰音！”

“又说脏话，你又说脏话了！小白，你长成这样已经很伤我的心了，还不懂文明礼貌……”痞子郑重地望着我，眼神中闪动着悲恸。

“等等！”我警惕性高涨，“你说我长什么样？”

“你别误会……嗯，我的意思是……你看起来很粗犷，充满了野性美……”

抬手给他一个黑虎掏心。

“老子给你粗犷而充满野性美的一拳！”

痞子小心谨慎地抚平衣服皱褶：“别动手动脚的，没见那边有个女孩子一直瞄着我吗？她会误会我有主了的。”

我看了那女孩一眼，汗毛直竖：“耳朵能拍苍蝇了，你丫真狠，连动物园的都不放过！”

“大哥，我这回是逃命到这儿来的，杭州那妞买了一帮人追杀我。流浪在外能有口吃的就谢天谢地了，哪还敢挑三拣四？”痞子长长叹了一口气，乐观地幻想，“看来天要降大任在我身上了，所以让我失业，让我被骗，让我骑自行车，让我没有女朋友……”

我越听越高兴：“你可不能光记吃不记打，以后别祸害女孩子了。”

“好，就听小白的！”

我正受宠若惊，他接了一句：“以后我光勾引已婚少妇。”

“你拿什么勾引？黑色 Bra？我就看不出你有哪点儿好，身高不如模特，体重不及相扑。”他一无耻我就想起彭彭，一想到彭彭我就义愤填膺，“该收敛了，同志。别他妈整天像刚做完春梦似的。”

痞子皱起眉：“又说脏话了。拜托，我在吃饭耶！”

“老子管你吃饭还是吃屎，欺负彭彭就是死罪！”我快吃饱了，于是勇敢地撕破脸。逮着一个当面羞辱痞子的机会我容易吗？

“你……”

看他神色不对，我赶紧划分“食力”范围，把剩下的鸡块都扒拉到自己面前，圈着胳膊保护起来。痞子欲言又止，点起一支烟吸了几口，自嘲地笑笑：“我今天好像是来自取其辱的。但是你不懂——”

“小白，你在感情中表现得太强势了，所以你不懂。”痞子潇洒地弹了弹烟灰，见 KFC 小妹们有往这里集中的趋势，赶紧把烟掐熄了，“有时候，朦胧的伤感要好过直白的抉择。我不是不喜欢彭彭，只是讨厌把悲观的未来摊开。”

我注意到烟头上写着红梅，曾经他的QQ签名是“春风得意抽红梅”，害得我一度认为红梅烟档次很高，后来才知道人家纯属忆苦思甜。学生时代穷，宿舍六人合资购一包红梅，半夜偷偷爬起来满地摸烟头，咣当撞上另一个额头，黑暗中异口同声“我靠”，原来对面床铺那丫也在趁黑捡烟头。

暴发户最爱摆谱，痞子这货在人前恨不能把人民币穿身上，当我面抽红梅不是他风格。

痞子发觉我的注视，善解人意地摇摇烟：“这次不是忆苦思甜，是真落魄了。”

“有多落魄？”

“我可以举个例子。你知道我急着来找你到底有什么事吗？”

“什么事？”

我有种不祥的预感。

“借钱。”

这厮！这厮！恬不知耻的样子还是这么帅！令人发指！

## 2

失恋的女人有两种状态，要么谁都不理，要么谁都理。彭彭属于后者。自从痞子离开杭州，她除了上班之外的所有时间差不多都在线，陷入一种疯狂的黑侃状态，没日没夜，QQ签名是“营业中”。我觉得再这样下去，腾讯公司总裁有一天会抽空接见她的。最近她连个人说明也改了：

一个人在自己的影子里坐着
写着被人不屑一顾的诗歌
在那些词语迅速繁殖的日子里
你的样子随着尘埃坠落
直到我心里
……

当我把这酸段子复述给痞子听时，他明显很欣赏：“彭彭真的是才女，否则我也不会喜欢她。我爱文学，更爱文学女青年啊。”

第二天，杨思冠开车到楼下接我去看王波。路上接到痞子电话，估摸着是蹭午饭的，我把他也约了一起。

老杨才是正规文学青年，痞子充其量是个文学爱好者。一个可以娱乐众生，一个只能自娱自乐。老杨的写作课教得不错，实战经验丰富，我希望他能给痞子一些提点。另外，老杨的伙食质量也不错。

杨思冠全神贯注地开车，我想到王波就心情沉重，一路只听痞子君滔滔不绝。

“文字根本不需要规律，所以我最瞧不起那些自命高雅的文人，学历越高文字越差，埋头苦写八股文，思维早就僵化了，连写作的基本知识都不具备。”痞子大放厥词，然后伸头问杨思冠，“听说你是小白的大学讲师，你是教什么的？”

老杨赶快抵赖：“我是教美术的，教美术的。”

我忍俊不禁。

痞子还在狂喷，依稀记得他当过半年物理老师，前排学生遭罪啊，上课跟洗头似的。

“……通俗文学就是文学集团里的一只野鸡，无背景无后台，纯粹靠姿色吸引人。所以小说一定要写成法拉利才行，有韵律、有视觉冲击力。富康肯定就不行了……”

他兴奋地吊着嗓子嚷，我由衷地生出一股嫉妒。

“你写出多少法拉利了？”我故意问。

痞子马上就蔫了：“你不厚道！踩人家痛脚！”

“搞文字是这样的。”司机淡淡发话，“耐不住寂寞，就要抗得住打击。”

痞子愣了愣，锐利地看了他一眼，后者仍在专心开车。

“老杨说得对，作家一定要耐得住寂寞。怀才就像怀孕，时间长了才能看出来嘛。”快要到医院了，我抓紧时间做总结，“钱钟书不是说过吗，年轻时，我们容易把创作冲动误认为是创作才能。”

“比如说你，痞子。”我笑嘻嘻地打击他。

我猜到痞子会说什么，然后他果然就这样说了：“小白，请你沉默地饿死吧！”

走进病房时居然看到了王波的父母，主治医生也在场，我大吃一惊，脑中迅速闪过一个惊恐的念头：难道王波的病情出现了问题？

王波妈眼睛潮湿，像是刚刚哭过，看见我，挤出一个苦涩的笑容：“妮儿来了……”

我来不及跟她打招呼，拉住主治医生就问：“怎么回事？是不是病情恶化？”

“不是，病人的情况相当稳定。”主治医生跟我很熟了，宽慰地向我笑了笑，又看了看王波父母，“是病人家属要求出院，我正在跟他们沟通。”

“出院？还是转院？”我疑惑地望向王波爸，他的普通话说得还可以。

王波爸是个淳朴的庄稼人，对我一个劲儿地道谢：“这段时间我跟小波妈都不在，太麻烦你了，我知道你是个真心实意的好心人，小波这次出的事是个意外，我们都不怨你。”顿了顿，又说：“我们想把小波接回家去，反正这个病瞧也瞧不好……家里需要花钱的地方还多得很，他妹妹明年也要参加高考了，我们没时间两头照顾……”

杨思冠和痞子就在我身后，老杨轻声问医生：“病人现在适合出院吗？”

医生翻了翻手中厚厚的病历：“现在出院也不是不可以，但是需要专业人士的精心照料。我问过病人的家属，他们住在河南农村，那里的环境卫生情况和医疗水平很令人担忧，病人回去后一旦发生意外很难得到及时有效的救护，所以我建议……”

“你们都放心吧，”王波爸截断了医生的话，“我一回家就到县医院去请护工。”

王波妈也强笑着频频点头。

我知道他是在安慰我们，请护工的开销比请保姆还大，凭他们的经济能力怎么承担得起？这对善良的夫妇，他们面对成为植物人的独生子，不但忍住了悲痛，还想着用谎话来安慰肇事者。他们大度地宽恕了我，而我却无法宽恕自己。

我不是对月洒泪临风伤怀的圣人，经历过幸福与磨难，如今我只对两件事情无法释怀：生命，以及失去生命。

可是眼前的这个生命却体验不到丝毫悲苦与欢乐。

我把医生拉到一边，低声问：“你跟我说实话，他醒过来的可能性有多大？”

医生的笑容里也浮起了悲天悯人的憾意：“几乎没有。”

我脑子里嗡的一声，觉得自己摇摇欲坠。

强撑着走到王波父母面前。

“大伯大妈，我不阻拦王波出院。”我忍住眼泪，一生之中从未如此恳切地请求，“但请你们等我三天，三天之后你们再带王波回去，好不好？”

不等他们答应，我转向杨思冠：“老杨，你帮我向老项请个假。”

“痞子，你跟我来。”

我奔出病房。

回到房间里收拾东西，翻出存单给银行打了预约取款电话。接着下楼，直奔火车站，途中又给丢丢打了个电话，告诉他我有急事需要外出几天，请他代我向酒吧老板说明。想了想再简短地向苏涟她们辞个行，不给八卦女王详细打听的机会就挂了。痞子始终莫名其妙地陪着我做这一切事。

在车站旁边的自助取款银行，我取出卡上所有钱，把买完车票剩下的都塞进他手里。

“我付利息给你吧。”痞子感动坏了。

“如果你真的想加付利息，就答应我一件事。”我抬头望着比我高出半个头的痞子，忽然感觉像面对一个懵懂的孩子，忍不住叮嘱他，“痞子，你千万不要轻易放弃可以全身心百分百信任的人。”

不知他听懂了没有，反正他点了头。

就当日行一善吧，我知道彭彭是脸子嫩，表面像个为攒段子强说酸的文学女青年，其实心里很苦很苦。彭彭，但愿你真的觉得那是幸福，而不是害了你。

火车上，我给耗子发了条短信，让他明天晚上到车站接我，并且不能让别人知道我回去。

不想再见到孙姜。若是被他得知了这件事，还不知道会怎样损我呢。论起恶毒的本事，他是一把好手。有一天我充满幻想地跟他说，下学期，我一定要当学校广播站的主持人，每天在广播里给大家念诗歌散文，多美啊。他笑呵呵地接口：“你在广播里给大家念检讨的机会更多吧。”

老子心都碎了。

耗子很快把电话拨过来：

“出什么事了？有啥心事跟哥哥说说，我是有名的知心大哥。”

“你就盼着我想不开咋的？”

“我冤枉，我真的是发自内心地关心你。”

“关心我就顺便从车站替我买一张两天后的回程车票，没卧铺硬座也行。对了，记着来接我的时候穿上警服，我好狐假虎威一把。”

他沉默了半天，小心翼翼地问我：“你不是想跟我搞一夜情吧……”

“滚！”

第十二章 12

# 痛说情史

## 1

在火车站广场，我溜达了半天也没找着耗子，下车前我们互通信息，他说他在一辆绿色的车里，让我直接上车找他，可整个火车站广场哪有绿色车？车站值勤民警一直睃着我到处溜达，看得我心里直犯毛，心想好不容易衣锦还乡一回可别被人当成衣冠禽兽，赶快把手插到自己裤兜里，仰首向天做流鼻血状。余光突然瞥见 TAXI 停靠处有几辆绿色的出租车，于是迟疑着往那边走过去，刚迈出步子，身后突然响起一声大吼：“伍小白，你往哪走？我在这儿盯你半天了，真没眼力价儿！”

辛浩然的一张大脸带着半个身子从车门里探出来，赫然是一辆绿色小三轮儿。

我真傻，真的，我怎么就没想到三轮也是车呢？

“去哪儿？”耗子殷勤地问我。

“到站西路工商银行。”我指指正前方。

耗子于是伸出头去吆喝一声：“站西路工商银行，开车吧！”司机叔叔看起来老实巴交，低着头发动了三轮车。换了我肯定回敬他一个意味深长的鄙视眼神，靠，别上三块钱起步价充大爷来了？

吝啬如耗子，也是我生平之仅见。

数年前，他深深地爱上了一个女孩，但是没敢说出口，高二时女孩转学去了异地，从此他就陷入了无限的悲怆中，逢人就哭诉：“我真是后悔啊，为什么不早一点向她告白呢？”有一天晚上我们一块喝酒，他喝得有点高，喋喋不休地对我列举着那个女孩的美丽与可爱，以及他满腔无处倾泻的爱意，听他絮叨了一个多小时后我甚至开始嫉妒那个女孩了，要是有人对我如此痴情，我恐怕会放弃学业毅然跟他私奔的。看他样子实在太痛苦了，我好心劝他："你怎么不给她打个电话呢？把你的心思告诉她，也许你们还能在一起……"

他眉毛一扬，灼红的眼睛瞪住我，粗暴地骂："我靠，你疯啦？"

我立刻为自己的狭隘而羞愧了：是啊，耗子的爱才是更为广义的爱，他怎么舍得让心爱的女孩为自己而放弃学业、放弃大好前途呢……接着就听他继续说："你疯啦？那是长途！电话费你出啊？"

我白眼一翻昏了过去。

三轮车吱呀一声停在工商银行门前，耗子付钱，我直接进银行领了号，坐在长椅上排队。等他走过来时，我刚好从包里拿出一张五年定期存单，耗子凑过来瞧了一眼，眼神马上就直了："这是你的？"

"废话。"

"畜生啊！我抓赌时都没见过这么多钱！"耗子仰天长啸。

"喂，爪子松开点儿别扯坏了，我请你来是当保镖的不是打劫的，你是不是人民警察啊，哪儿有警察见了人民财产就两手乱抖扑上来抢的？土匪嘛不是！这套警服从哪儿偷来的呀还挺合身。"

我没乱说，耗子全身上下只有发型像警察。记得他刚走马上任那会儿，兴冲冲地到处炫耀：哥儿们我当上警察啦！

第一个人的反应：你傻啦？

第二个人的反应：哪国的？

第三个人的反应：这孩子，又梦游了。

至此，辛浩然彻底丧失了炫耀的热情。

我把一大纸袋人民币塞进背包里，耗子用热烈奔放的眼神凝视着我，馋涎欲滴四个字一直在他眼球上闪烁，看来如果我不请晚饭他将要把我蘸酱生吃了。

"走吧，姐姐请吃巴克斯自助。"

耗子幸福地笑了："好耶！上次吃还是两个月前，那儿的烤牛排好大啊！"

"好大是多大？"

"非常大！"

“那非常大到底有多大呀？”我逗他。

“嗯……”辛浩然这个词汇匮乏的家伙吭哧吭哧想了半天，比画着说，“有我脸这么大！”

“哇，果然是好大啊。”我惊叹。

憨厚的娃儿气得半晌没理我。

垂着头专心跟耗子斗嘴，这个城市有太多熟悉的风景，熟悉而伤感。过斑马线时习惯性地抬头看红绿灯，“胜利路”三个字瞬间映入眼帘，我腿一软，几乎摔倒。耗子见了，又取笑我：“见过晕车晕船的，没见过晕马路的。”

再顾不得眼前红灯，匆匆走过，身旁刺耳的车喇叭声响成一片。

不必抬头，我知道再往右走 100 米就是胜利路广场，彩虹雕塑、音乐喷泉、星池环阶，美不胜收。

广场建成第一夜音乐喷泉全部开放，尹风兴奋地冲进水里向我招手，我小时候掉进池塘里淹过，极其怕水，怯生生地坐在台阶上对他直摇头。他于是跑回来陪我坐着，我看出他其实有点扫兴，心里很难过，对他说的话爱理不理，他忽然贴在我耳边说：“我昨天看过铁达尼号了。”我还在想他不是最鄙视煽情的爱情片的时候，他就抱着我跳下了水池，眼前一片水雾迷离，我在惊声尖叫的间隙里听见他大声喊：“You jump! I jump！”

水沫打湿了我的脸，我紧紧抱住他，不撒手。

*原来离别方可知爱的忍耐*

*原来离别了加深爱于心内*

*原来离别了始觉爱精彩*

尹风不许我去看他，这么久我独自生活，许多记忆都已破碎不堪，思念深埋入骨，在触目往昔的时候被悲恸击溃，丢盔弃甲。

巴克斯的旋转门不是自动的，得用手推。辛浩然走得飞快，把我落下了半里路，跟其他两个小姑娘一起进的门，年轻人精神头儿就是好啊，把个旋转门推得溜溜跑马，耗子觍着个大肚子连滚带爬地往前窜，还是被门压住了鞋后跟，赶紧扯着嗓子喊：“姑娘们——姑娘们——”他的本意大概是想让她们停一停，好让他提个鞋，结果这个淫贼的后面半截话顺口而出，“出来接客了……”

姑娘们看了他一眼，长头发那个大义凛然地说：“对不起，我们卖艺不卖身。”

其实旋转门的旁边有个推拉门，耗子眼拙没瞧见。我目不斜视地从他身边走过去，就差举个牌子上书大字“老子不认识丫”。耗子极其狼狈地穿好鞋，干笑两声，对大堂服务员解释：“我不是瑶海分局的警察，真不是……”

我刚到雪柜舀了杯冰淇淋，耗子已经托着三个大盘子回来，一边吃一边数落我：“你傻呀？跟冰淇淋死磕什么？想吃回本儿来就得甩开腮帮子挑带肉的吃！说了你也是白说，瞧你吃鸡翅都不敢上手。吃自助的最高境界是扶着门进来、扶着门出去，懂吗？”那模样恨不得先出去跑个1500米再进来。

“我真崇拜你，你撵上我的偶像迈克尔·杰克逊了。”我衷心地赞叹，比饭量我只怕过他，“我家迈迈是King of POP，你是King of Pig。”

“就算我是猪，也是猪中八戒。”耗子狠狠地吃。

我不甘落后，各色冰淇淋都尝了一遍，又把眼光瞄向鲜香的鳝段。

不是没有腐败过，而是腐败的档次没这么高。我们班女生每月有个集体聚会，到香满楼去吃酸菜鱼，要一个包间，把门紧紧关上，大家开始从包里往外拿大白菜、豆腐干、方便面……不点菜，只让拼命加汤，照样吃得吆五喝六热火朝天的。结账的时候，服务员看我们一个个打着饱嗝出来，眼中充满同情。

心情好的时候，顺便带个塑料袋，临走添一锅汤全部打包，回去晚上接着吃。

偶尔把奖学金充公了吃自助，我们一干A大出来的斯文败类拼命抢肉，抢得毫无形象。苏涟君毅然脱掉外套，赤胳膊上阵，前去跟一帮膀大腰圆的大老爷们排队扒抢小牛肉，人称“战地甜心”。伍小白隔着几排餐桌大呼：“小苏，轮到你了打个电话，我们一人端五个盘子过去！”附近服务员汗如雨下。

实在没人剥削的时候，咱就改去面馆，服务员笑脸迎上来：几位？一定要沉住气，说，还有一位在路上，马上就到，你先上两碗面汤。等稀里呼噜把面汤喝饱，再悄悄把手机摁响，一边接一边大声说：“什么？你还没找到？等着，我出来接你。”然后对服务员说“留着位子”扬长而去……

辛浩然边吃边跟我吹牛，说些他们单位里的牛B事，由于他们是执法部门，所以牛B事就格外牛B。比方说，有一次他们派出所集体庆功，所长喝高了，一出酒店撞上了俩小流氓，小流氓嘴里不干不净，所长龙颜大怒往腰里摸：“老子毙了你！”几个警察吓得脸都白了，赶紧上前拉住。幸亏那天大家穿的都是便衣，枪没有带。两个小流氓吓得屁滚尿流哭着逃走了。

我哈哈大笑。有人给说笑话听真开心。

这时正是晚餐饭点，餐厅内顾客和服务员穿梭而行，熙熙攘攘十分热闹，有个年轻的男服务员托着大盘子走过来，隔着塑料栏杆递了包纸巾过来，对着耗子友好地微笑：“先生，麻烦帮我递给你们旁边那桌。”

耗子一手执筷一手拿勺，根本不甩他：“你是服务员还是我是服务员？”

小男生很委屈：“我是服务员，但我不是长臂猿呀！”

我看不过去了，接过纸巾，骂耗子：“你还是警察呢，一点都不乐于助人。”

“这么几步路他都不肯绕过来，摆明是偷懒，餐厅老板花钱请他来当大爷啊？你说我是应该帮他还是帮老板？你怎么还是这么爱管闲事，臭毛病一点儿都没改！”耗子反过来教育我半天，忽然想起来就忽然问我，“你晚上住哪里？回家吗？”

“家？我还有家呀？咱们别拿不存在的东西说事儿成不？”

“呵呵，不怕不怕，没家咱不是有钱嘛。”耗子很快安慰我，“你把那些钱给我，我都乐意把爹妈租给你。”

“靠，不孝子，我要替姨行道——”

拿盘子打死他。

从巴克斯扶着墙出来时已是华灯初上，城市霓虹闪烁，我却没心情去看。耗子捧着肚子慢慢踱到斑马线前，眼看对面绿灯闪烁着变成了黄色，我伸手拽起他狂奔，奔到马路中间黄灯就变成了红灯，耗子想停下来，被我果断地硬扯过去，车流呼啸着从我们身边飞驰而过。

“你会不会过马路啊？站在马路中间多危险！”我气喘吁吁地责问。

耗子惊魂甫定，愣了半天，突然歇斯底里地尖叫起来：“谁他妈站在马路中间？明明是你把我拉过去的！你不想要命老子还要命呢……”

我脸上一阵发烧，色厉内荏地狡辩：“不要紧，让他撞嘛，撞死了他负全责。”

“你当我是成龙啊？有一百条命？”耗子拍拍胸口，满脸懊悔，“早知道你千里迢迢回来找死，我就该让贤给生姜来陪你殉情。”

“殉你大爷！车票给我，你可以爬回去了。”

耗子一脸悻然地将手伸进口袋，相处这么多年，我的脾气他早已了解，我也知道他不会真的生我气。

大恩不言谢嘛，除了深埋在心里的感激，别想问我讨什么其他好处，投资请饭都是在收买人心，像孙姜、辛浩然他们这样的股就应该放长线。打小我妈就让我明白了“没有坏处就是好处”这个道理，她吩咐我做的事情如果做好了，是应该；做不好，就要打屁股。

我接过车票，摇了摇手跟他告别，前方的街角突然拐过一个背影。

那是个身量颀长的男人背影，他怀中抱着一个小小的女孩子，女孩儿扎着小辫，趴在他肩上，手里攥着一个绿色小摇铃，咧着几颗牙的嘴傻笑。有个女人挽着他的胳膊，另一只手拎着两个纸袋子，正抬头对他嘱咐着什么。

那个人——是谁？

我震惊而失神地望向耗子，他也同样惶恐不安地望着我。

“他是谁？”我指着那人。

“那不是……那是……”耗子避开我的目光，笨嘴结舌地支吾了半天，突然心一横，笃定地看着我，“UFO！”

## 2

高三上学期，我为了一摸连续熬了好几个通宵。考试前一个周末我跟尹风见面，临走时照了照镜子，容颜憔悴、眼圈发黑、脑壳发昏、内心发春……

我一见他就悲从中来：“学习太累了，我该怎么办？”

他怜惜地拍拍我的脑袋：“没关系，有我呢，我帮你扛着。”

我问：“那你也累怎么办呢？”

他说：“没事，累死我好了。”

我跟其他怯场的学生不同，属于临场发挥型的。平时课后作业都是抄的，可是一到考试就是能拿高分，班主任想教训我组织半天语句都不知道从哪方面下嘴，最后只好模棱两可地说上一句“以后要注意卷面整洁”。

那次我考了全区第一，班主任喜得不行，就差给我胸口带朵大红花游街。

尹风给我庆功，吃完饭逛小店，我一眼就看中了一枚蝴蝶形戒指，两眼发直走不动路了。店主一看有戏，玩命地给我推荐，大赞这枚银戒质地好卖相佳。尹风取过戒指，给我戴在右手无名指上试试，戒指有点大，套在手指上乱转。他把戒指一扔拉着我就走，我撅着嘴嗷嗷哭了两条街，他只好又带我折回头去买了下来。那店主鬼精鬼精的，看出我爱极了这蝴蝶戒，开口就要165，一分钱不让。

出了店里，我得意扬扬地伸出手，说："来，给美女戴上。"

比画了半天，最终勉勉强强地套在左手中指上。我张开五指左看右看满心欢喜，尹风严肃地叮嘱我："左手是盟誓，右手是婚约。现在你是正室了，以后可不要欺负小的啊！"

我笑嘻嘻的："放心，我不做犯法的事，我就扎她小人。"

这枚戒指花光了我们的钱，只能步行回去。

我走得脚生疼，虽然不曾后悔，却越走越心虚："疯子，我刚刚是不是很像羊牯？"

"不像。"尹风斩钉截铁，"你就是羊牯。"

我恼羞成怒扑过去捶打他，被他哈哈大笑着搂进怀里。

两人正当众起着腻，尹风忽然把我推开，边推边一本正经地说："还是保持点距离好，咱俩现在都是已婚人士了，搞出点儿什么事来谁负责？"

我咬牙切齿："你放心，我会对你负责任的！"

后来孙姜看见了，一脸不屑："这是戒指？不是呼啦圈儿？"

我抄起身边一条扫帚追杀他。

女环卫工人清理完垃圾箱，转个身扫帚就不见了，大怒，拖起垃圾车追着我要扫帚，边追边骂，黄马甲临风飘动，英姿飒爽，大妈体力不错。

孙姜私下里曾问过尹风："为什么要送戒指给小白，动真格的了？"尹风霸占民女的私心被拆穿，挺不好意思的，最后被逼急了，脱口而出："戒指嘛，就是要她'戒'掉喜欢伸手'指'着人乱骂的臭毛病。"

"挺厉害啊，小姑娘。"孙姜对我竖起大拇指，"不怕贼偷，就怕贼惦记。你终于从被惦记进化到被偷了。"

狗嘴里吐不出象牙！没一点儿好话！

鉴于孙姜的彪悍性格，我常常提醒尹风："你现在是有家室的人啦，以后不要动不动就跟孙姜出去打架了，万一出点儿事，亲者痛仇者快的。”

“没事，你别看我长得瘦，浑身都是腱子肉。”

“为什么非要用武力解决呢？咱跟他讲道理不行吗？讲死他！”

“有那功力我早当律师去了，还当什么混混啊？”

“我不管，最好你改邪归正，反正你以后不要再打架了啦，你不知道人家有多担心……”我一直叽叽喳喳在他耳边劝说个不停，尹风不耐烦了，指着旁边那个酷酷的大胡子老外说：“别吵了，再吵把你卖给这个老外！”我还没反应过来，就看那个老外面露喜色，咧开大嘴，用标准普通话问：“真的？！”

“啊？”我俩都傻眼了。

“不卖就算了。”老外临走前，酷酷地丢了一句，“又不检查扁桃腺，啊什么啊？”

寒假里突然肚子疼，家里又碰巧没人，隔壁小林哥哥背着我去医院检查。

回来后我跟尹风哭：“医生说我肚子里有蛔虫……”

“靠，连蛔虫宝宝都怀上了？”他一脸怒意，“说，你跟哪个野蛔虫苟合了？”

我含着眼泪花儿扑哧笑了。

听我说了前因后果，尹风居然对隔壁小林起了敌意：“他背你的时候手乱摸了没有？我看他准没安好心，不然怎么你肚子一疼他就出现了？突发事件还分三级处理呢！他平时肯定对你特关怀备至吧？住你隔壁以为能近水楼台先得月是吧，美得他！敢动老子女朋友的主意，打不扁他！一个大男人叫什么林雨依——我靠，雨衣不就是套套吗？”

从此小林就有了个外号：套套。

我埋怨尹风不该这样对待我的救命恩人，他却态度强硬：“当男人这么没品位，活该被糟践！”

我气坏了，骂他：“乌鸦嘴！”

他邪邪地笑，抓住我的下巴一阵猛啃，然后问我：“跟乌鸦嘴接吻的感觉如何？”

因了这个流氓男友，从小玩到大的小林哥哥对我敬若鬼神，偶尔碰见，连招呼都不打。我泪眼朦胧地怀念着小时候领我去打酱油、护着我不被妈妈揍屁股的小林哥哥，如今每每见我就摇头叹息如见蛇蝎，惆怅无语问苍天。

尹风诡计得逞，心情舒畅，饭前便后必高吼“俺的热情，好像一把火”三遍。

看见电视里那对狗男女大言不惭地宣布“我愿为你摘天上的星星……”，我异想天开地缠着尹风要星星：“疯子，我要星星。”

尹风以一种看白痴的眼神看我：“你说你要什么？”

我索性装傻到底：“我想要天上的星星！”

“你脑膜炎后遗症啊？”尹风有点吃不消我装傻卖痴，“想想就行了，那玩意儿咱们买不起。”

“我不管，我就要星星！”

我撇着嘴作势要哭。

尹风最怕我哭，举起双手投降：“好好好，我去给你买巧克力，嘴馋了就直接说，别整这些稀奇古怪的理由好不好？曲线救国啊？”

“我不要巧克力，我要星星！！”

我觉得自尊受了莫大伤害，泫然欲泣。

“别哭别哭，猩猩在这儿！”尹风急忙擂着胸脯做泰山状，“我是大猩猩，小白是小猩猩。”

我这才破涕为笑。

哪个女孩子不喜欢被托在手掌心上？只要这点宠溺，其余的全都可以忽略不计了。

有一天下午尹风接我放学，问我：“你今天中午洗碗了吧。”

“哇，你是活半仙啊？”我开始心虚地在身上搜查，看有没有窃听器的踪迹。

“中午你电话没有挂好，我叫了你好几声你都没有听见，我就听到你在那边哼着歌跑来跑去，洗碗、摔碟子、练琴、跟老妈顶嘴……依稀还 W 了个 C。”

我无语。

“小白，我劝你一件事。”他紧绷着脸，样子特认真。

“什么事？”

“千万别安视频头……”

尹风生日那天，我说要送他一件礼物，约出来后递给他一张五年定期存单。

他一见，血压差点吓高了："我靠，这是给我的？"

"想得美你！"我唰一声收回了存单，小心装好，"这是我爸妈给我的遣散费，他们如果离了婚，我就是没爹妈的小白菜了。"

尹风挠头："那我的生日礼物呢？"

"密码就是你的生日。"我甜甜地笑，"这样我至少五年以内都能记得你的生日了。"

尹风感动坏了："想不到我这辈子还能跟人民币有点关系，20 万块钱啊，你就不怕我偷你存单取了钱开溜？"

"打不死你！我有安排的。"我白他一眼，陷入美好的幻想，"我现在已经有攒钱的习惯了，等到我们毕业以后开始工作了，就用这笔钱来按揭购房，买一间大房子，我们就可以正式住在一起了耶！最好我们的房子还带个小院子，可以放秋千和木马……剩下的部分用作装修，我要一个有整面墙那么大的书架……疯子，你喜欢地砖还是地板？"

尹风愣愣地听着我憧憬，并不兴奋："你想得可真远。"

我脸色一变，扭头拔腿就走。他拉住我道歉："对不起对不起，小白，我不是不高兴，只是我不想花你的钱。你把钱好好收着，我就是背大米也要给你买大房子，还有秋千和木马，好不好？"

"好。"我答应他，又陷入幻想中，"那就留给青青交学费……"

就在他出事前不久的一天，我吵着要去吃麦当劳，尹风死活不肯答应："麦当劳有什么吃头？俩人管饱得四五十块钱，几根土豆棍就卖五块钱，五块钱我换成硬币拿出去扔还能听到响呢，哪里是什么西式快餐厅，分明就是合法的黑店！我已经向工商部门反映了。小白你都是个上高中的文化人了，怎么还跟小孩子似的好糊弄啊？老是傻乎乎的，奸商和我都最喜欢你这号人。你想吃鸡呀？走，跟我上菜市场买新鲜的去，我家里今天没人，回来我给你做！"

结果那天鸡贩子生意奇好，说啥不肯帮我们杀，我们拎着活鸡到他家，从厨房摸了把菜刀预谋杀鸡，由尹风亲自主刀。

我们把战场设在楼道，我战战兢兢捉着鸡腿，他紧闭双眼念叨："扁毛畜生是人一口菜，早死早超生！”挥刀割了鸡脖子，正放着血，我手一软被鸡使了招兔子蹬鹰挣脱了，英勇的鸡立即负伤逃窜，从四楼拍着翅膀飞扑到三楼。我们大呼小叫地撵上去，尹风一脚踩住鸡，我百忙中不忘提醒他：“别踩，当心把胆踩破了……”他刚松开脚，鸡一个鲤鱼打挺跳起来继续向二楼逃窜，尹风恐怕再这么搏斗下去会惊动邻居，果断地挥刀扑过去一刀剁开了鸡脖子，现场分尸。

顽强的鸡临死时还保持着弓箭步，害得我胃口全无，总感觉自己杀害了鸡中的杨靖宇。

尹风经过一番血战也恶心得吃不下去，提议：“要不我们还是去麦当劳吧。”

我一口回绝：“我今天就是吃煮皮带也不吃鸡了！”

这只革命烈鸡以它悲壮的事迹震撼了嗜鸡翅如命的伍小白，甚至见鸡就喉萎。

很久很久以后，我在菜市场目睹小贩们将鸡活生生扔进开水里烫，然后直接丢进拔毛机，心理负担减轻了不少，心想总算有垫底的了，跟他们习以为常的残忍手段相比，我真善良。

我很少做噩梦，偶尔梦见恐怖场景也是我举刀追杀别人，有了解我的朋友总是笑言：小白呀，百年后牛头马面来收你时都要准备好跟你这个悍妞恶战一番。

可有次夜里我却梦见尹风出意外死了，他在世间彻底消失，任我上天入地再也寻不到他，我悲恸欲绝，当时只有一个寻死的念头，听不进任何人的劝阻，觉得即使真没有灵魂相守的神话，也好过如此痛苦……醒来时枕头是湿的，我顾不上看是几点钟就打尹风的手机，口不择言地告诉他我刚才做了个可怕的噩梦，还呜呜哭着请他不要死，幼稚得出奇……

尹风一直耐心地听着安慰着，就在我终于察觉自己的弱智想跟他说再见时，他忽然说：“小白，你出来一下。”

“啊？”我犯傻了。

“我说，你到外面来一下。”他语气温柔。

我丢下听筒飞奔出门，他只穿着裤衩拖鞋站在路灯下，向我张开双臂。

难以置信地捂住嘴，刚擦干的眼睛又泪眼婆娑。

他张手抱住我，轻轻吻我的额角，低声呢喃：“别难过，我会比你晚一点再死。

我不舍得你为我伤心，无论我看不看得到，生离死别还是让我来承担吧。”

泪水瞬间夺眶而出。

我紧紧环住他，久久无语，他的身体如此温热真实，承载了我对幸福的全部憧憬。

因为梦见你离开
我从哭泣中醒来
看夜风吹过窗台
你能否感受我的爱
等到老去那一天
你是否还在我身边
看那些誓言谎言
随往事慢慢飘散
……

我从不相信意志坚强的自己会悲伤到哭醒，我觉得自己爱得仍有尊严，但尹风打破了我的信心。

当我爱你，如此卑微。

爱，可以让人全军覆没。

很多时候恋爱过程都是雷同的：你不爱他时，他觉得自己的追求很浪漫；你爱上他以后，他觉得自己的追求很浪费。

尹风虽然脾气坏，却始终保持着取悦我的热忱，这是他与众不同之处。

那段日子，我的幸福感如此强烈，一旦想起，就要闭上双眼用力大口深呼吸，才能将烈马般奔驰在四肢百骸的感情强行按捺下去，才不至于傻呵呵地喜形于色。

那时候 KTV 麦霸伍小白同学的保留曲目是梁静茹的《我喜欢》，但我个人不提倡别人这样称呼我，多土多随大流啊！更多的时候，我会攥着麦克风深沉地说：“其实我不是麦霸，就是一歌痨。”

看蓝蓝的天空下绵绵的白雪停在你脸上
爱在巴黎的塞纳河畔上面眺望赶不上的玻璃船
却不觉得遗憾早已沉醉在你暖暖的手掌
紧握住我不放偷偷地闻着你带孩子气的男人香
喔，我喜欢一醒来有你在身旁
喔，我喜欢赖在床上看你喝汤
喔，我喜欢你的手放在我肩膀
像是担心我会消失一样
为我每一寸消瘦而感伤
好想就这样有你在身旁一直到天长
在日记里圈上每一页都有你
好幸福的时光
……

我的记性并不好，在宿舍里经常拖着长声喊：“哎——那个谁，去那儿把我的那个拿来！”笑翻一片。可我却能熟记有关尹风的一切点点滴滴，这个与我在滚滚红尘中一起平凡生活相拥而笑的男人，我对他的熟悉甚至超过自己。我可能会记错自己的名字，但决不会记错他的背影。

那个，我拥抱过好多次的，背影。

## 3

耗子笃定地说：“那是 UFO！”

“U 你妈！我求你撒谎也撒得有礼貌一点，别让我听出来啊！”

辛浩然挨我一顿臭骂，老脸憋得通红：“反正……反正我说了你也不会相信，其实还是不相信的好……小白，我告诉你，他绝对不是……”

“住嘴。”我跳起来，指着旁边，“骗子！你给老子爬！”

一名警察落荒而逃。

我咬住嘴唇目送他逃窜，拿出手机拨电话给孙姜：“你出来，我在胜利路广场。”

很快有个黑乎乎的影子从马路对面奔过来，孙姜手里拿着外套还没来得及穿，喜滋滋地大声问我：“怎么今天回来了？放什么假？走，哥哥给你接个风。”

“我有件事找你，这次你一定要答应我。”

“什么事？”他穿上外套。

“带我去看疯子。”

他的动作一顿，套了半截衣袖的胳膊横在空中，皱起眉头：“我不是告诉过你，疯子不想让你见到他坐牢的样子吗？你怎么还惦记这事？别傻了啊，走吧我请你吃巴克斯。”

我冷冷地盯住他：“刚才我看见一个人长得真像他。”

“傻妞。”孙姜摇摇头。

我固执地说下去：“他手里抱着个小女孩，大概才一岁，还有个长头发女人挽着他胳膊，长得挺漂亮，他们就从这边走过去了……”我指着街角，那边人流依旧熙熙攘攘，“就是这里，我绝对没有看错……”

孙姜眼里忽然浮起一丝惊惧，瞬闪即逝，我敏锐地捕捉到了，心脏迅速下跌。

“你告诉我实话，他到底是不是疯子？”

“当然不是……”

“你别骗我。念在我叫你一声哥，你不要骗我。”

孙姜神情痛楚，眼光闪烁挣扎不定，陡地捉住我的手，一脸苦恼：“忘了他吧，小白……”

“麻烦握我的左手。”我镇定地看着他。

“为什么？”他听话地换了一只手。

“因为我习惯用右手打人！”咬牙切齿地说完，我抡圆膀子狠狠甩了他一耳光。

孙姜眼中的痛楚更盛，定定地望着我，甚至没有抬手抚一抚红肿的脸。我凶恶地回瞪他，睚眦俱裂，泪水在脸上肆意纵横，流水般滑落颌下。那个瞬间我脑子里什么都没有想，一片空白，尹风并不在监狱中这个事实瞬间将我的理智尽数焚毁。

孙姜咬咬牙：“尹风没坐牢，他结婚了。”

我愤怒已极凄怆已极，指着他鼻子哭喊："孙姜！这是你对我说过的最恶毒的话！"

"你是什么时候知道的？"喝了几口热咖啡，我终于平静下来。

刚才我跟疯了一样当街捶打他，又撕又咬，眼泪鼻涕抹了他满身，像见了杀父仇人似的。孙姜紧紧抓住我不敢松手，一边强行把我往怀里搂一边吼着让我安静听他说。都说疯婆子力气大，我狂暴起来浑身都是猪劲，他好几次险些被我撂倒。我们俩像表演摔跤似的纠缠了十几分钟，差点把110给招来。最后还是他使了个军警小擒拿把我两手锁到背后，活生生押进了咖啡厅。

我用光一包纸巾才把自己黏糊糊的脸收拾干净，孙姜的外套被我蹂躏得不成样子，只好脱了拎在手里。

"他决定这么做的时候就征求过我的意见。"孙姜回答。

"你支持了他？"我冷笑。

"支持个屁！我揍了他一顿！"孙姜拳头捏得咯咯响，回忆起来还有怒意似的，"虽然他是我兄弟，但你是我……是我妹子，而且他这事做得太不地道了。"

"耗子也老早就知道了？"

孙姜点头："我们都有约定，一起瞒着你。"

"我们这是为你好。"他补充。

"嗯，你们对我真好啊。"我眼泪又在眼眶里打转，看着他的脸一片模糊，"合着伙儿来骗我，看我表演了两年笑话，特有意思是吧？"

"别误会，小白，当时那种情况下，实在由不得我们做其他选择。"孙姜也是满目悲伤，"那个女孩去年元旦就已经怀孕了，疯子硬顶着双方家长施加的压力不肯结婚，拖到4月份，女孩子同意去堕胎，在等待手术的时候她哭得撕心裂肺，疯子说他从未见过一个人能哭得像一摊烂泥，扶都扶不住，医院里所有人都用鄙视的目光看着他，他强忍了一个小时，结果女孩子当场哭昏了过去，手术没有做成。"

"三个多月……我竟然没听到一点儿风声……"我恨恨地咬着牙。

孙姜接着说："我当时就想告诉你，疯子拼了命地阻拦，被我揍得鼻青脸肿也不还手。他说他宁可从世上消失也不愿让你知道他背叛了你。再加上你那时被他迷得跟白痴一样，我们要是对你实话实说你非寻死不可！与其让你对爱情绝望，还不如说他蹲了大狱，说不定过段时间你就交上新的男朋友，把他忘了。”

“所以你从不带我去探监。”

“其实他也不能算背叛你，他们俩的事是那女的主动……”

“他要是不愿意，人家能强暴他？”我齿冷地反问，盈盈一握的圆肚儿瓷杯快要被我捏爆，“啤酒加糖？牛奶加盐？”

“丫头，我给你出个谜语。”孙姜忽然转换话题，“全世界的猪都死光了，打一歌名。”

“《至少还有你》？”

“对。至少还有我。只要你忘了他。”

孙姜明亮真诚的眼神让我有片刻的信赖，他从桌面上伸过手来要按住我的手背，我猛地缩回手来捧住杯子，呵呵地笑：“别这样，姜哥，我的自我调节能力强着呐！你的同情对我而言，就像在明亮的屋子里点燃蜡烛，毫无意义。此处不留爷，自有留爷处，处处不留爷，爷还有歪脖树嘛。”

“丫头，你可别想不开……”

“别傻了，你以为暴毙这种福利人人都能享受啊？”我竭力让自己看起来正常。

不得不佩服他们当时的做法，一年多过去了，我真的已经变得可以接受一切，不为任何人堕落为一个怨妇。我一直以为自己在被骗，却原来陷入了一个更大的骗局。这些年来习惯了作为一个上当受骗者，真相对我造成的伤害已经降到最低。没错，我相信尹风不是成心背叛我，但他的无意失足已够我记恨他一辈子。

卡卡西说，运气也是实力的一部分。只怪我运气不好，不幸付出了感情。

那句在网上流传甚广的话怎么说来着：女人无所谓正派，正派是因为受到的诱惑不够；男人无所谓忠诚，忠诚是因为背叛的筹码太低。

孙姜默默地送我到一间宾馆前，临走时我叫住他：“她叫什么名字？”

“谢小禾。”

竟然是谢小禾，我还记得这是当年我们学校“馄饨西施”的名字，算起来他们的相识竟比我还早，难道他们早就有暧昧吗？我就是一傻子啊，还对他深信不疑！我紧紧攥着拳头，指甲掐进肉里，丝丝的疼：“我是问他们女儿。”

“尹子衿，小名叫青青。”孙姜很快地回答，“我知道这个名字原本是你们俩商定的，冲孩子的面子你就原谅他吧，管她是谁生的呢，反正本质相同。”

“说得轻巧，口腔溃疡跟痔疮还本质相同呢，你屁眼夹得住意可贴吗？”

我不顾形象地破口大骂，孙姜居然没打我。

不但没打我，还试探着问我：“想见他吗？我可以安排。”

“不用。你也别告诉他今天的事。”我摇摇头，“我只是个配角，不必给我谢幕的权利。”

孙姜不吱声。街对面不知哪个剃头摊子在放陈淑桦的《流光飞舞》，音响开得很大，小青妩媚的冷笑犹在面前：我来到世间，被世人所误，都说人间有情，但是情为何物？真是可笑。

“姜哥，你在此为我作证，尹风将是这世界上最后一个伤害我的人。”我褪下左手中指的蝴蝶戒指，微笑着拎在手上，“其实160元的银戒指跟1600元的钻戒相比，唯一的区别就是，前者丢了比较不令人心疼。”

我信手一扬，将戒指远远丢弃，转身走进宾馆大门。

“丫头……”孙姜酸涩的声音。

春夤无月，彼行成双，一刻不见，如三日兮。

斯夜豫豫，彼歌求凰，一日不见，如三月兮。

华灯上矣，彼影徜徉，一月不见，如三岁兮。

情书的本质就是写的人呕心沥血，看得人上吐下泻。尹风，尹风！我曾经编织过肉麻兮兮的短信发给你，我现在只恨不得把双手伸进旧时光里掐死那时的自己。

现在我很庆幸从没向你说过那几个字，虽然我一直想说。可眼前总有各种各样的犹豫在纠缠不休，扼住我的咽喉。

那时的你年少轻狂，你不懂得坚守天长地久需要多大的勇气。曾经大声笑着闹着，我们一起从山顶奔跑下来，你担心地向我伸出手：“小白小白，抓住我的手，不然你会跌下去的！”可是你那样飞快啊，我张开五指，够不到你翩翩的衣角。

很多个夜晚里我跟自己苦恼，害怕总有一天，你会像这样从我身边飞走。

原来，你不是我的。

从来不是。

现在夏天已经过去，我独自站在我们开始的地方。那座远远的山像一座骄傲的大坟，埋葬了土地，又埋葬了我的爱情。

我的心事被裁剪成雪白的模样，从青春开始，生长起茂密的忧伤。

何时寂寞了，我就吃下一颗糖果。

无论它是否快乐。

在这些没有你的日子里，我失去了很多，也得到了很多。例如我开始潜心读书，读到了很多从前不知道的故事。有个故事说，王子最终从一堆宫女中找到了公主，因为她捧着郁金香，而真正的爱情，是不应该有刺的。

又有个故事说，伍小白曾在一个宴会结束的时候，认真地询问兴高采烈说个不停的主人：到底为什么你们能够如此开心？主人尴尬了片刻，打趣说，你再这样问大家都要揍你了。

还有个故事是这样唱的："爱来爱去没了反应，灯火惊动不了神经，有时爱情徒有虚名。"

为什么，这个没有刺的我，却会变成一个犯不完糊涂的傻子？

看着你牵着她的背影，我的愤恨几乎要忍不住脱口而出，却在一刹那间尽数收回，只在心中默默地改变了字句：

你好吗？

你快乐吗？

你很爱她吗？

尹风，你虽然含蓄，但是一定会作答，声声痛楚乞求我的谅解。我该向你表示宽容以示大度吧，却必然有些伤感。就像一只由纸片折成的小船，虽然已被拆开，但心上总有几道抚不平的褶皱。

有几个字，我一直想对你说。

天黑了。后来呢？我爱了。结果呢？呵呵，其实我也知道的，过分执着不过是一件徒劳的外衣，披在辛酸上面。

有几个字，我一直想对你说。

我想说的是：宝贝，我很爱你。

可你已经不再朝我微笑，眼珠始终如黑夜一般荒芜，我们在街头错开目光，悄无声息。

打开宾馆的电视想缓解一下悲伤的情绪，朴树正在深情吟唱《她在睡梦中》，这本是我很喜欢的歌，然而此刻才听两句心脏就刺痛得受不了，赶快关了电视机走到窗边远眺。窗外是这城市的夜晚，半空中霓虹闪烁，仿佛掠过几个挽着手臂飞翔的天使，我还能听见她们在轻唱："我们路过，我们路过，我们路过开始的结果……"

如果足够倔强，我真的想问，如果你爱上了她，那我是什么？

可是我现在已经没有刺了。所以我不再追问你了。不管那结果是一口水还是一捧沙，都是我在你心中存在过的证据。

又何必深深叹气呢，我其实懂得往事随风。或许，我应该这样为自己吟唱：

我不过是你擦肩而过的路人甲

凭什么要你陪我走天涯

虽然往事并非如烟

还是各自云烟罢

……

一整夜咬着拳头无声地哭，直到清晨时手机铃声突然响起，杨思冠焦虑的声音传来："小白，小白？"

没有听到我回答，他急了："怎么了小白？丢丢给你发的短信没有收到吗？为什么一直都不回？"顿了顿，他又轻声说，"我应该早些给你打电话，但不知你在外地是否方便接听，我忍到了现在，还是没有忍住……小白，你跟我说句话呀！"

隐忍的泪水决堤而出，我抱着手机号啕大哭。

老杨不明就里地安慰我，直到半个小时后我手机电池耗尽。

我起床洗漱，背着包走向火车站，准备返校。

火车站广场依然有不少人在摆摊卖旧书，我随便买了本厚厚的旧杂志，坐到候车室里翻看时才发现是20世纪80年代的《芙蓉》，主打中篇是孙健忠的旧作《舍巴日》，我一边看一边哭得稀里哗啦，周围群众向我投来惊诧的目光。

“她从里也（可耕种的土地）出发了，走到麦岔（好晴天啊），走到啊撮（岩洞住屋），然后再回到十必掐壳（小野兽和大森林）她的部落里。……她走啊，走啊，走啊，不知道晒了多少个日头，看了多少次月亮星星，终于走回了自己的世界。但是她什么也找不到了。她的部落呢？她的亲人呢？她的大森林和小野兽呢？”

我擦干净眼泪，拿出手机，一字一字地用力按着：

不哭，不哭
麻木了伤口就能纵情跳舞
不哭，不哭
懦弱并非上帝赐予的礼物
不哭，不哭
哪怕微笑哲学让我死在这条马路
不哭，不哭
怎样的眼泪都是耻辱

第十三章 13

# 淫娃荡妇宁有种乎

## 1

一朵云能载多少思念的寄托再忽然相遇街头
当我们擦身而过那短短一秒钟已明白什么都变了
一转身谁能把感慨抛在脑后　在事过境迁以后
这段情就算曾经刻骨且铭心过　过去了又改变什么
地球它又公转几周了
我不难过了　甚至真心希望你能幸福
当我了解你只活在记忆里头
我不恨你了　甚至原谅你的残忍理由
当我了解不爱了连回忆都是负荷
我不恨你了　甚至感谢这样不期而遇
当我从你眼中发现我已是陌生人了
我已是陌生人了
……

一首歌唱完，音乐还未结束，我蹲在地上泣不成声。有人递来一张纸巾，我手忙脚乱地擦拭着眼睛，纸上顿时沾满了调色板似的化妆痕迹。

立即捂住脸退回化妆间，让人看见我如此狼狈肯定当我刚被扔了鸡蛋。

今天上午在医院，王波父母被满满一纸袋钱吓住了，我猜他们也许正幻想着在我失踪的这三天里有某家银行遭了劫。他们再三推却，最终勉为其难收下了钱。确实是勉为其难，我看得出那种复杂的神情。若不是真正经济困难，朴实的乡下人宁可自己省吃俭用也不会接受这样的馈赠。对他们而言，人情债和经济债同样是沉重的负担。

“妮儿，学校答应我们了，明年招生优先考虑小波他妹。”王波爸紧紧抓着我的手，老泪纵横，“到时候我们丫头跟你在一个学校，做牛做马也要报答你的大恩情。”

原来学校有这个安排，怪不得王波父母同意私了。

我强作欢颜陪着二老吃完晚饭，买好次日回河南的车票，配合院方操办王波的转院手续。走出医院，独自面对清冽的夜风，眼泪唰唰流了下来。

我依赖的崩塌了，依赖我的离去了。我的心灵如入无人之境，空荡冰冷。

杨思冠在后台找到了我，我刚洗干净脸，满头满脸都是水珠。

他坐在我身边，递来一包拆了封的面纸，温言软语：“小白，如果心情不好，以后就不要在这里工作了，反正你对王波的责任已了。不用担心违约，我会有办法的。你回到学校去好好上课，我也放心些，你知道现在已经是学期末了，学校对新生第一学期的成绩很重视，学分不及格要重修甚至劝退。”

我用力抹着脸上的水珠，不想说话。

“不要过分宣泄自己的情绪，小白，你的遭遇再普通不过。”老杨的安慰从来都是如此精辟，听来冷酷，但有沉甸甸的分量，“更多的时候男人的上半身是休克的，在一个没有道德和自尊的女人面前，95% 的男人会犯错误。”

“你会犯错吗？”我抬脸望他。

“当然会，只要她能吸引我。”

“你看，你并不接受所有的投怀送抱，证明你还是会选择，选择自己喜欢的。这就是我最痛恨他的，他的喜欢即使只维持了一场床戏，也是变过心了。事后还说些什么别人主动之类的话，全是鬼扯！如果他不摆出思春的姿态，怎么会招蜂引蝶？”

“小白，你从未对其他男人动过心吗？即使只是刹那，也一样是变过心了。”

我哑然无语，心里对他又恨又怕，难道他不是站在我这边的吗？二五仔！

“世上没有百分百的忠诚，只是背叛程度不同。”老杨悠悠地说，“原谅他，同时忘记他，重整旗鼓吧，不会像你想象中那么艰难。”

“不难吗？”我几乎不敢想象再去信任一个男人。

“不难。这世上能令我们幸福的人绝不止一个。他的爱只是你最熟悉的，却并不一定是最好的。小白这么聪明优秀，或许了解你的人不多，但是不会缺少疼爱你的人。被欺骗过也没什么好羞愧，你以前不是很爱说‘不是我军无能，而是 × 党太狡猾’吗？况且，上帝说过，只有最可口的苹果，才会被多咬几口。”

“老杨……”我喃喃，“你也咬过我吗？”

杨思冠震动了一下，躲避地移开目光：“小白，我第一次约你出去就知道你喜欢‘April’的小象公仔，之所以犹豫那么久，是因为我年纪大了，早已经不敢轻易付出执着。可后来还是忍不住送给了你，我实在很喜欢看你自以为奸猾其实傻呵呵的样子。我没有其他的资本，只要你喜欢我可以每天听你唱歌再带你逛街吃东西逗你开心……舒淇很美丽，我本不喜欢因为你喜欢我也就喜欢了；现在的芝华士我也不太喜欢，因为你喜欢我也就喜欢了；周杰伦实在不是我愿意听到的声音，但也因为你喜欢……我承认，我不止一次地想象着应该可以忘记你的年龄和种种限制。但更多的时候，我试图令自己相信你仅仅是一个在虚幻中蓦然相遇的灵魂，虽然惊诧欣喜，但擦身而过后便什么也不留下，就像真实而荒谬的一个梦，说些简单而不触及暧昧的话，就此相互长存于心。我当然不愿意你太快地把我束之脑后，却也不希望让你想起我时不再快乐或是不再单纯地快乐……你懂我的意思吗？”

“不懂。你能不能概括一下上文的中心思想？”

“总结起来就是……”老杨不知不觉间握紧了拳头，“小白，你最好爱上单纯的男人。”

“现在还有单纯的男人吗？或者，你在暗示我应该去爱上个弱智？”

老杨一脸胸闷的表情，像一拳挥出击中了棉堆。

还没等他回答，我率先憋不住笑出了声：“哈哈，拜托，你也是久经沙场的一员煽情老将了，怎么还这么沉不住气？拳头攥得那么紧，回头聊天聊出了内伤谁负责啊？放心吧老杨，你或许是个意外，但不是我一直在等待的奇迹。”

“呵呵，你现在的情绪可以写出一流的文字。寂寞出诗歌，悲愤出文章。玄幻的本子不适合你，还可以做写实派嘛，标题就起《内有美女》，准保畅销，而且也不算诈骗——风华不可以绝代，岁月不可以绝代，只有我们的小白姑娘是绝代的！”

我一口酒全喷了出去：“我只会写《内有恶女》。老杨，你居然也会拍这么恶俗的马屁。”

“最大的俗就是最深的雅，我恨不得能给你最俗气的快乐。”

他的语气明显轻松许多，又恢复了从前对我的不动声色的体贴。我早就知道，与那点朦胧的期待相较，他更害怕失足。

“什么是俗气的快乐啊？”我故作扭捏，“你这么直白地求欢我会害羞的。”

这就是我令人放心的狂野本色。

没有人知道这样的本色也是精心矫饰的结果。真实的我知书达礼、贤良淑德。悲哀啊。

到底没有辞职，我现在一穷二白，房租、粮食和下学期的学费都要卖力去挣。

我租了带厨卫的一室一厅，其实只是个顶层阁楼，夏暖冬凉，幸好我不是温室植物。从小，我就是生存在墙缝里的爬山虎，并不是特别懂得照顾自己，而是顽强的生命力与生俱来。搬过来以后我的第一件事就是买了很多方便面和火腿肠放在家里，看着倍有安全感。我只会用电饭锅煮米饭，住在丢丢那儿时，整日与老干妈胡玉美做伴，有时候连辣子油拌饭都吃光了，饿得嗷嗷直叫。丢丢帮我搬家，收拾完毕后打量着空荡荡的房间，总结说：贼都会含着泪走的。

谁说的，我还有一样家用电器搁在宿舍没搬来嘛。

回去搬电脑的时候，苏涟她们在同情之余都表达了鄙视，能被人合着伙儿哄骗两年而不自知，按苏涟的话说，“能笨成这个样子实在不容易。”

“醉无从醉何必生死相随……”尤悠照旧搬出没人懂的句子进行感慨。

“狗屁不通！”苏涟深刻地点评，话锋一转又指向我，“犯我男人者，虽远必诛！你揍了那女的没有？”

“我倒是挺想揍尹风本人。”

“揍了没有？”

“除非我去揍手机。”我无奈地笑笑。

我的 QD 手机壁纸还是我跟尹风拍的大头贴，这么久过去，我连怎么更换壁纸都忘记了。屏幕上，青春无敌的伍小白睁着一双无辜的大眼睛，疑惑地仰望着身边正扮酷的男人。尹风曾经给这张照片起过名字，叫作“满脑袋的问号”。

事实证明，带着问号谈恋爱，不如带上大刀片子。没有威慑力就不能得到尊重。

傻得跟小白似的，不骗一骗她都对不起达尔文爷爷。小姑娘，猩猩都会直立行走了，你就不能进化出点人脑啊？

“这证明什么？证明你看男人眼光不行！”苏涟春风得意，完全体会不了我想死的心境。

“我有错我该死求您发发慈悲留我口气成不？以后我肯定会用心看清楚，如果用心不好使，我就会把心字改成刀！您瞧好儿吧！”

“脑袋上绑个白毛巾，头悬梁锥刺股，使劲用心看！”

“行行行，我听你的。”

“不好，头悬梁锥刺股没有创意。”苏涟想了想，又纠正，“你觉得‘股悬梁、锥刺头’怎么样？”

“我觉得你就想弄死我。”

“我先弄死你好过你被男人气死。”

苏涟嘴毒，一般人士想要跟她交流除非在嘴里咬根树枝，忍气吞声。这种刻毒表现在吃喝玩乐上尤甚。有个周末我们教室放《导盲犬小Q》，看完后我们出去吃火锅，苏涟一边涮狗肉一边动情地说：“小Q都把我感动得哭了。”

也许像她这样，轻率地爱上一个朽木类的男人，反而是种幸福。因为原本不曾珍惜，也就不会有背叛带来的伤害。

“你不是不懂事，瞅你教训别人的时候那个能耐劲儿，啧啧！”苏涟直吧唧嘴，踩在两寸多高的高跟鞋上高傲地俯视我，“我劝你早早把那男的忘一干二净吧，为那种衰人伤心，咱多吃亏！跟别人把娃娃都整出来了，嘴里还悲悲切切地喊着：天啊，我不能这么自私，在爱情的世界里，我怎么可以自私地想要占有两个人！……日他大爷的，那丫就一个欠收拾，是琼瑶她们家早年失散的兄弟吧？”

尤悠插了句嘴：“他大爷何幸啊！”被苏涟一巴掌吓回去。

“其实我也没怎么伤心，得之我幸，失之我命。凭我这智商虽然骗不了别人，但还骗不了自己吗？”

“小苏你别再说了，伍姐比我们都清楚该怎么处理。”紫伊终于勇敢地站出来替我说话了。由于苏涟天天蹭她的小奶糕吃，对她的态度一向是五讲四美三热爱，文明用语说得一套一套的，最常用的是“我也要，谢谢”。

有紫伊壮胆，尤悠也气宇轩昂了：“就是就是，有嘴说别人没嘴说自己，昨天是谁被东哥冷落了回来就按着床板死命捶？”

苏涟挣扎着说：“我心胸豁达，早就忘了……”

“就你还谈心胸？你有胸吗，你就谈？”尤悠斜睨着她，一句话堵了回去。

被侮辱与被损害的人立即发起暴动，两个长发女人顿时掐成一团，互施狼爪袭胸，格斗现场板砖和板凳腿乱飞，充分反映了204女生的自卫意识。我跟紫伊退到一边，同时在胸口画了个十字，垂首默哀。

## 2

彩排那天我睡过头了没参加，本以为被踢出局了，可老项还是喜滋滋地通知我31号下午参加元旦演出。

“不愧是咱中文系的招牌姑娘，小白你今儿漂亮得惊人啊！‘人靠衣服马靠鞍’这句古话真的没有曰错，平时看你穿着男式大衬衫怎么也看不出这身材呐……”老项领我去礼堂，路上一个劲地对我谄媚拍马。

“谢谢。”我抖抖身上的黑色蓬蓬裙，“480块钱服装费能给报销不？”

老项一个踉跄差点坐倒，强作欢颜：“这个你找班长商量……”然后借口上洗手间尿尿不见了踪影。

我裹了件大衣坐在大礼堂舞台边上，听着主持人介绍参赛选手，什么“全校师生无不钟爱的艺术系姊妹花”“清纯可爱的小镇姑娘”“活力四射的阳光大男孩”……不寒而栗，这完全是在介绍恐怖组织嘛。

我惊恐万状坐立不安，不知道轮到我时会怎么介绍。

几个酷酷的学长正在表演舞蹈，模仿Rain的风格，总的来说还可以，比农村跳大神的强多了。我本来不喜欢Rain，但我奶奶很喜欢，说跳舞就应该像他那样扭。

间歇落幕，有工作人员搬上去一台钢琴和圆凳，架好麦克风。幕启时，主持人周卉卉再度登台介绍节目。她今天穿了件金色的紧身连衣裙，缀满了圆圆的亮片，整得跟个发廊妹似的。可能是衣服料子不好，或者该妞的腿毛太旺盛，导致静电反应过强，裙摆全被吸在两条腿上，移动之间刺啦刺啦乱闪小电苗子，男主持人灵机一动往她裙子上泼水，静电反应没了，就是冻得青面獠牙的，活像《西游记》里的那个鱼精奔波儿灞。我强忍住怒叱“妖精”一棒将之打死替天行道的冲动，静静等待下一个节目。周卉卉摆着腰款款走到舞台中央，站定、微笑："接下来是一首好听的歌曲《我们的爱》，这也是本次晚会唯一的自弹自唱节目，请大家欢迎来自中文系的青春才女……"

我乐呵呵地东张西望，想看这位青春才女到底是谁，咱们中文系终于也出傻子了，谁不知道现今的才女除了不露脸其他部分都敢露啊。

笑盈盈的周卉卉轻启朱唇，继续吐出三个字："伍小白！"

我震撼了。追光灯打过来的那个瞬间我有种无地自容的感觉，两腿乱抖，鞋底子差点背井离乡在周卉卉脸上安家。还有，选拔赛时我明明唱的是《鬼娃娃》，怎么变成《我们的爱》了？"我们的爱，过了就不再回来……"没错，老子确实失恋了，但在学校里仍然是个飞扬跋扈的太妹，谁有这等老辣眼光看得出来？

台下的同学掌声热烈，我跟个二神经似的站在舞台边发愣。周卉卉戏谑地看着我，似笑非笑。

她十分想看我出丑。怀着这心思的人肯定还有不少。如果不是得罪了郭虑这个小人，我想不出来还有谁有本事和心情擅自更改我的曲目，为此还动用了文化部唯一的新钢琴。这就是不团结同学的代价。我暗暗想。

镇定。台下是几千双眼睛加眼镜的凝视，能把僵尸烧出烟来。

我走上台，风度翩翩地坐在圆凳上，像院里那个白头发老琴师教的那样，腰背挺直，肩舒展放平成一字形，腕带动指，十指起落好似行云流水，收放自如，停顿、重音，婉转时婉转、激昂处激昂，一定记得要面带微笑，好，开始唱！依稀台下某处有一双灼热的目光，穿越过几年的光阴而来，他身边是一帮连谱子都不识的糙老爷们，拼命吹着口哨拍着别人大腿叫好……

最后一个音符弹毕，我站起身，还未弯腰谢幕，声音已被雷鸣般的掌声淹没。

我回到台后，抓过大衣擦了擦脸，忽然感觉旁边有人在看我，转头时，杨思冠面带微笑轻轻拍手："小白，唱得好。"

都是他的安排，我早该想到。他那么神通广大，他知道我会弹钢琴。他知道我前天深夜爬上12楼露台喝醉后高唱着《我们的爱》痛哭失声。

一直都是他，不会有别人。

我脑门一热，丢开大衣抱了抱他："谢谢你，老杨。"

老杨下意识地抚上我的头发，忽又烫手般把我推开，满脸通红。

我回过头，发现天蓝色的幕布收得太紧，没有遮住后台的旖旎风光，在斜对面的台下，有一侧观众将我俩的表演尽收眼底。顿时全场哗然，嘘声和嘈杂声潮水般涌起，将震耳欲聋的伴奏音乐都盖了下去，舞台上甩着水袖唱黄梅戏的那个小丫头唱不下去了，哭着跑下了台。

"青春才女！嗨嗨，青春才女！"

大四那帮无聊的书生兄弟就喜欢对女生起哄，看到她们脸红就得意扬扬，还以为自己多有幽默感。今天我进教学楼的时候，也有几个火焰低的站在三楼冲我喊。

我脸一热，是气的。

一手叉着腰，另一只手冲楼上恶狠狠地举起中指："都滚回你们教室去！再搁这儿叫春，老子一个个阉了你们！"

文弱的书生兄弟惨遭女流氓辱骂，一哄而散，只落下一个瞪着眼睛想还嘴。

"一对儿小眼睛跟指甲掐出来似的还好意思瞪呢！要不是看你长得丑早骂日你妈了！"我岂会留给他开口的机会。

那兄弟瞪着眼睛软绵绵地摊下去，突然又一蹿而出："我妈说狐狸精都不得好死！"

整栋楼的人都在哄笑，我掩着脸落荒而逃。

元旦会演才过去了一天，我勾引杨思冠的消息已经传遍校园。老项看我的眼光是火辣辣的，我不但连丢两次给班级争光的机会，还在众目睽睽之下跟代课老师搞小动作，换了个没修养的班导师都能直接把我丢焚化炉里土法炼钢。

连苏涟她们看我的眼光都变了，哀我不幸怒我不争的，就差把我给浸了猪笼了。

我们都知道，"第三者"这身份在任何情况下都是公众讨伐的对象，也是一切公理与正义的对立面，毫无疑问，再儒雅高贵的男女只要摊上婚外恋就必然是狗男女。这也是我讨厌琼瑶的原因，她善于为狐狸精立牌坊，令我深深畏惧文字工作者的是非观。一般看琼瑶小说的孩子都是这个流程：恋爱前可同情新月格格了，恋爱后恨她一井深。泼茶鞭打关禁闭算什么啊？要是有哪个小姑娘胆敢跟我男人勾勾搭搭，我会用连外科医生都害怕的手段弄死他俩！李嘉欣说得多好呀——“这个世界上有人做贼是为了劫富济贫，有人杀人是为了除暴安良，但红杏出墙他为的是什么啊？难道是促进经济繁荣啊？像这种淫娃荡妇根本就应该拖出去浸猪笼，浸完冷水浸热水，浸完热水浸硫酸，再拖回来剁剁剁剁剁，剁成 18 块，丢到城外喂狗吃。”

前几天苏涟还鄙视我：说就天下无敌，做就无能为力，你倒是扇尹风一巴掌呀！

说起琼瑶，我在网上认识的一哥儿们从前特迷她，结果奉献初吻那天郁闷了好久：不是说接吻的时候会晕眩陶醉吗？我怎么只感觉咬到了两片肉呢？

废话，不把男女那档子事写得修辞一点，你当是看动物世界呐！

不过看琼瑶剧还是挺有意思的，看主角们滔滔不绝、口沫横飞地表达爱意……阿姨，你确定那是表白，不是在卖羊肉串？

像我这么唾弃狐狸精的一忠厚孩子，怎么就成狐狸精了呢？

生活，我知道，你就不想让我健康、活泼地成长！但我偏要成长得健康、活泼，气死你！

然后苏涟在我旁边一个劲儿地泼冷水：“你健康如猪、活泼如猴，还成长啥呀，省点心思长脑子吧！”

众怒难犯，我索性闭口不解释了。

为这事，于一苇还特地跑到我们班来找我求证，眨巴着纯洁的大眼睛问：“伍姐，这件事不能是真的吧？”

“我说不是真的你信吗？”

“当然信。只要你一句话，以后哪个小狗日的再敢乱嚼舌头我撕了他嘴！”

我感动坏了，谁说上海人小家子气，看我们小鱼多么义薄云天。

“我跟杨思冠，顶多是相互欣赏，但未越雷池。”我话未落音，苏涟酸溜溜地抛来几句话：“俺今儿可真长见识啦，原来搂搂抱抱还未越雷池啊，您老雷池的底线真高！俺原来以为只有陈佩斯那模样的才会当反派，没想到啊没想到，伍小白你这浓眉大眼的居然也学会第三者插足了……”

“小苏，别这么阴阳怪气的成不？我不指望你乳汁救伤员你也不能落井下石吧。”我一向欣赏苏涟的直爽，今天却觉得她的这一优点快要演变成缺点了，“虽然我很无聊，但决不会跟其他无聊的人同流合污，我孤独地无聊着不妨碍国家精神文明建设吧？”

苏涟双手举过头顶：“好了，好了，我投降，别生气。其实我也不信你真敢跟他勾搭，但你聪明的话就不要给别人机会中伤你，狐狸精脸上又不刻字，淫娃荡妇宁有种乎？”

“我身先士卒，给广大女同学做反面示范……”我狡辩。

“有识之士只会在没有危险的前提下身先士卒。”小鱼谆谆教诲我，末了骂一句，“笨！”

我是笨，那么多月黑风高的夜晚我都没有对杨思冠下手，这回竟然当着全校师生的面对他投怀送抱，在谁眼里这不是真情流露？我对舆论压力是免疫的，可杨小伙儿不知道被我连累成什么样了。我颓然坐在板凳上，双手捂住脸。

“觉得没脸见人了？其实也没什么，身在娱乐圈要有献身精神，咱学校里奇人异事本来就多，时间一久就没人记得这茬儿了。”小鱼安慰我。

“我仅仅没脸见杨老师……你说，发生这种事，他会被学校封杀吗？”

“代课还没有满一学期就勾搭班里女学生，还封杀他干什么？直接枪杀！”苏涟气势汹汹的。

我脸捂得更紧了，恨不得把头埋进小腿肚里。

虽然我曾经高呼“名花虽有主，我来松松土”，又不要脸曰“只要锄头挥得好，哪有墙脚挖不倒”，但喊归喊，从来不敢拉架势开练。因为基本上我还是个品格高尚的人，捡到钱包一定会还给失主。虽然这二十年来我连硬币都没捡到过。以前有钻研命理学的同学给我算过八字，说我命里带衰，走大街上想捡一块钱，恐怕得低着脑袋弄出颈椎炎来。杨小伙儿也是个根正苗红的文字工作者，相处这么久也没见他行过什么苟且之事，全心全意关爱学生的身心健康，到最后反倒落了个私生活不检点的骂名。说起我俩这个苦啊，怕是连地主也要落泪的！

第十四章 14

# 冷不防一个表白

1

元旦假期后颁布会演奖项，歌曲类节目一等奖是《青藏高原》，演唱者叫许薇薇，也就是国庆晚会唱《山路十八弯》的那位姑娘，嗓门尖得跟锥子一样，能在鼓膜上扎出窟窿眼儿。这段时间，她迅速沦为诸同学热烈谈论的对象，主要因为表演那天她穿了件低胸宽摆的大裙子，唱完后弯腰谢幕，风度翩翩，胸脯肉也翩翩。

卖力气出名的都瞧不起不卖力气照样出名的，许薇薇就一直不喜欢我，颁奖仪式结束后，她鼻毛翘得比睫毛还高，谦逊地对我说："真不好意思，这次还是我独占鳌头了。"

"鳌就是龟，这位女同学说话怎么不注意文明？"我惋惜地看她。

她没弄清楚我话中含义，迷瞪着一双眼睛疑惑地看我。

"看什么？看绿豆呢？"我假意顺着她视线扫过去。

"我看你呢！"她反应挺快，虽不明白我的意思，但知道我不会安好心眼。我没有反驳，笑了笑向她告退。

十分钟后，许薇薇怒吼着冲进了我们教室："伍小白！你敢暗骂我是王八？"

看她张牙舞爪的样子好像要打人，我从容地从课桌抽屉里抽出条板凳腿掂了掂，将手肘支在膝盖上冲她微笑："没明骂算你赚了，回去吧，上课了。"

许薇薇愤然撤退。

有时候把自己丢进女人的范畴里想想：我是不是太恶毒了？

放学后我没回去，而是抢了张饭票去吃食堂。实在不想回到孤苦伶仃的状况里。杨思冠好几天没有露面，不在学校出现也不再接我出去玩，我也好几天都没心思上班了，懊悔与苦闷交替在我脑子里演绎，搞得我什么精神都没有，每天平均睡 15 个小时以上，生活糜烂无比，可以一整天不进食不排泄还精力充沛。尤悠叫我“沙漠之舟”的时候，我还很激动，以为自己跟撒哈拉形势接上轨了。

食堂里挺多人看我，还有的指指点点，我的回头率飙升，一时有点飘飘然也有点不好意思，对同桌的苏涟她们忏悔说：“唉，我出门前也没化个妆，挺对不起观众的。”

苏涟帮我摘掉嘴角的饭粒子：“稀饭喝得呼噜噜的也配当狐狸精？妲己会气诈了尸的。”

其余几人频频点头赞同。

“苏妲己是偶像派，我是实力派的。”

“你是脚力派的！”

身为热爱逛街的美少女，我虽然长跑不行，但长征还是可以的。在遇到我之前，宿舍姐妹们都自认为脚力还可以，但和我一走才知道原来天外有天，脚外有脚。走路的时候嗖嗖带风那只是普通状况，无声无息才是最高境界，经常是她们转眼看个什么东西，回头就发现我不见了，仔细一找，前方百米开外那个身体呈前倾状专心冲刺的女娃貌似就是小白……宿舍集体出去逛街，小姑娘们香汗淋漓、娇喘连连，只有我顶着大太阳像狼狗一样奔走在店铺之间，她们一路上只能看见我奋蹄疾行的背影，自叹不如，纷纷遗憾竞走界失落了我这个人才。

洗完碗，苏涟劝我不要回去了，今晚跟她挤一挤。我正考虑着，忽然听到有人叫：

“小白！”

这声音千娇百媚，宛如出谷莺啼，又似勾栏老鸨。全人类能这样叫我的只有郭虑一个。他的嗓门委实太诡异了，害得我跟他说话时老是注意他的下巴颏儿，看胡子是不是粘上的。

苏涟瞥见是他，赶紧说“你一会来宿舍找我”，脚底抹油溜了。

“小白，今年我是正部长了！”郭虑乐呵呵地跑到我面前，献宝一样，“学生会同意我们部里可以招一年级新生当副部长，我推荐了你呢！”

我非常意外：“你觉得我行？”

“肯定行，全校谁不知道中文系一年级的伍小白歌儿唱得好文章写得棒？

虽然这次闹出了丑闻，但我还是很相信你，这件事不是你的错，一定是那个姓杨的故意毁坏你的清白，你太纯洁太天真了，才会被那个老流氓老人渣欺骗，我是真心替你难过。”郭虑秀眉微蹙，手按前胸，满眼痛楚之色做西子捧心状，腰围三尺多犹如西施被人揍肿了。

“你搞错了，我才是流氓、人渣。”听他辱及老杨，我立马翻脸，“你是淘新人不是掏大粪，去找旁人吧，别他妈在这儿冒充时传祥！”

郭虑尴尬无比地呆站着，有一瞬间我心软了，想对他说几句缓和的话，但很快他就大声说：“你别傻了，杨思冠根本不喜欢女的！”

“你说什么？”我啼笑皆非。

“杨思冠的私生活在圈儿里早就臭名昭著了，他……他根本就不喜欢女的，他娶老婆只是为了掩饰自己有断袖之癖，现在还想把你也扯进来做挡箭牌……我本来不想说的，但是他对你实在太过分了，我忍不住了……”

“行了，你住嘴。”我发现嫉妒能激活想象力，他编得太离谱了，“郭部长，如果我对你还有一丁点尊敬，现在也全变成鄙夷了。”

他急了：“我知道你不相信，我有证据……”

“我不稀罕看。”我干脆地拒绝他，“我跟杨思冠什么问题都没有，为什么要跟你讨论他？你们这些长舌男最好把自己的嘴巴管紧一点，别非要等到大鞋底子抽上来才知道收敛。”

郭虑的脸痛苦地扭曲了。

我不想再跟他说话，径直绕过他去女生宿舍找苏涟。

每次事后回想，我都觉得对郭虑的态度太残忍了，毕竟他是个还算关心我的学长。但是，只要他站在我面前，我总是恨不得对他再残忍一点。

他不面善。我想。

女生宿舍门前贴了张海报，说晚上八点钟有个畅销书作家在我们学校阶梯教室举行演讲，欢迎热爱文学创作的同学准时前往。到宿舍里一问，尤悠正抱着个本子紧张地背台词，原来她还要代表 A 大中文系采访该作家。好容易熬到七点半，我实在百无聊赖，跟着尤悠跑过去看作家。嚯，阶梯教室里已经是人山人海了，比看猴的还热闹。痞子说得对，人人都曾经是文学爱好者。

作家坐在一旁，是个头发花白的小老头，戴着副宽边眼镜，愈发显得眼睛细小狡黠。

主持人用“著作等身”“德才兼备”等褒义词介绍完他，示意我们热烈鼓掌欢迎。随着掌声响起，作家慢腾腾地走上台，向同学们问完好后，并没有立刻坐下，而是抖抖索索地冲我们竖起食指：“各位同学，请你们告诉我，这是什么。”

“1？”

“手指头？”

“抽鸡爪疯？”

“创作的工具？”

同学们纷纷抢着麦克风回答。

“都不对，”作家慈祥地笑了，加大幅度朝上指了指，“这是天花板！”

他无视台下的哄堂大笑，慢慢地收回手指，淡定地接着说：“其实你们大家任何人的回答都比我的答案更靠谱，但是，靠谱并不等于优秀！咱们做人一定要靠谱，但写作就不一定了，因为从很大程度上来说，靠谱与想象力成反比。这就是我们今天要谈的第一个主题：好的作品应当成为言论的发源地，有利和有害的言论统统是对我们有益的。不要怕争议嘛，同学们！被人抡着砖头拍总比无人问津好，对不对？我们要写的是畅销书又不是教科书，要那么靠谱干什么？何况中国就没有一个靠谱的文学评论家，都是抬轿子捧臭脚的、挖空心思校对拍砖的。一个作家应该沦为一个枪靶子吗？不应该！作品的社会效应是文化部那帮大老爷们要考虑的事，真正牛的人应该管杀不管埋，他笑嘻嘻地丢个肉包子出去，然后不动声色地看一群不牛的人扑上去你争我抢。”

掌声雷动，连我都立刻对他生了好感，真是只老狐狸，他不畅销谁畅销？

“现在还对文学感兴趣的同学们，千万不要跟文人打交道。如果见多了低素质的作家，你们就会误以为文学不再神圣。我们说文学当然还是神圣的，因为地球上还幸存着一批对文学充满激情的作家。中国文坛从来不缺少技巧派作家，缺少的恰恰是纯粹的激情派，当然我所说的激情不是指以‘啊——’开头的诗歌散文，那是稚嫩的奔放，就像儿童敢于尖叫一样，不是激情。我此生见过的最离谱的一首尖叫诗是《植树》，我来给你们背诵一下：‘一棵……两棵……三棵……／啪……啪……啪……／我的希望，我的命／你的希望，你的命／啊，希望！／

啊，命！’这是传说中一种叫作印象派的诗歌，这首诗唯一的优点就是让我牢牢地记了十几年，并且每次结交新朋友都给他念一遍，这样他就会认为我很幽默。对于这种作家我们都很鄙视他，但这也是文学，是文学吃坏了肚子拉的稀。其实，真正的激情到底是什么？我也不清楚。但我起码清楚我们大家都没有激情。承认这个也不必觉得羞耻，业界公认毕加索有激情，但是他画里的那些姑娘我是宁死也不会娶的，我还是喜欢穿水手服的美少女战士。

“怎样的文字才算纯熟？要能通过书面表述达到指鹿为马的目的。同学们，你们一定要相信，一百个正确论据绝对可以佐证一个错误论点。

“文人相轻是必然的，但是我们要学会掩饰嫉妒心，因为这样可以令自己形象高大。文坛上的对骂是最不可取的，那等于赤裸裸的强暴，奸污别人的同时，自己名声也臭了。我们表达鄙视的方式是不是只有辱骂呢？不是！鄙视的最高境界应该是不屑一顾，连翻个白眼都是便宜对方！”

演讲结束时，作家鞠躬退场，同学们立刻发起了武装暴动，挥舞着圆珠笔、记事本不要命地往他身边挤着要签名。

我全身热血沸腾，杀开一条血路兴冲冲地奔“卡萨布兰卡”去了。

我迫不及待地想要告诉老杨，今儿个我见着牛人啦！顺便跟他打听一下牛人的八卦。这股冲动完全淹没了即将见到杨思冠的尴尬。

杨思冠和丢丢正坐在角落里聊天，我一阵风卷过去，连珠炮把刚才的见闻说给他们听。

乍见我时，杨小伙儿表情有点紧张，听完我的叙述才恢复微笑:“他啊？呵呵，大家公认他是文坛的一个烧包，语录比作品多。不过小白既然喜欢他，也算他还有可取之处吧。”

“又拍我马屁。”我笑嘻嘻。

他虽然成心避开我，但还是愿意哄我高兴的，所以我很高兴。

“不是拍马屁，但凡一样事物有人吹捧，肯定有其可捧之处，正常人不可能把香港脚夸成烤猪蹄。”杨思冠一正本经地为自己开脱。我觉得他的语录也不赖，比起那些满口“文学”长“文学”短的作家们，他更像一个纯粹的文人。

“你的小说在写了吗？只要肯用心，你将来的成就会比他高。”杨思冠居然真开始催文。

“别逗了，我写出来的书能看吗？当手纸用都容易引发便秘吧。”在真正的作家面前我有点羞涩了，“我在写错别字方面倒是小有成就，可惜诺贝尔不设文盲奖。”

丢丢插嘴：“小白，你最近好像有点疏远咱们了。”

“啊？是吗？也许是有一点吧，感情这个东西不是近就是远啊。”我打马虎眼。看来杨思冠并没有将学校里的新闻告诉他。前年我在网上认了个大哥，以卑鄙无耻著名，有一天大嫂在QQ上跟我诉苦，说最近他们的感情好像有点疏远了，我质问大哥时，他的反应就是这样——“是吗？也许是有一点吧，感情这个东西不是近就是远啊。”

“你们聊，我要登台了。”丢丢站起来，又俯身问我，“小白你想听什么？”

我想了想：“羽泉的《飞蛾》吧。”

等过了漫长寒冬冰冷夜漆黑
以为我会化成蝶儿飞
破茧那一刻才知爱情的凄美
爱上了多刺的玫瑰
情丝万缕已经无路可以退
让心中的烈火把所有的爱焚毁
我像一只飞蛾拼了命地往那火里飞
最终看不到有谁为我落泪
一往情深粉身碎骨其实都已无所谓
有谁愿品尝化成灰的美
我像一只飞蛾拼了命地往那火里飞
最终盼不到有谁与我相随
直到灰飞烟灭让我拂去所有的伤悲
有谁会用爱抚平我的累
我的泪
……

丢丢是个色艺双绝的歌手，平时放荡不羁像个俊俏的二流子，可唱歌时就会闪闪发光成为众人目光的焦点。我真后悔自己对他没什么想法，要传绯闻也应该跟他啊，起码他年少未婚。想到这里我复杂地看了老杨一眼，正看到他迅速移开视线，装模作样地理了理头发。

我怦然心跳，不要这样，老杨，不要让我误会你的青睐。

凤凰涅槃、浴火重生。这是一个骗人的神话故事。许多凡人把自己当成凤凰，一次次扑火，被烧得焦头烂额才知道自己其实不过是只飞蛾。

一只飞蛾要烧成几级伤残才能彻底心死？一个人要心碎多少次才能永远不愈合？

## 2

1月8号星期天，也是孙姜生日，往年这时候他都要请我吃大餐，去年最狠，一顿吃光了他买电脑的钱。高中毕业以后孙姜在家乡一所普通高校念大专，课余时间到处打工挣钱，他住在学校宿舍，除了交点伙食费，其余的钱都不知藏哪里去了，生活相当节俭。但是我想要的东西只要跟他开了口，过几天他肯定能从口袋里翻出来递给我，像机器猫似的。

我曾经很悲悯地问他：孩子啊，过早进入社会的感觉怎么样？他回答四个字：如鱼得水。

清早我一醒就给他打电话，原想接通时大声用广东话给他唱那什么“恭祝你福寿与天齐，庆贺你生辰快乐”，用我的海狗音好好污染他一下，但结果是“对不起，您拨打的用户已关机”。

生日都关机，有种！

当然也有可能是他跟哪个准嫂子度蜜日去了，怕被骚扰。我开放估计，准嫂子数量大概突破三位数，明明身边美女没断过，他还称孤道寡，从来不肯给人家一个名分。我看他身边的女孩子走马灯似的换，忍不住问他：“你到底喜欢哪个啊？”他深情款款地回答说：“我就喜欢你。”我咧着嘴笑，胸有成竹地等他恶毒的下文，果然他就没好气地补充了一句，“只要你少操点闲心，多长点胸大肌。”

过两天就要考试了，我打算在家里复习复习，看三分钟把书摔了，完全看不懂嘛！

这个学期我对学习完全松懈，课本基本上都是全新的，如果课本有知，定当哀叹遇人不淑。我的怠学连杨思冠都看得出来，所以他才让我报名参加元旦会演，如果节目能评到名次，就有学分奖励。本来舞台上的弹唱表演很精彩，可惜之后的拥抱表演影响恶劣，校领导恨不得把这辘轳掐了不播，哪儿还愿意给我什么奖励。

把小河马往怀里一抱，还是上街转转吧。换鞋时接到紫伊电话，于是约她一起出去看电影。

紫伊打车到我楼下，我硬拉着她走到金马电影城，紫伊走得怨声载道，让我去排队买票，她坐在沙发上风姿绰约地用两根手指揉着脚脖子。

正排着队，电话又响了。

我看了看来电号码，孙姜，寿星啊。

“生日快乐姜哥！恭祝你福寿与天齐……”我扯着嗓子还没唱完，孙姜毫不留情地打断我：“别唱了，真刺耳！少儿合唱团出来的吧？还是指挥。你在哪儿呢？想吃什么？中午我请吃饭。”

“好啊，我要吃煎饼卷大葱，我不在你帮我吃了吧。”我知道他最恨大葱味。

“再给你一次机会，想吃什么？”他语气认真。

我想了想，忽然心里一紧，有点口吃：“你你你……你不会来这里了吧？”

“为什么不会？”孙姜哈哈大笑，“我一年就过一次生日，你也就这一次痛宰我的机会，过期不候！”

心中暖流狂飙，感动塞住喉头，反而说不出话来。

“在哪里啊？”他又问。

“金马电影城。”

“在那别动，我十分钟就到。”我听见他吩咐“到金马影城”，好像已经坐上出租车了。

这时我已经排到了售票台，售票小姐甜甜地笑着等我，身后有对男女在对我挤挤搡搡：“你到底买不买啊？不买边儿去，别挡着我们。”

“不好意思。”我对他们笑笑，退开。

紫伊见我空手回来，很意外："没有买着？是什么电影啊票这么紧缺？"

"改天再看吧，今天先吃饭。"我坐到她面前，"姜哥你还记得吗？就是陪我一道去武汉找你的那壮哥们，今天是他生日，一会儿寿星要请吃饭。"

"姜哥只请你吧？"紫伊很不安，"那我先回去……"

"别啊，他最喜欢美女了，后来还跟我问起你呢。"我想起孙姜上次看着她的胸口，那眼睛绿油油地发亮，能把狼都吓哭了。不知怎么的，一想到这个我心里就有点窝火。但姜哥确实不是坏人，紫伊也已经约出来了，我便极力挽留："一起吃个饭吧，我总不能让你饿着肚子回去，吃完饭你要是还觉得无聊我就放你走。"

紫伊推辞了两句，也就答应了。

她跟阿宝恋爱后明显开朗许多，跟男生说话也不大脸红了，有时还敢于伙同室友一起耻笑他们没有腹肌。

通常情况下，女人的言语开放程度与身体开发进展成正比，连我妈那辈儿的城乡接合部大妈们也是一样，结婚前不小心瞥见男人裸胸都红着脸火烧火燎地低头跑开；结婚后一边看着外国演员跳芭蕾舞一边跟别的老娘儿们议论："还是人家洋小伙子身材好，你看那小屁股夹得，啧啧，紧绷绷的！"

孙姜出现时我一阵恍惚，还以为眼花看错了。他的体型清减多了，从不以正装示人的他居然穿了件立领中山装，很是合体，浑身上下散发着成熟、睿智的光彩，左手插在裤兜里，右手提了个金黄色的蛋糕店袋子，装着两块小蛋糕一大盒巧克力和一杯奶茶。

我惊喜地接过来，奶茶还是热的。

"我就知道你又没吃早饭。"孙姜照例一通责备，"先吃点垫垫，省得我中午被你吃穷了。"

"谢谢啦！姜哥，你今儿怎么穿得跟新郎官似的？端庄得令人不敢逼视啊！"我递给紫伊一块蛋糕，"你怎么知道我喜欢上抹茶蛋卷了？"

"少来，猪是不挑食的，只要是吃的你都喜欢。你们学校食堂怎么忍心虐待已成年儿童啊？你瞧瞧你，从小不肯好好吃饭的孩子都快饿成饭桶了。"孙姜就是这种人，做了好事都不让人心里舒服。

他只顾着批评我，竟没有对紫伊多看一眼，我隐蔽地捅捅他："这是郑紫伊。"

紫伊嫣然一笑："姜哥好。"

"哦，你好，你是小白的同学吗？"孙姜客气地打招呼。

我彻底懵了，真想一拳打在他脑瓜上：什么破烂记性啊，这就是当初你对人家的白胸脯垂涎三尺的那姑娘啊！

紫伊笑容僵在脸上，不安地扭头看了看我："我还是……我想先回去了。"

"姜哥，阿紫说她要回去了。"我使劲向孙姜飞眼儿。他看我挤眉弄眼的，一脸都是疑惑不解的神情，却没一点想挽留的意思，满口答应："哦，我知道了。"见我还在使眼色，他绞尽脑汁地想了想，又殷切地加了句，"要不，我先出去替你叫辆车吧。"

"不用了，"紫伊把蛋糕塞回我手里，"这里车多，我先走了啊，再见。"

孙姜乐呵呵地跟她挥手作别。

我不看他，狠狠地用吸管喝巧克力牛奶，半天不吱声。他兴高采烈地跟我吹着旅途见闻，说了半天我都没反应，摸不着头脑："怎么了你？我又哪儿得罪你了？"

"你个薄情寡义的家伙，这么快就把紫伊忘了！"

"哪个紫伊？就刚才你那同学？我认得她姓邱啊！"孙姜瞪着眼辩驳，忽然想了起来，"哦，我想起来了，她就是上次咱们去武汉武装解救的那个被拐妇女吧？怪不得我看着好像有点眼熟。奇怪了，我又没图她报答，要记得她干什么？难道她暗恋我？"

"切，当时把人家胸脯盯进眼里都快拔不出来了……"

"胡说八道！老子什么时候盯她胸脯了？老子从来就对幼女不感兴趣！"孙姜对我怒目而视，一张老脸涨红到了耳根。我认识孙姜这么久，从来没有见到这个欺行霸市的土匪如此羞赧过，酸溜溜地磕碜他："嚯，精神焕发了呀？你倒是继续抵赖呀！你敢说当时没有对阿紫起色心？衣冠不整的娇弱美女，又哭得梨花带雨的，换了我也把持不住呀，何况你根本就是一色狼……"

"没有！"孙姜仍旧一口否决。

"谁相信你的鬼话啊？我亲眼看见你色迷迷地看人家胸口，呸！臭流氓！"

我撇着嘴继续喝牛奶，这副不屑的态度激怒了孙姜，他一把夺过我的牛奶杯子摔在地上，点着我的鼻子骂："伍小白，你个笨猪！你光看到紫伊当时衣冠不整，你知不知道她一直攥着你的衣角哭，把你领口扯得跟花篮似的，你文胸的粉红色蕾丝都露出来了，老子那时候根本没在刻意看什么，而是在刻意不看什么！我告诉你，对没兴趣的女人，老子就算看她光屁股蛋子也照样没感觉！"

四周视线聚集过来，把我闹了个大红脸。什么看屁股！含蓄地说视察臀部会死啊？

我被他骂急了，跳起来强词夺理："真有意思，原来你是为了不看我才看她，这么说难道你对我有兴趣？"

说完我就恨不得抽自己一大嘴巴，我真蠢。

"没错！老子就是对你有兴趣！"孙姜胸膛剧烈起伏，咬牙切齿，双目微赤，"这些年我就只对你一个女人有兴趣！就因为你叫我一声哥，我喜欢你十几年都不敢说，眼睁睁看着你跟我最好的兄弟在一块儿。我天天看着你为疯子神魂颠倒，你从为他笑到为他哭，全都跟我无关，我这个局外人只能看不能碰，说点发自内心的话都要加上恶毒修辞，不然就会被你骂得狗血喷头。有好多次我给你气得真想揍死你，可最后还是窝窝囊囊地向你道歉请你原谅。你为别人难过我也会心疼，我他妈的真是个贱种啊！我他妈怎么就不能爱上别的女人呢？"

我难以置信地望着他，喃喃："你说什么呢，你身边那么多女人还嫌不够吗……"

"对！老子不缺女人，犯不着千里迢迢来讨你欢心！"孙姜脸色铁青。

这是怎么回事？我完全被复杂的现实搞晕了，1月8号不是愚人节吧？

"姜哥你到底在说什么？你跟我说这些是什么意思？你别开玩笑了，我觉得这件事一点意思都没有……"我机械地思索着，机械地说着，"也许我是很好骗，但不会上你的当，我太了解你了，你根本不会真心喜欢谁……"

"你不了解——"

"够了！"我大声喝止他，"你不要逼我跟你绝交！"

从不服软的孙姜居然就退却了，他不再与我争辩，看了我半晌才开口说："好，你就当我什么都没说过。走，我们去吃饭。"

我站在原地不动。孙姜伸手拉我，我犟着拧着不肯顺从他。

他眼中迅速掠过一丝痛苦，站定了，深深地看着我，看得我心乱如麻，然后他轻轻地叹了口气，一言不发地转身离开。

我坐在影城的沙发上，慢慢吃完了两块蛋糕，又拿出那盒巧克力，揭开漂亮的铁盖子。

精致的五色巧克力上摆着一张大红的房屋产权证。

我惊愕地翻开了房产证，看到房屋产权人那一项赫然填着我的名字。

杂乱的往事纷纷扰扰，轰然袭上心头。

认为尹风杀人入狱之后，我开始喜欢喝很多酒，有次醉得人事不省，醒来之后发现好像有个人正在背我回家，一路上我跟他说了许多奇怪的话，好像还跟他提起了尹风答应我给我买大房子的事，当时我又哭又闹，拼命地大喊大叫着说我们的大房子没有了没有了。这个人低着头背着我稳稳前行，温存地安慰我：别哭，有哥呢，哥给你买大房子。

## 3

考试前一天晚上我到酒吧上班，声嘶力竭地从 6 点唱到 12 点，最后喉咙沙哑几乎失语。疲惫地卸完妆出来，忽然看到吧台小弟向我招手，走过去时他递给我一杯黑啤，向我身后努了努嘴：“是那位小姐送的。”

我转身望过去，那位小姐向我举了举杯，她穿了件浅灰色高领风衣，长腿悠然跷在膝盖上，马尾及腰，眉目如画的脸庞在球形彩灯下忽隐忽现，美艳得咄咄逼人。

“你好，杨太太。”我走到她面前。

她伸指点了点我手中的杯子示意我喝掉啤酒：“你先润润嗓子，等会儿我带你去个地方。”

我一饮而尽：“去哪儿？”

她赞赏地点点头，站起身来，长身玉立，穿着平跟鞋仍旧比我高出半头。

“来吧。”她拉起我的手走出酒吧。

我不习惯被她这样亲昵地挽着手，浑身不自在，忍不住问：“杨太太，你是不是也听到了什么流言蜚语？咱们学校里无聊人多，你不必在意。杨老师人虽然不错，但我妈打小就教育我第三者是要遭天谴的。要是你不相信，我可以拿身家性命跟你发毒誓……”

“嘘。”她把食指竖在唇边，让我闭嘴。

然后她在路边拦下一辆出租车，拉着我上了车。

将心比心，我跟有妇之夫搞暧昧，就算今晚被他老婆拖进暗巷痛打一顿，我也认了。

也许我就是欠了顿揍，脑筋才一直这么糊涂。

车窗外的景物逐渐熟悉，最终七拐八拐地停在一栋楼下，这是我借住过很久的地方，楼下的面馆老板也赚过我许多银子。

“你要去丢丢家？”我疑惑不解。

她点了点头，付过车钱，径自拽着我上楼，神秘兮兮地跟个民国特务似的。

停在丢丢家门前，她又冲我做了个噤声的动作，抬手敲门。

敲了好几次，屋内依然静默无声，我正想告诉她丢丢可能还没有下班，又想起她数度不让我开口，怀着一点莫名的紧张战栗，我紧紧闭住了嘴。

杨太太毫不气馁，加重了敲门力度。

终于屋内亮起了灯，传出丢丢极不耐烦的声音：“谁啊？”

“是我。”杨太太冷冷地应声。

屋里沉默了片刻，然后一阵骚动，有个重重的脚步声越走越近，门猛地被拉开，一个男人冷酷的牢骚声随着明亮的灯光倾泻而出：“你来干什么？我不是告诉过你吗，没事不要过来找我……”

我张大嘴巴。

开门的居然是杨思冠，斯文俊秀的脸孔全然扭曲。

他忽然瞥见他太太身边的我，大吃一惊，惊惶地不知说什么好，转身背向着我一把抓住她的手腕低声威胁：“你疯了？你想干什么？跟我回去，不许再胡闹了！”

“现在知道怕了？你不是坦荡君子吗？”杨太太挣扎，想不到文弱的杨思冠有这么大劲。

“住口！”杨思冠牢牢攥着她手腕，转头命令我，“小白，你先回去！”

这场面让我生怯，我下意识地想要转身下楼。杨太太不甘心地扭动着身子，大声叫我：“伍小白，你等一下！你别走！我还有话要跟你说……”

杨思冠神情狂乱，扬起手就要扇在她脸上。

我看不下去了，一把挡住他。

“老杨，你精神错乱啊？是不是男人你？打老婆的不是爷们！杀人犯还有话语权呢，你凭什么不让她说话？”

杨思冠冷静下来，试探着问我：“她刚才有没有胡说八道什么？”

“她刚才跟我说的话总共不超三句，你们今天到底怎么了？有什么话摊开了说不行吗？非要一个个憋着。”我莫名其妙，不知道今晚是什么状况令杨思冠如此失态，但是我可以想见，肯定是一件相当可怕的事。难道是老杨借丢丢的屋子召妓？我转脸就为自己的念头发笑，他有的是资本泡更好的妞。

“让我来告诉你吧，小白。”丢丢悄然出现，他叼着根烟倚着墙，神情淡漠。

杨思冠遽然回身：“你——”

“我不想再瞒下去了，老杨，我今天如果不说，也许你就真的会喜欢上她了。”丢丢坚持说下去，“小白，你根本不了解老杨……”

“不要说了！”

杨思冠额头青筋暴起，他的如此反常让我害怕。我后退了两步，不想知道真相了。

丢丢耸耸肩，不再说话。

“小姑娘你听着，老杨之所以喜欢你，是因为你无论相貌和个性都太像丢丢了。”杨太太冷笑着，一字一顿，“事实上，他喜欢的是丢丢的女性版。”

“你明白了吗？”她笑容可掬地问我。

荒诞。

太荒诞了。

郭虑的话在我耳边回荡不休，像连绵不绝的炸雷：“杨思冠的私生活在圈儿里早就臭名昭著了，他……他根本就不喜欢女的，他娶老婆只是为了掩饰自己有断袖之癖，现在还想把你也扯进来做挡箭牌……”

怪不得会“爱左手，往右走”，原来是男左女右，原来如此。

我呆呆地盯着杨思冠看，他偏着脸不敢回视我，神情复杂而沉痛。我脑子瞬间空白，时间已经停滞不走。几秒钟后我听见自己在欢快地开玩笑：“哈哈哈，老杨，你看起来挺老实一孩子，想不到也喜欢这个调调……”

我抚着腰大笑不止，世界如此可笑，我也一样。

杨太太送我回家，路上我们由夜观星象推测明日天气开始愉快地进行双边会谈。

出租车停在我楼下，杨太太付钱时被司机叔叔色眯眯地摸了一把小手，她反应敏捷，随手将抽了一半的烟按在他手背上，滋滋地冒出一股烤肉味。

“臭婊子，你找死！”司机翻脸，推开车门欲下。

“来来，咱看看到底是谁他妈找死。”我从腰后抽出随身携带的大号活口扳子，熟练地挥舞着猛砸车前窗的挡风玻璃，两三下玻璃就现了蛛网纹，“小狗日的不开眼，揩油揩到老子这儿，我操你妈……哦，你都这么老了，你妈更老，我就不操了。”

我平日一直用这玩意儿修理家什，夜间就拿它当防身凶器，耍得比笔杆子还称手。

司机身材生得比较瘦小，估摸着自己弄不过手持凶器的粗野女人，赶快发动车子顶着蛛网落荒而逃。

收起扳手，扭头看见杨太太一脸惊诧。

“呵呵，上去坐坐吧？”

“你实在很像丢丢。”杨太太悠悠回忆，“一年前，丢丢和杨思冠刚在一起，我父亲派人把他们围困在楼道，丢丢一掌掴倒了为首的那个男人，吓退了所有人，他们才得以从容脱身。”

“所以你就默许他们……交往？”我强忍住不用“苟合”这词儿。

“那次捉双不是我授意的，我父亲是多管闲事。其实跟杨思冠结婚之前我就知道他的癖好，我是自愿为他掩饰的，婚后他也没有管过我的私生活，我们相敬如宾。他和丢丢每天待一起，我都假装不在意，还在人前跟他表现得亲密无间。这么久以来，我已经习惯跟丢丢共享一个男人了，但是现在我们三个当中忽然多出了一个女人，我很不习惯。说真的伍小白，假如你们当真相互吸引，我可以从你们俩中间退出，但是你能做得到跟我一样的隐忍吗？”

“做不到。”老子想都想不到，何况做。

“那你就应该退出。”

“我并不曾介入。”我咬咬牙，“我有男友。”

“不，你没有。至少在入校这么久以来，你身边并没有出现过什么男友。”她抱歉地笑，“对不起，我请人调查过你。”

“是你请的人老眼昏花没看清楚……”我犟嘴。

杨太太提了提眉尖，刚想开口，我电话响了，是孙姜阴沉的声音：“跟你告个别，我走了，你要好好照顾自己……”

“你在哪儿？”我急急打断他。

“火车站。”

“去他娘的火车站！你马上来我这里。”不等他有所反应，我迅速报给他一个地址。

挂了电话，我告诉杨太太：“如果你有兴趣，可以等上十分钟，不管你请的是‘商业罪案调查科’还是FBI，我都可以向你证明他就是一个活生生的饭桶。”

“那我正好可以向他的公司索赔。”杨太太打定主意要等。

她是个精明女子，知道想要维持稳固的婚姻生活便不能留下祸根，所以要亲眼见到这个男友不是莫须有。

小的时候读《岳飞传》，对着“莫须有”三字懵懵懂懂地猜测，我猜“莫”是“不”的意思，“须”很明显是“需要”，那么“莫须有”翻译成现代文就是“不需要有”。这个理解令我热血沸腾，秦大白脸真是相当的有性格啊！多年后才知道语文书上把这三个字翻译成“可能有”，气势差得远了去了，性格马上变成了猥琐。

所以说，气质定输赢啊。

一辆红色出租车停在路边时，我还以为是孙姜到了，迎过去刚走出两步，觉得不对，急忙刹住，反手又握住了扳子把儿。

瘦削的司机从车里钻出来，后面跟了两个流里流气的小青年，手里都绑着大刀片。

“小妞，你再狠啊！”他冲我狞笑。

“倚多为胜欺负女人可不算爷儿们，要打架肯定是你们赢，多没意思，有种咱挑点儿别的。”我不动声色地从口袋里掏出钥匙，从背后塞给杨太太，用手比了个402，想让她快逃到我房间里去，也不知她看懂没有。

那俩小青年看见我们，眼珠子都快迸出来了：“就是她们？你让女人给揍了？”

“小丫头，今儿你俩死定了！”司机还在扬扬得意，“我带了弟兄过来……”

其中一个小青年回手扇在司机脸上，啪一声脆响把车子的防盗器都震响了，他满脸鄙夷地指着司机骂：“叫个女人整趴了还有脸叫弟们过来给你报仇，你不嫌丑老子还臊得慌呢！给我滚！”

司机被打得既羞且怒，唯唯诺诺地回到了车里。

我又紧张又好笑，小青年恶狠狠地瞪了我们一眼：“深更半夜的你们两个女孩子不好好待在家里乱跑什么？想被强奸是吧？快回家去！”一边说一边收起刀片，钻进车子绝尘而去。

杨太太神情镇定，还我钥匙：“这个小流氓还挺好的。”

“流氓也是有格调的。事实上，我的男友就是一个有格调的流氓。”我平息一下怦怦乱跳的心脏，对她宽慰地笑笑。没错，在我家乡那块儿，孙姜和尹风在公众眼中也是横行乡里的恶棍，跟他们混了这么久，坏人这个词在我眼中早就不再单纯是只做坏事的人。

杨太太凝视着我，莞尔一笑：“今晚多有打搅，请你不要介意，我走了。”

“你……你不等了？”我愕然。

“我已经知道你是个好姑娘，何必还非要打扰你们小两口清静。祝你们白头偕老。”她释然地微笑，伸手拦住一辆出租车，回她和杨思冠的家。

靠！我糊涂了，那位歹徒似的司机叔叔到底是个偶然还是个阴谋？

我正在胡思乱想，身后有人咳嗽了一声，我猛转身，孙姜就站在我背后不远处。

“你找我有什么事？”他问。

我硬着头皮回答：“没什么事……”

然后我们就同时陷入了沉默，两个人之间流动着尴尬的空气，我拼命思索着想说点儿什么来破坏这难堪的氛围，可就是嗫嚅着说不出话来。我咬住嘴唇盯着脚尖，要是胸前有根小辫儿我肯定要拿手指使劲绞着辫梢。可惜没有，我只能使劲绞手指，小手指都快绞折了。

沉默良久。

孙姜突然跨前一步将我紧紧搂在怀里，下巴贴着我的头发，低声问：“你觉得我有格调吗？”

“呸！我觉得你有肚腩！”我唾骂，用力挣脱他。

脸颊火烫地跑上楼，钥匙捅了半天没捅进钥匙眼儿，靠着门闭起眼睛试图冷静。还没从头晕目眩中清醒过来，手机响了，是孙姜发的短信：

“亲爱的，我等你考完试，一起回家。”

刚才没用扳手敲碎他小腿骨是顾全他监护人的面子，他还蹬鼻子上脸了，嘿。不理他，关机睡觉。

嗯？睡不着？使劲睡！

## 4

考试的时候我心神不定，时而托腮喃喃时而捶桌长叹，为本考场同学们的作弊事业做出了杰出贡献，俩监考老师一前一后跟防贼一样紧盯着我，把我盯毛了，兼之大部分题目不会，我愤然交了白卷。我走出考场时，身后传来同学们的埋怨声：“她怎么不迟点儿交啊，我还有半张没抄完呢……”

给你抄完了又顶个屁用？分数再高也是个虚名，就好像天上的浮云一样。

不是有个清华学子毕业回家杀猪了吗？我虽然不会杀猪，但我会宰人嘛，从小到大多少新朋旧友被我宰得嗷嗷直叫啊。从老项教育我们“咱们学校有学分不满就劝退的政策，所以大家千万不能松懈”起，我就做好了休学回家开小店卖假烟的准备。修习课业就像修行一样，都要假装对一件无比单调的事情充满兴趣，即使开始时还有丁点儿信仰，但途中老是这科重修那科重修的，只给我九九八十一难不给我个保驾的孙大圣，连御弟哥哥都快要失去修成正果的决心了吧。

彭彭说过：上什么大学啊，我们都是被大学上的，上完给的过夜费就叫学历。

她现在越发有悍妞的趋势了，我恨痞子，他残害了一个清清白白的姑娘。

爬上操场的铁栅栏，坐着，仰首，看天空。晴天的云彩真好看，小时候我最怕阴天的乌云，有次独自打着小伞去上学，路过一大摊水洼，发现水面倒映着大片恐怖的乌云，跑也跑不离，把我吓得呜呜乱哭。

苏涟说我这是没有安全感的表现，幼儿时期肯定老被爸妈丢在家里不管。

真的，从记事起我就很少看见父亲，母亲忙于工作，节假日就把我一个人锁在屋里。那时候我很讨厌礼拜天，常常扒在大铁门上羡慕地看着其他孩子玩耍，而我只能和自己养的一只小狗相依为命，后来小狗死了，我如丧考妣，伤心地哭了好久好久。后来孙姜总是笑话我说，小狗才是你的第一任老公，疯子顶多算你的续弦……我知道幼年时代的遭遇会影响一生，我向尹风讨过保证，我们将来一定要很疼爱青青，好好呵护她，对她的快乐负责任。

——但她现在叫别人妈妈。

我用手背擦去眼泪，手忙脚乱的，很不好意思。

“小白，你怎么哭了？”

我心头一颤，差点从栅栏上摔下去。

杨思冠静静地站在一旁，不知已经站在那儿看了我多久。我还记得，这是我们刚认识不久，他请我喝啤酒我唱歌给他听的那天晚上，他向我问过的话。那回我是为尹风而哭，这回依然是，小白就是这么没出息的姑娘。

“今天没考好。”栅栏上太引人注目，我赶快跳下去。

“不像。你的样子很寂寞。”

这就是我崇拜老杨的地方，他说起“孤独”“痛苦”“寂寞”这些书面用语时很动听，一点也不让人觉得别扭。旁人跟我聊天时要是敢感慨“好寂寞啊”必然会被我往他裤子上踹个鞋底印：“你他妈好好说话，思春就说思春！”

“寂寞个屌！”我嗤之以鼻，“老子连学位都保不住了还有闲心寂寞？”

“呵，小白，请你就一直这样强悍地活着好吗？我心中的小白永远是这个样子，活得无比锋利，却又软弱善良。”杨思冠深深地看我一眼，仰着脸笑了，“你看，我又在假装很了解你。人与人的认识其实就是这么简简单单地从陌生到熟悉，平淡而偶然，我一直喜欢着这样的过程，却也害怕更进一步的熟悉。这么久以来，我一直在寻找一份属于自己的完美，但又时常破坏它，即使已经与丢丢在一起，我也始终相信这个世界上会有像你这样的女人出现在我的生命中，我想在你这里寻找正常的激情，然而在一场暴风雨袭来时也依然忘不了曾经淋湿过我的细细小雨。更多的时候，我只能用一种激情来‘掩饰’原有激情中的种种不完美，而不是‘替代’。我从来不愿意欺骗我所欣赏所在意的人，但不知不觉中却刻意欺骗了你，对不起。我也很希望自己还可以如昨日一样因为感情去坚持做一回自己，认识你之后，每次想起与你的相处就会有会心的微笑溢上嘴角，我非常非常喜欢你，但是我知道，你想要的幸福，我给不起。”

我用心听着，阳光亮得晃眼，今天的天气真的很好。跟他在一起的时候，仿佛就该是这样带着隐隐青草香味的天高云淡，轻风拂面好晴天。

他是我路过的青瓦白墙、江南水乡。不堪回首，就不要回首。

“老杨，我们还是朋友吗？”我问他。

他不回答，从身后拿出一只漂亮的纸袋子递给我。我好奇地打开，里面是个陶制的欧式仿古花瓶，镶着优雅浑圆的弧形把手，样子像个中世纪欧洲宫廷宴会用的水罐，瓶外壁绘着一幅精致的油画，一只白色大蝴蝶扑打着翅膀飞舞在黄澄澄的麦浪上，旁边用毛笔题着两句曲儿，字作狂草：“挣破庄周梦，两翅驾东风。”

亦庄亦谐，兼取中西文化精粹，我爱不释手。

“我答应过送你个花瓶的。”他爱昵地拍了拍我的额头，“小家伙，真希望以后还有机会听你唱歌。”

并不久远的记忆呼啸而来，我猝不及防，眼眶一热。

掩饰地拨弄一下刘海，我摆出清纯的招牌天使笑容：“那以后你买我的专辑好了，要支持正版哦。”

杨思冠点头，眯着眼笑。

把花瓶放回纸袋时，有一沓钱映入眼帘，我诧异地望着他。

他立即解释：“那是丢丢托我还给你的，他介绍你在酒吧驻唱时，跟老板抽取了10%的中间费用，这件事没有告诉你……你不要多心，就当是他帮你存的吧。答应我不要因此讨厌他，其实那天在旋转餐厅我不算真正说谎，丢丢确实也很喜欢你，就像喜欢一个贴心的小妹妹，你大概是这几年他唯一能看得顺眼的女孩儿。”杨思冠想了想，终于承认：“你跟他……你们俩真的很像。”

“小白，我们还是朋友吗？”他问我。

“谁他妈敢说我们不是朋友，削丫挺的！”我洒脱地微笑。

你的影子无处不在
人的心事像一颗尘埃
落在过去飘向未来
掉进眼里就流出泪来

曾经沧海无限感慨

有时孤独比拥抱实在

让青春去让秋来让你离开

舍不得忘一切都是悲哀

没有遗憾还有我

就让往事随风都随风都随风心随你动

昨天花谢花开不是梦不是梦不是梦

就让往事随风都随风都随风心随你痛

明天潮起潮落都是我都是我都是我

……

这是我最后一天在酒吧上班，老板很舍不得我，叫嚣着下学期要给我涨工钱。我笑嘻嘻地答应着，心想：下学期？下学期老子还不知道光着脚底板坐在哪个马路边敲着破碗唱莲花落呢。

我知道自己这次考试情况很糟糕，想要不休学，除非我祖上用小篆写过辛德勒的名单。

我想排斥这个世界，可它老是排斥我。

考完试放假那天，宿舍姐妹又亲又摸地互相告别、互相预订开学零食。孙姜满头大汗地帮我把大包小包送去托运，又杀回来带我挤火车，边挤还边告诫我：春运期间要格外留神财物，小偷同志也要过年嘛，以前火车快到站时广播里都会亲切地喊“请乘客朋友们注意自己的钱财，谨防扒手……”，有个乘客听了之后就下意识地摸了摸自己右边口袋，正巧被一小偷瞧见了，于是这小偷就盯上了那个口袋，可是从下了火车一直到出站，这乘客就是一直把手捂在右口袋上，小偷跟踪了他半天也无从下手，眼看前面就是公交车站，小偷急眼了，从地上捡了根木棒子，一棒夯在乘客的右半边脑袋上，这人“哎哟喂”一声痛呼，伸手就去摸头，机智的小偷同志成功盗窃硕大钱包一只。

“丫头，别嘟着嘴，在火车上躺十几个小时是挺憋屈的，但是想想从前你就该觉得幸福了，我二姑父原先来这里出差要坐 30 多个小时的依维柯……以前咱小区里有俩孩子为这个吵嘴你还记得吗？一个说明天坐伊拉克出门去玩，另外一个说呸老子还坐巴基斯坦呢！”

一路上孙姜都试图哄我开心，我就是拉着张西葫芦脸不假以颜色。

“怎么了？考得不好？怕退学之后就见不到学校的好朋友了？”他试探地问。

“当然，十个你加起来都不及一个小苏！”

淡然地回敬着，仿佛是依恋室友，其实在我心中是知道缘由的。

这缘由经他人无心地一碰，蓦然便生出了疼痛。

我有各种理由可以再见到亲爱的苏涟、紫伊、三悠、小鱼，所以并无刻骨铭心的牵挂，但偏偏想见的那一个男人不成借口。

孙姜给我拎出一大堆好吃的：“来，哥哥满足你的人生最高愿望：坐吃等死。”

我马上就像高尔基扑书一样扑过去，把什么小苏、老杨全忘得一干二净。

正咔嚓咔嚓地嚼着薯片，孙姜非常不识相地说：“小白，我觉着这几个月你长胖了，原先你多骨感啊，大伙儿都说你是三根筋顶个脑袋。”

我拿话梅核儿丢他：“毛！我现在也是满脸菜色！”

孙姜仔细端详了一下我的脸色，深沉地问：“是荤菜吧？”

跟他比口德我永远都是一个输，不是非议我长胖了就是做唾弃状“就你那比飞机场强点儿的身材”云云。我恼羞成怒，跳起来一拳擂到半空，忽然看到他衣袋里露出根 MP3 的黑皮线，立刻变捶为抢，一把抓过来据为己有。

按下播放键，是陈奕迅的《兄妹》，MP3 里只重复播放着这一首歌。

对我好对我好　好到无路可退

可是我也很想有个人陪

才不愿把你得罪　于是那么迂回

一时进一时退　保持安全范围

这个阴谋让我好惭愧

享受被爱滋味　却不让你想入非非

眼看你看着我　看得那么暧昧

被爱爱人原来一样可悲

为什么竟然防备　别人给我献媚

不能推不能要　要了怕你误会
让我想起曾经爱过谁
我所要的她不给　好像小偷一样卑微
就让我们虚伪　有感情别浪费
不能相爱的一对　亲爱像两兄妹
爱让我们虚伪　我得到于事无补的安慰
你也得到模仿爱上一个人的机会
……

孙姜知道我听的什么，却仍然若无其事地给我往毛毛虫里填花生酱。

“被爱爱人原来一样可悲……”这个孙姜，他其实根本就不是大老粗，他敏感极了。

原来，甜言蜜语背后可能是彻底的背叛，而冷嘲热讽背后也可能是诚挚的关爱，人生处处充满了得已不得已的欺骗。我是太愚蠢了，才会误以为谁给我承诺谁就最爱我，结果承诺不过是用来作废的。我从未用心体味过，所以竟拆不穿他恶毒的假面具，面具之后，隐藏着如斯温柔敦厚的情怀。

我用手指转着耳塞，有点不敢看他。食而无味地吞了一大包果冻，揉揉眼睛说有点困了，甩开鞋子爬上中铺。

两眼无神地望着车顶，耳中仍回荡着陈奕迅悦耳的声音，抱着被子回忆这一学期的美好与荒唐，不知道开春我会不会变成失学儿童了。本来我决定放假以后就去乡下外婆家过春节，可是这几年脑子实在不够使了，小时候我闭着眼睛都能翻山越岭、跋山涉水走到的那个村庄，可这会儿任我绞尽脑汁也想不起来了，只隐约记得要路经一个到处是坟头的小山包，年幼的我曾一边大哭着一边闭起眼睛冲过。

我这么拼命地想啊……想啊……想啊……就想……睡着了。

第十五章 15

# 一个人的春节

# 1

今年春节来得特别早，1 月 28 号便是除夕了。

我窝在沙发里比画剪刀，电视里头晓慧姐姐正在教小朋友做手工，我屁颠屁颠地跟着她学，剪了个小狗贴在阳台的落地玻璃上，看起来像只膨化小松鼠，尾巴比腰还粗。

孙姜买的房子在郊区，与市区相连的大桥还没有竣工，极安静。

跟邻居聊天时得知这样一套两居室加装修得 30 多万，不知道他哪来的钱，我懒得问。反正房子是他买的，我只是助人为乐出借身份证而已。

普通的小区，普通的户型，既不是豪宅藏娇，我也心安理得当个不付租金的寄居蟹。

前几天我妈来视察过，客气得像我未来儿子的班主任来做家访，才待了半个小时就浑身发痒、坐立不安。临走时对孙姜吩咐了几句“好好照顾我们家小白”云云，满脸都是重任卸下的轻松表情，出门以后足下生风，17 秒就消失在我视线以外。

我给她倒的红糖姜茶、孙姜准备的一桌子菜，她连看也没看。

我把姜茶拿到卫生间去倒掉，孙姜默默地把菜一样一样收进冰箱，然后从衣架上取了大衣，拉门走出去。自从我放假回来，他一直住在父母家里，偶尔带盆绿萝过来或者教我用电器，也是做完事情就走。

有几次我想留下他，又忍住了。

实现不了的承诺与坚决地拒绝期待，哪一种更伤人？我怕受伤害，也怕伤害别人。

# 一个人的春节 第十五章 15

这些天我生活糜烂，整日泡在小屋的电脑前，以可乐、泡面为食，改网名叫“东方不猪”，QQ上没几个人，敬业的萧雨楼哥哥的头像却一直亮着，一看见我上线，跟饿虎扑食似的逮住不放：“小白！给我写字！”

我正闲得发慌，问：“什么内容？”

他说他守在网上几天了好容易逮着我这只倒霉兔子，现在激动得嘴皮子直哆嗦，哪还敢有什么苛刻要求，“反正可读性强点儿，随便怎么写。”

于是我给他写尹风的故事，从繁花似锦的开始，写到萧条零落的结尾。

我知道他的悲喜不再与我有关，我不过是在跟自己开玩笑，娱人愚己的玩笑。

其实时间是静止的，流逝的是我们自己。犹记得他微微的，或者大声的笑。像狭路相逢的同类，长嘶于野以驱逐孤独的狼。

我看到他潇洒地挥手，率性的步伐，匆忙的背影，最终决裂般掉头而去。再回忆起种种不计后果的喧闹繁华，突然间连叙述都变得艰难。其实，恐怕快乐是个太过轻佻的东西，只要伸手就能揽住他的肩膀，却也能在下一个瞬间里失去他的踪影。早知道我就不伸手了，可是既然伸了就不早。纵使手中什么都没有剩下，仍可以紧握住那些无悔的年月。

现在是夜，我正戴着耳机，在三尺见方的范围之内不断走动，似乎很忙，可是凄凉。我仍然沉湎在一种气氛的包围里，像陷入了一滴巨大的松脂，表面依旧柔软光滑，可是再也投入不到正常的秩序中。四周的空气都是琥珀色的，清澈而且悲伤，我的魂魄被情绪牢牢困在身体之中。非常怀念，就是非常受伤。也许很多年以后，我将通过旁人的眼光一遍遍审视自己，像条不安分的河，由惊艳的源头流向最终，在回头间猛然泛滥无边的绝望。

我知道自己强加于人的思念很过分，谁都有固定的生存轨迹。

我想，我大概是从一开始就找错了借以依赖的那个方向，或是轻浅的感情再经积淀也滤不出什么分量。也许，没有多少经历的人，真的很难知晓人生聚散的正规表情。可悲喜起伏却是与生俱来，不必刻意酝酿。我至今依恋那一檐屋角，曾经掩护着阳光直射不到的欢笑……

楼爷看了说：你又失恋了，太好了！

我骂他：去死，你个没良心的！

他呵呵地笑，不以为忤：你一旦恋爱成功结婚生子，我上哪儿找这么听话的狗腿子去？你要么给我发展一条下线，要么就给我挺住！

快过年时，QQ 上不再有熟人出现，收到的都是转发的拜年消息，只觉索然无味，于是重新买了充值卡打网络游戏。

打游戏时一直在听《豪杰春香》的主题歌，《希望你幸福》，好好听。

韩语太抒情了，外语里我最喜欢英语，因为我想哪天如果见了亲爱的迈迈得能跟他沟通，而他不可能为我学汉语；其次就是韩语，那些个俏皮的尾音多么撩拨人心哪，最适合调情了。我最不喜欢日语，对起话来跟冲人扔砖头似的，此生仅一次有过学日语的冲动，是玩《真三国无双 3》时，太想知道吕布说什么了。当然游戏是从网上下载的，把银子贡献给了中国电信。堂堂中华儿女居然沦为一个日本游戏迷，在此高声谴责中国游戏事业一百遍啊一百遍！

看过《三国演义》的都知道“一吕二赵三典韦，四关五马六张飞，黄许孙太两夏侯，二张徐庞甘周魏，神枪张锈与文颜，虽勇无奈命太悲，三国二十四名将，打末邓艾与姜维”，而我最喜欢的就是排名第一的三国单挑王吕布！人家多疼老婆多顾家呀，谁跟刘备似的，动不动就脱个精光跟着手足逃命去了。

从前辛浩然经常背着孙姜带我打游戏，有一次边玩《三国无双》边讨论剧情，我双眼冒桃心地举着游戏手柄喊：“我最喜欢三国一哥！”耗子不屑一顾：“什么一哥？智力最低的一哥！吕布就是个二愣子、傻大个！”

我破口大骂：“你才是二愣子！你是死胖子！”

耗子耸耸肩膀做无所谓状：“就算你骂得过我，你能骂得过网上千千万万的倒吕派吗？”

我上网一搜，居然还真是到处都有人在鄙视我吕哥，说什么一介勇夫、无德无谋、胸大没脑、无常小人……我怒了，挥毫写下生平第一部长篇巨著，打算给吕布平反，结果刚写三万字就被人拍熄了。

那天孙姜听说我在写《猛将传》，颇感兴趣：“拿来我看。”我于是雄心勃勃地把文章拿给他看，热烈期待读者界的好评。

这日董卓下朝后又回郿坞，文武百官畏于他的权势，皆来横门相送，董卓一时兴起，便在路中央设了大帐，着人送来好酒好菜，招待众官。正在吃喝之时，忽然董卓部下一骑来报，说道："太师，北地招安降卒数百人，今已尽到长安。"董卓不喜亦不愠，面向众官道："我们这般干坐着吃喝刚好不够痛快，且叫他们过来作些玩乐。"随即命人将那些降卒召至帐外，走在最前的是个黑须壮汉，董卓坐在席上对他打量几下，看他双目炯炯，笑道："一只左眼。"众人都未反应过来，董卓自侍从手中取过弓箭，搭箭扯弓，矢如流星，射中那壮汉左颊，顿时血花四溅。那人痛得四下翻滚，惨号连连，众人皆不忍睹，董卓却将弓一摔，啐道："久未征战，竟失了手。"侍从恐他见责，急忙上前，对那壮汉叱道："呔，太师射你，你还敢闪躲！"说着，抽出佩剑，一剑捅瞎了这壮汉的左眼。壮汉又是惨叫，翻滚几下就不动了，竟是痛昏了过去。

帐下数百名降卒见此情形，都是大惊大恸，一时蠢蠢欲动，董卓厉声喝道："逆贼还想造反，来呀，都与我砍去右手，敢有不服者，统统诛之！"十名亲兵领命而来，呛然声中都把刀抽将出鞘，降卒们想要挣扎闪避，怎奈手足都被绳索紧缚，只得引臂将刃，一时间帐外哀叫震天，断手满地，血流如河，其状惨绝人寰。

看至此段，孙姜沉吟了半天："这段儿没什么好评价的，你我都看过《三国演义》，知道你在这部分认真说起来做的全是翻译工作，只不过加了个没有交代来路的黑大汉而已。"

我信誓旦旦地让他再往下看："保证不会让你失望，吕布出场的时候好帅的！"

"你就直接告诉我是哪段儿吧，我先找点看完的信心。"

我于是指给他看。

抬眼望去，先望见了一支方天戟，戟身描龙画凤，精美绝伦。见此画戟，立时认出这是董卓的义子，姓吕名布，字奉先，手中一杆方天画戟所向无敌，神勇无比，董卓尝与人吹嘘曰："吾儿奉先一人可当精兵一万。"吕布身量魁伟，需得仰目才能瞧见他脸，但见一对峦眉飞扬入鬓，宛如刀斧雕刻而成，双眼隐透凶悍之意。再打量衣饰，他身穿一领绣青藤攀花枝、紧束袖口的绛红色锦袍，头戴三叉紫金冠，饰以两支六尺余长雉翎，额佩倒钩月镶翠玉束发金勒，抬手投足之间霸气十足，端的是个人中俊杰。

孙姜疑惑地望着我：“你确定这位帅哥真是吕布吗？我怎么觉得他穿得像宝二爷？”

宝二爷……我喷血无语。

孙姜把我视若珍宝的小本子一扔，仰天长笑：“丫头，我看你就抛弃吕布吧，吕大兄弟在网上都快被人写烂了，咱改写张飞怎么样？三国武将里我最中意飞仔，矛虽然使得不咋样，但骂人功夫一流啊！三姓家奴，啧啧，瞅人家这用语……三英战吕布那一出比的是兵器功夫，有本事咱们比口德呀，光飞仔一个人就足以喷得吕布屁滚尿流了……”

“你——去——死！”我恶向胆边生，扑上去跟他拼了，被他轻松地反剪住双手。

从此我就誓死放弃写作这条道路，孙姜居然还笑嘻嘻地怂恿我：“干吗封笔啊？再写点儿让我看看嘛！最近就这么点乐子了……”

这就是交友不慎的后果！

后来杨思冠从我的博客上看到了这段经历，非要看看这篇夭折的《猛将传》不可，看完后认真地跟我说：“虽然这种文体不是你所擅长的，但是写得还不错。”

听专业文人这么一说，我觉得被下流读者骂死也值了。

没人催稿的时候，我生活过得很腐败，没日没夜地在游戏里冲级，有时候打着打着怪物就睡着了，醒来屏幕一片漆黑，晃动鼠标，我纤细的尸体无限凄凉地趴在地板上，被面目狰狞的怪物肆意踩踏。

旧日好友打电话约我出去，都被我拒了。我怕上街看见怪兽。

由于熬夜太多，我的眼睛越来越差，时常红肿刺痛，有一天照镜子时发现眼睑有一坨血球，才惊骇地关掉电脑休息。醒来后百无聊赖，在屋子里走来走去活动身体，落脚时有肉眼可见的灰尘飞舞，我羞赧地想起有一周多没打扫卫生了，于是拿条毛巾扎在额头上开始大扫除，最后拉开书橱的帘子，舞着鸡毛掸子除尘，舞着舞着，翻出一套精装版《西游记》。

算了，再看一遍吧。

小时候一心想嫁给六小龄童，在外婆家捡了根树枝当宝，天天扛着去上学，口头禅是：“老倌儿，伸出腿来，给老孙打二十孤拐解闷儿！”

就这样枯燥地打发时间，等着老项通知我学分不及格的噩耗。

一夜鞭炮也没能把我吵醒，楼外过道不知谁放了几个开山炮差点把我震出内伤。

“俺的个娘啊，大过年的不是谁家煤气罐爆炸了吧？”我披上件外套，睡眼惺忪地拉开门，“我家又不是靖国神社，跟这儿轰的什么劲哪？惹火了我我可不管现在是大年三十儿，谁吵我睡觉我杀了谁！”

迷迷糊糊看见孙姜满脸唾弃：“还没起床？太阳晒胳肢窝了！”

“刚才是你放的炮？”我陡然清醒过来，探头看了看窗外明晃晃的天，“现在大年初一了？坏了，坏了，我饺子皮还搁锅台上没包呢，光绞了二斤肉馅儿韭菜也没有洗……”

“甭麻烦了，冰箱里还有几袋速冻水饺。”

他进了屋，掏出个红包：“叔叔给小朋友包压岁钱来了，来，给叔叔作个揖！”

“作屁！本姑娘一分钟几十万上下，稀罕你这二百块钱？”

雄言壮语归雄言壮语，我还是劈手夺下了红包，捏在手里跟塞了张报纸一样厚实，不禁心花怒放。

“你能用肚子吸足球吗？”孙姜一本正经。

“我还会太极功夫蒸馒头呢。”我吸溜了下鼻涕。

“行了，我知道你光会太极功夫扎小人，赶快去屋里把衣服穿好，回头冻感冒了又使我衬衣擤鼻涕，我给你下饺子去。”

趁着在卧室换衣服，我打开红包偷偷瞄了一眼，乖乖，这么多钱！我当即警惕起来了，烫手一样塞进枕头底下。得收好了，说不定是赃款，小伙子这几年干的肯定是什么非法勾当，哪天他被通缉了我一定把他打昏绑到公安部去领赏金。

厨房热气腾腾，饺子咕嘟咕嘟地翻滚着。我生嚼了几天方便面，见到开水都热泪盈眶。

好容易等到饺子熟，我眼疾手快抢到了第一盘，夹起个饺子啃了一口发现是芹菜馅的，习惯性地往孙姜盘子里丢过去，雾气中接触到他脉脉含情的眼神，筷子尴尬地滞在半空。我打小挑食，老师谆谆教导我们说不能浪费农民伯伯的心血，于是我痛改前非不丢垃圾篓了，改丢别人碗里。过去的一年我跟孙姜吃饭最多，老把芹菜、芫荽、胡萝卜剩给他，跟养兔子似的。

“给我吧，你吃韭菜馅的。”他善解人意地伸碟子接过去。

他神态装得这么自然，我也不好意思太见外。你一口我一口地吃完，我幸福地揉着发胀的胃直唉哟，歪倒在沙发上抱着厚厚的《西游记》继续研读。

孙姜边收拾碗筷边说：“今天我有空，一会儿带你出去玩。”

“不去！”我一口回绝。

“你怕看见疯子？”他成心刺激我。

“是他怕看见我才对吧？你看电视剧里的陈世美都没有好下场，我早跟他划清界限了！”

“哎，可怜的疯子，他被你抛弃在一月的繁华街头，形只影单地站在冷风中，流着长长的鼻涕，思念在风中飞扬。”孙姜不知哪根狗屁不通的诗歌筋秀逗了，挥着抹布高声吟诵，“小白坐在柔软的沙发上，温暖的阳光下，正在吃着香的，喝着辣的，正在流着汗，不信你们看——”

我满脸大汗：“我很想打死你！”

“我能够理解你的感受，我也非常同情你，哎，自古红颜都是祸水啊……”孙姜好像特别喜欢看我抓狂的样子，索性歪腔杂调地唱开了，“美是一种祸，但不是她的错……你是否明白，人生的成长，不是那么容易的事……虽然你不是我的女朋友，可是，我还是对你真心相待……我慈祥的脸，已经笑了起来……亲爱的好孩子啊，你心中的少年，他还没有长大，你不要着急，不要害怕，不要哭着闹着想嫁……做什么事都不能随随便便……”

“姜哥，你是不是对我有什么意见？”我暴走，又不敢上去跟他掐架。

孙姜自个儿唱得深深陶醉，完全不理会我的愤怒：“啊……你只要好好学习，天天向上，自然会有个好前程……不要尽想着 F4，那几个臭小子没文化……”

我一把掐死他的心都有：“行了行了！我跟你出去还不行吗？”

孙姜这才停止挥舞抹布，和蔼地笑了：“小姑娘，你真是沉不住气啊。”

“在一个五音不全的歌手面前，聋子才沉得住气！”我捂着胸口，心脏绞痛不已，“大新年的就不能积点儿德啊？你差点儿催生一个崭新的疯子！”

“这是人来疯的年代，你差点疯了，我已经疯了，我为你疯，为你狂，为你哐哐撞大墙……”

眼看孙姜又有吟风咏月的趋势，我二话不说换上鞋拉门就走。

这个兔崽子知道我的死穴在哪儿，伍小白天不怕地不怕，就怕小流氓冒充有文化。

外头小风嗖嗖的，我最怕冷，穿了身臃肿的羽绒服还是直打寒战，笼着双手缩头缩脑地跟在孙姜后头，他习惯性地嘲笑我：“穿得跟个拳击手套一样……”被我一个白眼瞪断了。不知道怎么回事，每到冬天总觉得衣服是衣服，我是我，它再厚也跟我没啥关系。每每睡到半夜两脚冻得冰冷时，就思量着，这时刻我床上要是出现一个男人，我铁定二话不说先扑上去扒光他的衣服……然后……给自己穿上。

另外，对付男人一定要用抢的，不然他会慷慨地借一条内裤给你穿。

出门时我带上了手机，一路上唱得可欢了，都是发短信祝我新年快乐的。

我一看各种搞笑的短信都有，实在没什么新词了，于是挨个儿回复过去：“您好，机主正在火星普及九年制义务教育，此为系统自动回复。”

大年初一街上冷清清的，我满腹疑团问孙姜：“今天这么冷，连放狗的都不出来溜达了，你还带我上哪儿去玩？我警告你可别带我走太远啊，我刚才吃得不多，一会儿饺子消化完了要及时补充营养的。”

“我一老兄弟的KTV今天开张，我领你去给他捧场。”

“靠，他出多少钱？本人不免费捧场！”

“再说脏话！”孙姜大巴掌扬得高高的，虚扇我一耳光。

我脖子缩得更短，妙龄少女再一次屈服在土匪的淫威下，可悲啊。

不敢武力反抗，但是我能曲线救国啊！

“没有花香，没有树高，我是一棵无人知道的小草。从不寂寞，从不烦恼……”我双手捧着麦克风声情并茂地演唱，包厢里甩飞一地皮鞋。

那个老兄弟郑重地拍了拍孙姜的肩膀，用眼神询问：你从哪儿寻到这么个极品啊?

孙姜脸色铁青，我冲他邪恶地笑。

唱到中途我去洗手间，听到旁边一个女孩子剧烈的呕吐声，不一会儿，她若无其事地走出来，从容不迫地洗手、漱口、梳头，重新涂上浓厚的唇彩，挂着一脸明艳照人的笑容出了门，很快投入到下一场划拳中去。

堕落不过是最肤浅的自虐方式。我们要选择高级堕落：虐人。

路过这女孩子的包厢，正听见任贤齐《小狼狗》里念的那段儿RAP，怎么听怎么像唐伯虎在念“小人本住在苏州府的城边，家中有屋又有田……”。我好奇地隔着印花玻璃看进去，搀眼看见了五个男女，还有个女人怀中抱着个扎羊角辫的小女孩，小女孩很兴奋，站在妈妈膝盖上又蹦又跳。

我垂下眼帘，怀着激烈的羡慕之情匆匆走开。

等我张牙舞爪地唱完“世上只有妈妈好”，孙姜实在坚持不住了，提议说我们去吃点东西吧，老兄弟积极响应，我用哀怨的眼神望向他们：“你们等一下好不好？我还有一首最拿手的保留曲目没有唱呢！”

“是什么歌？”老兄弟颇感兴趣。

我煞有介事地清清嗓子，表情庄严肃穆：

“情与义，值千金，上刀山下火海有何憾，为知己，牺牲有何憾……”

几个大男人争先恐后冲向门外。

门一拉开，过道里迎面走过来几个人。

他们有说有笑，那个羊角辫小女孩已经转移到了一个男人怀中，这身高腿长的男人正在转身向后说话，回眸一笑极具杀伤力，我如遭迎面组合拳。

## 2

孙姜怔住，脱口叫出：“尹风！”

尹风转过头寻找声音来源，我及时缩回身，一脚踢上门，把自己密封在昏暗的包房中。

两扇厚重木门的隔音效果极好，我双手抱着头蜷坐在门边的墙根下，只能断续地听见孙姜若无其事的说话声：“弟妹你们先走……我跟他聊聊……来……”

片刻安静之后，忽然有一记沉重的拳肉撞击声传来，接着又是咚咚的好几拳。我的心悬上半空，一定是孙姜按住了猝不及防的尹风，蓄势已久的几记直拳揍在他好看的脸上。最后是孙姜的一声怒吼："滚！"

门外重归平静，隔壁包厢的男声被踩中尾巴一般长嘶"今天只有残留的躯壳"。

我曾无数次告诫过自己：那都是过去的事陈年的伤，不值一提。

像我这样生命力太过顽强的人，就好像下雨天匍匐在地面的蚯蚓，尽管失去了泥土的掩盖和生存的依赖，却不能选择即刻僵死。有时候，自己的苦苦挣扎倒成了别人眼中的可爱风景，所以我不想回头。

我曾遗落过许多东西，不复寻回。

也许我也可以遗忘了这个人。

这个陷我于苦海的男人，他本该遵循着誓言与我执手携老。我不可能原谅这样一个食言的骗子，却也无所谓对他痛恨入骨。厮守，本就是比相爱更难兑现的诺言。有很多欺骗都是从优柔寡断开始的，又有谁能够坚决地爱谁一生一世呢？

眼前这么黑暗。我仍然爱你，而冬季已经抵达。

再见，尹风。

我逐渐平静下来。

门被慢慢推开，孙姜撑着门在幽暗的房间里找我，眼角有一块青肿。我震撼地凝神望去，他扶着门的右手背关节处鲜血淋漓。

"你把他揍得不轻？"我站起身。

孙姜看见了门边的我，轻轻松松地答："没，他把我揍得不轻。"

"没打他你能伤成这样？"我指着他的拳头。

他在裤子上擦了擦血："不小心蹭墙上了。"

"有长进啊他，现在能打得过你了？"我颇有些惊愕。从前孙姜才是东区第一悍将，全市的小屁精们谁不尊称一句姜哥啊？如果硬要说尹风比他强，那就是条子正盘子亮，遇事沉着冷静，很有领袖气质，可以服众。不像孙姜是个彻头彻尾的地痞，动不动就拍着桌子狂吠，整天一副狂犬病发作的样子，有时候正在跟人说笑着一言不合就抡拳封眼，当时有多少大熊猫哀叹自己轻信恶霸啊。

“长进个毛！我是让着他的，没敢打他。”孙姜咧着嘴笑，一副满不在乎的样子，“打伤了他怕你心疼。”

“我心疼刘胡兰！”我一哂，“寻衅惹事是您老专长，我赌你先动的手。”

孙姜的笑脸快要装不下去了，勉强龇了龇牙：“我本来是挺想揍他一顿出出气的，但是怕给你看见了，就往墙上揍了两拳……他以为我要打他就还了手，妈的小王八蛋下手不轻，我眼里现在还乱冒小星星。”

我推开门，看见对面雪白的墙壁上印有大片杂乱的血红拳印，可以想见当时他是怎样的暴怒和强忍。我几乎见到了孙姜眼神凶狠，无法遏止地一拳又一拳，狠狠地砸在墙上，直到鲜血飞溅、皮开肉绽。其实单看他手上血肉模糊的伤口，我就知道绝对不止两拳。打从我认识尹风起，他们俩就从未红过脸，想不到如今居然因为我而伤了和气，真是红颜祸水呀，我幽怨而无耻地想。

“他哪里得罪你了？”我板着脸问孙姜。

“他敢得罪我？！”孙姜嗤之以鼻。

“那你对他撒什么气？”我继续佯怒。

“傻丫头，我是在替你出气！”我吃里扒外的态度惹怒了孙姜，他食指点着我鼻子，“他刚才居然还要过来找你，说什么大家还是朋友，又说你是个好女孩一定会原谅他的。拿你当足球啊？被人一拦就开脚传给队友，等接近球门了又拼命招呼别人传回来！做事这么不爷儿们根本就不配当我孙姜的兄弟！不是念在这么多年的交情我早就废了他！”

我靠，尹风的确曾经说过我是个好女孩，当时我还傻乎乎地误以为这是赞美，原来是为今儿这事制造舆论基础呢。

因为你是个好女孩，所以就必须要做到一个好人应尽的职责，要承担起一个好人应该承担的道义。换句话说，如果我是一个好女孩，那我就必须要接受老公突然变朋友的事实——他会执着你的手深情款款地说：“你是一个好女孩，但我们之间真的不适合，我们还是做朋友吧。”——你得学会强忍着泪或流着泪握着他的手，祝福这对狗男女幸福快乐、以后的日子天天快乐，等等。多少奇女子都毁在这一句“好女孩”上了，简直可以算得上居家旅行、杀人灭口、扮痴情泡马子的豪华必杀技呀！以后谁如果再说我是好女孩我就烧了他们家屋！虽然我的确是个好女孩。

彭彭曾经说："如果我不是当事人，那一切就真的是太可笑了。"现在我是当事人，我并不觉得好笑，但我也没有学星爷气到吐血。

姑奶奶我恨得银牙都咬碎了，可我就是不吐！我不但一口一口全咽进肚子里，还得让你知道，老娘没你也照样活得瓷实。

没错，就是这句：没你老娘照样活得瓷实！

我想起最后一次在网上遇见彭彭时，她的 QQ 个人说明：

年少不知花底刺
玩命折枝，玩命折枝
花枝未断痛自知
如今终知花有刺
花开如斯，花开如斯
却叹息关我屁事

当时心动，完完全全，只因年纪小啊！

我看着孙姜气呼呼的样子，忍不住扑哧一声笑出了声。

他凶相尽失，莫名其妙。

"快走，别等你那老兄弟来找你索赔墙漆钱了，回去我给你擦点药。"我笑着拉他回家。

坐在出租车里，我一路都没能敛住笑容。释然，竟是如此简单的过程。

萎靡的人生低潮期已经过去，小宇宙能量升级！

我擦药的水平毫无进步，孙姜虽然没叫疼但歪眉斜眼的看来不太好受，我禁不住想起以往帮尹风上药的旖旎时光。

回忆归回忆，胸中却如一潭死水波澜不惊，往日事往日情皆告平淡。

"疼不疼？"

"不疼。"他嘴上虚伪，眼里却特真诚地疼出了泪花花。

我恼羞成怒："不疼还不快给我做饭去！"

"真凶残……还大学生呢……是日本的大学生吧……"他郁闷地嘟囔，试了试右手的灵活度，起身往厨房走。

这么听话。

我恻隐之心大动："算了还是我来吧，你手裹得跟个变质猪蹄一样，看了就没食欲。"

孙姜一哂："你做的东西能吃不？要不我先买两盒泻痢停备用？"

"切！别看不起人！你就瞧好儿吧！"我高举菜刀、锅铲做镰刀斧头状，"本人别的没有啥，就一个心灵手巧！"

通常情况下，如果是我做饭，别人就会虎视眈眈地盯着我的手，生恐我不慎往锅里丢进点儿异类生物。只有孙姜一个劲地左夸右赞，我刚把油烧热他就说闻见菜香了，搞得我很气愤："太过分了！你这是鼓励后进生呢还是臊我呢？你夸得离谱点儿我还敢壮着胆子笑纳了，可也不能夸得太离奇了吧！"

孙姜一脸愧色，按着遥控器假装看电视。

我愤愤地收回心思，专注炒菜，一边挥舞锅铲一边做道士状喊："孽障！快伏法吧！"终于血泪交加地把一个鱼香茄子炒好了。尝菜之前我信心百倍，尝菜之后我还是信心百倍：我终于可以彻底放弃做菜了。

孙姜走进厨房，揭开电饭锅看了看，对我做高山仰止状叹服："长见识啦，原来凉拌大米也能管饱啊！"

我一看，差点晕过去，电饭锅的煮饭键我居然忘了按下去……

最后还是孙姜同志不畏艰险，瘸着一只手把饭菜弄熟了，我不知丑地跟他抢吃的，边吃边对这厨艺尚佳的男同志动坏心眼儿。

洗完碗，孙姜从衣架上拿了衣服就要走，我探头探脑地把他送到门外。

天已经擦黑了，不远处的马路上寂静无声。

"这么晚大概没车了，要不你今天睡大屋吧？"我殷勤挽留。

可惜孙姜压根儿没往心里去，不以为然地揉揉我的头发："小姑娘，你这是卖布不带尺子处心不良（量）啊。把门关上你先睡吧，我明天再来。"

门外嗖嗖地刮着寒风，他裹了裹外套抬脚要走，我一把攥住他衣角不松。

他一怔，慢慢地转回身，脸色有些变了。

我的脸色肯定也变了，纵然我胆大包天，首次留这男人过夜也有点害怕，做了三次陈氏呼吸吐纳才勉强保持住天真无邪的笑容。"报纸上说今晚有雷阵雨，你也知道，我从小就怕打雷。”我为表明清白，搜索枯肠寻了个理由。

说完才发觉这个理由并不好。

我从小怕打雷是不假，但小时候大家都没有性别概念，我妈跟他妈关系不错经常互相串门儿，睡午觉时被可怖的电闪雷鸣惊醒，不乏我钻进他被窝儿里抱着他光溜溜的大腿嗷嗷直哭的香艳镜头。

偷偷抬眼看孙姜，他反倒正气凛然的，神情泰然自若跟柳家后裔似的。

“哦，那好。”他重又走进来，关门换拖鞋。

两个人并排坐在沙发上，各怀鬼胎地看了会儿电视，我精神高度紧张，眼睛盯着电视屏幕，心思早就不知道野到哪儿去了，没坚持一会儿就有点绷不住，累得直打瞌睡，孙姜轻轻把我拍醒：“梦是很神圣的，到床上做吧。”

这句暧昧的话把我闹了个大红脸，赶紧跳下地去卫生间洗澡，洗完澡换了件纯白的夏季睡衣，百分百全棉质地，带些弹力，摸在手中柔软舒适。我知道他喜欢素净淡雅的颜色和款式。牌子挂的虽是睡衣，其实就是件单薄的长背心，露胳膊露大腿的，一出来冻得抖抖索索，在客厅里来回走了几遍猫步，鼻涕喷薄欲出，赶紧回小屋钻了被窝。

傻子也能看出不良少女色诱男青年的居心，孙姜这连我肩带都不敢看的小青年，肯定受不了粉臂玉腿的刺激。

不一会儿，果然从客厅里传来了孙姜愈来愈近的脚步声，目标正是我这间虚掩着门透着柔和灯光的小屋。我遐思尔尔，正使劲咬着被角穷紧张，他的脚步停在我床头，慈祥地说了声：“睡吧。”然后替我关掉灯，带上门出去了。

我无声地撞着床头，额头都撞肿了。

我真傻，真的，在穿着开裆裤的幼年时代里他什么没见过啊？他床上比我漂亮的大腿多的是，何曾有哪一双入了他老人家的法眼？算了，不要胡思乱想了，还是踏踏实实睡一觉吧，路漫漫其修远兮，吾将上下而求偶。明天就不要再搞什么含蓄的睡衣诱惑了，老子直接给他跳钢管舞！

一夜辗转反侧，快天亮时，猛地响起一声剧烈的爆鸣，我尖叫道“打雷啦”，滚跌下床，连拖鞋都没穿就直扑大屋，一头扎进孙姜的被窝里瑟瑟发抖。

孙姜赶快打开灯，我瞥见他眼睛红红的，必定也是一夜无眠。

柳氏孙姜还目不斜视企图保住晚节，拍着女流氓的背轻声哄：“不怕，不怕，我在呢。”可惜架不住衣着清凉的美女跟个蛆样往他怀里乱拱，才拱两下他就丢盔弃甲从了咱家。

这个男人守护了我二十年，即便我有了男友那段时日也从未改变过。不知从什么时候起，我已经习惯被淡淡的烟草味道包围，开始每天期待见到他，想吃他煮的饺子和炒的蛋炒饭，听他凶巴巴地教训我，偷偷注意他或冷酷或诙谐的样子，心疼他替我出气时受的伤，也不忿他对我精心挑选的睡衣视若无睹……

孙姜没有睡着，他趁我枕着他胳膊熟睡时把玩我的长发，把它们编成拙笨的麻花辫，然后得意扬扬地等我醒来。

他不知道我正闭着眼睛悄悄微笑。

一边微笑，一边湿了眼眶。

我死死抱着他的胳膊装睡，有种久违的安全感遍布全身，只觉昏昏欲睡。就在我迷迷糊糊快要进入梦乡的时候，突然孙姜一个鲤鱼打挺跳起来，警觉地自言自语：“不对啊！现在是冬天，刚才怎么可能会打雷？该不会是咱家闹贼了吧？”

我打个呵欠：“是我把热水瓶摔了，睡吧。”

## 3

老项的报丧电话在大年初六那天来到，让我开学去办手续，最后，他沉重而又依依不舍地说：“小白你千万不能忘记这段人生经历啊，要记得我们大家……”我也沉重而又依依不舍地告诉他：“老项我肯定会记得你，跟少管所教官大妈一样的班导师上哪儿去找啊？谢谢你没嫌弃我丢了你的脸……”

我挂了电话，晚上把这事说给孙姜听，他眉头皱得跟沙皮狗样。

第二天他早早回来，递给我一张报名表：“你赶快把表填好，我替你在一中报了名复读，只要你肯像去年一样用功，一定还可以考回 A 大，还跟你的同学在一块儿。当然，你要是嫌 A 大不好，咱也可以换一家……”

“谁拿的表谁去复读，反正我不去！”我拉下脸，“你嫌我配不上你咋的？”

“你才 20 岁，不好好念书想干什么？”他横眉竖目。

“我外婆 20 岁时都是两个孩子的妈了，等过完春节我就出去找工作……”

“工作是容易找的吗？就你这小身板，去码头扛大包都没人要！”他损完我，又苦口婆心地劝，“丫头，女孩子家这么早就出去抛头露面不是好事，再说，咱家有我挣钱就够了，你急着攒私房钱难道怕我撵你滚蛋啊？别忘了你才是户主，我还得巴结着你才肯让我上床呢……”

“反正我不复读，谁爱去谁去。”我一口咬定不去。

“别任性了啊，没有学历就要凭技术吃饭，你说说你都会些什么？文不能测字武不能铲狗屎，上街买个菜都等于去送钱，马铃薯一块二一斤，买了三斤半硬塞给人家五块钱还以为占了便宜跑得飞快，小贩们都感激涕零地叫你活菩萨。”

我憋得脸红脖子粗，想了半天恨恨地丢一句：“我会打酱油！”

“我会打屁股！”他示威地扬起手，“念不念书？”

“不念不念就是不念！”他还敢威胁我，这些年论脾气犟我输过谁啊！

他气急了，结结实实一巴掌拍在我屁股上，我跟个泼妇似的趴在地上哇哇大哭，哭完跑回屋里收拾行李准备离家出走，正收拾着忽然想起来我才是这屋的户主，于是再气呼呼地把衣服摔回衣柜里，恶念迭生，幸亏我是个遵纪守法的社会良民，最后才既没杀人也没放火。

晚上我赌气睡小屋，孙姜千方百计把我往大屋哄，哄了半夜，口干舌燥，最后没辙了，只好假仁假义地关怀地说：“你要是半夜踢被子了谁帮你盖啊？”

“我不会踢被子，光会踢人。”

孙姜急了，强词夺理：“那我要是踢了被子谁帮我盖呢？”

“多大的人了还踢被子，说出来你也好意思！”

“那是因为被子小……”

“啊呸！那是因为你幅员辽阔，占地面积大！”我每回损他成功都忍不住开心地笑，这么一笑心就软了，抱了床被子过去跟他挤大床，缩在自己的被窝里不让他碰，勉强伸条大腿过去给他搂着。

“唉，聊胜于无。”他感慨了一句，打着呼噜睡过去了。

我的腿被压着无法翻身，只能像具死尸一样仰面朝天，想不到吸顶灯看久了也挺帅的。

早上起床时只觉腰酸背痛，孙姜已经出去了，厨房里有做好的早餐，我端起盘子想往微波炉里面塞，这时才注意到盘子底下压了张字条，大意是请我原谅他自作主张替我填好了表，已经交去学校了。

顿时倒尽了胃口。

我从来没有爱过学习，以前的用功都是被逼出来的，没人知道成绩优秀的伍小白其实看到课本有多么烦躁。大多数时间我都把自己紧紧塞进模子里，表面光洁，可疼痛与委屈只有自己清楚。我以为考上了大学终于可以摆脱烦琐的功课，想不到仍然是戴着镣铐的舞蹈，更加想不到我居然还要再参加一次高考！

孙姜，你凭什么觉得你有资格替我做主？因为你驯养了我吗？

当年看《小王子》，为了亲爱的小狐狸心动至死，就因为它有个驯养理论。伍小白看起来是个很难驯服的野蛮女子，但任何人都会有细腻忧伤的醺醉时刻，我不怕沉睡不醒，而独害怕醒来时，发现谁也未曾来过，一个人还是一个人，半杯酒还是半杯酒。

我心烦意乱，打开阔别已久的电脑想玩会儿游戏，QQ 自动登录，我意外地发现杨思冠居然在线。

努力想装得淡然，可当看到那个小头像嘀嘀嘀地响着跳动时还是失败了。

“小白，在吗？”

“刚来，这几天忙死了。”

“在忙什么？”

“忙着走来走去，为自己的命运苦苦思索。”

“是因为退学这件事？”

“退学对我而言并不是最重要的，我好像恋爱了，但我不知道这算不算是件幸福的事儿。”

他顿了一会儿，发过来两个字：“恭喜。”紧接着又问：“对方是怎样的人？”

“是我哥……老杨你别误会，我这人不擅长乱伦，是住在一块儿从小就认识的一哥们。”

“哦，那就是青梅竹马。”

“我不喜欢青梅竹马，挺浪漫一段感情搁你嘴里说出来怎么就俗了呢？”

“这就是症结所在。小白，你骨子里太崇尚浪漫了，你想不让一日无惊喜，可浪漫是建立在虚无缥缈的基础上的，你们已经相互看透，毫无神秘感，还如何保持浪漫和惊喜？”

“我们不合适吗？”我沮丧极了。

他没回答我，反而给我提了个问题：“小白，你觉得爱要如何表现？”

“书上说，爱他就要给他自由。”

“我不这么认为。我觉得爱一个人不是要给他自由，而是甘愿为他失去自由。”

我细细咂摸——爱一个人不是要给他自由，而是甘愿为他失去自由。真是这样吗？失去自由就意味着无条件无保留地专致投入，值得吗？我想不通，懊恼地发句话过去：“老杨，不要跟傻子说这些，我不懂！”

“你不是不懂，你是变得不敢再懂了。这世上除了真的傻子，还有很多装傻的人，是为了保护自己。”

“我是变了，变得不相信幸福了，变得患得患失了。”

“小白，我告诉你什么是幸福，握起手能够抓住的东西，松手时不会散落掉，就很幸福。不要害怕爱情的保质期太短，别忘了再完美的爱情也会有死亡作为终止，再强大的势力也不能包庇爱情的脆弱，只要一方消失，爱情多半也就结束了，正如一种叫作九连环的游戏，无论其过程多么复杂和烦琐，目的其实只有一个，就是让环离开叉。你是想早早为那个缥缈的结局而悲伤，还是享受眼前的幸福？”

“谢谢你，老杨。”

“呵呵，不要客气，我是小白专属垃圾箱，还记得吗？”

我记得的。永远记得。

老杨，如果跟我恋爱的人是你，大概就没有这些问题了。但是这世上，有一类人只适合做朋友。没有了我，他的言辞依然优美，语态依旧从容。我想我只是红尘中一介过客，不管将去哪里会在哪里，都一样深藏着路过青瓦白墙的美好心情。而他，或许更喜欢那个存于记忆中的小白吧。这样想着，我就放心了。

错过，其实是最美好的遗憾。

孙姜回来时小心翼翼的，手持一根糖葫芦探路，表情十分谨慎，生怕迎面碰上一头暴怒的霸王龙。以他对我的了解，我最恨别人违背我的意志擅自替我做主，只怕我现在举着把尖嘴榔头之类的凶器，隐蔽在某扇门后，等着趁他不备敲他一闷棍。

结果我好端端坐在沙发上，捧着书看，头也不抬地打招呼："回来啦。"

他答应了一声，狐疑地对着我上下左右一通打量，想找出我到底把榔头藏在哪儿。

我把书放在一边，抬起头对他纯真甜笑："哥哥，你在找什么呢？"

"没……没找什么。"他赶紧谄媚，"丫头，早餐还好吃吗？我给你带老北京糖葫芦咯！"

"给爷拿过来。"我拍拍身边，示意他坐过来。

他把糖葫芦搁在茶几上，忐忑不安地弯腰坐下，神经没敢完全松懈，双腿还保持着微微的马步，以便坐到图钉之类可以立刻弹跳而起以保护臀部不受重创。

"我是不是很坏？"我慢慢抱住他的胳膊，"你喜欢乖小孩，我这么不乖，你为什么还喜欢我？"

"谁说小白不乖？你从小就是个乖孩子，我知道的。"孙姜捧起我的脸，认真地看着我的眼睛，"你还记不记得，你刚上小学的时候，有一次作业没有写完，被老师拧着腮帮子打耳光，别的孩子都会用手挡，或者逃开，只有你老老实实地站着不动挨打，小脸蛋都被打红了。后来老师还罚你们站在教室外面，别的小孩子都在相互说笑打闹，只有你不停地抹着眼泪花儿，哭得好伤心，整整站了一节课脚步连动都没有动，样子又乖又傻。那天我上体育课，跟同学在操场踢足球，因为老是在看你，注意力不集中，被对方前锋一脚铲在腰上，疼死了，后来我还跟他打了一架。就是从那次开始，我特别想保护你，不让你再受欺负，也不让你再随身揣着个活口扳子。小白，你不是不乖，只是因为你乖的时候吃过许多苦头，所以才故意不乖。"

小学的事情我早就忘记了，当年的伍小白真有那么乖吗？简直是笨啊，笨都笨出花样了。我失笑。

"别看你现在变野蛮女友了，其实一遇上事还是优柔寡断，尽叫自己吃亏。"他一脸宠溺地捏捏我鼻子，"要没我替你把握人生方向呀，恐怕你被人忽悠瘸了还说谢谢呢。"

我只觉一股悲凉升上心间："原来您是在做慈善事业啊？多谢孙大官人了。"

“慈善个毛啊，老子感情本来就不富裕！你以为我是温州卖鞋垫的啊？谁都能花个几十块钱批发一麻袋？”

“说起来，你一边喜欢我还一边找了好些女朋友……”

“没女朋友，那些女的都知道我心里有别人，我跟她们没什么深交，上床的那几个我也没对你隐瞒过，以后不会有了。”

“无耻！我最讨厌不负责任的男人！”

“我只对小白负责任好不好？”

“不好。她们怎么办啊？”

“哦，那我对她们负责去。”

“你试试！”

“不敢。”

“哼，我跟你梁子结大了！你以前还老骂我是搓衣板来着！”

“这个……嫌货的才是买货人嘛……”

就这样依偎着坐在沙发上，枕着他宽厚的肩膀，一边啃着糖葫芦一边起腻地抱着他胳膊，两个人闲散而专注地聊天，好幸福。

我一感动，突然由衷地说：“以后我都听你的，我们再也不要吵架了好不好？”

“好。”他搂紧我，郑重地说，“丫头，我本来就不想再跟你吵架了，吵得绘声绘色又不敢提分手，球意思！”接着，他低下头表示沉痛悔过，“昨天是我不对，打老婆的不是爷儿们，我以后一定改改这副臭脾气。”

“知道错啦？那就赎你的罪吧！”我笑嘻嘻地捏他的脸，“来，唱首歌给我听。”

五音不全的孙姜难堪至极：“我不会唱歌，换别的行不……”

“不唱算了，我还是继续看我的《西游记》好了。”我又拿起书专心地看。

孙姜脸一红：“我唱行，那你可不许笑。”

“我哭！行了吧？赶紧的。”我吃完最后一颗糖葫芦，意犹未尽地舔手指。

他的声音憔悴一如容颜，不知道是不是因为我的缘故，这次见到他比上一次瘦了很多，脸部变化最明显，轮廓已经快要恢复原先的刚硬了。他唱的仍然是陈奕迅的《兄妹》，我听得心胆俱裂。我当真是这样一个难以取悦的女子吗？

眼看你看着我　看得那么暧昧
被爱爱人原来一样可悲
为什么竟然防备　别人给我献媚
不能推不能要　要了怕你误会
让我想起曾经爱过谁
我所要的她不给　好像小偷一样卑微
就让我们虚伪　有感情别浪费
不能相爱的一对　亲爱像两兄妹
爱让我们虚伪　我得到于事无补的安慰
你也得到模仿爱上一个人的机会
……

我半天没有吱声，他宽容地摸了摸我脑袋："你就不要硬憋了，想笑就笑吧，我允许了。我知道自己唱得难听，但是这几年我只听这一首歌，别的都不会……"

可我并不想笑。

我把头埋在他怀里，真的哭了。

"丫头，咋啦？"他惊慌失措。

"我答应你，再也不吵架了……"我紧紧抱住他的腰，泪流满面。

亲爱的，我有没有告诉过你，其实我很久以前就学会了爱人，并非要如何浪漫美丽，若是经过千挑万选才能决定的爱情，跟菜市场里论斤称的猪肉有何不同？其实我很久以前就累得想要停下，能留住我的男人无须不凡，只要他喜欢小动物，会做饭，而且不想当官，这就足够了；其实我很久以前就看过了《西游记》的最后一页，那是全篇最最伤感的一页，整页只有一行字：

《西游记》至此终。

第十六章 16

# 让爱走得更远些

# 1

春节假期刚刚过完，孙姜替我收拾好小书包，冲我勾勾手指头："走，哥哥领你报到去。"

"报到？我报什么到？"我嘴里瓜子嗑了一半，莫名其妙。

"上六中复读去。"孙姜神情严肃。真不害臊，嫩黄瓜刷老漆愣冒充我爹。

我把瓜子壳吐了一地，扬起眉头刚想要发作，孙姜一句话就把我堵死："小白，你不是说过以后都听我的吗？难道文字工作者的话真信不得？"

说过吗？好像还真说过。

我真想抽自己一嘴巴，以后绝对不能瞎感动了，一定睁着眼睛看清楚对象。

"姜哥，你怎么舍得我难过……"我红着眼圈，拉住他衣角垂死挣扎。

"去去去，我还舍不得让你的眼泪流向海呢，少跟我来眼泪攻势这套，35秒落泪的本事你初一那年就跟我秀过。"

我大窘，跳起来骂："臭生姜！原来你已经不把我放在心上了？"

"我原来也没把你放在心上！"孙姜从屁股兜里抽出他的身份证，翻到背面，啪啪地弹着我2003年拍的幼稚大头贴对我说，"我一直都放在屁股兜上。"

就这样，我重新又过回了中学生活。

我很羞愧，不是为成绩优秀招同学白眼而羞愧，是为校友们看我的眼光。但凡我经过的地方，无论是走廊还是操场或者女厕所，就听背后嗡的一声开始集体议论"她就是……""就是她没错……"。好像我脖子上扛的不是一个脑袋，而是一块叫作"复读生"的臭肉，老招苍蝇了。

到了放学时我实在没憋住，回头冲他们友好地笑笑："同学们，请问你们断奶了没有啊？怎么老娘走到哪儿你们就跟到哪儿？”

小男孩小女孩们个个涨红了脸，每人掏出一张试卷装作在讨论题目。

回家我就摔摔打打，拿孙姜买的碗筷碟子出气，摔别的我不舍得，太贵。摔一打碗也才二十来块钱，噼里啪啦的听着还特喜庆。

等到孙姜回来的时候，刚打开门看见客厅一地都是破碗破碟子，伍小白披头散发坐在满屋的碎瓷片中间，拍着大腿做农妇投河状高声喊：“姑奶奶我明天还就不去上课了，你看怎么着吧！要杀要剐随你的大小便，反正一尸两命……”

孙姜刚把脸沉下来，听闻此言又是大惊：“什么一尸两命？难道你有了？”

“早就有了，说不定还是个五胞胎呢，你可别拿蛔虫不当生命啊！”我理直气壮。

孙姜啼笑皆非，凶恶地瞪着我：“小丫头，头顶上长草想锄是吧？”

“呜呜呜……我是真不想去了，天天被人当猴儿围观着，咱学校哪里是转来一个复读生，分明是转来一个马戏团啊。”我越想越委屈，真是想哭了。

孙姜看得不忍心，和蔼可亲地揉了揉我头发：“就这一学期，撑到高考就好了。”

“我撑了，快撑不住了……”我使劲抹掉眼泪，不让它们落下来。

“小白乖啊。”孙姜心疼地抱住我，我刚擤了把鼻涕，顺势往他身上一抹。反正衣服不用我洗。孙姜刚搬过来跟我一起住时，我就含情脉脉地对他说过：“姜哥，我这一生需要得很少，一杯水、一碗饭足矣，但希望水是你倒的，饭是你做的……你要是能做得到，小妹我这九十多斤就交代给你了……”

孙姜点起一根烟，若有所思：“小白，你还是赤裸裸地拒绝做家务吧！”

说实在的，像我这种连洗衣机都不会操作的家电白痴，真要是力揽家务活，估计孙姜也不会放心的。我家里刚买电脑那年，我妈让孙姜过来教我用，教到一半他去厕所大便，随手给我打开一个电影看着。他正马桶上美滋滋地蹲着，忽然听到屋里发出一声毛骨悚然的惨叫，随即传来小姑娘的呜咽声。孙姜赶紧提着裤子冲出来，边跑边问：“怎么了？怎么了？是不是触电了？”我一脸眼泪、鼻涕地指着电脑说：“电脑坏了……”孙姜定睛一看，是屏保。这才放下心来，一边往厕所走一边鄙视我：“电脑肯定是被你气坏的，你太笨了！”后来孙姜、耗子他们都有手机的时候，我也吵吵着要，可惜我连收音机都不会玩，家里没人敢给我买。孙姜告诉我："没手机也不要紧，有事的时候你就点我QQ旁边的手机图标，发条短消息给我，我就知道了。"我当下大惊失色："那是手机啊？我一直当是栋房子，顶上那根东西是避雷针。"孙姜吐血吐得一塌糊涂："丫头，你都笨出花样来了……"

想到这里，我眼泪又出来了："我本来就笨，你还非要让我再参加考试，非要把我烤成羊脆骨啊？"

"乖啊，乖，我给你礼物。"孙姜转移话题，从背后拎出个红塑料袋，"看，这是什么？"

"是什么东西啊？"我懒得猜，想必是毛绒公仔什么的，我早就已经不是三岁小孩子了，对这些幼稚的玩具不感兴趣。

你问我为什么会喜欢杨思冠那个河马？因为商标上写着：本品适合三岁以上儿童。

孙姜蹲在地上摊开塑料袋，一样一样地指给我看："你看，这是魔术弹，这是飞天鼠，这是火树银花，这个是……哦，这好像是钻地猴吧……你有好多年都没有放过烟花了吧，走，咱们到外面去放烟花玩去。"

我又惊又喜，摸摸这个捏捏那个，不敢相信："哇，真是烟花呀！不过，城区不是禁放烟花的吗？你敢无视法律法规？"

"这个区还没划进城里，房产证是县属的。"孙姜说，"媳妇，咱是农村人。"

管是哪儿的户口呢，虽然老罗说户口制度是万恶的，但我觉得挺好，起码今天晚上我可以尽情放烟花了。

孙姜拉着我走到楼道外，点根香烟衔在嘴里，帮我一个一个地燃放着烟花，钻天猴嗖的一声升空炸成礼花时，我在旁边大呼小叫地拍着手赞叹不已，后悔没留点钱买个数码相机，要不拍成照片多好啊。年轻的小区保安站在旁边，一副想走过来又不敢走过来的模样，我们正警惕着他过来阻止，只见他终于鼓起勇气走了过来，羡慕地问："这个焰火是在哪儿买的啊？真好看。"

我正玩在兴头上，随手塞给他一根魔术弹："给，这个给你玩。"

保安立即跟小区业主打成一片，右手高举魔术弹、左手捂着耳朵，像个孩子似的欢笑、雀跃。

多年后我还会记得那个夜晚的烟火

绚丽而相偎绽放着

我们仰首 45° 大声辩论

小区的每一寸草皮都在进行激烈的争夺

到底谁是谁的煮饭婆

谁洗碗谁刷锅

谁逼谁说爱我

谁喝最后一听可乐

……

网上遇见痞子，我兴奋地告诉他，我刚才放了好多好多烟火，眼睛到现在还发花，然后总结说：“痞子，我觉得生活的起起落落太刺激了。”

“起起落落？请准确说明是什么生活。”

我一呆，忽然看明白了，勃然大怒：“是健康生活！你个淫贼！”

他提醒我注意仪态，然后向我报播今日新闻：“小白，痞子我准备回杭州了，男人要像书上写的那样，白衣白马，勇敢去死！”

“为谁去死？”

“彭彭啊，你不是老给我拉皮条吗？”

我顿时热泪盈眶：“痞子，恭喜你！你终于度过了被钞票和大腿左右眼光的弱智时期！”

“别忙着恭喜，你觉得以我的水平可能以文为生吗？”

“李宁说，一切皆有可能。你问这干吗？”

“我要告别过去的糜烂生活，我决定把彭彭骗到手之后就开始新的生活，我要彻底跟过去再见，我要做一个好男人……就是好久没有正儿八经上班了，我怕会有点不适应，要是坐家里写字就能卖钱该多好啊……”

“麻烦你换点新词好不好？你在我这儿都说了七八次开始新生活了。你以为是玩游戏呢？一个 Delete 就能把过去档案全删了？”

“严肃点！我这说真格的呢！”

我心里微微一动，莫非这次真的是真格的？他到底还是被彭彭降伏了？

我高兴不已，赶紧鼓励他：“这想法不错啊，其实当作家还是很有前途的，你一定要高举 24K 英雄金笔肃清文坛败类啊，中国文学界的明天就指望你了！你看现在那些写文章的都是些什么垃圾啊？都是在生装！假装我爱你，假装我的生命中不能没有你的存在。小说写得那叫一个酸哟，能直接拿着书去腌泡菜了，一个个在文章里爱得死去活来的，都恨不得去殉情，但也没见真去，码完字之后，照样该干吗干吗去了。我今天刚在论坛看到庆贺小说出版的一帖子，内容简介还写的什么‘两个人的黄昏，一个人的清晨’，一看就是俩人玩完一夜情之后，清晨一人走了，另一人还赖在床上无病呻吟……”

“我觉得我还是歇了吧。”痞子伤心地说，“小白，你扼杀了一颗萌动的文青之心。”

伍小白本来想拍马屁，不慎迎面拍中了马脑门儿，内疚地遁了。

第二天，孙姜回来的时候，我早已经把里外地板拖得干干净净，还冒死煮了一锅青菜挂面，听到钥匙孔响了，我飞快地跑到门边，扑通一声跪倒在地，面带微笑地把拖鞋递到他脚边上：“姜哥回来啦，您辛苦了。”

孙姜吓得一激灵：“怎么了？犯什么错误了？先站起来再说。”

“谁犯错误了？我是后妈生的啊，天天犯错误？”我不满地横他一眼，慢慢站起来，“我这是温柔！男人不都喜欢温柔贤淑的女人吗？只兴你天天哄我开心，不兴我讨好你一回啊？”

“温柔是你那样的吗？像你刚才那样，再自称一句奴才，谁见了都要尊称你一声公公。”

“谁……谁是公公？”我气急败坏，“不识抬举！老子以后就用平底锅迎接你！”

“其实太温柔也不是件好事，虽然你温柔的时候不多。”孙姜看了看干净整洁的房间，厨房里还冒着热气的面锅，笑着捏捏我鼻子，“只要你有这份心就行了，能吃上你亲手煮的东西，我再累都值了。”说着，他抖了抖手里的袋子，递到我手上：“送给你的。”

“又有礼物？”我愕然，“该不会我上一天学你就给我一件礼物吧？照这样下去我还参加什么高考啊，直接开个礼品店就能度过余生了。”

“你学得好当然有赏，高考成功还有奖励！”孙姜怂恿，“快打开看看，是你喜欢的。”

我打开袋子一瞧，里头是个精致的数码相机盒子，我一边掀开盒子一边猜：“这回是什么呢，不会是传说中的丁字裤吧，那玩意儿你敢买我也不敢穿啊……”

盒子揭开，我愣在当场。

数码相机盒子里装的，赫然就是一台数码相机。

“昨天听你说想要数码相机的，佳能 A630，屏幕可以翻转 180°，这样你偷拍也不会被人发现，怎么样，喜欢吗？”他边说边把外衣脱下，挂在衣架上。

我啪一声盖回盒子，塞回他手里。

他愣了愣：“不喜欢啊？没关系，周末我们一起去换……”

“这礼物贵了点儿，我不能要。”

为了他肯收留我，我已经以身相许报答过了，这次纯属无功受禄，我不能要。他可以把我一句无心的话放在心上，把相机买来当礼物送我，我却不想成为一个被男人全面包养的小媳妇。我怕罪孽深重。没有错，我的确擅长狠宰身边男性朋友，可并不习惯他们主动挨宰，我没有堕落到空手套白狼还心安理得的地步。

“好吧，不要就不要，随便你。”孙姜居然真的就拿回去了，也没跟我推让。

好歹再劝两句嘛，这人怎么这么实诚，我真没面子。

“就算这相机现在是我的，以后还不是你用得多？我已经决定跟你相濡以沫了，难道还收你租金？”孙姜端详了我半天，一脸鄙夷，“你脑袋瓜儿倒不小，整天都想些啥啊？”

被他打倒了。

我挣扎苦思的理论，居然被他一句话就轻飘飘地击溃。

“相濡以沫？是侮辱的辱吧？”我从败局里爬起来，强打精神取笑他，“哪次我跟你吵架不是喷你一脸唾沫？”

孙姜又把相机递给我：“别磨叽了，拿着。”

我只好接过来，一边仔细地摆弄一边随口问他：“你不是整天喊着抵制日货吗？为什么要买佳能相机？”

“这还不是怕你这个家电杀手几天就玩坏了，佳能的售后还比较完善。你要是不喜欢日本货，周末我们就去换个海鸥牌的，上海‘海鸥’，民族之光！”

他说话的时间，我已经研究明白哪儿是装电池的了。

“算了，换来换去怪麻烦的，我将就着使使。”

半个小时后，我丢开说明书，觉得自己好像弄懂操作步骤了，于是举起相机想抓一张孙姜的笑脸，可他一直不肯配合，老绷着个脸，恨得我牙痒痒的，咔嚓就拍下了他拉长的驴脸，闪光灯竟然没亮。

“真可怜。”我爱怜地抚摸着相机，“你以前一直以为自己是拍人的，今天居然拍猪，一定委屈得上吐下泻，连闪光灯都坏了。”

孙姜捂胸做心痛状，半天无语。

镇定半晌之后，他告诉我：“闪光灯只在光线昏暗的情况下才会开启，咱家客厅大灯开着呢，足够亮了。”然后，他又小心翼翼地问我，“你不会连这点常识都不知道吧？”

我惭愧地咬住手指不吭气。

孙姜感慨地说：“小白，这么多年了，你还依旧是家电的噩梦啊！”

## 2

本想周末就出去秀一秀新相机，可惜我现在又当上了高三生，手头功课紧巴巴的，完全不给我留个喘口气的空隙。

沉下心来，好好学习天天向上。孙姜既要应付课业还要对付工作，成天忙得脚后跟打屁股，到家了还要陪我背复习题，手里捧着书听我背公式，坐在那儿脑袋已经一点一点地像鸡啄米似的了，我不忍心，推着他去睡觉。从那以后，天天陪着我一起熬夜拼搏的只有鬼鬼精灵古怪的歌，“好好学习天天向上，我们都是好榜样。”

天气渐渐变得炎热，从羽绒服一件件儿地脱，脱到只剩 T 恤短裙的时候，我总算又熬到了高考。

放榜前，我揣上相机，坐在孙姜的小摩托后边到处乱逛。

尽情欢乐吧，也许放榜以后我就要尽情痛哭了。我也是一凡人，我也害怕看到自己名落孙山。白白掉了几个月头发，换谁谁都心疼。我本来厚实得一把难以抓住的头发，经过一学期的艰难曲折，如今只剩下盈盈一握。

有个足浴店叫“金盆洗脚城”。有意思，拍！

旁边的岔路口有个“桂丰房产”，“桂丰”两个艺术字怎么看怎么像“挂羊”，真诚实啊。拍！

前头的广告牌上有一行大字“靠你！靠我！靠大家！”，猛一见我还以为这是红灯区投资做的广告，走近才发现三个靠前面还有小得不起眼的几个字“城市文明建设”。强悍彪悍以及出汗！拍！

P.S. 这条公益广告是哪个笨蛋设计的？拖出去枪毙五分钟！

……

转了一圈回家，兴奋地把照片传进电脑，两百多张啊，换成手纸也能擦一个月吧。打开 QQ 想找几个在线的好友，把我的摄影作品传给他们看看，可上下搜索了半天愣没有好友在线，这年头谁谁都喜欢隐身，好像谁都以为自己老受欢迎了，一上线就遭人围观。

只好给阿紫、痞子他们留言，说我手上有崭新的激情自拍，想看的找我。虽然衣服穿得严实了点儿，但我拍的时候情绪确实很激动嘛。

刚发出去，痞子的头像就动了：“你是谁？”

我一愣，不齿地翻了显示器一白眼，丫的跟这儿装什么大头蒜呢？

“你认识彭彭吗？”痞子又问。

“我靠！痞子，你以为谁都有撞车失忆的资格啊？”我憋不住狠狠损他，“别装了，这种韩国爱情剧的主角专利落不到你头上！失忆你还记得 QQ 密码？”

孙姜在外头叫我：“小白，快看，《幸存者》。”

我急匆匆给痞子发了一句“有种你别溜，等会再找你算账”跑出去看电视。

这年头我爱看的电视节目不多，31 频道的《幸存者》就是其中之一，每周六下午都有一档，超有意思，都是些发生在真实生活中的意外事故，现场拍摄的，像什么赛车大爆炸啊、降落伞缠住头盔啊、滑雪板撞上裸岩啊、十几辆摩托车连环追尾啊、裁判把球员殴得像猪头啊、球迷暴动往草皮上扔手雷啊，等等。

每到这时我就兴奋地直踹孙姜：“快看，这辆车马上就要撞上防护栏了，一会儿肯定炸得火球满天，碎片乱飞，赛车手满脸是血，全身着火还多处骨折，可好看了！”

孙姜惊骇地看我：“你个心理阴暗的家伙……”

可惜这次出去玩疯了，忘记了节目时间，只看完一个倒霉催的斗牛士左脚被右脚绊倒，被公牛冲上来踩断了几截肋骨，节目就结束了。

我又火烧火燎地往小屋跑，路过饭厅时被孙姜一把拽住小辫子：“丫头，你这样不对啊，我在厨房里忙咱俩晚上的伙食忙得热火朝天的，你就在网上泡大哥哥泡得热火朝天的？”

“什么大哥哥，就是一棒槌，当我儿子我都嫌丫思想稚嫩了。”

孙姜撇嘴，没有要放手的意思。

“怎么，你不信？”我急了，“你要不信我敢发毒誓！”

“信！信！我信还不行？”孙姜松开手，斜睨着我，“天圆地方我都能信，何况这？”

我扑哧一声笑了，刚想揪揪他脸，他一扭身回厨房了。

嘿嘿，孙姜同学一脸的青柠檬相，状极可疑。经过这么一闹，我还不想马上就回屋去上网了，屁颠屁颠地跟着他进了厨房，偎着锅台意味深长地问：“小同志，吃醋啦？”

“吃啥醋？今晚咱吃糖拌西红柿、油焖大虾。”孙姜矢口否认。

“别这样啊，既然你都开口了，那我今天就得跟你认真解决一下家庭内部矛盾，说起来，你网上泡妹妹的嫌疑可比我大多了，我以前是不稀得和你计较，但你也不能做得太过火了吧？你自己交代，那个叫什么‘风中羽翼’的臭小娘皮，跟你是什么关系？见天儿的在 QQ 上对你发嗲，还姜哥哥长姜哥哥短的，就差喊你心肝肉肉了吧？”

自从孙姜把 QQ 密码给我，我就一直看不惯这个叫“风中羽翼”的妞儿，有次我开他 QQ，“风中羽翼”一见我上线就肉麻兮兮地发消息过来说“亲爱的……”，我说“不是本人”，她立马就不吱声了。

以前我没追问是碍于面子，不想把自己搞成个弃妇，既然今天他率先发作，我也就可以顺理成章地拷问他了。

“什么风中雨衣？谁他妈有病啊刮风还穿雨衣，想当风筝吧？”孙姜绞尽脑汁想了半天，做恍然大悟状，“哦，你说风中羽翼啊？那是我们以前宿舍的老张，他是个人妖，我能跟他有什么关系？他腿毛比我还长呢！”

“谁知道是不是啊。他见到你挺活跃，见到我就装哑巴。”我悻悻地拈了片西红柿放进嘴里。

孙姜火了，劈手把西红柿盘子夺过去，横眉竖目地冲我乱嚷嚷：“废话！人家是找我又不是勾搭我媳妇，既然我不在，他可不就得装哑巴吗？你不信？你信不信我马上把老张约过来……”

“信！信！天圆地方我都信！”我回敬，顺便抢了片西红柿。

孙姜把盘子藏到身后：“你姓抢的啊？我告诉你，别没事乱给我栽赃，我只热爱祖国和老婆，忠贞不三！”

“姜哥你真好。”我深情地看着他，“但我对你还有几点要求。”

“哪几点？”

“第一，把西红柿还给我！第二，把西红柿还给我！第三，把西红柿还给我！——”

吃过了晚饭才想起痞子装失忆的事，丢下空碗一头钻进小屋，上帝保佑痞子没有听我的话真在网上候着。我一遇上好吃的就会立马把其他事情抛诸脑后，关于这一点看我的 QQ 个人说明就明白了：“本人是一个职业骗子，业余写手，专业吃货。”

“痞子，你还在不？”

他头像跳动，回答：“小白你好，我是痞子的朋友。”

“女朋友？”我颇好奇。

“不是，我是男的，是他大学同学。”

“哦，怪不得你不认识我了，痞子人呢？”

“他暂时还在杭州，在住院。”

我震惊：“怎么回事？生病了？”

痞子同学的回答让我更为震惊了：“痞子这次回杭州的时候被人砍了，听说是他前女友雇凶买他一条手臂。痞子说彭彭的电话已经停机了，所以给了我 QQ 密码，让我上线转告彭彭一声，不能去接她了，但是彭彭一直不在线，你认识她吗？”

“认识。痞子没事吧？”

“性命无虞，但胳膊保不住了。你见到彭彭就跟她说一声吧，我去医院看看痞子。”

“好……”我刚发过去，他下线了。

我半晌没回过神来。这太可怕了，我不敢相信这是真的。痞子跟我见面几乎就是上个礼拜的事，上次在网上见到他，他还说要白衣白马勇敢去死，还说要是能坐在家里写小说挣钱该有多好……这几个月我忙着重修学业就没有跟他联系，我本以为他已经幸福地跟彭彭在一起了，结果竟是这样！

突然间恨透了这个世界，痞子迷失了这么久，可就连最后的救赎都仅仅是生活的伎俩和他的想象。

孙姜过来抱住我时，我捂着脸呆坐在电脑前，对面是一片黑屏。

玛蒂达问：莱昂，只有童年才苦难还是人生本来如此？

人生本来如此。莱昂说。

直到录取通知书寄达的那天，我还是没有联系上彭彭。痞子也再未出现，他那个朋友说，痞子已经离开了杭州，不知去向。

开学之前，孙姜热热闹闹地领着我到处混吃混喝，还弄了个谢师宴，请了好多六中的老师，我尴尬得要死，他却正儿八经地端着个酒杯说“感谢各位老师对我闺女教导有方”云云，一边满嘴跑火车一边灌翻了一桌。我自己都没觉得要带多少行李，他却给我张罗了一大堆要带的家什，像置办嫁妆似的，恨不得找个民间艺术团吹着唢呐敲着锣鼓送我到车站。

临走的前一天，孙姜领我去 KTV 唱歌。

我点了一首许巍的歌，没有唱，而是坐着静静地听。

天边夕阳再次映上我的脸庞
再次映着我那不安的心
这是什么地方依然是如此的荒凉
那无尽的旅程如此漫长
我是永远向着远方独行的浪子
你是茫茫人海之中我的女人
在异乡的路上每一个寒冷的夜晚
这思念它如刀让我伤痛

总是在梦里我看到你无助的双眼

我的心又一次被唤醒

我站在这里想起和你曾经离别情景

你站在人群中间那么孤单

那是你破碎的心

我的心却那么狂野

总是在梦里看到自己走在归乡路上

你站在夕阳下面永远娇艳

……

痞子曾经说过他最喜欢的歌就是许巍的《故乡》，他的许多文章都一直在引用“我是永远向着远方独行的浪子，你是茫茫人海之中我的女人……”

他的爱情曾经那么忙，忙着寂寥。

“喂，这张鞋拔子脸有什么好看的？男人留长发，纯粹是找骂。操！”孙姜有意见了。

分别前他想好好听我唱歌，当然受不了我色眯眯地盯着屏幕上那个男人看。

见多了失望的故事，有些人会变得愈发绝望，而另一些则会加倍珍惜眼前所拥有的。

我慢慢搭上孙姜的手：“生活在梦想中的人只有两个结局：幸福，或者不幸。谢谢你让我觉得很幸福。”

一瞬间，孙姜绷得紧紧的脸融化了，就像春风吹过一眼寒潭，但仅仅只是一刹那，然后他就又板起了脸，严肃地说：“讲得这么深奥老子听不懂！说你爱我！不说掐死你！”

他娘的，什么愁苦情绪都被这丫破坏得干干净净。

“我爱你！”我把他扑倒在沙发上，大声喊，“塞北的雪！”

# 尾声

我走的那天，尹风也来送我，他和孙姜一起帮我拎着大包小包，却始终默默地一言不发。有一个失神的瞬间，我险些以为时光流回到了三年前，只不过他们的身份已经全然调转，男友是孙姜，哥哥是尹风。

他们帮我把包架上行李架，我跟着他们下到站台，喋喋不休地聊着天，直到火车的汽笛声响起，乘务员催我上车，才依依不舍地跟他们挥手告别。

踏上第二级台阶，忽然听到尹风轻声说："小白，对不起。"

"没关系。"我笑笑，头也不回地走入车厢。

呵呵，真的没有关系。谁也不曾欠谁什么，何必再说什么对不对得起呢？都已经过去了。也许终有一日，我们可以笑谈彼此的有缘无分，笑谈彼此造成的伤害。

这世上，所有的爱与恨都走不到最后，而我愿意让爱走得远些，更远些。

这是一句朴素的表白。我为此拼尽全力。

番外一　Extra Episode

# 死于一场雪崩

“平静就是全部。”

“如果平静坍塌，其灾难性不亚于一场雪崩，信仰以及一切都将被仓皇掩埋。”

她是个没有故事的女子，所幸还有那么一点沧桑的味道。

出生于20世纪80年代初期，大二那年主动辍学，还没来得及为自己反叛的个性喝彩，便迅速被生活的车轮碾压成一具干枯的行尸，在上班下班的两点一线间机械而惯性地继续成长。因为无法随波逐流，所以只好刻意孤立自己。在这个城市里，她太渺小太不起眼了，除了一双充满灵气的美丽眼睛，她几乎是平凡无奇的，每天淹没在汹涌的人潮之中。

因为孤零零的寂寞，所以很快沦为一只网虫。她常常在午夜上线，享受着独醒的清冷，在黑暗里放肆快乐。

有一天，她在“云端漫步”论坛看到一个人回帖说：“寂寞是一种优越感。”

心房于是微微一颤。这样的句子，干净利落到不留余地，颇有些特立独行的味道，充满了诱惑。她从来都是个拒绝媚俗的女子，妄想用优越来标榜自己，虽然落拓，却有着被人嫉妒得想自杀的骄傲。是谁说过的，自卑的女子最骄傲。

不自觉地，她开始搜索他的文字，在屏幕上一行行流过，她会心微笑。

他说：“爱情是一项神圣的迷信活动。”

他说：“幸福是乐观的，而乐观是徒劳的。”

他说：“失恋并不可怕，可怕的是失恋后那段青黄不接的日子。”

他说：“其实时间是静止的，流逝的是我们自己。”

……

从此记住他的名：痞子余禾。

论坛的原创版块有他许多小说，文字浅浅地泛着冷黑色。所有的文章中，都有一个落寞但不乏精彩的男子。像他吗？她不免好奇，于是做了他忠实的读者。

痞子余禾最新的文章叫《我不仅只欠你一次高潮》，很长，整篇整篇地记载了一次失败的恋爱，笔触细腻而感伤。她日复一日地追着看他更新的小说，终于等到结局，公布了一个 QQ 群的号码，她立即申请加入了他的粉丝群，看到他灰暗的 QQ 号，和个人说明。

冬黄冷月，吾悲且长
书度年华，谁袖添香
前人俱废，独行苍茫
缘字萋萋，高歌求凰
岁月淹及，孺子不伤
岁月淹及，孺子不伤

在群里，大家都叫他痞子。痞子夜里不常上线，她只能从旁人的聊天记录中了解一些。比如说，他的家在武汉，大学毕业后教了半年书，给一群小屁孩讲物理，用红笔批改女生们夹在作业本里的情书，后来辞了职跟几个同学合伙开公司，艰苦奋斗了两年，仍以失败告终，他喜欢许巍，并且吉他弹得很好，他喜欢抽烟，并且只抽软中华，他谈过好几次恋爱，对方都是豪门千金……

而她住在公司的单身宿舍里，远远思量，夜宵是火腿肠和方便面。

天气渐渐凉快起来的时候，公司安排了一次秋游，在那个全省著名的风景区，她跟七八个大老娘们走在一起，却加入不了任何话题，她不知道公司保卫科的老张有什么风流韵事，也不知道销售部廖总特抠门儿——新招的几个大学毕业生试用了半年都不让人家转正。回程的大巴上，周围的同事们都在七嘴八舌地热烈讨论，只有她默然望着车窗外发呆，愈发形单影只，像只独自离巢的小鸟。

MP3 的耳机里在唱："我一个人不孤单，想一个人才孤单。"

有伴的人在狂欢，寂寞的人怎么办？

大家一同去酒店腐败之后，回到宿舍时已是深夜，她软软地瘫进椅子里，刚休息了三分钟，肚子就开始咕咕地叫，刚才在酒店里根本没有拼过那帮抢食如抢险的禽兽们，只吃了两个木瓜酥。她信手打开电脑，然后熟练地烧开水、泡面、剥火腿肠。再回到电脑前的时候，痞子粉丝群在QQ上跳动。她心不在焉地用左手点开消息，右手还在用叉子往泡面里塞火腿肠。

一长串的聊天记录里，居然有痞子的发言，浅蓝的字体颜色，看时间正是片刻之前。

痞子：人海茫茫，难觅有情人。秋香，你在哪里？

接下来是群里粉丝们踊跃的回复，一个答道：在我床上！另外一个立刻骂：滚！你床上那个是小明家的母猪，那头猪也叫秋香。先前那人说：反正都是母的，是母的就行。

她倒吸一口长气，几乎不敢立即去看在线成员。是痞子吗？这个会是他本人吗？

群里异常热闹，一扫往日深更半夜的冷清，大家都在兴奋地议论纷纷，说痞子今天可能喝高了。痞子毫不在意地继续发着言，执拗地一句一句扔进群里，优美如诗，如同咒语：

喝下的不是酒，而是浓得化不开的哀愁
我的等待留在湖底，望着你幻化为如水的风景
孤独在手边淌出红烛的眼泪，想温暖你寂寞的情绪
你的放弃让我在多雨的三月里奔走在旷野，像一个迷路的孩子
……

每个人在网上都会比在现实中脆弱一些，就像梦中的情绪会更加歇斯底里，她知道，她也是。这时候她对泡面已经全然失去了兴趣，叉子尚持在手中浑然不知，只顾目不转睛地盯着群消息，关注着他的每一句话，也生恐下一时刻他就下线离去。

痞子说：我第一次踢足球就进了18个，因为全场就我一个人。

痞子说：请不要调戏我，我是观赏性人类。

痞子说：曾经有个女人说怀了我孩子，要生下来，后来没消息了，我觉得

我是禽兽；没过多久，她告诉我她是骗我的，我觉得她是禽兽。

……

这大概是痞子第一次在深夜跟大家说这么多感性的话，群里的小流氓们都沸腾了，一时间荤段子层出不穷，乌烟瘴气的，闹到凌晨两点的时候，痞子酒醒了，跟大家告别：“终于把自己累得有倦意了，再见了各位。天气冷了，今天我刚把单人床换成了双人床，身边陡然空荡荡的，有点不习惯。”

她一冲动，忘记了自己的隐身状态，说了句话：痞子，下辈子睡你的双人床去。

痞子很快回复：别下辈子了，一万年太久，只争朝夕，我看就这辈子一起盖被子吧。

我开玩笑的……她不知如何回答，有讷讷的感觉。

痞子说：好难过啊，你公然负了我。

不敢再说话，隔着冰冷的屏幕，她居然不安得心跳加速起来。

痞子呵呵地笑，说：好久没人调戏我了，乍一出现，还真有点不适应。

然后他下线不见。

这一夜，她无眠，满心满脑子都是痞子聊天时以一敌百的英姿，她开始幻想他的样子，应当是年届三十吧，这是男人最睿智的年龄，写文章时眉心间皱起两道深纹，手指间夹着根燃至一半的烟，眼神深邃如渊，有点疲惫的脸，然而俊逸无比。

以后的夜里痞子不再来，群里仍每天有人讨论他的事情，说他有个死党也是行文出身，叫伍小白，好像还是个年轻女性。

她于是搜索到了，伍小白QQ名叫天气预报，因为“天气预报不如夜观星象”，小白说。

小白问：彭彭，你喜欢痞子？

没有错，她的网名一直叫彭彭，因为喜欢卡通片《彭彭与丁满》里面的彭彭，一头壮年男性疣猪，可爱而坚强，这正是她缺少的两样特质。

“妹子，我劝你歇了吧，趁着猛子还没扎深，赶紧浮出来透透气。”小白苦口婆心地劝彭彭，“痞子那厮是普通女人喜欢得起的吗？你大好的青春年华不能闭着眼喂了牲口，还是把眼光收近点儿吧，从周围找个有志青年谈恋爱，小两口共同拼搏几年按揭买一套80平方米的房子结婚生子。痞子有什么好？抽软中华的小白脸，你有多少身家够他腐败的？”

彭彭哑然失笑，痞子怎么会交个拆自己台的死党。

“别怪我背后说他坏话，当面我不敢说，怕他在小说里可劲埋汰我。温瑞安的小说你看吗？你知道赵师容最后为什么被个侏儒给强暴了，听说就是因为老赵的原型得罪了作者。”

痞子并非如此不堪，因为你不曾爱他，所以吝于了解。彭彭想。

“好啦，小姑娘别不吭气，喜欢他就喜欢他吧，严格来说痞子还算帅哥，因为外表恋爱或者因为钱而恋爱，都比因为什么劳什子爱情而恋爱有意义得多。最多你被甩了的那天我帮你宰他一顿，让他给咱支付青春损失费。”小白说。

尽管想法相悖，但跟小白聊天，的确是件有趣事。

不久后的某一晚，彭彭打开 QQ 时有咳嗽声，点开系统消息，好友验证信息赫然两个字：痞子。

彭彭觉得头晕目眩，有点呼吸困难，心脏跳得太过激烈，让她不敢立时便接受好友请求，而是从显示器前站起身，走到一旁倒了半杯水，仰着头慢慢喝下去，等到狂喜的情绪逐渐平复下来，然后才又坐了回去，点击“通过验证”四个字，加为好友。

痞子的头像灰着，是离线状态。

彭彭稍微定了定神，发条消息问小白：“小白，痞子怎么会知道我？是你告诉他的吧？为什么事先不告诉我一声？”

“做好事打小不留名。”小白发个龇牙咧嘴的笑脸过来。

这天夜里，彭彭思考了好几个小时，凌晨时分终于鼓起勇气向他说了两个字：

你好。

她想说的是：你好，痞子，或许你说得对，爱情并不可信，但这美好的幻想拯救过很多人的性命。这漫长的一辈子，总有些时日能让我们远远厮守吧。即使不能够走在一起，也至少给我们问候的权利、憧憬的勇气。你好，痞子，我想我终于找到你了。

这般过了好久，彭彭已经习惯了每天晚上对着痞子灰暗的头像轻声道一句“你好”。

你好。你好。你好。你好。

有一次，痞子的头像居然跳动起来。

“你好啊。小白说最近有个杭州的小女孩一直在找我，就是你吧？”

彭彭的心脏骤然加快跳动，小白说是个小女孩吗？可她早已不是十七八的小女孩了……害怕思考得久了痞子会等不及，手指在键盘上急促地敲动：“是的，我是杭州人。”

“杭州有我的母校，下个月50周年校庆，那边天气如何？”痞子悠然地跟她闲聊，早已忘记了双人床的事。

“今天是晴天，还算暖和，但是最近气温不太稳定，前几天下雨的时候我又加了件毛衣，到了下个月应该需要穿厚外套了，当然最好再带上一件大衣之类的，要不然万一降温就惨了。来杭州旅游一般都要走好多路，所以不要穿皮鞋，走得久了脚会痛的。顶好再戴上一副墨镜，虽然已经到秋天了，但是游湖的时候水面还是会反射阳光，会很刺眼……”彭彭唠唠叨叨地给他提了好多建议，忽然想起他只不过是来参加校庆，并不是旅游，猛地停住了飞快打字的双手。

“谢谢。你比天气预报全面多了。”痞子说。

“不客气。”彭彭说。

然后二人良久无语，痞子不说话，彭彭不知道他喜欢怎样的交流。粉丝群中，痞子仍然淡定地发着言，谈吐幽默、率直。彭彭默默地看着，直到群里有个人跳出来问痞子“请问是从哪儿看出年轮的”，她才发现，痞子的QQ签名刚刚改成了“我的年轮又增加了一圈”。

痞子回复了一个笑脸，群里迅速热闹地讲开了黄色笑话，讲了好久，没有人对他道一句祝福。

“生日快乐。”彭彭对他说。

痞子很快又礼貌地说了句“谢谢”，顿了片刻，他忽然哈哈笑了两声发过来一句话：“彭彭，小白非要给咱俩做媒，让我跟你相好。”

这是他第一次叫她的名字，彭彭觉得这两个字用蓝色字体写出来，出奇的可爱，她喜欢看他用手“念”这个名字。无措片刻，她问：“你老婆能同意吗？”

“有的同意，有的不同意。”他笑答。

“淫贼！在国外，把床伴叫作老婆是犯法的。”彭彭这样的女子从不服输，但当你看到她刻意幽默时，应该知道她正在沮丧。

“哈哈哈，好个牙尖嘴利的小姑娘，你叫什么？”痞子问。

“雷锋。这是我应该做的。”彭彭答。

就这样，两人有一句没一句地聊着，针锋相对，妙语连珠。他们灵魂碰撞时产生的绚烂光芒，照亮了苍白的现实。彭彭心中被极度的喜悦涨满，却未曾丝毫表露于指端，与他一样冷静而淡然。痞子是个优秀的网络狩爱者，她怕自己灰头土脸败下阵来。也许，只有和小白聊天时，她才敢放肆言及自己的喜欢。

痞子还是很少在夜里上网，彭彭开始给他写 E-mail。

原创版里，痞子依然在孜孜不倦地写着新文章，有人跟帖问：痞子，你的梦想是不是当个很有名的职业作家？他回答说：错，我的梦想是当个很有钱的职业作家。彭彭在 E-mail 里写：“痞子，和你的鸿鹄之志相比，我小小的愿望根本上不了档次。我只想挣够买套好音响的钱，因为用电视机喇叭听电影原声实在是种折磨。我希望不再在午夜上网，我想看好多好多电影，然后在感动得一塌糊涂的时候对着镜子给自己念几段经典台词，最后向对面那个泪眼婆娑的女人高声说：‘我……呸！’生活如此苦闷无聊，有时候真希望自己是个种菜的，起码每到秋季还能抱着一筐喜获丰收的瓜果蔬菜，面对摄像机的镜头慷慨陈词：我是一个有道德的人，一个脱离了低级趣味的人，一个有益于人民的人！”

痞子发表《感情充满悖论》：1. 你对一个人好，她不一定会爱你；你对一个人坏，她也不一定不会爱你；2. 在她爱你的时候，你为她做某一件事她会很高兴；在她不爱你的时候，你为她做同样的一件事她会很厌恶；3. 你对一个人好，分开后她只是怀念你的好；你对一个人坏，分开后她却是刻骨铭心的思念。彭彭在 E-mail 里写：“痞子，为什么你只用女字旁？人都是有劣根性的，我们记得更深的，往往都是伤自己最重的人，而不是待自己最好的人。爱情可以让亚当和夏娃在月黑风高的夜晚分享一个苹果，却不能阻止他掰下一根又一根的肋骨，为什么？”

聊天记录里有痞子的发言“我把亮度都给了表情，所以思想晦暗”。彭彭在 E-mail 里写：“痞子，你是闪闪发光的，我喜欢看着你沿另一个极端行走，然后回到现实里，我继续静静地等待奇迹，等待寂寞来临，或者等死。也许终有一日，我能等到与你对饮的时候吧，翠袖殷勤捧玉钟，今宵拼却醉颜红。知君心似我，不负相思写情浓。秋雨淅淅拂愁琴，旷夜深深潜忧心。十五年割破缠绵指，三界不外痴情人。”

有个超级八卦的粉丝淘到了痞子的照片，发在群空间里供人瞻仰，痞子的样子比大家想象中的要年轻好看，穿白色衬衫，淡淡地微笑，神情真诚内敛，清新腼腆毫无腐败、颓废气息。端详了很久很久，彭彭在 E-mail 里面写：“痞子，你有一件雪白的衣，我只有一张苍凉的皮。你的故事那么颓旧，却怎么可以笑得如此从容，你可以笑着看伤心吗？你的微笑令我想起你，有时是一抹晚霞，有时是一段言辞，有时是一朵花开，我只能想得到你，因为你在远方，而我在远方的远方。”

……

整整三个星期，她写了一封又一封，或长或短，或者简单一句关于天气变化的问候，在每天的凌晨寄往那个几乎是每封信都石沉大海的邮箱。她并不期待痞子会用心看或者回复，因为没有必要，倾诉本身便是幸福。

第二个月的一号，当她习惯性地打开邮箱时，发现有一封未阅读的新邮件，寄件人居然是“piziyuhe”。

打开了，只有短短一行字，仍旧是浅浅的蓝色：

“彭彭，我答应你，我会最先发现你，在别人抢走你之前带你走。”

猝不及防，彭彭的心狠狠一悸，像被只滚烫的小手拧了一把。

还能不能坚定地拒绝暧昧？

并不是个愚蠢的女子，她早就知道，网络故事被太多人用同一堆旧土埋葬，好的和不好的结局都是殊途同归的翻版。会不会，他并不是真正动容，只是想掳走一颗还算完整的心？彭彭的悲观主义又在作祟，她是不敢向往美好的俗人，她只会不断地回过头，向来处寻找，甚至用后退表示妥协。在她的世界里，平静就是全部。如果平静坍塌，其灾难性不啻一场雪崩，信仰以及一切都将被仓皇掩埋。

“痞子，被你关注是件幸福的事情，可我不知道，怎样的甜蜜才不会衍生出彻骨的长痛。”

这封 E-mail 寄出之后，很久都没有回音。

直到两周后，彭彭从群里看到，痞子说：我已经到了杭州，天气真冷。

“原来他已经来了，却没有告诉我。”彭彭想，她想起白天短暂的午休时间，在拎着切好的菠萝走回公司的路上，哪一个擦肩而过的白衣男子，会是他？

单恋是枝老掉牙的花了，却总不凋零。

从心里泛出一圈圈的失落，涟漪般四下里漾开，回荡在整个胸腔。突然，痞子的头像在她的好友名单里跳动起来。

“彭彭，在吗？”

“在的。”她回答。

“地头蛇，你这里的空气不错。”痞子说。

“你来了？”彭彭明知故问，她也不知自己几时变得如此矫情。

“嗯，明天校庆，可能还有一些腐败活动。”痞子回答。

“那你怎么不早些休息？我知道有些老同学见面非得把自己灌得大小便失禁，你不养精蓄锐明天恐怕拼不过他们。”彭彭心情异常轻松，她居然会一直对着冰冷的显示器微笑，真是疯了。

“呵呵，放心，我刚烈得很，就算被灌醉了也一样守身如玉。”痞子说。

“明天我会留意附近有没有醉汉出没的。”彭彭说。

“我很好认，前几天喝高了摔了一跤，颧骨还有一块发青，人称青面虎。”痞子说。

“还疼吗？幸好不是印堂发青。”彭彭说。

“呵呵，不疼了。”痞子说。

两个人如此这般打了半天哈哈，不痛不痒。过了一会儿，痞子说：“彭彭，我收到你的 E-mail 了。其实每天都收得到，只是没有时间回复。”

“没关系，你忙你的，我也是闲得无聊。”

写信时彭彭很勇猛，可现在她却想退缩了，将虚幻的憧憬转化为现实，需要很大的勇气。她没有把握，不知道自己能否承受得起。

“可是你给我的感觉，并不像信里那样，好像是两个彭彭一样。现在的你很恬淡，不像其他人那样热衷于聊天。”痞子说。

“聊天是件浪费时间的事，除非想网恋。”彭彭说。

“你这么说，我误以为自己打扰了你。”痞子说。

“没有，你是例外。”彭彭说。

“那就好。”痞子说。

又是一阵沉默。彭彭觉得很奇怪，为什么她跟小白聊痞子时，可以聊得热火朝天，但面对痞子本人，却又过分小心翼翼几乎不敢开口呢？

想了很久，彭彭问：“痞子，你什么时候回武汉？”

“不知道。”痞子说。

于是彭彭又不知该说什么。她有一种深深的挫败感。难道还是继续这么干巴巴地一问一答吗？或者直接跳出来揪着他衣领子大喝一声：爬到老娘面前来，我要见你！可惜这是小白的风格，不是她的。

“彭彭，”痞子又说，“离开之前，我想见你一面。”

彭彭正抱着开水暖手，杯口热气蒸腾，水雾缭绕着袭上脸庞。“我并不好看。”她艰涩地打出这几个字，神情木然。

“我要看彭彭，不是看花瓶。”痞子说。

痞子，你是一条优秀的蛀虫，只需用只言片语就能一寸寸吞噬掉我。彭彭在心里轻声喊，泪水迅速盈入眼眶里。

第二天夜里，彭彭准备睡觉的时候，痞子的头像跳动起来。

“彭彭，在吗？我头疼得厉害，可能真喝多了。”

彭彭想问“你在哪里”，然后像所有恋爱中的傻女人一样，煲上一锅醒酒的皮蛋鱼片粥，抱在怀中，用温暖的衣服好好捂着，送过去给他，或许还会红着脸一勺勺地喂给他吃。她发了好一会儿愣，最终仍是仅仅询问：“你还好吗？”

“放心死不掉。有空吗？陪我说会话吧。”

痞子忽然听起来让人感到依赖的语气让彭彭心中一软，继而一痛。

“好。”彭彭说。

“我们刚才去的酒店，是我当年请第一任女友吃饭的地方，我还记得那天她过生日，我揣着攒了很久的钱准备帮她庆祝，可她却抢先结了账，只让我给她买了个 27 块钱的水钻发卡当作生日礼物，当时我就发誓要一生一世珍惜这个女孩子……可惜毕业后没过多久我和她就因一个误会分了手，之后我就再也没见过她，也许嫁人了，也许出国了，谁知道呢……刚才从酒店回来，无限失落、无限感慨，本来想写些东西，可大脑里空落落的，所有字词全都散了，难以组织，我现在像个空空的漂流瓶，内容已经被人读光……”痞子今天说话很快，一句接一句抛进聊天窗口，几乎没有斟酌措辞，完全失常。

“她今天没来吗？”彭彭平静地问，其实心如刀割。

“我也以为她会来，但是没有。”痞子答。

“为什么告诉我这些？你的朋友那么多，我并不是最熟悉的一个吧。小白今天不在吗？”彭彭问。电脑前的她轻轻咳嗽了一声，嗓子深处有些干涩的感觉，酸楚情绪泛滥成灾。

“我不想因为一次倾吐沦为谈资。彭彭，我竟然莫名地信任你。”

谢谢你的信任，痞子。彭彭微笑，闭了闭眼，手指拂过键盘：“现在问问你的近况是否有些冒失？痞子，你写的故事是真的吗？”

“没有百分百真实的故事，但也并非虚构。我的心上有一道伤口，渴望愈合。”

“痞子，伤口愈合时，至少留出一个缝隙吧，否则等到你痊愈之后，就再没有人能走得进去了。”彭彭的这句话刚发出去，痞子紧接着就问：“你想走进来吗？”

彭彭没有回答。她知道，他只是因为寂寞，所以口不择言。

浑然不觉这个女子已经伤痕累累，害怕轻易的触碰。

没有等到她的回答，痞子发过来一个歉意的笑脸，再一次说：“彭彭，离开杭州前，我想见你一面。”

她能想象得到这白衣男子微笑呢喃的样子，深深呼吸，心神往之。

从此，彭彭的手机 24 小时开着，只为等待一个人。

小白悻悻地说：“等着瞧吧，小妮子，你肯定会在网络的情事里万劫不复！”彭彭哈哈笑着回答她八个字：“兵来将挡，水来土掩。”

之后的一个月，痞子都没有离开杭州，所以也一直没有见彭彭。

在杭州的日子里，痞子会经常上线，有时候他会和彭彭聊天，有时候他只是隐着身写一篇新的文章。大多时候是清醒睿智的，偶尔昏沉颓唐。彭彭逐渐爱上这种若即若离的关系，越暧昧就越沉迷，就像有个水壶始终在咕嘟嘟冒着热气，可是等啊等啊，却永远没有一个沸点能让水彻底翻腾起来。

有很多次彭彭感觉到痞子在网络的那一端被悲怆击溃，却束手无策。只好装出一副无厘头的嬉皮模样，然后打给他一句话：我有个男同事整天希望变成女人，因为变成女人之后，他就可以想什么时候摸就可以什么时候摸了……

痞子大笑，然后发过来一个吐血的表情，说他在吐，已经吐光了今晚的红烧鱼、昨晚的蛋炒饭、前早的酸奶，还有去年的蛔虫。彭彭说不要麻烦了，把胃也吐出来吧。

是的，他们能够相互理解，但彼此的本质却不同：一个害怕灵魂轻得完全失重，另一个则害怕被沉重的灵魂压垮。完全相同的是：他们都经不起诱惑。错觉一旦蔓延，就会成为堂皇的借口。

彭彭边吃泡面边打字：“痞子，你知道我什么时候最能吃吗？伤心的时候。”

痞子说：“那我看你瘦了就骂你好不好？”

“你骂不过我的，老娘是小白门下记名弟子。”彭彭发了个很可爱的表情给他，狡黠地吐着粉红色的小舌头。电脑这端，她窃窃地笑。

“小彭彭，不要跟她学说脏话，当心我揍你屁屁。”痞子威胁。

彭彭心里暖暖的，不由问他：“痞子，我怕自己习惯你的存在了，如果你以后又不常在线了，我该如何消遣你不在的时候？”

痞子顿了顿，说：“你可以假装我在线，只是没空回复你。”

彭彭于是开心地笑了，傻兮兮地心满意足。

她知道痞子深埋心底的那个女子不容易被替代，在他放荡的表象之下，其实掩藏着一颗害怕寂寞害怕失意的心。“茕茕白兔，东走西顾。衣不如新，人不如故。”愈是陈旧的感情愈能积淀成一厢情愿的香醇，一厢情愿地认为那不应该是过去式，一厢情愿地以为自己任何时候都会有下一个把握住幸福的机会。

“小白，我做了很多愚蠢的事，但是我不在乎，我把它叫作经历。”彭彭说。

于是小白喟叹着自动消失。

日子一天一天过去，彭彭有好几天没看见痞子，也没接到他的电话，正不安着，打开 QQ 发现有条留言：“对不起，小彭彭，我要离开杭州去一个很远的地方了，想我的时候就给我留言吧，我都看得到，只是没空回复你。”

彭彭好像听见了自己胸腔中心脏撕裂的声音。

他离开了……去了很远的地方……在并不遥远的回忆里，他酒醉之后还喃喃说着“离开杭州之前，我要见你一面”……

这告别仪式，多么虚伪。

他对她的信任在哪里？是一个敷衍还是一个笑话？他像个疯狂的收集者，用一把碎梦刀换取别人的梦想。“如果我不是当事人，那一切就太可笑了。”她在心中默默呐喊，“痞子，你不懂得这世上有一种最起码的痛苦，是我病入膏肓的牵挂。”

种种无望的挣扎之后，彭彭又恢复了独自的生活，上班，下班，熟练地煮开水、泡面、剥火腿肠……她开始觉得出奇迷茫，总觉得有些东西近在眼前，却怎么也触不到。她苦恼了很久，终于告诉小白。小白说：“要么这东西不存在，要么你没有伸手。”

彭彭问：“如果伸了手才发现真的不存在呢？”

小白说：“那就把手举高点，假装在挠头。”

“真羡慕你，我做不到这么洒脱。”

“没有飞蛾扑火的精神，又想抓得很牢，难得很呢。”小白说。

“你怎么知道我没有扑过火？”彭彭反问，“也许我的翅膀都烧断了，所以要慎重地扑，再扑就是用命去换了。”

为什么会变成这样？为什么要再扑火？

本来不是这样的，本来，她只想借着这点温馨的暧昧，用来打发眼前这一个寒冬。可后来总是越走越远，一直岔到这条拼命寻他的道路上去。

上班的时候，同事们不知被今日报纸的哪一版新闻激发，开始热烈讨论着当下黑社会的行情，有个男人手里捧着保温茶杯，站在人群中心，唾沫飞溅地卖弄着学问：“……听说今年的行情是 1.6 万买一只手，打一架 500，摆 POSE 一天 80。我们那边的商户之间要是打架扯皮，就会喊一群小混混过来摆 POSE，一般情况下打不起来，但钱还得照付……”

彭彭看着大家亢奋投入的表情，困惑地想：这跟我有什么关系？跟我们有什么关系？

冬天，很快就来了。

春节放假前一晚公司聚会，彭彭尽显豪迈本色，灌翻三个不怀好意的男同事的同时，自己也喝得酩酊大醉，一路连滚带爬地回到宿舍。

睡了两三个小时，强撑着起来洗了把脸，打开电脑，没一个人在线。

趁着醺醺然的醉意，彭彭点开痞子的留言窗口，昏昏沉沉中，稀里哗啦地把埋了这么久的怨气全发泄了出去：

“痞子，我怎么就想不通呢，你怎么敢这么拽，从前总是来了不打招呼，走了不吱声的，跟个小偷似的，难道这年月做贼反而有理了不成？我还得忍气吞声赔着笑脸，见你来就得说：‘来了啊，里边请，好久不见啊。’嘘寒问暖的。你可倒好，聊完几句后屁股一抬立马走人，我还得上赶着追出去喊：‘慢走啊，路上小心啊，有空常来坐啊。’现在更过分了，给你发的消息，全跟扔海里似的，连个回音都没有，你在这生装市容警察啊，全给我板着脸没收了，我怎么还偏偏就无怨无悔呢？我真贱！跟你在这强颜欢笑的，我帮腾讯公司卖笑啊？他妈的卖笑的都比我强，人家卖完了还有钱收，我卖完了有什么？除了满腹失落还有什么？我连你在哪儿都不知道！就算知道了，天南海北的我也不能包个直升机过去大耳刮子抽你……”

她不知道自己究竟说了多少话，反正脏话也说了，怒气也宣泄了。第二天中午一醒来，懒洋洋地回忆酒醉之后的事，陡然想到了QQ留言，心里凉了半截，披件衣服跳下床，疯了似的扑到电脑前去查看记录，连她自己都不敢相信那是自己说的，可是确实发了出去，再也收不回了。

满天神佛，保佑痞子最近不要上网吧，不要看到吧。她双手合十，默默地念。

收拾好行李，彭彭最后一次检查了火车票上印的时间，准备往火车站赶。刚把硕大的登山包提到楼下，还没背上肩，手机悦耳的铃声响了，她累得半死，有心不接，可电话却固执地响个不停。

来电显示是个陌生的座机号码，可能是打错的。

“喂，您找谁？”彭彭小心地问。

“彭彭吗？”是个年轻男人的声音在询问。

“嗯。你是……”彭彭很奇怪，现实中的朋友们没人知道她的网名，而她的电话号码似乎也没有告诉过网上的朋友。

只有一个网友例外。

彭彭心跳加速，这一刹那几乎要因窒息而晕死过去。

“我是痞子。”那男子果然这样回答，语气略带责备，像相处很久的朋友似的，“我不是说过了，不许你说脏话吗？你昨天怎么敢说‘他妈的’？不怕我打你屁屁吗？”

手中的登山包砰然坠地。彭彭的心却蹿向了嗓子眼。

“过完了年，我就会回杭州，你要乖，不要再说脏话，知道吗？”痞子叮嘱。

“知道了……”

彭彭极力维持平静，电话一断，泪水便马上流下，笑容却浮上脸庞。

在家里过年时，她亲手点燃的鞭炮，比往年哪一次都清脆喜庆，震响了整栋楼。

春节过后，为了迎接即将到来的情人节，“云端漫步”论坛开展了一个晒情书的活动。彭彭酝酿良久，用了一晚的时间给痞子写了一篇情书，第一个发在论坛里。文章的名字叫《我不是你的桃花》：

总要记住
一些飞快起、飞快落的声响
云顿涛起
那是汹涌的桃花汛
从天空中涨起
淹没屋脊
宝贝，我看到你的欢笑和悲泣了
有个人
她或能左右你
但不是我
我只有送不出的白围巾
和磨破手指
在雪地里凝固的一柱柱血色冰凌

宝贝，你的爱情背后是无垠的沙漠，我紧紧跟着蹒跚而行。

如果每天远远陪着你看日出也是有缘，那就请给我一点默契，让我奢侈地在你心里寂寞飞行。我不会说琐碎的语言，但我将不断地制造泪珠，直到它们可以自由坠落在你的肩膀。

可是再敬业的戏子也需要喝彩。

宝贝，你不要大笑，我知道你也曾经这样说过。

总要记住

一片随风来、随风去的叶子
水淡风清
那是温柔的无名指
从眉宇间掠过
沁凉额头
宝贝，我听说幸福长了翅膀会飞
飞得再远
也不过是一杯酒的距离
学他们埋醉
等待被辛辣的液体逐渐冰冷这种热情
想很快离开
却踉跄不出你的视线之外

宝贝，你的天真是我的，我的温柔是你的，你的笑容是我最眷恋的。

我往你的方向走，你往别的方向走。宝贝，你不懂得，如果只把暧昧当成事业，就必然经不起郑重其事的爱情。就像一场舞后，我只是不小心松开了你的手。后来，一曲又一曲终了，我再也没能重新约到你。

宝贝，看来我只能让爱情成为我独自饮酒的心事。

总要记住
一段似悲泣、似笑语的旋律
轻描淡写
那是光脚的灰姑娘
从尘埃里醒来
歌颂颓废
宝贝，你知道爱情只是一场花事
有盛衰
才有小小的期待
时间是刀

把掌纹纵横交错地切断
淌着血
还渴望完成最后一次纯洁的重生

宝贝，你的语气总能保持湿润，让我感动。我知道，怅惘的你远不如表面丰富。我什么都知道。我时刻都听得到你徘徊的喟叹，可是在你脚下游移的时间才是更寂寞的。现在，让我们用自己最大的力气抱紧彼此，不要分开，不要孤独。

总要记住
记住所有关于你关于我的故事
你的宿命
我的不祥
宝贝，别为我哭
我早已经习惯了爱上你的犹豫
这一刻
你仍蜷在我掌心
宝贝
感谢你让我懂得
疼痛，不是生命的全部

宝贝，如果我执意选择不当人类，而是嘶嚎在原野里的红狼，那么我宁可面目狰狞，因为我要竭力保护你。所有阳光都是你的，我只在阴晦的午夜出没，默默看你收集着前世今生的冬季里，一切经过阿波罗的坟场的回忆。

有人在号哭，你只是忙碌。

总要记住
你是我的宝贝，我不是你的桃花

可是论坛里写给痞子的情书着实太多了，彭彭这一篇很快被淹没，她不知道痞子近期是否能够上网，是否可以看得到。可没有想到的是，第二天，痞子竟然也发表了一篇情书，并没有点明是写给谁，标题叫《娘子》：

我仍然在行走，前方是注定有你守候的尽头。

抬眼时，阳光已经失去了艳丽的炽热，开始灰旧，开始教唆人把思念化作枯叶，一片片，都落进积压的尘土里。

整个夏天，顽强地受伤，顽强地微笑，顽强地认为你在那儿。

我有一颗怎样孤苦的心，在你小脚的徘徊之间周游，一边用热情的冷漠堆砌自己，一边听你优柔地叹气，听你坚定地说秋天的时候，我们要在一起。

娘子，秋天已经来了。

我依然匆匆行走在赶来的路上。

有时候我已经对一切失望了，唯独对你没有。

当失望不存在，它就不再杀伤什么。

你的一颦一笑，一抬眼一扬眉，一声或嗔或忧的轻呼，都是一场充满希望的惊喜。

风起时，你柔美的发就在向我招手。

可我望不见呵，我仍在独自行走，往你的方向赶路。

没有纯洁的云，但有一路金灿无忧的麦垛。

我曾有过一匹美丽的白马，它曾让我更加快速地接近你，可是后来它躲下了，它依偎在草地的胸膛爱上了蝴蝶飞舞的游戏。

没有什么不可信任，没有什么能永远信任。

我踏上狂奔的路，有荆棘也有尽头。我不害怕伤痛，但是当我浑身沾满了肮脏的血迹，我还能以英雄的姿态走近你吗？

娘子，没有什么比你重要呵！也没有路上的伤口会痛。

你的手指柔软吗？像秋风吗？轻易拂动我思念着抽搐着的心脏，让我痴狂地随风去，不再移开视线。

当凝视成了习惯，眼神移动也会令我流血。

我揣着回忆和憧憬独自赶路，那些短浅的甜蜜再也无法令我停留。你说过，秋天里我们要团圆。

听说现在已经没有真的永远了，我多渴望能在这一刻拥抱你。

你的样子像一座孤寂的城。

我的样子就像一只敲开城门的手。

城里没有别人，也没有分离和苦难。

秋天到了，我仍然在行走。娘子，为你行走。即使倒下，我不闭的双眼也会望向有你的尽头。

彭彭私下里悄悄问痞子：“痞子，你的娘子是谁？”

“我娘子啊，她的声音特别好听，清柔如水，五分朗丽，两分淡漠，两分清冷，还有一分淡淡的倦意和疏离……”痞子说。

“是吗？”彭彭由衷地羡慕。

“是啊。”痞子说，“虽然她声音很好听，但我还是得打她屁屁，因为她说脏话了！”

彭彭忙碌的小手刹那间滞在键盘上。

“全论坛的女人问我，我都会这样回答。怎么样？是不是 so so 的浪漫？”痞子问。

彭彭差点把鼠标砸到屏幕上：“呸！我只觉得嗖嗖的冷！”

“呵呵，开个玩笑。你的声音真的很悦耳。”痞子发了个歉意的笑脸，问她，“你喜欢唱歌吗？”

“不太喜欢。我喜欢听歌。”彭彭说。

“喜欢听谁的呢？”痞子又问。

彭彭查看了一下播放列表，复制了正在播放的这首：“现在在听腾格尔的《天堂》。”

“没品位。”痞子批评她，“我不喜欢腾格尔那声音，忽然来一股子劲跟憋大便似的。许巍的歌多好听啊，来，接受邀请，我放给你听。”

痞子发了个语音邀请过来。彭彭接受了。她关掉了音乐播放器，抚着耳麦，细心聆听着。她听见那端有轻微的脚步声，远远的似乎有正在调弦的声音，还有男子轻声的咳嗽。接着，痞子的声音响在她耳畔：“听着。”

没有人会留意，这个城市的秋天
窗外阳光灿烂，我却没有温暖
伴着我的歌声，是你心碎的幻想
你用你的眼泪，抚摸我的寂寞
那些无助的夜，我漫无目的地走
那些无助的夜，你牵着我的手
幸福如此遥远，我无法看见
这秋天的夜晚，让我感到茫然
总在每个深夜，听到你在哭泣
你幻想的美丽，我从没能给你

彭彭愣了愣，不由地脱口而出："痞子，不是许巍，这是你的声音。"

流畅的吉他声不曾被她打断，痞子也没有回答她，他只是低低地，反复地，在她耳边吟唱着几句歌："那些无助的夜，我漫无目的地走；那些无助的夜，你牵着我的手。幸福如此遥远，我无法看见；这秋天的夜晚，让我感到茫然……"

他的声线如此悲凉，如此落寞。这一刻，她想要拥抱这个男人。

痞子下线之下，彭彭习惯性地打开邮箱，给他写信："痞子，冬天这么快就过去了。整个去年，我躲在自己的影子里垂危挣扎，但是今年，我想活得快乐点。等你回到了杭州，我要在楼下那间店里请你吃一碗牛肉面，我们可以大声说笑、大口吃面，碗是有花边的瓷碗，大得像脸盆一样，我经常咋咋呼呼地说店老板从前是喂猪的。我一个人的时候，常常会来这里发一会儿呆，幻想你坐在我面前。我说过想和你在一起，那时你答得那么爽快，是不是因为你知道这种依赖不需要负责任？你明白吗，我的节奏虽然太慢，但绝非说过就算的人。尽管时间像个疾速旋转的钻头，击穿誓言，但是我仍爱这个承诺。痞子，大多数时候你是大家的关注对象，但有时你也会苦恼。曾经你的苦恼我都能看得见，可是隔了那么远的距离，时常觉得力不从心。喜欢你的人那么多，你本该快乐无忧，却像个摆脱不了现实的孩子，但孩子总会长大，我的宝贝你总会明白自己真正想要的。痞子，我知道你身边不缺优秀的女子，你也并不爱我，但我现在无法收回感情，所以我在等，等到终于有一天我可以收回感情，那时我就可以不爱你了。"

彭彭一直都知道，痞子是个她碰不得的男人，他并不属于她的世界，可是情不自禁。

痞子察觉了她的不安，问她："你害怕了吗？"

彭彭回答："当然害怕，不过我可以一边害怕一边好奇。"

小白说：如果你的爱人让你没有安全感，你有两个选择：1. 去他妈的爱人；2. 去他妈的安全感。

彭彭选择 2。

一个周末的早上，彭彭来了例假，可禁不住另一间宿舍的同事软磨硬拉，还是陪她出去买鞋子。在回来的公交车上，她给一个穿着练功服的老人让座，车子猛一颠，她痛得捂住肚子弯下了腰，脸色苍白，前后坐着的众人却视若无睹。

"傻丫头，你身体不舒服就不要给别人让座，穿着练功服应该是去晨练的，到了公园里跳啊蹦啊的不知道多有力气，就让他在公交上锻炼好了。"痞子知道以后，告诉她说，"上次我去证券交易所，看到七八十岁的人在那里一站就是半天，到收盘了还不舍得走，所以我觉得在公交车上他们也是能站的。"

"你的思想真可怕，身为文教界的前辈，你应该教育我尊老爱幼。"彭彭说。

痞子坏笑："呵呵，彭彭，你要知道，每个男人骨子里的天性都是：把坏女人教好，把好女孩教坏。嗯，你肚子还疼吗？煮点红枣粥喝会好些，不过我估计你没红枣，冲点红糖水喝也好。"

"刚喝了，可他妈的还是痛。"彭彭满腹牢骚，发完才想起痞子的威胁。

果然痞子恨铁不成钢地放大了聊天字体："你又讲粗口了！第三次了！彭彭，我抗议你用这种方式逼我回杭州！"

"你误会了，痞子，我连要求都不会。字典中我最怕的词就是自取其辱。"彭彭说。

"不要总是这样低估自己，彭彭。你不希望我回去吗？"痞子问。

"希望呀。但是我希望不代表你应该。"彭彭答。

"我晕，小丫头就喜欢玩字面上的游戏，哈哈。"痞子答，电脑这端他忍俊不禁地笑，"只要你希望不就结了，你正好我正好。"

"什么意思？"彭彭小心翼翼地问。

"下礼拜四我回武汉，会在杭州转车，大约停留两天。"痞子说。

“我去接你吧！几点钟到杭州？”彭彭雀跃。

“礼拜五晚十点半。”痞子故意说，“你到时可不要说又不想接我了。”

“晚上啊……我可不可以反悔……”彭彭犹豫。

“你现在反悔我会乱想的。”痞子说。他言语中有彻骨的魅惑。彭彭隐隐感到紧张，紧张到不知如何是好，耍赖皮说：“不管不管，我就是要反悔！”

“那好，我也反悔，不来杭州了，直接回武汉。”痞子逗她。

“不行！”彭彭眼一闭心一横，把他发来的话原封送回，“你现在反悔我会乱想的！”

“傻孩子。”痞子说。

“别笑我傻，我不怕笑话，傻瓜力量大。”彭彭理直气壮。

彭彭的一生都在等待着属于自己的奇迹，可身边的所有人都用事实告诉她，奇迹不存在。但是越是这样，她的信心就越是坚定，所以她总习惯把一种感情走到绝路，留下的便只有怀念和怀疑。习惯真是一种恶劣的东西。她想，最好这是一场永远不知道是否成功的游戏。

痞子，你这样的人，说来令人恐惧，想来让人心疼。

周五很快便到，彭彭心神不定地吃早饭、上班、吃午饭、上班、吃晚饭、下班，然后便回到宿舍，坐在窗台上望着楼下发呆。像她这样活在想象中的人，结局只有两个极端：幸福或不幸。走到尽头才发觉什么也没有的人是最悲哀的，幸好她还年轻，可以再挥霍那么一丁点儿青春。

痞子的车次晚点，十一点钟他从出站口走出来的时候，天空下着毛毛细雨，斜风细雨，很冷，站外接车的人也不多。有一个女孩子双手撑着红伞，孤零零地站在旁边，脸庞尽数掩进了大大的绒线帽子和厚厚的方格子围巾，只露出黑白分明的一双大眼睛，灵动的目光从他身上扫过。

昏黄的路灯照在她身上，消瘦沉静。

彭彭还在望着出站口发呆，痞子大步走过来，一手接过她的伞，另一只手拍了拍她的脸：“冷吗？”

“啊？”彭彭吃惊地退了一步，仰起头充满敌意地打量着他，这男人穿着深蓝色立领长大衣，举着伞给她遮在头上，面容俊朗、气度儒雅，样子……很像六七年以后的痞子。那张照片中的痞子是年轻青涩的，甚至有些许稚气。

彭彭举起被手套裹得像熊掌般的手捂住掩在围巾中的嘴：“痞子？”

痞子点点头，怜惜地搂住她瘦弱的肩头：“冷吗？我请你去吃火锅好不好？”

“好啊，像这样的要求我是从来不会拒绝的。不过，我好像记得你说过，你除了陪女友吃冰淇淋火锅外，不吃其他火锅。”彭彭强作镇定。幸好围巾掩盖了她绯红的脸色。她没有想到，痞子竟比她想象中的还要好看，这么一来自己的平庸被衬托得愈发明显……刚才还觉得冷，现在只觉焦躁，她机械地随着痞子往前走，下意识地将围巾抓得更紧。

“伪小资也总是要回归现实的，像现在这样又冷又饿的时候，哈根达斯不如一碗牛肉拉面。”痞子笑说。

彭彭也抿嘴笑。

痞子带她上了出租车，熟门熟路地领着她到了巷子里一家尚在营业的火锅店，店里人不多，但热气腾腾，看在眼里便暖进心里。痞子为她拉开椅子，脱下大衣挂在衣架上，坐在她对面，拿过菜单开始点餐。

犹豫一下，彭彭摘掉了绒帽和围巾，微卷的长发披散两肩。她知道自己的皮肤不够白，脸蛋不够美，身材不够凹凸有致。但这就是她的样子，坦然、率真的普通女子。

痞子询问她爱吃的东西，然后递给服务生。等吃的时候，他面带微笑，与她闲聊。

二人就网上的趣事聊了几句，红艳艳的鱼火锅很快便沸腾，簇拥的辣椒在汤里上下翻动，彭彭脑中忽然闪过一件事，忙不迭地从外套的大口袋里取出小巧的粉红色保温杯，献宝般举到痞子脸前：“空腹吃辣的会胃疼，我来之前给你煮了热牛奶，怕你下车冷，可是在车站等得太久差一点忘记了，应该还是热的，你先喝一口。”

痞子一怔，接了过去，拧开杯盖，甜香袭人。喝了一口，果然奶香浓郁，香甜美味。

“我放了蜂蜜，味道好不好？”彭彭托着腮看他喝，禁不住展颜一笑。痞子抬头时刚好捕捉到，不由得惊异于这相貌平凡的女子一笑间的妩媚风情。或许，堕入情网的女子都会有这迷人的风情吧，不自觉的，发自内心的甜蜜与温柔。

看他喝完了牛奶，彭彭又向服务生要了一双筷子，左右手各拿了一双，熟练而细心地剔除鱼刺，把鲜嫩的整块鱼肉放进痞子的调味碟，笑靥生花地看着他狼吞虎咽，不时替他斟满啤酒，递去面纸，给他说着自己从别处听来或看来的笑话，看到他开心如孩子般地哈哈大笑，她的心情便由衷地愉快起来。

痞子，如果我们并不是合适的一对，你的一生我只要好好照顾你这一次。

这火锅吃得好快，几乎是一会儿，痞子就吃得饱饱。彭彭笑着给他擦去嘴角的一滴红油，觉得今天时间过得出奇的快，可店里的服务生们已经远远地冷眼瞥过来，等着打烊。

“我送你回去吧。”站在火锅店门外，痞子说。

“不用了。谢谢你，我今天心情很好。”彭彭振作一下，礼貌地跟他告别。

“哦，为什么心情好？”痞子问。

“不要问。快乐是禁不起问的东西。”彭彭说。

“那为什么要在我面前表现你的快乐？”痞子问。

“你不是希望这样吗？”彭彭反问。

“我希望什么样？”痞子再反问。

“希望我不要擅自涉入你的世界，希望我丝毫不被影响地生存……”彭彭说。

“哦，原来我曾经有这么伟大的心灵，真是失敬。”痞子板着脸，深深地看她，从她故作冷静的表面之下看出了心慌意乱。

彭彭心一跳：“难道不是？那你……”

痞子忽然俯身吻她，彭彭惊慌失措地瞪大眼睛，不等她有所挣扎或回应，痞子已经施施然移开了脸，然后他说：“与其在一局局的输赢里煎熬，不如来个痛痛快快的孤注一掷。彭彭，你就是我这场豪赌的唯一对手。”

彭彭心乱如麻，手上的帽子险些掉进泥水里。

痞子说：“我并非生来就视感情如儿戏，仅仅两年前我还把爱情当成生命里的唯一。曾经有一天我对一个朋友一本正经地说完我的故事，他说：靠，你是甲醇呀！我才知道这个世界其实已经不是我所能理解的了。后来我做了许多错事，但是在内心深处，我总觉得自己也许并不想变坏，只是禁不起假象的挑逗。”

痞子说：“有时候我的确只是寂寞了才言爱，仅仅是想找一个人说说心里的话，说完以后就把她踢开。事实上我对其他人也都做到了，可是唯独对你不行。”

痞子说：“因为你是这个世界上，我唯一可以全身心信赖的人。”

痞子说："也许，我还不知道什么是爱，但我知道这样你就不会离开我。"

痞子还说："我已经众叛亲离，你还愿意守护我吗？"

彭彭愣愣地凝望着痞子，良久没有开口。望着她几近呆掉的眼神，痞子轻声地叹了口气，问："不必勉强，彭彭，你能接受这样的我吗？"

彭彭忽然一声长叹。她的声音不适合叹气，像只小猫咪长长的呜咽。

痞子好笑又好奇："你干什么要叹气？拒绝回答我吗？"

"我只是在学你啊，因为以后我要慢慢学着习惯你的一言一行。"彭彭笑嘻嘻地说，"那你刚才又为什么叹气呢？"

痞子板着脸说："因为胸腔内部气流不通畅！"

然后他们相视一笑，紧紧相拥。

在送彭彭回家的路上，痞子一直牵着她的手，为她撑着伞遮雨，一直走到路灯明亮处，他把相握的手抬起到她眼前："你看，我们的指骨相嵌，多么合适。"

短暂的两天过后，痞子要回武汉了。他这次行程的目的地本来便是武汉，之所以会经过杭州，一是为了见彭彭，二是要去朋友家取回简单的行李。当痞子告别彭彭坐到车上时，竟然感觉自己的眼前一片明朗开阔，这是他从前的恋爱经历中从未有过的，以前他看不到未来，只回忆得起曾经的旖旎缠绵。也许这改变早该发生了。久违的阳光，晒得世界那么亲切，那么像彭彭的样子。

他已经和彭彭约定，他回去之后先安排好住处，彭彭下个月之前辞掉杭州的工作，收拾好私奔的行李，然后痞子再来杭州，把她接回武汉。

第二个月底，彭彭按时辞掉了工作，安心地等着痞子。

等啊等啊……她等了很久，望眼欲穿，然而痞子并没有再跟她联系。

她等了一个月又一个月……到了第四个月的时候，彭彭终于绝望了。心力交瘁的她上了网，发现痞子不久前在"云端漫步"发布了一张告别帖子，他感谢这个论坛让他认识了一个叫"Nyx"的美女，现在他向所有的朋友告别，他要去远方寻找她了。这个消息轰动了整个论坛，几乎所有的论坛会员都跟了帖，有的祝福，有的鄙视，有的不甘，也有的置疑帖子的真实性。但痞子的确不再出现，甚至没有回帖感谢大家的祝福。

彭彭咬着牙忍住扑簌簌掉落的眼泪，给痞子发出了最后一句留言："痞子，请允许我在心被伤透之前离开你。"然后她将自己的 QQ 号永久冰封，邮箱永久冰封，手机号码永久冰封，所有联系方式永久冰封。

她做这一切时，耳麦里的阿桑一直在轻轻吟唱："我们的爱情，像你路过的风景，一直在进行，脚步却从来不会为我而停。你说爱像云，要自在飘浮才美丽，我终于相信，分手的理由有时候很动听。给你的爱一直很安静，来交换你偶尔给的关心，明明是三个人的电影，我却始终不能有姓名。给你的爱一直很安静，除了泪在我的脸上任性，原来缘分是用来说明，你突然不爱我这件事情。"

痞子，也许，你并不爱我，你只想让我爱你而已。

也许，你并不想让我爱你，你只是想让我对你好而已。

也许，你并不想让我对你好，你只是想多个人对你好而已。

也许……

彭彭疲惫地回到家里时，春天已经到了。

"如果感情可以劝醒，我会早一点考虑到今天的。感情可以劝醒吗？不行。所以我还是爱过你了。"雾气蒸腾的浴室里，彭彭在镜子上画着那个熟悉的轮廓，自言自语，"我走了这么久，才知道原来春天不过是冬天的影子之一。痞子，感谢你让我懂得，我将看得越来越清楚，这是一个越来越冷漠的春天。"

当热水流满脸庞，就看不见冰冷的眼泪了。

现在我已变得坚强

谢谢你让我心碎

寻找必然会绕弯路

就让往事成为一场宿醉

又过了大约两个月，在夏天几乎过去之后，彭彭遵从了家人的意愿，跟省实验中学一个年轻有为的语文老师相亲，继而恋爱。

准备订婚的那一天，彭彭登录了自己的邮箱，想删除发件箱和收件箱里的所有信件，彻底消灭最后一点痞子的痕迹。晚上的网速仍然很慢，在耐心等待邮箱打开的时候，她漠然托着腮，慢慢地想：我曾来过、经历过、触摸过、喟叹过，再把仅属于我一个人悲欢离合的回忆统统带走。

但邮箱里有一封新的未读邮件。

是一个多月前，小白发来的，内容只有简单一行字：彭彭，痞子出事了，你快点给我回电话！

彭彭一笑，心想：我早已知道他出事了，他告别了网络，去追一个女孩儿了。

关于即将订婚这件事，还是告诉小白一声吧，毕竟她始终把自己当妹子一样关心着。如此想着，彭彭漫不经心地再度登录了 QQ，幸好腾讯公司没有收回这个号码。好友名单里，“天气预报”的头像是灰蒙蒙的。

“小白，在吗？”彭彭问。她知道小白有隐身的习惯。

小白果然立刻就回复了：“妞儿！你好狠的心！！”

巨大的三个惊叹号，彭彭可以想见那端的女孩子正在咬牙切齿。

“怎么了？”隐隐有些不祥的预感。

“什么怎么？前段时间你手机总是关机，我给你发了手机短信、QQ 留言，还有 E-mail，你一样都没有收到吗？”小白疑惑。

彭彭一头雾水：“我今天刚看到你的 E-mail，到底发生了什么事？”

小白终于相信了彭彭的无辜，接着详细地告诉了彭彭，痞子没有去杭州接她的原委。

“痞子本来有一个女朋友，去年他到杭州去参加校庆的时候，朋友又给他介绍了一个款妞，结果痞子脚踩两条船被这款妞发现了，她非要让痞子在两人中间选一个，痞子被逼急了，就说他两个都不要，结果款妞被激怒了，花钱雇凶买他一条胳膊。痞子逃出杭州，到我这里借了点钱准备回武汉，结果不知道为什么非要从杭州拐个弯，我猜是去见你吧？”

“那次痞子在杭州露脸已经被人盯上了，不过别人还没来得及动手他就离开了，但是没有过多久，痞子居然又回来了。后来他告诉我，那次他是准备回来接你的，可惜这次被人逮了个正着，砍的是右胳膊，被送到医院以后再植手术失败，肌肉组织全部破坏，只能截肢……他心灰意冷不想耽误你，所以就托我去‘云端漫步’发了张告别帖子，那个什么美女 Nyx，恐怕全是他胡诌的……”

“本来他不许我告诉你，可我不想看到你们因此而错过彼此，所以到处找你。可是你的手机停机好久，也一直没有跟我联系。现在连他的手机也打不通了，QQ 上也寻不见，我问过他杭州的那个朋友，他说痞子早就离开了杭州，不知去向……”

“痞子说他这辈子很少坚持什么，好不容易决定了要去爱一个人。”小白说，“可是坚持到最后，还是什么也没有……”

彭彭的眼睛迅速模糊了，再也看不到小白说了些什么。她紧紧咬着嘴唇打开了“云端漫步”论坛，进入搜索页面，在所有版面搜索“Nyx”。显示结果为：您所查找的用户不存在。

她错愕失神、恍恍惚惚，突然从抽屉里搬出厚重的英汉大词典，疯狂地翻找，终于找到了“Nyx”这个英文单词的意思，是黑夜女神。而在某年某月的某个夜晚，那天痞子喝多了，很晚的时候才上线，在群里他对彭彭开玩笑说：“赐予我力量吧，我的黑夜女神。”

彭彭流着泪点开那个灰暗的头像，一句一句地给他留言：

痞子，如果我曾经错放了你的手，有一天我再呼唤你，你还会回头吗？痞子，我独自度过了大部分活着的时间，有过很多破碎不堪的记忆，还有深入骨髓的思念。其实我才是一个不相信爱情的人，我比你还要害怕孤苦，所以仅仅想借着对你的依赖来取暖，我以为独享爱情，就可以远离绝望。可是我怎能拒绝亲近你的渴望，怎能拒绝我的心想你。痞子，其实我不想沉默，我想要更多固定的满足，想陪你生世，陪你轮回。可是痞子，如今的季节，玫瑰都盛放在裂开的心脏里，而我生来便是如此平庸，没有拼命去爱的资本和勇气，就只好用武断来守住惨淡的性命。痞子，你既然教会了我追求，就请不要再教我离开，无论你流浪到了何方，也不会在我的心里迷路。我这苦苦修行的小尼，皈依的不是什么佛祖，而是你，我要对你好对你好对你好对你好对你好……痞子，我开始不知道你是否爱过我了，我开始像个游魂在夜里飞，我只想找到你，抚摸你温暖的眼神，或者飞快地死在你依旧向我敞开的怀抱里。痞子，我无法随你而去，但我站在任何地方，每天都说，我想念我的爱人。也许会有那么一天，我终于能触摸到你的目光。

痞子，不要用离去换我一生的痛苦。

痞子，我假装你在线，只是没空回复我。

番外二 Extra Episode

# 大徒弟升职记

## 1

“打得过就打，打不过就上梵天！”

这是二悠玩网游时的口号。

“梵天”这个大杀器，乃是她师父，一个高等级的弓箭手职业。这款游戏刚刚开放师徒系统的那几天，全世界的大号都在收徒弟，做师徒任务的 NPC 前面人潮汹涌，二悠一眼看见了自己仰慕已久的帮主，于是匆匆点了他，顺利拜作师父。半个钟头之后，她在野外被四只张牙舞爪的精英怪团团围住，眼看就要挂了，正在哆嗦，突然嗖嗖嗖几支箭破空而至，将怪物们钉死在地上。

抬头一看，一个男人挥动着翅膀飞在半空中，正慢慢放下手里的长弓。

二悠仰着脸望去，只见天边落日的余晖斜斜洒下，在救命恩人的水晶翅膀上镀出一层华丽耀眼的光芒，刹那间就晃瞎了她的狗眼。

“哇，好强的帅气！”二悠暗暗赞叹，浑然不觉自己口水流了一地。

眼前这幅画面，浪漫唯美到了极致——用“天使下凡”来形容这个男人，她感觉那都是夸天使的。

天使顺手维护完宇宙和平，丢下几样小装备，转回身，欲飞走。二悠从花痴梦中惊醒过来，变身狐狸撒开四只小蹄子狂追上去：“英雄英雄，请留步！”

“怎么着，要给我发好人卡？”天使停了下来，宽大的翅膀犹在扇动。

“英雄，您收徒了吗？”

“收过了。”

“真可惜啊！”二悠一脸怅然，“我师父一直都不搭理我，我还准备跟他断绝关系，改投在您的门下呢……”

天使沉默了几秒钟，问：“你师父叫什么？”

“没看清楚，好像叫……贫夫？反正他是我们帮的帮主，跟您一样也是弓箭手职业……”

“你敢仔细看看我的名字吗？”天使又问。

二悠被他打断得有点心虚，赶紧揉了揉眼睛，细细一看，差点一脑门扎进显示器里去。透过夕阳映照盔甲所反射出的金光，在这个天使的头顶上，明明白白地标注着他的游戏称号：宁舍三千不负方寸—帮主，以及两个字的名字：梵天。

“看清楚，我就是你的师父！不然你以为随便什么落难小号我都帮？”梵天训斥了她一通，意犹未尽，“什么贫夫？呸！我还富婆呢！”

“从今天起，你就是我的大徒弟！如果有人欺负你，你就报我的名字！别再记错了，我的名字叫梵天！”见这个猫耳猫尾的小召唤师还在发呆，梵天不由感叹了一句，“唉，我怎么收了个呆头呆脑的徒弟？早知道就应该先设个智商门槛……算了算了，快跪下，叫师父！”

二悠化为人形，纳头便拜。

## 2

尤悠，18岁，上海人，原名叫作尤悠悠，听起来就像一个说唱界的高手。后来她自己寻死觅活改了名，减去一个悠字，人称二悠。

身为A大校园广播台著名的女主播，她是在客串主持一档游戏栏目时迷上网游的。起初，她玩的是CS，玩了一个多月，练就了一身专杀人质的好本领，人称神操作。队友们经常被她犀利的枪法震惊得目瞪口呆，语音频道里，“卧槽”“尼玛”之类的咆哮此起彼伏：“你就是个瞎子，也不至于玩成这样吧？！”“您走位的这份猥琐，宛如天生哪！”

——对于渣玩家来说，脸皮必须是耗材啊！

终于有一天，她脸皮的耐久度降为0，灰溜溜地退出了CS界。

人质们一听这事，纷纷击掌相庆。

然而，傻瓜总是固执地徘徊在低智商领域。经过半天时间的深思熟虑，二悠认为自己还可以再抢救一下——渣渣练一练也可以团聚成泥的嘛！于是，通过室友的推荐，她重新选择了一款非竞技类的3D魔幻网游，练了个召唤师职业，捉了个石头人作战宠。送死它去，黑锅还是它背。从此，在游戏里，大家有幸看到一位没事就把脑袋拧下来掏着玩的石头哥领着一朵忧郁得让人蛋疼的废柴妹子，四处浪荡。每一次英勇的打怪最后都会演变成悲催的逃亡，她最熟练的动作就是撇下石头人宝宝顶怪，自己转身撒腿狂奔，宛如后妈。

“废柴没关系，只要是妹子就行”，幸好还有队友安慰——你懂的，在狼多肉少的游戏界，狼们一般都不太注重肉的质量了。

在帮会里，她的称号是“引所有怪”，以飘忽的走位而享誉全帮，往往是走个神儿的工夫就奇迹般地拉上了十几只怪，撵得全队人狼奔豕突鬼哭狼嚎。下副本时，她的职业被准确定位为“队宠”，一路打酱油，时不时变个狐狸、翻个筋斗、唱个小曲、跳个艳舞，作为调节气氛之用。偶尔能起点别的作用，还都是负面的作用。在游戏界，有句名言叫“不怕神一样的对手，就怕猪一样的队友”。站在猪的角度，二悠认为，其实神一样的队友也很可怕，丫们损你的时候争先恐后龙精虎猛，语句精辟、见解独到；夸你的时候语无伦次奄奄一息，令人心碎，非泪奔十里地不得抒发胸臆。

包包满了——“带这么多东西出门，你是搞小商品批发的吧？”

拉怪团灭——“要不你建个帮吧，就叫‘团灭理论研究者协会’。”

变了狐狸——“告诉哥实话，召唤师，你真的不掉毛吗？”

变回人形——“豹纹小短裙不错……你是卖了几年淫才攒够这件衣服钱的呢？”

只打酱油——“你敢再没用一点吗？巨婴一般的女人！”

奋起杀怪——“你那石头人宝宝在看着你哭啊，它哭得一脸血好吗！”

赞美队友——“没错，刺客是很帅啦，能于千万人之中取走上将首级。不过，如果是你当刺客，可能会被人千万次地取走首级。”

他们还说——“以你耐操的身心，再发展发展，很快就可以去当霸天虎的教母了。”

面对这些鄙夷的言论，二悠痛心疾首捶地号啕：“尼玛！哪个位面会有这么薄情的队友啊？”大家都表示毫无压力：“对不起，干我们这行的，不能动真感情！”

梵天第一次陪大徒弟下副本，完全是出于好奇。

根据二悠的描述，她和固定队伍一起刷副本做日常时，经常会在 BOSS 面前离奇暴毙，第一个跪，连遗言都来不及交代。

“没理由啊！就你那点儿可怜巴巴的输出，还能 OT 不成？”梵天想破了脑壳也无法给出合理的解释，于是决定亲自陪她去一趟，查明真相。

这支固定队伍看起来职业很全，除了他以外，还有两个水货 DPS（当然，其中一个是他大徒弟），另外有一个 60 级毕业装奶妈，一个 MT 是兽族老虎，对于低级副本来说，这个阵容应该已经足够了。然而直到开了 BOSS，他才发现身为 MT 的老虎全然不知仇恨为何物，猥琐地躲在石头人身后，手拿着一把紫色法剑远远地戳着 BOSS 的屁股，戳得不亦乐乎。BOSS 感到智商被羞辱，挥舞着八条粗壮的大毛胳膊咆哮了一声，瞬间进入狂暴状态，三两下胸口碎大石，直奔二悠而去！

梵天无暇吐槽，赶紧拉住仇恨，减伤技能全开，嗑着大瓶红药水强杀了 BOSS。

“师父你看出来了吗？为什么 BOSS 总是盯着我打？他们都说是因为我屁股大，是真的吗？”

凯旋回城，二悠摇着毛茸茸的大尾巴问道。

面对徒弟这张天真娇俏的小脸，梵天感觉自己快要活活愁死了——徒弟啊，拿着法系武器的物理系坦克 + A 罩杯的贫乳奶妈 + 大禹都治不了的水货 DPS，将这几个元素综合一下，还不能得出给 BOSS 同志白送经验值的结论吗？！

偏偏那只老虎还颇有自信，踌躇满志地询问：“老大，吾与城北熊哥，孰强？”

梵天沉吟道：“这要看比什么——比扛怪，他强！比脑残，你强！”

老虎嘤嘤嘤哭着一扭身跑了。

正是春深春芳菲时节，城中央一棵高大的桃花树开得正艳，灼灼其华，而梵天却是忧心忡忡。他好奇地询问自己的大徒弟：“你这位老虎朋友，他怎么拿了法剑？”

经二悠详细介绍，梵天得知，作为物理系近攻职业，这位老虎慎重地选择了一把远程法剑作为自己的武器，理由是“亮晶晶的，很好看啊”。并且，为了能拿上这把好看的法剑，他还特意去洗掉了属性点，将物理职业的关联点全部洗成 0，反而把法系职业专用的属性点一口气加到了 200 多。

梵天听她说完之后，不禁眼含热泪仰天长啸：亮晶晶的很好看？这丫把智商下限秀得也是亮晶晶的很好看啊！性格这么扭曲，他是韩剧单亲家庭长大的吗？

“悠悠，你知道吗？”师父大人由衷地感慨道，“自从认识了你，我的狗眼就成了日抛型！”

经过他苦口婆心半个钟头的解释，二悠这才明白，原来，自己这个固定队伍，对拉低游戏玩家的平均智商水平做出了杰出贡献。

羞愧难当啊！

她一时想不开，自绝经脉，从师父面前消失了。

然而，当她用力点下屏幕中央的“回到营地休息”时，却发现，师父那张万年冰山脸仍然在眼前。

梵天眼睁睁看着她从羞愤自尽到嘤咛声中气绝倒地到游戏人物短暂消失到伴随着一道朦胧的白光再次出现在自己眼前。联想到电脑那端伊一定是面色惊愕、眼神迷惑，他不禁深深叹了口气：“唉，我们刚回城，传送点也就是复活点，你在这儿自绝经脉有什么意义呢……”

电脑前，尤悠趴在桌子上，咣咣咣猛磕自己脑门。

## 3

梵天不是 PVE 玩家，很少花时间去刷副本。大部分时间，他会戴上一个南瓜头面具，站在普隆城外的一个小山坡上发呆，从不下线，也不做任务。曾经有不明真相的玩家路过山坡时，出于好奇点他 PK，结果对方瞬间接受了，从战斗一开始就被晕定连控，十五秒之内，被一套高暴击的精彩连招干掉，这才知道他并非挂机，人一直在。

这一天，尤悠刷完了副本，闲来无事，便骑着老虎去沙漠地图的尽头看夕阳。

“多年以后，我们终归都是会长大的……老虎，总有一天，你会成长为一个拥有八块腹肌的专业牛逼兽族！”二悠深情款款地抚摸着老虎的颈毛，说到这里，话锋突然一转，“但是，没有用的，哈哈哈哈哈！虎哥，你曾经那蛋疼的法剑、唏嘘的属性点，早就已经深深地出卖了你神乎其技的智商……”

老虎黯然道：“别说了，咱俩都是傻逼，说啥也改变不了这铁一般的事实。”

二悠不禁哽咽了，惺惺相惜地安慰：“没事，作为偶像派玩家，傻里傻气是我们的使命！”

两人正依偎在一起互相安慰，突然有敌来犯，一个隐身潜行的高等级刺客悄无声息地出现在他们背后，“咻咻咻”耍了几路刀法，这俩二货还没有反应过来就被秒杀了。

屏幕顿时一片黑白，原本灿烂的夕阳变得惨淡无比。

“是谁暗算我们？老虎，你看到没有？”

二悠气急败坏。

老虎却良久没有回应，沉默不语。

尤悠看着自己纤细的尸体躺在茫茫无际的滚烫黄沙上，幽幽想道：唉，虎哥，咱俩应该是妖族史上最伤感的两头畜生了。

作为一个人畜无害的和平主义者，以及全服赫赫有名的渣技术玩家，二悠一般不跟别人打架，偶尔被敌人偷袭倒毙，都是先装死，然后淡定地爬起来拍拍裤子上的灰，最多再加一句感慨：“妈的，现在的社会太没有安全感了……”

自从拜师后，二悠行走江湖的口号就改了——打得过就打，打不过就上梵天！

二悠打开小窗口密聊梵天：师父，刚才有坏蛋屠杀我！

梵天：哦。

二悠：师父你不帮我报仇吗？

梵天：你换个队伍吧，老跟那个宝里宝气的老虎混下去有什么前途？他就是个菜鸟，关键是你比他还菜，你俩凑在一块儿那个气场就是吸引人过来练技能的。就算今天我帮你报仇了，以后这种事情还多，就凭他那脸滚键盘的技术，怎么保护你？解决不了根本问题，你俩的下场还是跟今天一样！你要知道，咱们玩的这个游戏不叫逛地图，叫混江湖！

二悠：师父，你怎么知道我刚才跟老虎在一起？

梵天：……

二悠：……

两人各发出一串省略号，都没接着说下去，一时间气氛有点尴尬。

尤悠愣在电脑前，百思不得其解：梵天知道我刚才跟老虎在一起，这证明我俩被那个刺客屠杀的时候，他也在现场，但是却没有阻止！为什么呢？难道就是为了给徒弟展示一个血淋淋的江湖吗？难道就是为了让我认识到游戏世界的残酷，想要不受欺负，就必须成为更强力的玩家，或者，选择更强力的队友？

沉默了片刻，二悠试探着问："师父，我想学 PK，你帮不帮我？"

师父大人恻隐心动，二话不说就立马一口回绝了："一句话的事——不行！师父帮你打架可以，帮你学 PK 做活靶子我可不干！我说，就你那点有限的智商，别琢磨练 PK 了，省着点用行吗？"

尤悠感觉自己弱小的心灵受到了成吨的伤害。

室友们逛街归来，见她坐在客厅里面色颓然双手托腮瞪着电脑发呆，纷纷询问：二悠，你又在百度上搜索心灵砒霜呢？这大好的春天，咱学校广播台能不能播点儿正能量？成天不是说段子就是读乔布斯经典语录，没劲！我们只关心系主任老冯和副研究员的撕逼实录以及大四学姐寝室楼晚间查房时一个半裸壮汉跳楼摔断腿的真相啊！

"二悠在玩游戏呢。怎么样？你多少级了？"

室友伍小白眼尖，一边问一边把脸凑到显示屏跟前打量，口中不住嘀咕："咦，召唤师的六十级小本毕业装也穿上啦？还是一套骚粉呢，真好看！最近没少刷副本吧？有个会疼人的师父就是好啊！你快问问他还缺爱吗？我可以给他当儿子！"

尤悠的心拔凉拔凉的："他不缺爱，我缺爱。"

"咋了？"伍小白察言观色，发觉了她受伤的小情绪，直起腰豪气干云地捋一捋头发，说，"有人欺负你？告诉爸爸！我开个大号去弄他！"

尤悠扑哧就乐了。

这个"开大号"是有典故的。尤悠最早接触网游时，资深游戏玩家伍小白自告奋勇带了她几天。某日，小白纠集一伙人在野外打群架，结果己方以压倒性的劣势被人蹂躏，好不郁闷。中场休息的时候，伍小白愤愤地撂下一句话："等会儿！姐去开个大号！"

尤悠倒吸凉气，她这号都 100 多级了！那个大号得有多么高端多么变态多么令在场众人闪瞎狗眼啊！！

带着虔诚与自豪的心情，耐心等待了好长时间，才看见伍小白从洗手间晃晃悠悠走回来，尤悠忍不住开口询问："伍姐，你的大号呢？"

伍小白："开完了啊！不就是拉泡屎吗？"

……

尤悠非常清楚，自己永远也不可能成为像她那种玩个连连看都能咬牙切齿、豪气干云的姑娘，只适合做个 PVX 休闲玩家。所以，当伍小白腆着脸邀请她一起加入 PVP 帮会时，被她义正词严地拒绝了："不！我要以德服人！"

"以德服人？我懂！"伍小白深沉地点一点头，双眼中闪烁着智慧的光芒，"是因为德鲁伊力气大吗？"

"再见！"

就这样，后来，她们分别进了不同的帮会。

伍小白逛一天街累成了狗，一转身端了个热气腾腾的水盆进来，坐在尤悠身边的塑料小板凳上泡脚丫。她一脸享受的神色，将胳膊肘儿支在膝盖上，双手托着腮帮子，色眯眯的黑眼珠里闪烁着熊熊的八卦之火："哎，你知不知道你师父的辛酸血泪史？"

"什么血泪史？"

"就是那段惊天地泣鬼神的恋情啊！二悠我告诉你，我在这个区待了一年多，论资排辈都算是老玩家，这游戏里大大小小的哪个狗血八卦我不知情？你师父的真是一个浪漫凄美的爱情故事啊！我们这区曾经有一对男女玩家冲破了世俗束缚，网恋大半年，感天动地！恋奸情热！那个时候你师父还不叫梵天，玩的也不是弓箭手职业，他那个刺客号叫作'三千界'，反正都够难听的！哪儿比得上我呀，我在游戏里叫'樱落雪舞芊芊蝶'，听着就吸粉是吧，嘿嘿嘿……哦，咱们刚说到网恋。后来，三千界在游戏里广发请柬，宣布他两天后要结婚了，可是两天之后，在婚礼上，亲友团却发现新娘子根本没有来。当时大家全部都傻眼了，都以为婚礼不会继续进行下去了，可三千界却坚持要完成只有他一个人参与的婚礼仪式。后来，大伙儿才知道，原来，他喜欢的那个姑娘有一个惊天大秘密——"

伍小白说得兴起，抖开擦脚毛巾，熟练地往脸上抹了一把。

全体室友齐齐“吁”了一声，面露嫌弃之色。

“所以这新娘的秘密就是——他其实是个男的！？”尤悠忍不住追问。经过伍小白的这一番倾情述说，她依稀回忆起来，“三千界”这个名字在自己脑海中还有点印象，可是细想，却又记不起来究竟在哪里曾经看见过。

“并不是！“伍小白神秘兮兮地卖了半天关子，等寝室所有姑娘都凑过来，她才尴尬地说，“其实我也不知道。”

“切！不知道你在这儿瞎神秘个什么劲儿！”

室友们没听到什么劲爆的狗血剧情，大失所望，白了她好几眼，纷纷散开各干各的事去了。

4

自从听了师父的爱情故事以后，尤悠发觉，自己对他的态度产生了一点微妙的变化。这种变化体现在，每当梵天拒绝她“可不可以开 YY 语音教我打副本”之类的恳求时，她就忍不住酸溜溜地想：如果我是那个他喜欢过的女孩，他一定不会这么冷酷无情无理取闹！

——你这种心态是很危险的呀！二悠同志！

尤悠郑重提醒自己。

提醒归提醒，作为一个十九岁的好奇少女，她还是忍不住想再多了解他一些。

“师父，你为什么总戴个南瓜头面具?

“理由吗？想不起来了。”

梵天发过来一个云淡风轻的笑容。

“在这个游戏里，你不能理解的事情太多，你看不懂的人也太多。我见过一身暗金装备的男玩家，却带着一个低等级钻石戒指；也见过身为召唤师的女玩家，却存了满满一仓库刺客的装备。我见过遭遇地震还不肯下线的人，只为了不错过一场新郎不是他的婚礼；也见过一口气砸了五万块的号角，雇几十个小号每天在各个区服高额悬赏一个女孩的下落……”

最后梵天语重心长地总结说：“小姑娘，在游戏里不要对别人太好奇，每个玩家都是 NPC。”

二悠：师父我知道了！师父你是哪里人？

梵天：……

二悠：我虚岁二十，在A大念中文系，师父你今年多大了？

梵天：……

二悠：师父你现在有女朋友吗？

梵天忍无可忍，发了一个抓狂咆哮的表情过来：你到底有没有在听我说话？

二悠：有听有听！

梵天：……A大是不是凤眼湖边上那个？

二悠：你来过我们学校？

梵天：每年六月中旬，我都会在凤眼湖那边住两个礼拜，经常路过A大南门。

二悠：哦，你是个打鱼的？

梵天再度咆哮：老子是去写生！写生！写生就是画画你懂不懂？！老子不是打鱼的！！！六月，桐花馥，菡萏为莲！那是凤眼湖一年四季中最美丽的时节！所以它也是六七月份全国最适合风景写生的地方！什么打鱼的？呸！我他妈还打铁的呢！！

隔着屏幕，尤悠都觉得自己被激愤的唾沫溅了一脸，只好尴尬提醒：师父，您的好友“风度”已下线……

梵天感到自尊心遭受了莫大伤害，一扭身换上南瓜面具，又去城外那个小山坡上站着发呆了，半天没搭理她。于是，尤悠又幽幽地想道：啊，就为了这么点儿小破事他又傲娇起来了……如果我是那个他喜欢过的女孩，他一定不会这么冷酷无情无理取闹！

凤眼湖，位于A大校区南边，是两个相邻大湖的统称。从高处俯瞰，两片狭长的椭圆形湖泊一左一右距离不远，波光潋滟，就像是一双妩媚含情的凤眼，故得此名。每到夏季，凤眼湖之中八十多亩荷花盛开，翠叶红花，相映成趣，如诗如画的美景吸引了十里八乡的文人骚客们竞相前来观赏，并留下诸多名篇佳作，尤悠就曾经在当地日报上见过几首：

“文友齐聚凤眼湖 / 吟诗赏花多幸福 / 名家纷纷来献画 / 你一幅来我一幅”，“荷花绽放了 / 它绽放了岁月，绽放了时光 / 绽放了汉语和故乡 / 这荷花就是诗

人的生命力呀 / 刺啦！我撕下这页诗歌 / 生火 / 起灶 / 在六月多情的凤眼湖边 / 我用生命炖着一锅排骨藕汤”。

当时尤悠拍案叫绝，卷起报纸隔着四张桌子扔给伍小白，热邀她共赏奇文。小白看完了，含泪点评道：以后禁止向我投掷大规模杀伤性武器！

——现在是五月中，很快，梵天就会到凤眼湖来写生了。

“经常路过南门的话，师父就有可能会看见我哎……”尤悠心中一阵激动，翻箱倒柜刨出一套又一套以骚粉色为基调的女神约会装备，热切地向室友们征求意见，“我该穿这件，还是这件？这件？这件？这件怎么样？”

室友们面面相觑：“真要跟你师父面基啊？”

“就怕他不想见我……”

伍小白闻言，感到两眼一黑，苦口婆心地劝起她来：“二悠啊，做蠢事之前你先想想阿紫……”

郑紫伊在旁边幽幽接口：“阿紫怎样？”

“阿紫没事，阿紫有出息，阿紫只是缺爱。”伍小白冲郑紫伊谄媚一笑，再扭回头，瞪着尤悠，恨铁不成钢地严斥一句，“而你，是缺心眼儿！”

“那你自己缺啥？”尤悠不服气。

“缺德呗！”苏涟从上铺探出一个毛发蓬乱的脑袋，笑盈盈接口。

## 5

“师父，我们面基！”

六月到了，尤悠兴致勃勃地提议。

可是梵天沉默半天，才期期艾艾回复一句：“我养了条狗，走不开……”

彼时，两人正在艰难地刷着一个新开的门派副本，给二悠凑装备。伍小白被临时拉来作为友情支援，开了个治疗号，跟他们在同一个队伍里。见到梵天婉拒得有点踉跄，小白扑哧一声就乐了。尤悠不敢扭头看她，尴尬得想找个地缝钻进去。

伍小白：你怎么不说“我妈不让”呢？那句更经典啊！

梵天：我不是那个意思。

二悠：我师父不是那个意思。

伍小白：二悠哇，你可长点儿心吧！

二悠：偏不！

伍小白：你等着，待会熄了灯我非得捶你一顿，给你捶清醒点！

二悠：师父，她欺负我……

梵天：对我徒弟好点，不然野外见！

伍小白：唉，每次跟你俩组队，我都有种在看泡菜国偶像剧的错觉……废话不说了，我刚搜到新副本攻略，梵天你上 YY，听我指挥。

梵天：攻略发给我。

伍小白：上个 YY，能掉你肉啊？

梵天：能。

就这样，三个人全靠眼神交流打副本，一路躺了起、起了躺，纠纠结结地打到了最后一个 BOSS，不禁都傻眼了——这是由五行妖兽组成的阵法，至少需要五个队友相互配合，才能干掉 BOSS。梵天犹豫了一下，正想说“我来喊人”，突然有两个人申请进组。

老虎，和老虎的一个朋友。

尤悠特别开心：老虎，你不是在战场吗？怎么我一喊你就来啦？

老虎刚进副本，二话不说，就地打了个滚变成野兽形态，摇头摆尾，一声咆哮，先给二悠上了个护花光环，十五分钟之内替她承担一半伤害。伍小白在旁边捂着狗眼，直嚷嚷：夭寿啦！减伤技能不加给奶妈，居然加给小狐狸！

老虎：你皮厚，没事，我得先罩着我小媳妇。

没来由的，梵天倏然觉得心里一沉。

上次在野外和二悠同时被屠杀之后，老虎就退了帮。听说他退帮以后自己组建了个黑社会，口味重，路子野，靠实力与财力慢慢在江湖上闯出了一点名气。据说，一般落单的玩家在野外碰到蛮不讲理的黑社会帮会成员，都像躲瘟疫一样绕着走。而他自己的装备分数和 PK 技术，也是今非昔比。

伍小白：老虎，一个月不见，你现在操作得很溜啊。

老虎：那是必须的！从过去一个扛不住 BOSS 的菜鸟，变成今天这个可以空手接白刃的寂寞高手，那是因为心底藏着一个激励我苦练技术的女生！二悠媳妇，从现在起，有我帮你拉一切仇恨，你再也不用喊着救命到处逃了！

二悠：咱俩熟归熟，你这样乱喊我一样翻脸！

老虎：我现在是一个有八块腹肌的专业牛逼兽族了吧！你能不能做我媳妇？

二悠：不能。

老虎：为什么？我为了你能豁出老命，还有谁能做到？你小的时候我就喜欢你了，要不是那次你师父在野外屠杀了我们俩，我肯定会一直陪在你身边守护你的！

二悠：谁？你说是谁屠杀我们？

老虎：喂，梵天，你自己做的事，自己去跟她承认啊！

梵天：……

老虎：做男人爷们点！敢做敢当，别磨磨唧唧的，你爸爸我都看不下去了！

梵天：滚！出副本老子把你草到删号！

尽管大敌当前，五个 BOSS 正在全屏暴走，伍小白还是忍不住分心瞅了尤悠一眼，后者的表情是一个大写的蒙字。眼看全员残血，小白却顾不得放技能了，摘下耳机，拍着她的肩膀笑得前仰后合："太开心啦，大半夜的居然还能看到两个骑士为了一个小公主决斗这种狗血戏码！"

而尤悠心中，那叫一个百感交集！

她打开私聊小窗，问老虎："你说的是真的？"

"当然！那天在野外屠杀我俩的刺客，就是你师父的小号！"老虎回忆起来全是愤懑，"他杀了我们以后，还密我说，别总想着在游戏里撩妹子，水平太差不配看夕阳，只配一起躺尸。想泡他的徒弟，等到我能打败他的时候再说吧！"听到这里，尤悠猛然想起，怪不得那日伍小白提到"三千界"这个名字时，她感到依稀有些印象，原来，当时在沙漠尽头屠杀自己的那个刺客，名字就叫三千界。而老虎仍然在继续诉说："那天，我一个人退了组，把嚎叫荒漠里的红狐狸杀绝了种！我发誓要变强，然后再回来找你们，我要当着他的面，把你抢走！"

尤悠胸中激荡着一种微妙的小情绪。迟疑又迟疑，她终于在师徒频道中，缓缓地敲下了两行疑问句：

"师父，那天杀我的，是你吗？"

"为什么？"

电脑屏幕突然一片漆黑。十二点整，女生宿舍准时拉闸断电了。尤悠发出一声堪比爹死娘改嫁的惨叫："不要啊啊啊啊啊——今天我必须得跟他把话说清楚！！！"

她扔了键盘，拽开门就要往阳台外爬，被大惊失色的室友们赶来抱住了。

室友们七嘴八舌地安慰了她一会。眼看大伙儿你言我一语地都快把她给劝哭了，伍小白果断换上球鞋，拍了拍她的肩膀："走，我带你去网吧！"

伍小白熟练地敲开一楼寝室，搬了个梯子，领着尤悠翻墙溜出校园。

然而，当尤悠心急火燎地开了个机子，登录游戏时，却愕然发现梵天根本没有给她留下半句回复，他甚至已经不在线了。她迅速跨上嘶风赤兔马，一路翻山越岭，狂奔到普隆城外的那个小山坡。只见光秃秃的坡峦上，树影婆娑，偶有零星几个低等级的小怪物在缓慢移动，四野空旷，阳光明媚，无论哪个角落都再也找不到那个一成不变戴着南瓜面具发呆的男子。

看着梵天灰暗的头像，尤悠只觉得周身寒意入侵，如坠冰窟。

——他居然不在线！

24小时挂机、从不下线的梵天，早就已经成了这个服务器里的一个传说。在收下二悠这个大徒弟之前，他从来不下副本，也不做任务。每天的大部分时间，他都会戴上一个南瓜头面具，站在普隆城外这个毫不起眼的小山坡上发呆，就像一个NPC。

没有人知道，他究竟在想什么事，究竟在等什么人。

老虎见她上线，执拗地一句一句发问：

媳妇，在吗？

媳妇，在吗？

……

尤悠揉了揉眼睛，觉得好累。

"没事儿的！不就弄丢了一个牛逼师父吗，大姑娘何患无爹啊？你不妨这么看，这些乱七八糟的破事都是你在成神道路上的小小坎坷！"伍小白抚摸着她的肩头，言谈间气盖山河，"二悠你可千万别哭啊！像咱们这种喜怒不形于色的人，就算万箭穿心，也只能淡淡撂下一句'卧槽'。"

"卧槽。"尤悠依旧揉着眼睛。

第二天是周末，整天都没课，伍小白伏在电脑前忙忙碌碌，一直噼里啪啦打字，不知道在折腾些什么。到了傍晚时分，她突然一把抓住从身边路过的尤悠："二悠，我全都查明白了！"

尤悠没精打采地"啊"了一声。

"真相只有一个！"伍小白推了推鼻梁上的一副防辐射眼镜，递出一个柯南式坚定眼神，可惜脑袋上少了几撮呆毛。

"我找人打听到了你师父的QQ号！在他的QQ空间里，发现他前女友的痕迹了！"

"前——女——友？"尤悠愕然，"什么玩意？"

"他为什么处处照顾你，你知道吗？因为你跟他的前女友是一个职业，都是召唤师。"伍小白紧紧拉住尤悠的手腕，讲到激动处，唾沫横飞，"我想办法查看了他QQ空间的一个隐藏日志，那里面还保存着他们两人过去的游戏截图，有抱的，有亲的，简直不堪入目！在他的名字叫'三千界'的时候，那个女孩的名字叫'方寸心'——你以为，你们帮会的名称为什么叫'守舍三千不负方寸'？这并不是一个偶然！"

尤悠动容了："日志呢？给我看看。"

## 6

《谁看谁是猪》

1、

有一只鸟飞着飞着，忽然看到一幕自己不愿看到的情景，便用翅膀遮住自己的眼。然后，它就失落了。

普隆城西，桃花满树，莺歌燕舞。

在地图上追随着她的坐标，从空中落下，刚按下Enter键准备说句什么，发现视线所及处，是处在"相依相偎"状态中的两个人。

悄然取消输入，离队。展翅，最高海拔78，目标雾浓岭。

午时，日光倾城。回首依然满城繁花，光影斑驳中不见亦不忍见花中的人。

那兽族男人其实已经在她身边出现过很多次，只是我一直都以为是巧合，以为是他们一个帮派所应有的互帮互助。果然游戏的世界是赤裸的，尤其还是个狼多肉少的世界。任何所谓的帮助，到最后无非是保持“相依相偎”的状态然后说“做我老婆好不好”。我原本也以为我只是一种帮助，只是一个高级玩家理所应当地照顾着低级玩家，而没有什么情愫在里面。但是，展翅飞起时巨大的失落感压迫着我下落，只得化悲痛为力量。

日光下，水晶羽翼状的飞行器华丽而璀璨，每次扑腾翅尖带起的流光仿若在空中留下道泪痕。不是我在此矫情地描述，游戏策划就这么设计的，无可奈何。

2、

寂寞的海并不在寂寞海。我说我喜欢一个人在这雾浓岭的竹台上看海。她说我不懂寂寞，但是不妨碍陪着你寂寞。

我一直不喜欢寂寞这个词，矫情且隐隐有种作呕感。当然这只是一种类官方的对外形象，内心里还是将自己和寂寞画等号，在这个世界里，想成为高手就得先学会孤独。在枯燥的打怪升级中慢慢将自己融入寂寞的海里。如同少年漫画里，主角总是满脸伤痕热泪盈眶地说：我要变强，因为我有必须要守护的人。

一样的世界，只是剧情不同。那些主角的世界里，即使被打得奄奄一息仍旧会在作者大神的照看下原地满状态复活且全属性暴增，即使开始被一个人抛弃到最后仍旧有 N 个人在继续追捧着。而我的这个世界，我只是一个龙套，一个看到必须守护的人躺在别人的怀里而默默飞走的弱者。

我说我带你去看一处风景。然后点击对方人物信息里的“相依相偎”。

雾浓岭东。一眼过去，就是这个世界的尽头，我曾经试着一直向东飞，当然这种傻逼的行为没有任何结果。

面朝大海，春暖花开。现实世界的某个诗人说：远方，除了遥远一无所有。我想诗人是不是也在这里像我一样傻傻地向东飞过。当然，诗人的时代还没有这款游戏。他们的世界比这个世界更加独立于现实。

“你这个发型真傻，明天去买个易容卷轴重新整一下。”

“你管呢，不懂得欣赏。不打击我你难受是不？”

“别发火啊，我可是为你好。你自己看看你那中分的发型跟汉奸一样，游戏里要不是不能吐，我早就胃出血了。”

随后她发来一个抓狂的表情，然后说“我要和你决斗”。

我在表情库里找半天给她一个“寒”的表情：“大姐，你一个60多级的召唤师，拿什么打我这90多级的刺客？我躺在这里你也得打半天……”

“哼，不理你。”

“哟，妞生气了？来给大爷笑一个，大爷给你拍张照！……换个姿势，对，靠后站一点，那片竹林做背景不错吧？”

3、

我戴着一个南瓜面具，和这个世界里的俊男美女显得格格不入。很多人看到我的第一句就是，你这是什么代码刷的啊？其实你们没注意，这只是商城里的一个不显眼的头饰。你们的目光集中于怎样让自己变得华丽，然后光芒夺目地走在人群里，甚至为了一个眼影而尝试无数个代码。我却很简单，一个万圣节的南瓜头面具。龇牙咧嘴，永恒不变。

QQ头像弹了一下，她给我发来一个我抱着她的截图。

“你看，这图的名字就叫‘邪恶面具男强抢民女’，你的南瓜头真恶心哦。”

“恶心什么。我只是懒得去调整容貌，戴个南瓜面具多方便。”

“晚上去帮我做赏金任务啊。”

“OK，刀山火海万死不辞。”

“得了吧，死了也就掉点经验呗，说得这么恶心。”

我玩这个游戏的初衷，只是为了打发下业余时间。所以在里面选了个跑得最快的职业，成了一个刺客，游戏里大部分时间都是在漫天地飞，满世界看看不一样的景色。像我们这种人，在传说中应该叫作“PVX玩家”。

很多人痴迷游戏，是因为游戏会满足很多人的一些现实里不可能实现的愿望。比如飞天遁地，比如杀人放火，更多的还是一种虚荣，因为哪怕是一个懦弱无能的人，在游戏里也可以成为一方霸主，哪怕是一个月就1000块钱工资也可以在世界频道上不停地刷喇叭以彰显其在这个世界里所拥有的财富。

我说我只是来看看风景，遭到一众白眼。

某个副本里，我和她组队做任务，却惨遭团灭。

“你怎么这么水？比这个怪高几十级还被杀，现在还要别人喊奶妈来救场。”

“拜托，我只是个刺客，不是战士，不擅长扛BOSS的。”

“哼，还找理由。”

其实被杀很大程度上也是我自身的原因。因为我大部分时间都是漫无目的地飞翔，没有花时间去练习所谓的游戏技巧，也不热衷去弄些极品装备。相比这些，我更喜欢抱着她从新手村飞到普隆城，再从普隆城向东飞到海边，去面朝大海，看春暖花开。

游戏进行到这里，出现一个能保护她的角色是那么的自然，甚至有些天经地义。

4、

如果将一个网游当作单机来玩，有些事就会显得很无可奈何，甚至可以拿来摆在茶几上。

我就是这样的玩家。除了别人主动组我，其余时间都是一个人对着满屏幕的NPC。如此导致的“杯具”便是死了没人救，只得自己浪费经验回城复活。而餐具便是一些非一人所能敌的BOSS在我浪费无数次经验之后仍然杀不了，只得终日徘徊在附近，一直等到有人也做这个任务的时候才能蹭蹭队伍。

她说我要杀个BOSS，我一看她发过来的任务名称，便是我死了N次仍旧杀不了的怪物。我只好说等段时间，我来喊人一起杀。其实鬼才知道我能不能喊到人，至今好友名单上的玩家，两只手都能数得过来。

事实上这个游戏里，我这个职业是单人杀不了任何BOSS的，这也是我这游戏白痴在玩了很久之后才了解的一个常识。

对于她杀BOSS的任务一拖再拖之后，她便不再让我帮她杀了。

“我加入了一个帮派。帮里很多人，有很多人热心地帮助我，每天都有人组队打怪杀BOSS，非常热闹呢。”她在聊天窗口里说，“你要不也去加个帮派吧。”

“我不喜欢打城战，尤其是帮派都有敌对势力，野外总是碰见对头，每天都打来打去岂不是很麻烦。”诸多理由都是借口，我只是为了打发时间才来看看游戏，甚至连玩都算不上。悲剧的游戏常识搭配悲剧的电脑配置，导致我除了可以杀杀低级怪，对上任何同级怪都有危险，何况是玩家。游戏这么久，我除了被杀，也就只有被杀了。

“那你就接着看风景吧，我去和帮里人做任务了。”

说完之后她就再也没回复了，按她后来的解释，说是打怪的时候很忙，没时间回复聊天。

5、

游戏的世界比真实更真实，也比真实更加虚假。因为它可以让你的感情肆意地去喷发，想怎样你就可以怎样，只要不开挂，即使你在世界频道说“日你GM”。但是它也会比真实更加的虚假，因为现实里说着谎言也许会有些细微的表情变化或者眼神闪烁，但这里不会，一个一个棱角分明的字符就可以掩盖一切。你不会知道对面玩家说“我爱你”或者“我相信你兄弟”之类言语的时候是不是正在大便或者还抱着奶瓶，甚至你都不知道对你表白的是男是女是人还是狗。

我一直谨记上述言论，游戏是假的，游戏里面的感情都是坑爹的。

只是当我从普隆城飞起的时候，发现这不只是坑爹，还坑他妈的。好吧，原谅我的粗俗，游戏里输入这些字词都是统一用 ★★★★ 来表示。

游戏是假的，人的真假就不好确定了。并不能排除真实的存在，相对论的世界里没有什么是绝对的。

“我不知道你会这么不高兴，你不是一直都不理我吗？”

“喊你帮我打怪你都不愿意，人家老虎可是无论死多少次都还是帮我去杀……他不会像你一样，密了半天也不出现帮我。也不会像和你下副本一样，你总是一个人笔直冲到BOSS面前，把我这个路痴丢后面。”

也许是我已经习惯这是个单机游戏了，游戏里只有两个玩家，然后很平淡地打怪升级看看未知风景。等某天世界里多了其他玩家，而他们都去玩了把我一个人丢下的时候，我发现再也不能安安静静地在这个世界里飞翔。

忽然就没有了方向，那些漫画里的少年本来正准备大喊“我来了！我学好了盖世武功回来保护你了”，然后被一个馒头噎住了眼睁睁看着女主角被别人抱走。这般可怜，这般可笑。

“因为我没有保护你的能力，因为这个职业不是一个充当肉盾的职业，帮你打怪我冲上去就是死。”

“我只能顶得住低我很多级的BOSS。所以我一直一个人默默升级，期待有一天我也可以站在你身前，暗金在手，无坚不摧，绞杀所有你需要杀掉的怪物。”

想象是美好的。当我满级的时候，她还是60多级，我想着我已经能帮她杀60级的BOSS，可她已经不再需要我了。这是一个多么老掉牙的桥段。

雾浓岭，靠海的水车一直不转。

我用QQ将曾经给她拍的照片一个一个传给她。要么是她一个人风姿绰约，要么是她一个人英姿飒爽，我忽然发现我并没有截合影的图。也许是我觉得多个我就破坏画面的美，也许是连我自己也讨厌我的南瓜面具，也许是我已经忘了有过合影。

我说人都是在失去了之后才知道珍惜，这是人类的一个劣根。游戏是假的，但是人是用自己的感情在玩游戏，分辨玩游戏还是玩感情应该是所有网民的痛。

我说回来吧，以后我不升级了，我天天陪着你打怪做任务，带你去你没去过的地方看你没见过的景色。

6、

生活精彩就精彩于会出现一些你意想不到的事，生活悲剧也悲剧于会发生一些你意想不到的事。游戏也是如此。不以物喜不以己悲，纯属扯淡。

“我买好了结婚用的礼包。你要么现在和我结，要么我将礼包给那个兽族，你去和老虎结婚。”

“我愿意，但是你别冲动。想清楚了？我喜欢和你玩游戏，但是也喜欢和他玩。但是你们都不让我和对方一起玩，我只好做出一个选择，所以还是选择你的好。因为我发现他是和他女朋友一起玩的游戏，取的名字也是情侣号。”

“你知道人家是情侣一起来玩游戏，你还和他玩？”

“不就是玩游戏嘛。现在和你结婚了，你就不用不高兴了吧？”

“嗯，我们先去月老那里选日期。今天星期二，就这个星期五晚上九点吧。好不？”

“好啊，都听你的。”

定好了日期，我不停地在世界刷号角、发红包，约了所有亲朋好友都来参加婚礼。这也是游戏公司的一个骗钱点，结个婚就像撒钱一样，对此我很是无语。

我说你也在你帮派喊喊，让认识的人也来参加吧，来玩玩。

她说不必了吧，不用那么多人，简单一点不好嘛。

我说既然结婚就结得风风光光轰轰烈烈啊，人越多越好嘛。

私聊频道里不停有人发祝福并索取红包，就是不知道她的频道是否也是如此。

人生第一次兴冲冲地去为游戏充值，为了结婚仪式的每个细节，不停地在官网和论坛上搜索。连时间也很兴奋地流逝着。

我以为游戏进行到这里，应该算是幸福圆满的结局了。以后，只要陪着她一起飞到世界各处去看风景，一起打怪做任务就很美好了。私聊时，我也开始很恶俗地叫着她老婆。从没想过，自己有一天也会沦落到网恋里，不可自拔，且乐此不疲。

每派发一个红包，世界频道就会有几朵鲜花和祝福。无论是真心还是违心，这都不重要了。只要自己高兴就好，这个世界本来就无所顾虑，玩游戏最重要的就是高兴，如果不高兴了那还算是玩游戏吗？

我沉浸在鲜花和祝福声里，以为就此地老天荒，海枯石烂。

不是什么事情都要做到有始有终。

星期五晚九点，教堂，金碧辉煌流光溢彩。半空不停地飘落着朵朵玫瑰，在满屏幕飞舞的玫瑰花之中，游戏里的神父问道：

“这位美丽的女士，上帝使你活在世上，你当以温柔端庄来顺服这个人，敬爱他，唯独与他居住，建设美好的家庭。要尊重他的家庭为你的家庭，尽你做妻子的本分到终身。不论在什么环境，愿意终身顺服他，爱惜他，安稳他，尊重他，保护他，直至奉召归主，你愿意吗？

7、

很久以前就有人觉得生活真他妈的好玩，因为生活老他妈的玩人。

我对自己说游戏终归是游戏，我自己都分不清，又怎能让别人能分清呢。

昨天的这个时候，她说明天要加班，晚上赶不及回游戏结婚。我说没事，现实重要点，游戏只是用来打发时间。然后我说你如果没时间的话，把红包都给我吧，我派发出去。

然后点击交易请求。

她在窗口里放上了100个结婚红包。

顿时我感到万念俱灰。

“我只是随口说说而已，真没想到，这100个红包你竟然一个也没送出去。你说过会喊你帮里人也来参加婚礼，但其实你根本没在帮里提过这事，不然只要有人知道，就会找你拿红包。就因为那个老虎和你在一个帮，你只是不想让他不高兴，对吗？”

她无言以对，我抱起她，飞到普隆城外一个无名小山坡上。我们穿着结婚用的新郎新娘服，红得耀眼。

我一直当你是新娘，

只是这条路不通向教堂，

你只是走累了，

借我肩膀，

仅仅是这样。

屏幕里的神父说完，我打了一句："她不愿意。"然后冲向前来捣乱的怪物群里，这个场景里死亡会自动复活。然后就是满屏的"您被杀死了"的信息。显示屏在色彩斑斓和单调黑白间不断地切换。我算了算，三秒钟死一次。等到这一个人的婚礼被系统强制结束应该会死上千次。估计这个记录是我玩游戏最大的成就了。

我问她，要不要去申报吉尼斯世界纪录？

没有人回答我。她也许已经删了这个游戏，再也不会出现。

我还在雾浓岭，靠海的水车一直不转。

"我要和你决斗。"

"大姐，你一个60级的召唤师，拿什么打我这90多级的刺客？我躺在这里你也得打半天……"

"哼，不理你。"

"哟，妞生气了？来给大爷笑一个，大爷给你拍张照……换个姿势，对，靠后站一点，那片竹林做背景不错吧？"

—THE END—

## 7

"曾经，他喜欢过的女孩就是被一个兽族老虎给抢走的，所以当他看到老虎向你表白，宛如情景重现，从心理上就产生了退缩和抵制的念头。"伍小白的防辐射镜片上闪烁着智慧之光，她笃定地下了结论，"真相只有一个——你师父他怂了！嗯，没错，一定是这样的！"

尤悠听了这分析，不由得感到自己的两只膝盖奇痛无比，上面插得密密麻麻的，全是箭。

——诸葛亮借箭还得用草船呢，我二悠借箭，用自个儿的膝盖！

“他前女友劈腿了，这跟我有一毛钱的关系吗？有一毛钱吗？！”二悠双手拍着桌子咆哮起来，自觉椎心泣血，俏眉眼做给瞎子看，满腔热忱都喂了哈巴儿狗了，“我可是个无辜的清纯美少女啊！深情！专一！人见人爱！他凭什么跟我在这儿傲娇啊你说？合着他遇见的一个召唤师是人渣，全世界其他所有的召唤师就都得躺下替她挨枪子儿啊？！”

伍小白被她喷了一脸唾沫星子，摘下眼镜擦了擦，悠悠地问：“你很喜欢他啊？”

“喜欢他？”尤悠满脸不屑地“切”了一声，直摇头。末了，她又不甘心地补充了一句：“并没有很喜欢，就那么一点点喜欢而已！”

“万一，他是个在郊区工地上搬砖的，今年三十六了，身高一米四九，长一脸大麻子，业余爱好就是跟人找茬儿打架呢？”伍小白敏锐捕捉着她神情的细微变化，手中的眼镜腿儿不紧不慢地敲着桌面，一下一下，节奏感很强，就像是正在给某段悦耳的音乐旋律打着拍子。

“我的直觉告诉我，师父他不是这样的人！除非被激怒，否则大多时候他的谈吐都很有文化，也很有教养，在这个所有人一开口就操爹干娘的游戏世界里，他可算是个难得的绅士了！还有，我师父为人谦和寡言，喜欢安静，不爱凑热闹，对欺骗过自己爱情的女孩子都这么念念不忘，他一定是个知书达理、温柔善良，又懂得感恩的人，所以，他绝对不可能是你说的那种——那种大龄杀马特！”尤悠动情地述说到这里，突然面带怵惕，追问道，“他是吗？”

“当然不是。”伍小白露齿一笑，伸长手，拍了拍她的头。

“等他下次上线，我一定要跟他说清楚，我才不是那种女召唤师呢！”尤悠握紧小拳头，宣誓般抛下一句话。

然而，一天又一天过去了，梵天再也没有上过线。

尤悠甚至怀疑，会不会是这款游戏发生了严重的回档事故？否则，怎么会一夜之间，这个角色就莫名消失了？

很快，夏天到了，游戏里的时装也越来越暴露，行走在城市里，就好像进入了一个巨大的红灯区。女角色们一个个肉隐肉现，男玩家们各种禽兽不如。每一次看到穿着豹纹比基尼逛街的花姑娘、搂着花姑娘又亲又摸的狼崽子，伍小白都忍不住在寝室里仰天长啸：“尼玛！身为一个妖族，竞争对手这么多，这叫我以后还怎么在禽兽圈混啊？”

苏涟一边洗衣服一边发出冷嗤：“贵圈真乱！”

室友苏涟是个有洁癖的姑娘，拉两天肚子，扔掉了四条裤衩，还是洗得干干净净之后叠得整整齐齐再扔到垃圾桶里的。因此，她对伍小白那种“脏衣服→加水→加洗衣粉→搅拌→晒干→还是脏衣服”的洗衣方式尤为不齿：“奥斯卡迟早会给你颁一座小脏人！”

伍小白不以为然，兴致勃勃打着副本，音箱里回荡着二逼团长那撕心裂肺的喊声：

“中间抱团都抱紧！你们的菊花有多紧就给我抱多紧！一号千蝶拉！哪位秀爹还有战复？有战复扣 1！卧槽都没了？该捂的战复不捂着，不该捂的 DPS 你们倒是捂得很严实嘛！算了算了，只剩最后百分之五都集火 BOSS 啊！像疯狗一样输出啊我的亲爸爸们！把 DPS 亮出来！您捂在裤裆里我们怎么看得见……”

六月末的一天下午，尤悠和小伙伴在学校南门外逛吃。

她捧着一杯奶茶，刚走出店门，忽然看见一个帅哥骑着自行车路过，身后背着画板，旁边还跟着一条撒丫子奔跑的壮硕大金毛。

尤悠的眼珠子都不转了。

“师父！师父！”她追在车后，撕心裂肺地大喊，“梵天！！！”

那个帅哥却恍若未闻，一溜烟骑远了。

尤悠穿的鞋子有 6 厘米的跟儿，只追出十几步就在碎地砖上崴了脚，不得不停下来，蹲在马路边揉着足踝气喘吁吁。而手里的奶茶，早就被她无意识的用力捏得溢溅出来，巧克力色液体泼了自己一身。

看着那人骑车远去的背影，她的眼泪再也控制不住，夺眶而出。

第二天，掐着表算好同一时间，尤悠冲进校园广播台，一把推开正在介绍 NBA 体育赛事的肥胖男主播，打开南门的大喇叭，将播音系统的 Volume 键推到最高，然后大声念稿子：“现在插播一条寻人启事：梵天老师！梵天老师！正在凤眼湖边写生的梵天老师请注意了！您的学生二悠正在找您，她想告诉您，过去的经历往往会使人蒙蔽双眼，但人类社会之所以会进步，就是因为永远有人鼓起勇气向前看。在您的世界里，值得信任的人本来就不多，为什么要再错过一个？

请回来吧！别再妄图隐藏自己了，老师，您犯下的可是心动杀人罪！”

清脆的女音回荡在整个南门区域，余音袅袅，飘出了学校大门，一直飘到黄昏里红莲胜火的凤眼湖畔。

寝室里，捧着书的伍小白讶然抬头，拽下耳机，望向窗外。

## 8

这则寻人启事，尤悠连续念了三天，在第四天的时候终于被宣传部干事抓了个现行，上报领导，罚她写检讨，并停职一个学期。

雾浓岭，这个地图是永恒的黄昏，竹林缝中，阳光刺眼，靠海的风车一直不转。

二悠坐在竹台上，一个人寂寞地看海。

回想初见那天，她还十分弱小，在野外被四只张牙舞爪的精英怪团团围住，眼看就要挂了，正在哆嗦，突然嗖嗖嗖几支箭破空而至，将怪物们钉死在地上。天边落日的余晖斜斜洒下，在救命恩人的水晶翅膀上镀出一层华丽耀眼的光芒。眼前的这幅画面，浪漫唯美到了极致——用“天使下凡”来形容这个男人，她感觉那都是夸天使的。

——如果他的出场没那么熠熠生辉，就不会有她现在的心绪迷离吧？

“没什么。”她告诉自己，还是像往常一样，跟室友们打闹调笑着，去上课，回宿舍，喝一杯热牛奶，睡觉。

不告而别，真是最残酷的告别方式。

游戏里的种种暧昧旖旎，仿佛均是南柯一梦。坐在竹台上发呆，看着老虎发送过来的密聊“你还打算等他多久？我已经娶了三个媳妇了”，她还是笑得出来——可是如果没有你，我该如何收拾脸上这个残骸般的笑容。

曾经你守在她下线的地方，等她。而现在我守在你下线的地方，等你。

七月，快放暑假的时候，梵天突然上线了。

他上线的地点在雾浓岭的竹台，屏幕刚亮起来，他就看到了坐在自己身边的二悠，愣了愣，才问：“你在这里坐多久了？”

“11天。”

梵天本来已经拟好了想说的话，一时间怔住，半晌才想起语句顺序来：“我写生完成，明天就走了。”

二悠想不到自己等了这么久，只等到了一句离境通知，更加感到心如死灰，于是懒洋洋地在小窗口里敲了一个“哦”。由于没得到热情回应，梵天只好自己接着说下去：“是明天夜里的红眼航班。你明天白天有时间的话，我请你吃个饭好吗？”

二悠：不好！

梵天：……

二悠：除非……

梵天：有什么条件，你尽管开吧。

二悠：我要那个红灯笼！

梵天：那灯笼人家不卖，师父送你个新出的飞行器吧？

二悠：不要！我就要那个红灯笼！

梵天：好好好……

当天晚上，尤悠又开始翻箱倒柜，疯狂搭配衣服，伍小白在旁边气得直撺掇：“哎，我说，你师父是喝了妇炎洁吗还是怎么回事，晾了你十几天，为什么今儿个又突然间想开了？二悠你还能不能有点出息了？被他这么招之即来挥之即去的，你是要感动中国吗——”

“喂！”苏涟看不下去，截住她的话，“你怎么老爱 BB 别人的事？”

“不爱 BB，怎么能写得出长篇小说呢？”

伍小白理直气壮地反驳。

此言一出，她这种对待创作的敬业精神，顿时令大伙儿自愧不如。然而，才一转脸的工夫，伍小白不知何时已经蹿到了阳台上，左手抚须，右手攥着个电话，装模作样地对着某位催稿编辑唏嘘叹道：“每念及此，分外感伤，今天不交稿……”

## 9

七月，蓼花红，菱花乃实。梵天约了二悠，中午时分，在凤眼湖边的一个小茶馆里见面。茶馆里有个小戏台，戴着圆片墨镜的老年男子端坐台上，拉着红木二胡，正咿咿呀呀地唱着一出地方老戏，唱得一段，便停下来，伸手在身边的桌面上摸索茶盏，饮一口茶，再继续弹唱。厚厚的粉底，也难掩他的疲态，煞白的面皮上沟壑纵横。

二悠迈步进了茶馆，不用对暗号，她一眼就认出了那个抱着墨绿色画框的帅哥。

那是茶馆里唯一一个有气质的男青年，斯文，清秀，扣住画框的十根手指修长且干净，从双手看就像艺术家。她脑海中回响着伍小白的话“万一他今年三十六了，身高一米四九，长了一脸大麻子”，赶紧仔细比对——他面庞很年轻，到没到二十六岁都存疑，皮肤简直是少见阳光的那种白净，连雀斑都没有。侧脸的轮廓看起来，非常接近她曾在奶茶店门口见过的单车帅哥，唇边总是挂着与人为善的笑意。走得近了，便能感到一派温和谦逊的书生气息扑面而来。

瞥见粉衣少女走近，他倏地站了起来，手里捧的画框差点儿打翻了桌子上的茶水，神情比她还紧张。

二悠目测一下，暗暗点头：嗯，身高应该在一米七八左右。

见她正仔细端详着自己，他的脊背挺得笔直，神色有些慌乱，二悠感觉自己活像一个在课堂上向偷看小说的学生走过去的班主任。

“我是二悠，你是师父吗？”

尤悠歪着头问。

梵天慢吞吞地颔一颔首，反应相当迟钝，直勾勾盯着她的脸愣了半晌，方绽开笑颜：“送给你。”

他把手里的油画递给尤悠，这是一幅色调明亮灿烂的荷花写生图，构图精心，带着浓烈浪漫主义色彩的优秀风景画。

接过这件艺术品，尤悠受宠若惊，搜肠刮肚地寻找形容词来表达赞美：

“真美啊！这幅云海中倒垂的莲花，好有意境，就像是清澈的天空之中倒映出了荷塘的影子，神秘而静谧。既颠覆了传统，又充满视觉冲击力，它表现的肯定是想象力的一种情绪化的释放吧？你们艺术家的思维果然跟我们正常人不一样——”

梵天咧嘴一乐，慢吞吞地说：“不好意思，你把画，拿反了。”

卧槽！尤悠羞惭难当，好想一头磕在这画上，跟它同归于尽。这番对话如果是在游戏中发生的，估计她又得使用一次“自绝经脉”，当场寻了短见。

定了定神，尤悠忍不住说：“我前些天好像见过你。”

梵天很意外：“在哪里？”

“就在我们学校南门那边啊，当时我正在买奶茶，然后看见一个很像是你的人骑着自行车路过，而且骑得飞快，一转眼就不见了。我追着车子喊了半天‘师父’你也没理我，旁边同学一直在说‘八戒别追了’……对了，你还带了一条狗，是金毛或者拉布拉多，对不对？”

梵天满脸意外，听她说完，面庞又浮上些许歉意：“哦，对，是金毛。那时候，我没看见你。”

“你每天傍晚都能路过我们学校吗？”

“差不多吧。”

“那么……”尤悠踌躇一下，咬了咬牙，狠下心来孤注一掷地追问，“那么，那个时间段的校园广播，你都听到了吗？”

“嗯，听到了。”

梵天眼底蹿过一丝心虚，含混的语气显得多少有那么一点敷衍。掩饰不安似的，他伸长右手招了招，喊来伙计，给尤悠添了一壶花果红茶，又贴心地取过餐单，加了榴梿酥、萝卜糕和芝士焗龙虾等几个女生爱吃的小茶点。配合茶馆的复古装修风格，这些小点心也都是摆放在木胎雕花漆盒里的，古色古香，极为精美，宛如恍恍惚惚之间穿越回到史书上的某个朝代。

尤悠礼貌地微笑着，却能感觉到自己手心里冷冰冰的。她默默想道：完了，他压根就不喜欢我，明明在广播里听到了我的表白，却回应得这么含蓄，无非是不想当面让我难堪罢了。

这么想着，距离感陡生。两人生疏地聊了会儿天，尤悠觉得自己快要被坏情绪压抑地哭了，赶紧起身告辞：

“我该回去上课了，再见，师父。”

“再见，二悠。”

梵天起身，想送，但终于没迈开腿，只是呆呆站立在原位，望着她仓促走开的一抹粉色背影。湖面上起了风，在踏出茶馆那一刹那，她长长的头发被流速增强的空气吹得竖起来狂摆，像刚被豪猪攻击过一样狼狈。

这个场面实在有趣，梵天忧伤的脸上，也不禁浮现出苦笑。

“眼睛都红了呢……也许我不该贸然约她见面，但是，二悠比我想象中的还要可爱，这可怎么办啊？”

他喃喃低语，咬字有一种强迫性的短促、清楚，当不得不说出长句子时，就带上了一些略显别扭迟钝的口音，总有犹豫不决的感觉。

## 10

回到寝室里，二悠一边擦着眼泪卸妆，一边恶狠狠地想着：去他妈的！老娘现在已经悟到了“用虎逼的勇气，面对苦逼的人生”的真谛，既然师父不喜欢我，那我干脆选一个黄道吉日，洗手退出算了！今后，我只玩一款游戏——《大学 Online》！

卸完妆，顺便泪眼蒙眬地做了一个多小时心理建设，尤悠走出洗手间时，只觉得身心俱疲。

她爬上床，把自己颓废的身体摔进被窝，疲倦地趴在枕头上，闭目养神，养着养着就沉沉地睡过去了。这一觉不知道睡了多久，隐约听见有人在远远地喊着“二悠、二悠”，尤悠一睁眼，发现天都快要黑了，而伍小白正坐在电脑桌边冲着自己笑，一脸鸡贼。

尤悠被笑得浑身不自在，砸个枕头过去：“笑什么？”

“嘿嘿嘿，你终于舍得醒啦？”伍小白轻舒猿臂，款扭狼腰，不费吹灰之力接住了飞来的枕头，然后笑嘻嘻地把显示器转过去，献媚似的指给她看，“我忘充点卡了，刚上你的号去帮朋友刷个副本，结果你猜怎么着——我碰见你师父了！那货啰里啰嗦地说了一大堆废话，扼杀着我所剩无几的耐心！”

“他说什么了？”

“你自己来看呗。”

“哦。”尤悠丈二和尚摸不着头脑，只得慢悠悠爬下床，趿上拖鞋，接过鼠标，翻看着密聊频道里的一行行对话记录：

系统：【梵天】加入队伍。

二悠：师父救命！

梵天：怎么了？

二悠：帮里那个熊猫老找我 PK！

系统：【熊猫】加入队伍。

梵天：听说你又欺负二悠？

熊猫：喂，恶人先告状是吧？明明是她无缘无故仇杀我在先！老大，你到底帮理还是帮亲啊？

梵天：我徒弟有理我就帮理，我徒弟没理我就帮亲。

熊猫：偏心！我还喊过你爸爸呢，也不帮我！讨厌你，5555555555。

系统：【熊猫】退出队伍。

二悠：谢谢师父，那我打本去了，拜拜！

系统：您已退出【梵天】的队伍。

梵天：等一下。

梵天：二悠，有些事我该对你坦白了。

梵天：一年以前，我曾经收过一个徒弟，在师徒系统还没有开放的时候……

梵天：她跟你一样是个召唤师，人设很可爱，我被她萌到了，相处时间一长就慢慢产生了感情，还在游戏里跟她结了婚。不过，后来她因为私人原因 A 了，再也没回过这个区。所以我才玩了这个新号，因为旧号的称号一直是她的老公，看着心里难过。

梵天：这个山坡，就是她最后一次下线的地方。

梵天：遇到你之前，我一直以为自己在等她回来。遇到你之后，我才逐渐发觉，可能你才是我应该等的人。

梵天：二悠，你以前问过的傻问题，现在我想回答你。

梵天：我老家是湖南岳阳的。

梵天：我二十六了。

梵天：还没有女朋友。

梵天：你会喜欢一个小城市的聋子吗？

梵天：对不起，我不能上 YY 语音教你打本，我甚至不能给你打一通电话，因为我听不见。

梵天：你总说我跟你有代沟，不喜欢阿姆、比宝、碧昂丝，却一直把老掉牙的 MJ 叫作“迈神”，那是因为我 2004 年就聋了。在他之后，即使曾有过更伟大的歌手出现，我也听不见。你说面基 ，我一直找理由推脱，其实是心虚，因为我的日常交流全依赖于唇读，而且仅限于常用语句。只有在游戏里，我才能口若悬河地跟你交谈，现实中，你话密一点我就得连蒙带猜才能明白个大概。

梵天：可我只是耳朵聋了，不是心也聋了。

梵天：你还在吗？

梵天：吓跑了？

梵天：以后你老实一点，别任性撒野，免得被人欺负了没有师父帮你。

系统：您的好友【梵天】已下线。

游戏界面右上角，小地图边的邮件图标闪烁不停，尤悠打开一看，是半小时前梵天邮寄过来的红灯笼。她不知道这个别人不肯卖的小挂件，师父最后是怎么弄到手的。尤悠端坐在电脑前，心潮起伏，久久不能平静。伍小白紧挨在她身边坐下，双手托着腮帮子，一会儿看看屏幕，一会儿又扭头看看她，水汪汪的大眼睛中燃烧着熊熊的求知之火。

片刻之间，尤悠内心天人交战，头脑里的小人上演了一幕幕黄金档婚恋剧集的狗血戏码。

她迟疑着点开密聊。

二悠：师父？

系统：玩家【梵天】不存在。

尤悠大惊失色：“这、这是什么意思？”

伍小白也感到摸不着头脑，她凑近电脑，绞尽脑汁地琢磨，鼻尖儿都快贴到显示器上了：“删号了吧这是……他受啥刺激了？我刚才一直在打本，好像也没机会说傻话呀……”

“你就知道打本，也不知道安慰我师父几句！”尤悠眼圈又红了，“你半天不理他，他当然受打击了！”

意识到闯祸了，伍小白不吭声，心中暗骂梵天说话拐弯抹角不痛快，说删号就删号，分点遗产也好啊。

尤悠捂着眼睛好一阵苦闷。沉默半天，伍小白提议：“去找他吧。”

“去哪儿找啊？你说得简单，我连他住哪都不知道，又联系不上，从哪儿找起啊？从盘古开天地找起吗——”尤悠一肚子牢骚发泄到这儿，突然怔住，移开捂脸的双手，眼睛亮亮的，“哎，中午他提过，返程搭乘的是红眼航班……那怎么也得到十一点吧？现在赶去机场大概需要两个小时，还来得及呢……”

伍小白犹豫片刻，果断一拍桌子：“去就去！”

晚上十点一刻，两个小姑娘下了出租车，冲进机场大厅，一边寻觅一边交头接耳：

“找仔细点，看见我师父了就给我打电话！他长得很帅，背着画板，身边还有只大金毛——哦，狗狗可能已经办托运了。”

“他会不会进候机室啊？”

“要不，咱俩也买张票进去找吧！”

“没带身份证……”

“又没带！那你上次从武汉是怎么飞回来的？”

“提前补的身份证明啊！”

“那你在这等我！”

二悠买了张不知道飞往哪里的票，拿着登机牌排队过了安检，一个箭步冲进候机室，手搭凉篷到处张望，连男厕所都伸头瞅了几眼，却一无所获。眼看时间已经过了十一点，航班越来越少，候机的旅客也几乎快走完了，她忍不住扯开嗓门喊了两声“梵天”，然而只喊了两声，她又懊恼起来。

“你是不是傻，二悠？”尤悠敲了敲自己的脑袋，恼火至极，“他听不见啊！你大喊大叫有什么用？”

等她垂头丧气出了候机室，小白已经歪靠在大厅的椅子上，脑袋像小鸡啄米似的一点一点，打着瞌睡。

感觉到有人走近，伍小白睁开眼睛，一眼就看出了她沮丧的神气：

“没找到？”

“嗯。”

“要不，我再加他 QQ 试试？”

“我师父的行事风格，我最清楚。”尤悠摇了摇头，满眼惆怅，“他性格优柔寡断，如果不是特别难过，他不舍得删号，一旦删号，就代表他已经彻底关闭自己的内心，不愿跟我再联络了。”

“对不起……”

伍小白讷讷地道歉，心中好不惭愧。

## 11

暑假前一天，女孩们兴奋得叽叽喳喳聊个不停，爬上爬下地收拾行李。

尤悠从桌边拿下那幅色彩鲜亮的油画，禁不住一阵黯然感伤，细细抚摩良久。自从梵天删号后，这是唯一与他有关的东西了。朴素的墨绿色斜边木框，虽不够精美，但细心打磨得十分平滑，当时他期期艾艾地向尤悠介绍：“我学过几天木工活，是自己用钉子，和小木条，做的画框。”她还记得，和梵天见面那天，阳光特别好，茶馆里戏台上的老者正拉着二胡唱着一段悲悲切切的戏文，她听得心里着急，一个劲儿追问：“师父，你知不知道那瞎大爷唱的什么？你听得懂吗？你喜欢听吗？他唱的是哪里方言啊？是不是京剧？他拉的这支曲子难道就是阿炳的《二泉映月》吗？”

当时梵天眼神十分悲伤，但还是极温柔地盯着她，频频颔首，含笑不语。

“又在发花痴啦？”伍小白凑过来，打断了她的思路。

“你走开！”尤悠回她一记白眼，转过身，把油画塞进行李箱中间，再小心翼翼地关上。

“皇上，微臣有句话，不知当讲不当讲——”伍小白笑嘻嘻地卖了一个关子，奈何尤悠故意背对着她，根本不接话茬儿。

于是伍小白只好厚起脸皮，自己接着说下去：“你知道吗？就像我们每个写手都有笔名一样，每一个画家，也都有在作品上署名的习惯——”说到这里，伍小白顿了一顿，等这句话成功地引起了尤悠的注意，才继续侃侃而谈，“这几天，我仔细研究了你那幅油画的署名，到处搜索、打听、对比，然后发现有好几幅署名相同的作品，被陈列在一个城市的美术馆里！”

尤悠险些跳起来，把手中正收拾的鞋子往地上一摔，不自觉地提高嗓门：“那也就是说——”

被她激动的情绪感染了，伍小白也兴奋起来：“对！也就是说，只要你找到那家美术馆，向工作人员咨询一下，肯定就能联络上这位画家本人了！”

尤悠一把抓住她肩膀，使劲摇晃：“我靠，小白你简直是个天才！”

伍小白满脸都是膨胀的表情，双手叉腰，谦虚两句后一阵长笑：“哎呀，别这样说，就算你夸我我也不会开心的，哇哈哈哈哈哈哈……”

漫长的暑期中，游戏更新了资料片，推出一系列新职业、新玩法和新副本，伍小白整个假期就夜以继日地守在电脑前面，挥汗如雨，冲锋陷阵。

突然一日，屏幕上跳出个密聊小窗。

二悠：小白，你号上有多少金币？快，全部给我!

小白：干吗？你是盗号的?

二悠：跟我师父刷好感！我刚发现，他跟前任的好感度是1314！

小白：你等一下!

三分钟后。

小白:好了,已经邮给你十万金币。去！给我争取刷到5203344！不够就说！我再去借!

二悠：气死我了，居然还想隐瞒，我没这个不孝的老公!

这个亲昵的称呼令伍小白脑洞大开，她坐在电脑前，一时间思绪如潮，忍不住嘿嘿笑了。耳机中传来的，除了游戏里“呼”“哈”“阿打”“死亡与我同在”之类的格斗音效，还有一首悠悠的小情歌，那是陈慧琳的 <love paradise>：

You’re always on my mind
All day just all the time
You’re everything to me
Brightest star to let me see
You touch me in my dreams
We kiss in every scene
I pray to be with you

Through rain and shiny days

……

有情人终成眷属，太感人了！

“想过去，看今朝，我此起彼伏，于是乎我冒出个想法……”在 QQ 上，伍小白对着催稿编辑好一番感慨，然后熟练地打出五个字，“今天不交稿！”